MAËLLE FIERPIED

LA FILLE SANS NOM

l'école des loisirs
11, rue de Sèvres, Paris 6e

Du même auteur à *l'école des loisirs*

Collection Médium

Le prodigieux destin de Peter
Bazmaru et la fille du vent
Galymède, fée blanche, ombre de Thym
Chroniques de l'Université invisible

L'autrice remercie le CNL pour son soutien.

Loi n° 49.956 du 16 juillet 1949 sur les publications
destinées à la jeunesse : mars 2019
Dépôt légal : mars 2019

ISBN 978-2-211-23992-9

Pour Hélène, lectrice de la première heure,
chercheuse de prénom,
rêveuse de hiboux et amie

I

UNE OMBRE SUR L'EAU

La rue est sombre et silencieuse.

Je n'ai pas l'habitude d'être dehors à cette heure-là.

Il est quatre heures du matin. La ville est déserte, c'est l'heure des chats, des chauves-souris…

Et des fugueuses.

Parce que c'est ce que je suis. Une fugueuse. Je viens de m'enfuir de la maison.

Je dois être complètement dingue.

Ou désespérée.

Sans doute les deux.

Quitter ma maison, ma chambre, mon lit, ma couette chaude, pour quoi déjà ?

Pour donner une leçon à mes parents. Parce que la communication n'est plus possible entre nous. J'ai beau parler, j'ai l'impression d'être face à un mur. Deux murs, même. Béton d'un côté, brique de l'autre. On s'y écorche les phalanges, mais rien ne bouge. C'est toujours les murs qui gagnent, quelle que soit la force de nos coups.

Alors je pars.

Je devrais être sereine puisque c'est ma décision.

Mais c'est tout le contraire.

À l'intérieur de moi, c'est la tempête.

J'avance, les poings serrés sur les bretelles de mon sac à dos. C'est mon acte de rébellion ultime. J'ai presque quinze ans, je suis largement en âge de prendre des décisions immatures. C'est contradictoire, je sais. Mais je suis ado. J'ai le droit d'être contradictoire. C'est même le moment idéal pour ça.

J'aime mes parents et je les déteste.

J'adore ma vie et je la hais.

Quelque chose est cassé en moi. Je le sens, un truc ne tourne pas rond. Ça m'oppresse tellement que j'en fais des cauchemars. Des rêves pleins de substances visqueuses qui m'enlisent, pleins d'obscurité et de trucs morts. Je me lève le matin avec le souffle court et l'impression d'être un zombie.

Je ne veux pas être une morte-vivante, alors je marche.

À quatre heures du matin.

Sans but précis.

Juste pour m'éloigner d'ici. Pour ne plus être la fille de mes parents. Ou pour justement l'être un peu plus. Être celle qui leur manque, celle pour qui ils s'inquiètent.

Encore ces sentiments contradictoires.

Tout ça à cause de deux personnes. Papa et Maman. Le socle de mon univers.

On dirait que mes parents n'existent que pour faire de ma vie une succession d'interdits. Pas d'activités parascolaires, obligation de rentrer avant le couvre-feu, interdiction d'aller chez des amis. Sorties scolaires ? Jamais. Portable ? Forfait bloqué sans Internet.

À la maison c'est le royaume du *control freak*: régime végétarien, fringues équitables, déchets recyclés, compléments alimentaires. L'enfer sur Terre.

Je m'éloigne de mon quartier avec un soulagement intense. C'est comme si je coupais les attaches. Si ça continue, je vais avoir les pieds qui quittent le sol.

Je me fais l'effet d'un oiseau qui vient de découvrir la liberté. C'est la première fois que je peux vraiment faire ce que j'ai envie. Aller où je veux. Où? L'ennui, c'est que je n'en ai pas la moindre idée.

Je continue à avancer, la tête encombrée de mille pensées, le corps à la fois lourd et léger. Je traverse une cité verticale plongée dans le calme. À cette heure, même les caïds dorment. La ville semble comme suspendue dans le temps.

Sensation d'irréalité.

Parfois, une voiture vient rompre ce rêve éveillé. Ses phares percent la nuit, le bruit de son moteur s'élève comme une vague, puis tout s'éteint à nouveau. Personne ne fait attention à moi. Après tout, que voient-ils? Une silhouette androgyne aux cheveux très courts, vêtue d'un cuir et d'un jean, le visage caché sous la visière d'une casquette.

Les immeubles cèdent la place à un terrain vague. Je m'y enfonce sans ralentir. Décor de pneus, de carcasses de voitures et de sacs plastique coincés dans des brins d'herbe. Le brouillard recouvre tout de ses volutes immobiles. Malgré la rouille, quelques lampadaires semblent encore en état de fonctionner. Ils vomissent une lueur jaunâtre sur le bitume défoncé.

J'avance au milieu de ce no man's land en surveillant bien ce que je foule du pied. Ça la foutrait mal de tomber sur un cadavre maintenant. Ou sur une voiture de police en vadrouille. La bonne grosse poisse de la fille dont la fugue n'aura duré qu'une heure.

Soudain, ma marche folle s'arrête. Je suis arrivée au bout de quelque part.

Au-delà, il y a l'eau.

Je suis au bord du fleuve. Stoppée dans mon élan par cette onde noire sur laquelle flotte une brume opaque.

Autour s'élèvent des bâtiments morts. Entrepôts délabrés, hangars abandonnés, docks désaffectés. Leurs murs aux fenêtres brisées se dressent comme des visages aux yeux gigantesques.

Certains pourraient éventuellement faire un abri acceptable, mais il faudrait pour cela que je me risque à y entrer. Sauf qu'il fait trop nuit pour l'instant. Hors de question que je me glisse dans le ventre obscur de ces édifices pour m'y casser une jambe. Le plus simple est d'attendre le jour pour visiter prudemment les lieux et trouver un refuge digne de ce nom.

Je reviens un peu sur mes pas, satisfaite d'avoir pris une décision, si maigre soit-elle. Contre un mur en brique, face au fleuve, j'avise un long morceau de bois flotté.

C'est quasiment un arbre à lui tout seul. Il a dû être tiré hors du fleuve après la dernière tempête. Ces objets flottants sont la hantise des bateaux. Les plus volumineux sont hissés sur les quais pour ne pas risquer la collision et restent là à sécher jusqu'à ce qu'on les débite et qu'on les brûle. L'écorce de celui-ci a disparu, le bois a tellement été lavé par l'eau qu'il est gris et doux sous mes doigts. Je m'assois confortablement au sommet de l'arc formé par le tronc et commence à attendre, les jambes ballantes.

Je me sens tellement légère. Je ne pèse rien, je ne suis qu'une enveloppe sans substance.

Dans quelques heures, les parents vont se réveiller. Ils ne vont pas me voir au petit déjeuner. La panique va s'emparer d'eux. J'en jubile d'avance.

Je suis en train de somnoler quand une puissante corne de brume me fait sursauter et manque de me faire chuter de mon perchoir.

Une large silhouette atterrit tout près de moi, sur le quai. C'est un homme à la carrure de rugbyman et à la peau sombre. Il est vêtu d'une salopette de travail et d'une marinière roulée sur ses biceps. Il tend les bras vers l'eau. Un cordage lui est envoyé. Il le réceptionne, bande ses muscles et tire l'amarre. Une masse apparaît dans la brume grise. Une péniche. Je jette un regard sur sa poupe et déchiffre son nom : *Ombre-sur-l'eau.*

Je reste perchée sur mon bout de bois flotté, contre mon mur de brique, immobile et muette. Surtout ne pas attirer l'attention.

Avec des gestes sûrs, l'homme noue le cordage à la bitte d'amarrage la plus proche, puis fait la même chose avec un second bout à l'avant du bateau. Il siffle un coup entre ses dents et, à ce signal, une passerelle est glissée entre la péniche et le quai. Un second marin la franchit d'un pas lourd. Il porte un chevalet qu'il déplie sur le bitume ainsi qu'une haute lanterne qu'il pose juste à côté. Les deux hommes en bleu se frappent dans les mains d'un air complice avant de prendre le temps de sortir de fines pipes de leurs poches de pantalon et de les bourrer de tabac. Le fourneau éclaire brièvement leurs mines patibulaires d'une lueur rougeâtre. Je me tasse sur moi-même dans l'espoir qu'ils ne me remarquent pas. Je n'ai aucune envie que ces deux grosses brutes se rendent compte de ma présence.

Leur fumée parvient jusqu'à moi au fur et à mesure que la brume se charge d'une odeur pestilentielle. Je me retiens de tousser avec difficulté. Leur tabac dégage des effluves puissants qui évoquent le soufre. Les marins s'éternisent. Ils restent debout à faire des ronds de fumée tout en échangeant de courtes phrases dans une langue gutturale que je ne comprends pas. Peut-être du russe ou un dialecte d'Europe de l'Est.

Enfin, ils finissent par s'éloigner et disparaître dans le brouillard en direction du terrain vague.

J'attends qu'une longue minute s'écoule.

Rien ne bouge.

Le cœur battant, je me laisse glisser au bas de l'arbre flotté et m'approche à pas légers du chevalet. La lanterne multicolore éclaire l'ardoise ornée d'une belle écriture cursive.

Recherche garçon à tout faire
Contre gîte et couvert.
S'adresser directement au mage Hélix.
À l'intérieur de cette péniche.

Je jubile. C'est exactement ce qu'il me fallait ! Quelle chance incroyable ! C'est comme si tout un équilibre cosmique avait convergé ici et maintenant pour me donner cette formidable opportunité.

Puis la peur vient jouer les trouble-fêtes.

Non, non, non. C'est complètement dingue. Je ne vais

pas m'aventurer sur une péniche inconnue et bosser pour un pseudo-mage sortant d'on ne sait où. Trop dangereux.

Je me frotte le cuir chevelu, écartelée entre deux minuscules Camille. L'une d'elles saute sur place comme une fillette excitée. L'autre croise les bras en faisant la moue comme ma mère quand elle joue les sceptiques.

:) Cette annonce semble avoir été rédigée pour toi ! C'est la façon idéale d'occuper ces prochains jours.

:(Non, c'est de l'inconscience. Tu voulais juste disparaître aux yeux des parents. Une fugue, c'est déjà assez.

:) Tu tiens l'occasion idéale de leur prouver que tu es capable de te débrouiller seule !

:(Cet Hélix accoste en plein milieu de la nuit. Tu trouves pas ça louche ? Non, il vaut mieux rester là.

:) Et squatter une friche humide et sale entourée de punk à chiens ?

:(Euh…

:) Ici, tu seras nourrie et logée. En échange, il te suffira de donner un coup de main.

:(C'est dangereux. Tu as vu les marins ? Leur mine patibulaire.

:) Arrête. Tu voulais prouver que tu es une fille responsable ? Alors c'est maintenant ou jamais.

Je relis encore une fois les mots entourés d'une frise élégante de lierre avant de me tourner vers la péniche. Ma décision est prise.

Je dois au moins tenter ma chance.

Je me glisse sur la passerelle et pose le pied sur le pont

du bateau. Un fléchage phosphorescent indique le chemin à suivre. Après une coursive, un couloir et un escalier, je me retrouve face à une porte. Gravées dans son bois obscur, des spirales de lierre rappellent les fioritures du chevalet. Elles encadrent trois lignes de runes vertes incompréhensibles. Pas de doute, je suis au bon endroit.

Ne sachant trop comment procéder, je frappe trois coups.

Le silence s'éternise, puis une voix répond.

– Entrez.

J'ôte ma casquette, actionne le bouton doré et pousse la porte du mage. Que vais-je trouver à l'intérieur ? Un décor d'inspiration tzigane ou africaine ? Des tissus tendus, des bougies, de l'encens ? Une boule en verre pour lire l'avenir ? Ou peut-être un serpent albinos étendu sur un fauteuil en velours mauve ?

Je suis loin de la réalité.

Très loin.

En fait, hormis les lanternes pendues au plafond, on se croirait à l'accueil d'une administration. Un homme est installé derrière un guichet en bois qui fait toute la largeur de la pièce. Sa tenue ressemble à s'y méprendre à celle d'un banquier du Far West : lunettes rondes, cheveux bruns lissés en arrière et retenus par une casquette à visière verte transparente, chemise blanche aux manches relevées, bretelles. L'homme est penché sur un volumineux registre dont il relit scrupuleusement les lignes de comptes rédigées en pattes de mouche. Au mur s'alignent des dizaines de bocaux en verre, apparemment vides. Chacun porte une étiquette.

– Alors, jeune homme, commence le banquier en levant les yeux vers moi. Vous avez lu l'offre ? Vous avez des questions à poser ? Ils ont tous des questions.

Il me prend pour un garçon. Je suis habituée à ce genre de méprise et, pour une fois, celle-ci m'arrange. Je ne vais sûrement pas le contredire. Qu'il continue à se tromper.

– Vous êtes le mage Hélix ? j'interroge en triturant ma casquette.

J'ai du mal à croire que cet homme soit un marabout ou un voyant.

– Ah, je sais que les apparences sont contre moi. Il se trouve que je suis en plein bilan comptable. D'habitude, j'ai un esclave pour le boucler, mais il m'a fait faux bond ce matin. D'où ma tenue et le décor. Enfin bref… soupire-t-il, l'essentiel n'est-il pas pour vous la finalité ? Vous venez pour l'annonce, n'est-ce pas ?

Je hoche la tête.

– Quelle expérience demandez-vous ? J'espère être suffisamment…

– Oh, il n'y a aucune expérience requise, sinon j'aurais réclamé un homme à tout faire, pas un garçon, m'interrompt le mage en levant la main. Si vous traînez dans le coin en pleine nuit, c'est que vous n'avez nulle part où aller, je me trompe ?

Je m'abstiens de répondre. Il n'a pas besoin de savoir que je viens de fuguer.

– Je préfère vous prévenir, il y a une sorte de contrat à signer. Tout cela n'est pas particulièrement réglementaire, mais il se trouve que j'aime respecter une forme de… paperasserie.

Je reste muette. J'imagine bien que quelqu'un qui attache son bateau à un quai désaffecté en plein cœur de la nuit ne flirte pas avec la légalité. En même temps, au matin je serai sans doute recherchée par la police, alors cette péniche est l'endroit idéal pour être introuvable. Je hoche la tête pour montrer que je suis d'accord avec ce qu'il vient d'énoncer.

Esquissant un sourire satisfait, le pseudo-mage rabat son registre, qui claque bruyamment en se refermant. L'homme se lève pour le ranger sur une étagère où une bonne vingtaine d'ouvrages du même gabarit s'alignent. Puis il grimpe sur un tabouret pour se saisir d'un bocal à l'étiquette vierge. Il revient vers le guichet, pose le bocal devant moi et l'ouvre en tirant sur la languette orange. Le caoutchouc émet un discret *plop !* L'homme extrait ensuite d'un tiroir une longue plume verte à l'extrémité enchâssée dans une pointe d'argent acérée et la pose devant moi.

– Voilà comment ça va se passer. Vous prenez cette plume et vous vous piquez le doigt avec la pointe. Ça ne fera pas mal, elle est conçue pour ça.

Me piquer le doigt ? L'homme soutient mon regard interrogatif sans ciller. Il a l'air de prendre ça très au sérieux. Je tends mon index et appuie l'extrémité de la plume sur la pulpe de mon doigt. Le mage a raison. La pointe aiguisée s'enfonce sans douleur. Mon sang se met à couler.

– Vous recueillez la goutte de sang avec le bout de la plume et vous vous en servez pour écrire votre nom sur l'étiquette. Voilà, ainsi.

Camille.

Je trace avec application mon prénom en lettres de sang. La plume gratte un peu le papier en produisant un son agréable. C'est une étrange façon de procéder mais, après tout, je me trouve face à quelqu'un qui se prend pour un mage. Je rends la plume et le bocal à l'homme qui vérifie la lisibilité de l'étiquette avant de me le tendre à nouveau.

– Parfait. Maintenant, tenez le pot devant votre bouche et prononcez trois fois votre nom à l'intérieur. Et ne bafouillez pas, hein !

– Camille… Camille… Camille, j'articule exagérément.

Suivant les consignes du mage, je m'empresse de refermer le couvercle.

Aussitôt, une sensation désagréable m'envahit.

J'ai l'impression d'être essoufflée, comme si j'avais oublié de respirer.

J'ai la tête qui tourne.

Est-ce le bateau qui tangue ou le vertige vient-il de moi ?

Le mage arrache le bocal de mes mains tremblantes ;

j'en profite pour me retenir au comptoir, de peur de m'écrouler. L'homme se lève et range son précieux pot en verre sur une étagère au milieu des autres.

– Que se passe-t-il ? je gémis.

J'ai l'impression que mon cœur va jaillir hors de ma poitrine tellement il bat fort.

– Il se passe, mon bon ami, que vous n'avez plus de nom. C'est un peu douloureux au début mais, vous verrez, on s'y habitue avec le temps.

Plus de nom ? J'essaye de me souvenir, mais un vide étourdissant me saisit.

– Le problème, quand on abandonne son nom, c'est qu'on cède aussi son identité. Votre passé a disparu, explique le mage en faisant mine de tirer un fil invisible hors de son oreille. Vous comprenez ?

Une nausée grossit dans ma gorge. Je regarde les deux mains accrochées au bois du comptoir en essayant de me rappeler à qui elles appartiennent.

– Qu'est-ce que je vais faire ?

Le mage dispose visiblement d'une solution réjouissante à mes lamentations.

– Je me dois d'honorer notre contrat. Vous allez donc rester avec moi. Vous travaillerez pour gagner votre vie et vous verrez des choses qu'aucun de vos compatriotes n'admirera jamais. Des maladies, des allergies dont je devrais être informé ? interroge-t-il en changeant brutalement de sujet.

Je le regarde d'un air niais.

– Ah, ah ! Suis-je bête, se moque le mage. Vous ne pouvez pas le savoir !

Je m'installe au fond d'une chauffeuse en velours vert nichée dans un coin de la pièce. J'ignore combien de temps s'écoule avant que les tremblements de mes mains ne se calment. Le mage ne me regarde pas une seule fois. Il a repris son registre et est retourné à ses lignes de comptes.

De temps en temps, la porte s'ouvre et des visiteurs montrent le bout de leur nez. Je suis tellement troublée que je ne leur accorde que peu d'attention. Il ne me reste en tête que de vagues silhouettes vite disparues.

Au bout d'un moment, les visites se clairsèment puis cessent.

Hélix se met alors à vérifier régulièrement l'heure sur sa montre à gousset. Il attend quelque chose ou quelqu'un qui ne vient pas. Et ce retard l'irrite. Quand sa patience atteint sa limite, il ordonne le départ. Les voix des deux marins obéissent avec des grognements indistincts. Leurs pas résonnent sur le pont au-dessus de nos têtes, puis le bateau démarre dans un ronronnement de vieux diesel. La carlingue craque et grince. Au plafond, les lanternes se mettent à osciller, leur lueur verdâtre balayant le parquet de long en large. La fatigue, la danse hypnotique des lumières et le tangage ont tôt fait de vaincre ma sidération.

Je m'endors.

Je m'enfonce dans un rêve incolore. Le décor est une page blanche sans haut ni bas.

Au milieu de ce rien, un corbeau au plumage décoloré m'attend.

– Bravo. J'espère que tu es fière de toi ! coasse-t-il sur un ton de reproche.

– Hein ? Quoi ? Comment ?

Je m'efforce de conserver un minimum de politesse même si je ne comprends absolument pas ce que je fais là ni qui est ce volatile.

– Tu as perdu la tête en même temps que la mémoire ou quoi ?

Est-il normal que cet oiseau parle ?

– C'est un beau gâchis, continue le corbeau en secouant la tête de gauche à droite.

– Excusez-moi. Mais on se connaît ?

– Oui, acquiesce-t-il, avant d'ajouter : Ah, non. En fait, non.

– Oui ou non ? J'aimerais bien savoir.

– Oh, c'est compliqué ! proteste le corbeau.

L'oiseau semble fâché. Son poitrail se gonfle, ses plumes s'ébouriffent et il écarte les ailes, manifestement en pleine réflexion. Il finit par lâcher d'un ton sec :

– Tu ne me connais pas, mais je te connais. Ça te va comme ça ?

Je hausse les épaules sans savoir quoi répondre. Je suis assez perdue comme ça.

Je tente de changer de conversation.

– Où sommes-nous ?

– Dans ton rêve, dit le corbeau du tac au tac. Enfin, ce qu'il en reste.

– C'est complètement désert, je fais remarquer.

– Oh, bravo, rétorque ironiquement le volatile. Quel brillant sens de l'observation ! C'est ce qui arrive quand on signe un contrat sans en connaître toutes les clauses, bougre d'imbécile !

– Hé ! Mais je n'ai pas…

Je m'interromps parce que je ne me rappelle pas. De quel contrat parle-t-il ?

– Bon, pour l'instant, je ne peux pas grand-chose pour toi. Mais je vais chercher une solution. En attendant, reste sage. Compris ?

Je hoche vaguement la tête pour lui faire plaisir. En réalité, je n'ai écouté qu'à moitié. La fatigue m'empêche de me concentrer. Je veux que le corbeau blanc me laisse tranquille. L'oiseau continue pourtant à donner des consignes de sa voix irritante.

– Obéis à Hélix. Tant qu'il te jugera utile, il te gardera et je saurai où te trouver. Ne fais rien d'irréfléchi, d'accord ?

J'acquiesce à nouveau pour la forme.

– Et surtout, n'accorde aucune confiance aux marins. Ils ont du sang ogre, tu comprends ce que ça veut dire ? Ne reste jamais seule avec eux.

Le corbeau prend son envol. Mais, après avoir effectué un tour sur lui-même, il revient en battant lentement des ailes.

– Une dernière chose. Continue à leur faire croire que tu es un garçon. Tant qu'Hélix ignore ce détail, il n'a pas toutes les cartes en main. Croâ!

Il s'éloigne, cette fois pour de bon, et disparaît dans le paysage sans couleur.

Blanc sur blanc.

Je reste seule au milieu de ce nulle part, cherchant à gauche et à droite dans l'espoir de reconnaître quelque chose. Partout, je ne trouve que du vide. Après quelques secondes d'angoisse, je sens mon rêve s'effilocher. Je me laisse couler dans le sommeil avec soulagement.

Une odeur nauséabonde me réveille.

J'ouvre à moitié les yeux sans trop savoir où je suis. Les deux marins sont agenouillés tout près. Ils ne font pas attention à moi, ils sont trop occupés à se disputer mon sac à dos. J'ai beau ne plus avoir de souvenirs, je sais que c'est mon bagage puisque je l'avais avec moi quand je me suis installée sur la chauffeuse la nuit dernière. Idem pour la casquette que l'un des marins porte justement posée sur sa grosse tête. L'autre extrait du sac un briquet. Une bouffée de jalousie m'enflamme les joues. C'est moi qui devrais être en train de fouiller ce bagage. Il contient peut-être des indices essentiels pour retrouver ma mémoire. Le marin observe un moment le briquet, puis il appuie dessus. Une flamme surgit. Les deux poussent un *oh* presque attendri, comme s'ils venaient de faire apparaître une jolie fleur.

Ils ne sont pas humains. Leur visage est un amoncellement de creux et de bosses : joues charnues, nez grossier, front bas, menton osseux. Leur crâne chauve est effilé vers l'arrière et marqué par un os qui leur fait comme une crête. Leur peau est d'une couleur que je n'avais encore jamais vue : noire avec des reflets verts. Cette double teinte leur donne un air maladif. D'ailleurs, tous deux dégagent un insupportable relent de soufre qui tend à prouver qu'ils ne sont pas au meilleur de leur forme. Ils échangent des mots amusés dans une langue que je ne comprends pas.

Alors qu'un marin s'apprête à sortir ce qui ressemble à une chaussette, je me jette sur lui pour lui arracher mon sac à dos.

– Rendez-moi ça !

Ils réagissent avec violence. Le marin au briquet montre des dents acérées tandis que son camarade, le chapeauté, me fusille de ses yeux rouges.

– *Nukarit naituq piaraq !* menace-t-il dans sa langue rocailleuse. *Iwit miliak uvanganernut.*

– Ce sont mes affaires ! je rétorque. Rendez-les-moi !

Je tente de récupérer ma casquette mais le marin est plus rapide que moi. Il s'esquive et contre-attaque en me poussant dans le dos. Surprise par sa force, je fais un vol plané au-dessus du parquet. J'atterris face contre terre, le ventre sur mon sac à dos, le souffle coupé. Une douleur foudroyante me remonte dans le nez. Je reste quelques secondes au sol sans comprendre ce qui vient de m'arriver. Je me redresse à moitié assommée, la vision rendue floue par les larmes, et parviens à m'asseoir. Je garde mon sac fermement serré contre moi pour bien montrer que je n'ai pas oublié l'objet de cette bagarre.

Une goutte rouge tombe sur le dos de ma main. C'est du sang. Mon sang.

J'essuie mon nez avec le dessus de ma main sans lâcher mon agresseur du regard. Il va me le payer.

– *Qimirarsuk nalanguilap*, ordonne le marin à la casquette en me montrant du doigt. *Raojiut kina angajur bagaq !*

Après avoir avalé le sang qui coule dans ma gorge et essuyé mes paumes de main sur mon jean, je me lève, les jambes un peu tremblantes. J'endosse mon sac pour bien montrer que j'en suis la propriétaire.

– C'est à boi, j'articule d'une voix assourdie par mon nez bouché.

Hors de question de paraître faible face à des brutes dans leur genre. Je ne fais pas le poids mais ça m'est bien égal. J'ai comme l'impression que j'ai déjà été confrontée à ce type de situation. Peut-être que, dans ma vie d'avant, j'étais une bagarreuse. En tout cas, le goût du sang ne me fait pas frémir. C'est déjà une bonne chose.

Soudain, la porte s'ouvre, nous faisant tous les trois sursauter. Le mage se tient devant nous, furieux.

– C'est malin, vous l'avez abîmé ! proteste-t-il en s'adressant aux deux marins comme à des enfants et en faisant des gestes amplifiés par ses larges manches.

– *Surusik ! Qiturngaq, alartibokuq*… bredouille celui qui porte toujours ma casquette.

– *Nipangerokut !* Je ne veux pas savoir qui a commencé ! Et puis retire-moi ce chapeau, tu es ridicule.

Le marin prend un air penaud en ôtant son couvre-chef. Au moins, je n'ai plus de doutes sur la personne qui commande sur ce bateau.

– *Ilitsik, atii sulivoq !* Retournez sur le pont. Il y a forcément un rouage à graisser ou des cordages à enrouler.

Occupez-vous si vous ne voulez pas que ce soit moi qui vous trouve une occupation. *Atii !*

Les deux hommes d'équipage s'empressent de déguerpir. Le mage ramasse la casquette que l'autre a laissée tomber, puis il se tourne vers moi pour la poser sur ma tête et m'examiner. J'en fais autant.

Il s'est changé. Il porte un sarouel recouvert d'une tunique noire cintrée à l'encolure brodée de fils d'or et rehaussé de pierreries vertes. On dirait un prince indien. Maintenant que ses cheveux noirs ne sont plus retenus par sa casquette, ils retombent élégamment de chaque côté de son visage. Ses yeux, d'un profond vert émeraude, ne cillent pas quand il m'observe.

Au bout d'une dizaine de secondes, il semble avoir pris une décision.

– Suis-moi. Il est hors de question que tu restes inoccupé.

Il s'approche du comptoir et pousse l'extrémité gauche équipée de gonds qui s'ouvre comme un portillon. Ça me fait bizarre de me retrouver de l'autre côté. C'est comme pénétrer dans un territoire interdit.

Nous continuons notre chemin en longeant le mur et entrons dans une salle bien plus intéressante que le bureau d'accueil.

– Voici mon atelier, déclare Hélix.

L'ambiance correspond déjà plus à l'image que je me fais d'un antre de mage. Au fond, une porte s'ouvre après une volée de marches. À droite de l'entrée, un plan de travail bien rangé accueille un alambic où mijote un liquide jaunâtre. Les deux autres murs sont recouverts d'étagères remplies de fioles et de bocaux dont je rêverais de connaître le contenu. Au sol, quelques dames-jeannes paraissent grouiller d'insectes noirs. Impossible de déterminer leur véritable nature. L'atelier n'est pas assez éclairé, et je n'ose m'approcher davantage.

Le mage me prend par l'épaule pour m'amener près du plan de travail. Il désigne trois cages métalliques rangées dessous. La première contient un chien blanc aux poils sales, la deuxième un chat tigré roulé en boule et la troisième un capucin aux yeux gigantesques. Aucun ne semble vraiment vivant, on dirait des prisonniers en attente de leur sentence.

– Tu t'occuperas d'eux, explique le mage. Tu les nourriras et tu laveras leurs cochonneries. Ton travail est de les garder en vie, c'est compris ? Hors de question que l'un d'eux meure pendant le voyage.

Je montre le mur du fond.

– Qu'est-ce qu'il y a ici ?

– Ma chambre. Interdiction d'entrer. De toute façon, les runes sur la porte sont là pour t'en empêcher.

Maintenant qu'il en parle, je distingue effectivement des inscriptions vertes dans le bois sombre. Celles-ci sont dans un lettrage incompréhensible, ce n'est même pas du latin.

– Que disent ces runes ?

– C'est écrit dans une langue que tu ne connais pas. Ça signifie : *Cette porte ne s'ouvrira jamais devant un autre que son maître, cela est gravé dans le bois, immuable jusqu'à la fin des temps.* Ces runes interdisent à tout autre que moi d'emprunter ce passage.

– Mais si je suis incapable de déchiffrer l'avertissement, ça ne peut pas marcher.

Le mage lève les yeux au ciel avant de me jeter un coup d'œil agacé.

– Essaye, si tu ne me crois pas.

Je m'approche de la porte, bien décidée à l'ouvrir. J'atteins les marches sans problème et je pose la main sur la clenche sans avoir rencontré la moindre résistance. Facile. Alors que j'appuie sur la poignée, une décharge électrique me traverse les doigts. J'ôte ma main avec stupeur. Comment est-ce possible ? Je me jette de tout mon poids sur la poignée. Cette fois, c'est comme si mes bras étaient paralysés.

– Mais comment ça marche ? je demande.

Le mage entrouvre la porte d'un geste fluide pour appuyer ses dires.

– Ces runes ne sont pas destinées à être lues mais à appeler un sortilège. C'est de la magie basique.

– Mais si je raye l'inscription ou que je brûle la porte ?

Hélix ne prend même pas la peine de répondre. Il se contente de secouer la tête pour me faire comprendre qu'il a pensé à tout.

– Et si… ?

– *Apirsup gunai !* m'interrompt le mage en fronçant les sourcils.

Il est revenu à la langue rocailleuse des marins. Mais il l'emploie avec plus de nuances. Les mots qui paraissaient rudes dans la bouche des deux travailleurs sonnent avec musicalité chez le mage.

– Ça suffit avec tes questions, traduit-il dans ma langue. Je n'aime pas les garçons trop curieux. En plus de garder en vie ces trois animaux, tu devras aussi laver les planchers tous les jours et cirer les boiseries une fois par semaine.

– Tous les planchers !

– Sortons d'ici, continue-t-il en ignorant ouvertement ma protestation. Je vais te montrer où tu peux poser tes affaires.

Nous quittons l'atelier pour regagner le bureau où se trouve le comptoir. Du côté de l'accueil du public, il y a trois portes. Celle du milieu mène aux escaliers qui mènent au couloir qui mène dehors. Je ne sais pas comment je le sais, mais je le sais.

– Là derrière, explique Hélix en désignant la porte de droite, tu trouveras la douche et les toilettes. Je tiens à ce que tu restes propre. Je dois déjà endurer l'infâme odeur des deux frères dogrons, alors je ne tiens pas à supporter en plus le fumet d'un garçon sale.

– Dragons ?

– Non, dogron. Un croisement d'ogre et de dragon. (Il esquisse un geste de la main pour signifier qu'il n'a pas le temps.) Nous en reparlerons plus tard si le sujet t'intéresse.

Hélix ouvre la seconde porte. Elle donne sur un placard encombré de paquets poussiéreux.

– Il y a une couchette quelque part là-dessous, explique le mage en désignant le capharnaüm d'un geste vague. À toi de t'organiser.

En observant plus en détail les lieux, je comprends que ce que j'ai pris pour un placard est en fait une cabine minuscule. Sous un amoncellement de cartons et de sacs se cache une couchette dont le matelas est roulé dans un coin.

– Je te laisse te débrouiller, j'ai du travail.

Hélix s'éloigne d'un pas tranquille. Je l'entends passer le portillon du comptoir, entrer dans son atelier puis claquer la porte derrière lui. Je me retrouve seule dans le cagibi encombré. Je laisse mon sac à dos à l'entrée, pose ma veste et ma casquette dessus avant de profiter du calme pour me rendre dans la salle de bains.

Là, j'entreprends de me débarbouiller, mais mon reflet dans le miroir m'arrête net. Celle qui me regarde de l'autre côté est une totale inconnue. Je lève un sourcil, aussitôt imitée par mon double du miroir. C'est comme si je vivais dans le corps de quelqu'un d'autre. Je m'inspecte sous toutes les coutures en remontant mes manches, à la recherche d'une cicatrice qui me raconterait peut-être une histoire. Rien ne vient, sinon la désagréable sensation d'être née il y a quelques heures. Je m'approche au plus près du miroir. Ma peau rose pâle est parsemée d'un nuage de taches de rousseur sur le nez et les pommettes. Mes yeux, d'un bleu très foncé, sont surmontés de sourcils châtain clair. Mes oreilles sont un peu trop décollées à mon goût, et mon nez un peu trop rond, mais bon, ça peut aller. En revanche, mes cheveux sont vraiment courts. Je me demande ce qui a pris la moi d'avant de les massacrer à ce point. En même temps, cette coupe garçonne m'a sans doute sauvée. Les choses auraient-elles été les mêmes si Hélix avait compris que j'étais une fille ?

Après avoir nettoyé ce visage ni beau ni moche qui est le mien, je retourne dans la cabine. Il semble qu'on ait entassé les choses dans cette pièce depuis des années sans volonté de ranger quoi que ce soit. Les lieux sont pourtant bien conçus, ils regorgent de placards cachés et vides pour la plupart. J'y transfère le contenu des cartons. Ces derniers renferment principalement des livres, des dizaines d'ouvrages reliés rédigés dans un alphabet inconnu.

Je me surprends à être organisée comme si j'avais déjà fait ça auparavant. D'où peut me venir cette habitude de vider les cartons ? Je me dis que je suis peut-être une fille de commerçants et que j'aide mes parents quand des livraisons arrivent. J'essaye d'évoquer leur visage, mais leur image reste floue. Je me demande si je leur manque, s'ils m'aiment, s'ils me cherchent, s'ils s'interrogent sur les circonstances de ma disparition ou s'ils se frottent les mains d'être débarrassés d'une bouche à nourrir. Mais peut-être n'ai-je ni père ni mère. Je peux très bien être orpheline et avoir grandi dans un foyer. Cela expliquerait mon côté bagarreur.

Après en avoir terminé avec les livres, je m'attaque aux

sacs. À l'intérieur, je trouve des vêtements usés, des bleus de travail tachés et troués, des robes de mariée, des uniformes militaires, des barboteuses pour bébé. Ces relents d'humanité me collent des frissons. Je me demande bien ce qu'un mage peut faire avec tous ces bouts de tissu. Je m'empresse de les fourrer dans les placards devant lesquels ils étaient amoncelés.

L'alcôve libérée, je déplie le matelas et le borde avec un drap délicatement brodé trouvé dans un des sacs. J'ajoute une jolie couverture en patchwork qui a dû demander des heures de couture à celui qui l'a confectionnée. Enfin, c'est un vieux lapin en peluche avec une oreille rapiécée qui me servira d'oreiller. Je pose mon sac à dos sur le lit avec un pincement de fébrilité au cœur. J'ai hâte de détailler tout ce qu'il contient. Peut-être vais-je mettre la main sur ma carte d'identité ? Ou sur une photo de famille ?

Je vide mon sac en prenant le temps d'observer chaque objet. Le couteau ne m'évoque rien, le briquet orné de fleurs non plus, pas plus que le kit à pharmacie. Tout ça reste trop impersonnel pour mener à mon passé. J'actionne la flamme en pensant aux deux marins de tout à l'heure. Leur nature monstrueuse me fait frissonner. Dogrons. Dragons et ogres. Ces créatures ne sont-elles pas censées être imaginaires ? Je voudrais le croire, mais que penser de leur parfum de soufre, de la couleur verdâtre de leur peau et de ces affreuses dents de dinosaure ? Aucun humain ne ressemble à ça. Le souvenir de leur sourire carnassier me fait frissonner. Me sentant soudain vulnérable, je claque la porte de ma cabine. Je reste un moment appuyée contre le battant à tendre l'oreille. Les boiseries de la péniche craquent au rythme des flots, le moteur ronronne paisiblement. Rien d'alarmant. Le mage se trouve dans son atelier, les marins sont censés travailler sur le pont supérieur. Tout est calme.

Après une profonde inspiration, je finis par me ressaisir. Je replonge le nez dans mon sac à la recherche d'autres trouvailles. Le duvet est une découverte appréciable. Je le déroule entre le drap et la couverture pour ne pas avoir froid cette nuit. Les pâtes de fruits dénichées dans une boîte en plastique me font un tout autre effet. Elles sentent terriblement bon. Je crois même avoir remporté le jackpot quand, à la première bouchée, un semblant de souvenir tente de remonter à la surface à la manière d'un ver qui se tortille hors d'une pomme.

Au moment où je le sens sur le point de percer la surface de ma mémoire, un vertige me saisit en me laissant une odeur nauséabonde dans le nez. C'est comme une nausée olfactive. Je me retrouve le souffle court sans comprendre ce qui vient de m'arriver.

Le morceau de pâte de fruits encore entre mes doigts tremblants, j'attends. Mais aucune nouvelle sensation ne semble sur le point de se déclarer. Je repose la friandise sucrée avec prudence et referme la boîte avec une moue dégoûtée. Hors de question de revivre cette horrible nausée. La faim revient pourtant me hanter quand je tombe sur une barre de céréales. J'y goûte du bout des lèvres.

Pas de malaise, pas de ver-souvenir. C'est juste délicieux. Du chocolat, des noisettes et du sucre, tout ce que j'aime. Je l'avale en moins de deux en faisant passer le tout avec la moitié de l'eau tiède de la bouteille, puis je continue mon exploration du sac. Au fond, je tombe sur une pochette contenant des sous-vêtements. Hélas, les culottes qu'elle renferme n'ont pas d'étiquette à mon nom. Les chaussettes ne m'avancent pas plus. Au moins, elles ont l'air confortables et assez épaisses pour durer. Enfin, je sors une fine serviette verte sans y trouver le moindre indice.

Dans la poche avant du sac, je découvre un porte-monnaie rempli d'une coquette somme. C'est toujours ça de pris. En même temps, je ne vois pas vraiment où je pourrais dépenser tout cet argent. Pour ça, il faudrait que je sois en mesure de quitter le bateau.

Je contemple avec déception l'ensemble de mon butin étalé sur mon lit. Cette fouille est un échec. Elle ne m'a apporté aucune information. Hormis ces pâtes de fruits vertigineuses, bien sûr. La boîte en plastique me toise. Je m'en saisis et, avant que le courage ne me manque, je l'ouvre et croque dans le carré rouge entamé. Je laisse le sucre fondre sur ma langue, parée à toute éventualité. Cette fois, rien ne se produit. Aucun souvenir ne se présente, aucune sensation désagréable. Je finis la pâte en savourant chaque bouchée et place religieusement la boîte au fond du sac à dos. Ces bonbons sont trop précieux pour que je les partage, me dis-je en entassant par-dessus mes maigres affaires.

Alors que je quitte la salle de bains après une bonne douche chaude, je tombe sur le mage installé à son guichet. Quelle heure peut-il être ? L'homme me considère d'un air satisfait.

– Parfait. Je vois que tu as écouté mes conseils. C'est appréciable. L'heure des visites va bientôt commencer. Alors tu prends tes trois protégés avec toi et tu vas voir ailleurs.

– Quoi ? Mais je vais où ? je demande sans saisir ce qu'il attend de moi.

– Monte les escaliers et prends les marches qui descendent de l'autre côté du couloir. C'est la cantine. Tu peux t'installer là sans gêner. Mais n'ouvre pas la porte de droite, elle mène à la cabine des frères dogrons, et je te déconseille d'y entrer. En revanche, la porte de gauche donne sur la cuisine. Fouille dans les placards et prends ce que tu veux à manger. *Atii, silami !* Allez, ouste !

Je pose mes affaires de toilette dans ma cabine puis pousse sur le portillon en m'apprêtant à gagner l'atelier du mage. Celui-ci me stoppe avant que j'y pénètre et désigne trois cages dissimulées sous le comptoir.

– Pas la peine d'aller fourrer ton nez dans mes affaires. Je les ai amenés ici.

J'attrape le chien et le chat avant de constater que je ne pourrai pas porter les trois animaux à moi toute seule.

– Je vais devoir faire plusieurs voyages, j'annonce au mage en guise d'excuse.

– *Naga.* Hors de question, on n'a plus le temps.

Avec un soupir agacé, il ouvre la cage du singe et attrape celui-ci par la taille. Il l'extrait de sa prison sans égard pour la petite bête et le pose sur mon épaule. Aussitôt, le capucin entoure mon cou comme un naufragé.

– Problème résolu, déclare Hélix en reprenant sa place. Dégage le plancher, maintenant.

J'obéis, mes deux cages à bout de bras, et la gorge enserrée par le singe paniqué.

– Une dernière chose ! s'exclame Hélix alors que je m'apprête à fermer la porte. *Tusaktuq alok.* Écoute avec attention.

J'arrête mon geste pour tendre l'oreille.

– Quoi que tu entendes cette nuit, ne quitte pas la cantine. Je viendrai te signifier quand tu pourras rejoindre ce côté. Fais ce que je dis et tu resteras peut-être en vie.

Drôle de consigne…

Je hoche la tête et ferme la porte. Je grimpe l'escalier en bois en me demandant si la dernière phrase était un trait d'humour. Rapidement, des soucis plus immédiats accaparent mon attention. Les marches étriquées m'obligent à monter de travers, une cage devant, une cage derrière. Tout ça avec un capucin hystérique qui a finalement trouvé plus pratique de s'accrocher à mes cheveux. J'arrive en haut de l'escalier à bout de souffle et en sueur.

Le couloir est calme. Dehors, j'entends les marins s'activer sur le pont. Un choc sourd suivi de frottements retentit contre la coque à tribord. Il semblerait que nous soyons à quai. J'aimerais bien mettre le nez à l'extérieur, histoire de voir où nous faisons escale. Mais, en même temps, je ne serais pas très avancée, parce que mes connaissances en géographie sont proches du néant depuis ma perte de mémoire.

Soudain la porte s'ouvre et un marin pénètre dans le couloir. Surpris par ma présence, il s'arrête en laissant échapper un juron. N'ayant aucune envie de le provoquer, je m'enfonce dans l'escalier en face de moi sans demander mon reste. Je me retrouve en un instant dans la fameuse cantine. À ma grande surprise, les lieux sont accueillants. Une table ovale en bois noir trône au milieu d'une pièce plus étroite que l'atelier du mage. Une longue banquette en velours rouge occupe le mur du fond tandis que des tabourets soudés au sol offrent quelques places supplémentaires. Je pose mes cages sur le bord de la table et essaye de décrocher le singe. C'est peine perdue. Le capucin plante ses ongles acérés dans le cartilage de mes oreilles dès que je fais mine de l'attraper.

– Très bien, je lâche après trois essais infructueux et douloureux. Reste là. Mais je te préviens, si je trouve une banane, je la mange devant toi sans t'en laisser un seul morceau.

L'animal émet une protestation outrée. Du moins, c'est le sens que j'attribue au couinement qu'il laisse échapper.

Les escaliers sont entourés de deux portes. Je n'ai pas à hésiter, celle de la cuisine est ouverte. L'autre est donc la cabine des frères dogrons, où je n'ai absolument pas envie de poser les pieds. Je n'ose imaginer leur colère s'ils me voyaient pénétrer sur leur territoire. En même temps, ce serait un juste retour des choses, puisqu'ils se sont permis de fouiller dans mon sac.

La cuisine, quoique petite, est fonctionnelle. Une dizaine de placards couverts d'inscriptions runiques cachent de la nourriture en abondance. Je suis même étonnée d'y trouver des fruits, du pain frais et du fromage. J'en viens vite à la conclusion que la magie a quelque chose à voir avec tout ça. Aucun fruit n'est périmé, les fromages dégagent une odeur discrète et le pain craque comme s'il venait de sortir du four. Chaque aliment semble figé à parfaite maturité.

Juchée sur un tabouret, je tombe sur un placard qu'on dirait spécialement destiné aux animaux à bord: thon à l'huile, pâtée pour chien, panier de figues, noix, amandes et abricots déshydratés. La perspective d'un bon repas convainc finalement le singe de quitter mon épaule. Je place le panier de fruits secs sur le plan de travail, une assiette de poisson et une autre de pâtée sur le sol de la cuisine. Alors que le singe est déjà en train d'engouffrer les noix, j'ouvre les cages. Si le chien sort sans crainte, le chat reste prostré au fond en crachant. Je porte sa cage jusque devant le thon puis cesse de faire attention à lui. S'il a vraiment faim, il ira vers la nourriture.

Je passe ensuite à la préparation de mon repas, émerveillée par ces placards runiques qui bloquent l'altération des denrées. La magie d'Hélix est capable de réaliser des prodiges. Je suis fière d'être au service d'un être doué de talents aussi incroyables. Peut-être acceptera-t-il, quand nous nous connaîtrons mieux, de me prendre comme apprentie ?

Je finis par porter mon choix sur une grosse tartine de pain que je recouvre de fromage frais et que j'accompagne d'une part de tarte aux pommes encore tiède. Un délice. On dirait qu'elle vient de sortir du four. C'est d'ailleurs tellement bon que je me ressers. Je m'endors sur la banquette, le ventre plein et l'esprit plutôt apaisé.

J'émerge de ma sieste la tête floue. Combien de temps s'est-il écoulé ?

J'ai un moment de panique en sentant mon corps immobilisé. Mais je me rends vite compte que je n'ai rien à craindre. C'est même plutôt le contraire. Le chien, un bichon, est étendu sur mes jambes. Le chat lui, a préféré se rouler en boule sur mon ventre. Quant au capucin, il s'est pelotonné dans le creux de mon épaule. Mon cœur d'ado fond devant ce spectacle.

Malheureusement, ce moment de grâce se termine de façon brutale quand un des frères dogrons débouche dans la cantine. Son odeur de soufre envahit en quelques secondes l'habitacle. D'un même élan, les animaux sortent du sommeil et se précipitent dans la cuisine. Je me redresse sur la banquette. Me voilà seule face à l'étrange marin. J'ignore si c'est celui que j'ai croisé tout à l'heure. Ils se ressemblent tellement.

En tout cas, celui-ci me fusille du regard. Son regard n'a rien d'amical. J'ai l'impression d'être une biche prise au piège. Il ne reste plus qu'à sonner l'hallali.

– Salut, je déclare en levant la main droite. Je viens en paix.

Si ma tentative de faire de l'humour avait pour but de relâcher la tension, elle se révèle complètement infructueuse. Le dogron me toise d'un air encore plus menaçant.

Un bruit de pas résonne dans le couloir, puis dans les escaliers.

Le second marin fait son apparition. Son regard s'arrête quelques instants sur moi. Il pousse un grognement contrarié et bouscule son frère pour gagner sa cabine sans m'accorder plus d'attention. Ce comportement paraît convaincre le premier, qui hausse les épaules et rejoint la chambre où son comparse vient de disparaître. La porte claque.

Sitôt les dogrons hors de ma vue, je me précipite dans la cuisine pour remettre le bichon et le chat dans leur cage respective. Ils n'ont l'air que trop heureux de se réfugier derrière les barreaux. Je ne sais pas ce que mange un ogre-dragon mais, vu la frayeur des animaux, je n'ai pas envie de le découvrir. Le capucin me donne plus de mal. Il s'est agrippé à la poignée d'un placard et ne semble pas disposé à la lâcher. Je finis par l'arracher à sa prise pour le poser sur mon épaule. Il enfonce ses ongles dans le pavillon de mon oreille avec un cri inquiet. Je lui caresse le dos pour tenter de le rassurer.

– Allons, allons, l'ogre-dragon ne te fera pas de mal.

Mais qu'en sais-je réellement ? Peut-être que le mage m'a demandé de nourrir les animaux dans l'unique dessein de les donner plus tard à manger aux deux frères ? À moins que ces derniers ne se repaissent des humains ? Et plus précisément d'ados bien tendres.

Ayant toujours l'interdiction d'Hélix en tête, je m'assois sur la banquette, le plus loin possible de la cabine des marins, les deux cages à mes pieds. Il n'y a pas grand-chose à faire, ni télé ni radio, alors j'en profite pour tendre l'oreille du côté des dogrons. Une discussion à voix basse et des grommellements exaspérés s'échappent de leur cabine. Est-ce qu'ils restent cachés là-dedans pour éviter de me côtoyer ?

La tentation est trop forte.

– Messieurs les marins ? j'appelle en m'efforçant de maîtriser les tremblements de ma voix. Et si on se réconciliait ? Je m'excuse pour le sac à dos et... pour le reste aussi.

Je ne sais pas trop ce que le reste en question inclut. Je l'ai ajouté parce que je vois bien que ma présence les incommode. Ils sont peut-être jaloux de l'attention qu'Hélix me porte ?

Finalement, ma proposition semble porter ses fruits puisqu'une tête fait son apparition hors de la cabine. Je crois reconnaître le plus costaud des deux, le dernier arrivé. Il avance d'un air résolu et prend place sur un tabouret de l'autre côté de la table. Au comble de la panique, le capucin soulève mon pull et trouve refuge tout contre mon ventre.

Le dogron prend son temps pour m'observer. Je profite de son silence pour faire de même. Ses mains calleuses sont posées sur la table. Ses ongles verts font irrémédiablement penser à des griffes. Les muscles de ses bras tendent le tissu de sa marinière. Son cou est court, son visage imberbe. Il ne possède même pas de sourcils. Il n'est pas si laid quand on le détaille. C'est juste que sa couleur de peau, cette crête sur son crâne et son air de brute le rendent intimidant.

Soudain, ses narines se dilatent pour laisser échapper un nuage de fumée. Devant cette preuve évidente de sa nature de demi-dragon, je sens mon estomac se contracter. Je baisse la tête pour reprendre contenance et croise le regard insistant du chat et du chien. On dirait qu'ils m'ont désignée pour être leur porte-parole. Je l'accepte d'un hochement de tête, puis inspire profondément avant d'entamer la discussion.

– Comment tu t'appelles ?

– Safre, répond le marin d'une voix rauque.

Mon cœur se soulève devant cette victoire. Les mots

suivants se précipitent hors de ma bouche comme si le temps m'était compté.

– Tu parles ma langue ! Tu me comprends ?

Le dogron au drôle de nom hoche la tête. Il remue les lèvres en cherchant ses mots.

– *Atonarpoq*. Difficile. Je parle pas beaucoup. J'aime pas, articule-t-il de sa langue rocailleuse.

Je décide de continuer avec des questions simples.

– Et ton frère ? Il s'appelle comment ?

– Margoule.

Soudain, une idée géniale mais un peu désespérée me vient en tête.

– Est-ce que tu connais mon nom ?

Safre ouvre la bouche en secouant les épaules. Un rire grave mais typiquement humain s'échappe de sa personne. Troublant.

– *Naga*, déclare-t-il finalement en soufflant un nuage de fumée entre ses dents affûtées. *Kojimanguitunga*. Je connais pas. Seul le Maître sait.

Un mouvement attire mon regard. C'est le second frère dogron. Il s'extrait prudemment de sa cabine et s'installe sur le tabouret le plus proche de son compagnon, toujours aussi loin de moi que possible. Je peux à loisir les observer tous les deux. Les différences me sautent maintenant aux yeux. Safre doit être le plus âgé des deux. Son visage est marqué, ses traits plus durs. Une longue cicatrice blanche lui barre la tempe gauche. Et puis la crête de son occiput est plus pointue. Margoule, légèrement plus petit et moins musclé, possède néanmoins une carrure impressionnante. Il affiche un regard inquiet comme si une menace pesait en permanence sur ses épaules.

– Et toi, Margoule, tu parles ma langue?

– Non, répond-il du tac au tac.

– Votre nom, ça veut dire quelque chose?

Depuis tout à l'heure, l'idée trotte dans ma tête. Plus je les connaîtrai, plus je serai à même de m'en faire des alliés. Et puis, on ne mange pas ce que l'on connaît, n'est-ce pas? En plus, le moment est parfait. Aucune tâche ne semble leur être assignée, le mage est occupé à recevoir des clients, je n'ai moi-même rien à faire. Autant exploiter ce que la chance nous donne.

Safre se gratte le cuir chevelu en cherchant ses mots. Margoule se contente de regarder son frère.

– Safre, c'est glouton, mange vite et beaucoup. Margoule, c'est bouche sale. Toujours mange salement.

– C'est votre mère qui vous a donné vos noms?

Le visage de Safre, qui commençait à se dérider, se rembrunit d'un coup. Il n'aime pas ma question. Je m'empresse de réparer ma maladresse.

– Excuse-moi. Je ne voulais pas te mettre mal à l'aise.

– Pas de ma, pas de pa, intervient Margoule d'un ton désabusé. Seuls Sosana et le Maître.

– Je ne comprends pas, j'ajoute sincèrement.

Margoule hausse les épaules. Il n'ira pas plus loin dans ses explications. À moi de saisir ce que je peux.

– Comment vous dites ça dans votre langue : je ne comprends pas ?

– *Tukisinguitunga*, traduit Margoule, tandis que Safre reste enfermé dans son air renfrogné.

– *Tukisinguitunga*, j'articule maladroitement.

Margoule hoche la tête. Je laisse passer quelques secondes de silence avant de questionner à nouveau.

– Où va la péniche ?

– Sur le fleuve, répond Safre, le visage impassible.

J'entends Margoule qui glousse devant ce trait d'esprit. Alors, comme ça, ils sont capables d'humour ?

– Et après ? j'insiste sans me laisser démonter.

– Remonte l'eau. Après, c'est le canal. Après encore, *Tiwaz Ikimatur*, le Tunnel Runique.

– Le Tunnel Runique ? je répète, soulagée et affolée de connaître enfin notre destination. Où mène-t-il ?

– *Aupaluki nuilaq*. Terre de sable et de vent. Terre de magie.

La tête me tourne en entendant ces mots sortir de la gorge rugueuse de Safre. J'ignore peut-être d'où je viens, mais je sais maintenant où je vais. J'en pleurerais presque.

– Et qu'y a-t-il là-bas ?

– Il y a Sosana, annonce Margoule d'un ton funèbre.

– Il y a les mages, ajoute Safre, lugubre.

Des bruits de pas sur le pont viennent interrompre notre discussion. Safre et Margoule lèvent la tête, les sens en alerte. Le capucin sous mon pull est traversé par un frémissement.

– Ho ! tonne soudain une voix caverneuse. Il n'y a donc personne pour m'accueillir ?! Où sont passés ces deux incapables ?

À ces mots, Margoule se lève avec précipitation et gravit les escaliers quatre à quatre. Avant de s'élancer derrière son frère, Safre me regarde gravement.

– Surtout, tu bouges pas et tu fais pas de bruit. Homme très dangereux. Je ferme. Reste dans le silence.

Safre disparaît en claquant la porte de la cantine derrière lui.

Je demeure figée par la peur. Qui peut bien intimider ainsi deux costauds comme les dogrons ? Est-ce à cause de cette visite que le mage lui-même m'a demandé de m'éloigner ?

Un coup d'œil au chat et au chien me confirme que le danger est réel. Leur posture est sans équivoque : oreilles plaquées en arrière, muscles bandés, pupilles écarquillées. Je maudis mon piètre instinct d'humaine qui m'empêche de sentir la menace.

En tendant l'oreille au maximum, je finis par distinguer les déplacements des différents protagonistes. Des choses sont traînées sur le pont supérieur en direction de la proue. Elles sont accompagnées du pas lourd et lent d'une personne de forte corpulence et de celui des dogrons, rapide et précis. De temps en temps, la voix du visiteur retentit, souvent suivie d'un rire gras.

Je note soudain un détail qui ne m'avait pas sauté aux yeux jusqu'alors. Il y a une courte frange de rideaux tout en haut du mur et elle s'étend sur les trois côtés de la cantine. Je l'avais prise pour une décoration, mais maintenant que j'y regarde de plus près, je me dis qu'elle cache sûrement autre chose.

Je me glisse hors de la banquette. Le singe étouffe un cri de protestation. Je passe ma main sous la bosse qu'il forme dans mon pull pour le soutenir tandis que je me positionne sous le rideau. Sur la pointe des pieds, j'atteins tout juste le bord. Je le soulève du bout des doigts pour découvrir, dissimulé derrière, un long hublot horizontal.

J'enrage d'être trop petite pour voir ce qui se trame de l'autre côté.

Un regard vers la cuisine m'apporte la solution. Je vais récupérer le tabouret et le pose avec toute la discrétion dont je suis capable près du mur de droite. Soutenant toujours le capucin d'une main, je grimpe sur mon promontoire et glisse la tête sous le rideau. Mes yeux atteignent de justesse le bord du hublot.

Dehors, il fait nuit. Le bout de quai, que j'arrive à distinguer, est éclairé par la lumière d'un lampadaire verdâtre. Je discerne juste une partie de la passerelle tendue entre la terre et la péniche. Rien ne se passe pendant une minute. Puis une silhouette se glisse sur le pont d'un pas lourd. C'est le fameux visiteur. Difficile d'évaluer sa taille de là où je me trouve. J'aperçois son visage bien en chair quand il passe sous le réverbère : teint rubicond, épais sourcils marron, double menton et boucle en or dans le lobe de l'oreille. L'homme porte sans trop d'effort deux gros sacs de jute, puis repart à vide quelques secondes plus tard.

Alors qu'il traverse pour la sixième fois la passerelle, l'inconnu s'arrête et tourne brusquement les yeux vers moi. Prise de court, je lâche aussitôt le rideau et tombe du tabouret plus que je n'en descends.

– Vous avez un visiteur ? j'entends la grosse voix interroger.

Je reste sans bouger, plaquée contre le mur, tentant de respirer le moins bruyamment possible.

– Non, déclare le mage.

– Pourtant, sniff, sniff… Il me semble, sniff, sniff… Qu'une odeur nouvelle flotte sur votre bateau. Et j'ai cru voir…

– Ah…, reconnaît Hélix d'un ton faussement blasé. Lui. Oui, c'est ma dernière acquisition. Un nouvel esclave.

Esclave ? Le mot résonne dans ma tête comme une révélation. C'est donc ce que je suis ?

– Encore ? gronde son interlocuteur. Vous n'avez pas assez avec les frères dogrons ?

– Vous savez, les esclaves… Ça va, ça vient.

– À l'odeur, il a l'air tout frais. Vous pourriez me le laisser, propose l'homme. Je lui trouverais à coup sûr une utilité.

– Hors de question. Vous le mangeriez. Comme tous les autres. Vous n'êtes pas fait pour avoir des esclaves.

Toujours collée à la cloison, je glisse le long du mur vers le sol, terrifiée par les propos des deux hommes. Ils sont en train de parler de moi comme ils parleraient d'un vulgaire animal.

– Vous êtes cruel, Hélix. Il n'y a donc aucune pitié pour un ogre affamé dans votre cœur de pierre ?

Un ogre ? Un frisson glacial parcourt ma colonne vertébrale de bas en haut. Les deux hommes ricanent cruellement comme deux super-vilains qui viennent d'échanger une blague.

– Allons, allons, morigène le mage. Votre gourmandise vous perdra, Gruge-Carcasse. En plus, tel que je vous connais, votre garde-manger est toujours largement rempli.

– Bah, bougonne l'ogre. De toute façon, les esclaves ne m'intéressent pas. Ils n'ont que la peau sur les os. Et puis le travail forcé leur donne un goût aigre. Non, moi, ce que je préfère, ce sont les p'tits d'humains bien potelés. Les meilleurs sont ceux qui sont nourris aux fast-foods. Je les embroche et je les cuis au-dessus de la braise… Bon sang, c'est un vrai délice ! Leur peau craquelle sous la dent et leur gras donne un goût incomparable à leur chair. Je salive rien que d'en parler.

Après un ultime aller-retour sur la passerelle, la voix de l'ogre retentit à nouveau.

– Voilà, mon cher Hélix. C'est le dernier sac.

– Parfait, déclare le mage en claquant des doigts. Safre va vous apporter votre dû.

Soudain, le dogron surgit dans la cantine comme un diable qui sort de sa boîte. Il entre dans la cuisine sans même m'accorder un regard, ouvre un placard bas et en retire quatre cageots remplis de légumes rouge sang. Ainsi chargé, il remonte prestement.

– Et voilà, annonce le mage en voyant Safre émerger des profondeurs de la péniche. Dix kilos de piments du désert rouge de la plus pure espèce.

– *Solanaceae Capsicum Aupaluki*, se réjouit la voix de basse de Gruge-Carcasse. Un délice à nul autre pareil.

– Vous ne trouverez pas plus goûteux de ce côté du monde.

– En effet, acquiesce l'ogre. Il n'y a que l'air torride du désert rouge pour produire un piment de cette qualité. Sa texture et sa force sont idéales pour relever la fadeur de certaines chairs. Vous voyez, je n'ai pas tous les jours des petits enfants gras à me mettre sous la dent. Je suis parfois obligé de me rabattre sur des cibles moins tendres et plus âgées. Je suis ravi de cette transaction, comme toujours, mon cher Hélix.

– Et moi, je suis enchanté de travailler avec vous, cher Gruge-Carcasse, congratule le mage d'un ton affable de commerçant. Vos produits sont toujours d'une qualité irréprochable.

– Bien ! Nous nous revoyons donc dans six lunes.

– Je serai là, fidèle au rendez-vous. Adieu, Gruge-Carcasse !

Le pas lourd de l'ogre retentit une dernière fois sur la passerelle. Peu après, un bruit métallique indique que celle-ci est tirée sur le bateau. Puis le moteur diesel se met à gronder sous mes pieds. Je sens ses vibrations qui remontent dans mes jambes.

Je m'autorise un soupir de soulagement. Mais mon

répit est de courte durée. Le mage surgit dans la cantine en faisant claquer la porte. Il a la tête de celui qui a mangé un aliment qui ne passe pas.

– *Aniakuvik !* crache-t-il. Je t'avais dit de rester discret !

– Mais je n'ai pas bougé de cette pièce ! je proteste, toujours accroupie le dos au mur. J'ai suivi vos consignes !

– Pourtant, il a fallu que tu montres ton nez, accuse-t-il en désignant le tabouret encore positionné sous le hublot. Heureusement que j'avais de quoi payer la livraison de Gruge-Carcasse, sinon je n'aurais eu d'autre solution que de te céder.

– C'est un vrai ? je demande alors qu'il tourne déjà le dos pour quitter la pièce.

Hélix se retourne et me fusille du regard, les sourcils froncés.

– L'ogre, je précise, pour être certaine qu'il a bien compris de quoi je parlais. C'est un vrai ?

– Mais, bougre d'imbécile, bien sûr que l'ogre est un ogre ! s'énerve-t-il. Qu'est-ce que tu vas imaginer ? Qu'on fait tous semblant ? Ce type mange de la chair humaine comme tous ceux de son espèce. Je sais que tu viens d'un monde ignorant, mais ne me fais plus l'affront de ce genre de question ! Une bonne fois pour toutes : la magie, les runes et les ogres existent. Maintenant, mon garçon, arrête de te faire plus bête que tu n'es. Ramène cette ménagerie dans mon bureau et va sur-le-champ nettoyer les parquets. Je déteste voir mes esclaves inoccupés ! *Atii !*

Je m'exécute sans demander mon reste. Je remonte,

traverse le couloir puis redescends de l'autre côté. Alors que je passe le comptoir pour y déposer les animaux là où je les ai trouvés, j'aperçois deux cages supplémentaires. L'une contient un oiseau entièrement bleu, tandis que l'autre renferme une grosse tortue réfugiée à l'intérieur de sa carapace. Je me demande combien d'animaux le mage compte ainsi stocker. Cinq, ça commence à faire beaucoup. Je décroche le singe de mon T-shirt et le fais entrer de force dans sa cage malgré ses protestations outrées. Ignorant délibérément les œillades désespérées des animaux, je quitte le bureau le cœur lourd pour aller remplir mon rôle de simple esclave.

Et moi qui ai eu l'audace de penser que je pourrais devenir apprentie du mage.

Tandis que je passe une serpillière humide sur le pont, mon esprit tourne à plein régime. J'ai beau me creuser la tête, je ne parviens pas à me souvenir de ce qui m'a amenée auprès du mage. Les années, les mois et les jours qui précèdent la nuit dernière forment un nuage flou. En revanche, ma mémoire récente est excellente. Runes, mage, dogrons, ogre, tout ici tourne autour d'une magie dont j'ignore l'essentiel. Hélix me l'a lui-même rappelé, je ne fais pas partie du même monde que lui.

Je relève la tête pour remplir mes poumons d'air pur. La péniche remonte lentement le fleuve à travers une forêt épaisse. Au loin, le ciel rose et le chant matinal des oiseaux annoncent l'apparition imminente du soleil. J'ai beau être cernée par l'inconnu, je me sens bien. La nature et la lenteur du bateau m'apaisent. Sur les berges, la végétation prend une teinte cuivrée qui fleure bon l'automne. Les marronniers ploient sous les bogues orange tandis que les saules pleureurs observent leur reflet jaune dans l'onde calme. Dans l'herbe haute de la rive, les toiles d'araignée chargées de rosée forment des labyrinthes de dentelle. Il fait assez froid pour que de la buée s'échappe de ma bouche ainsi que du seau d'eau chaude posé contre le poste de pilotage. Safre, le regard concentré sur l'horizon, est aux commandes. Margoule œuvre à l'arrière, il passe un rouleau de peinture noire sur la poupe.

À l'avant de la péniche, un amas de sacs de jute recouverts d'une bâche bleue m'empêche de nettoyer le pont. Quand je fais mine de regarder le contenu, la voix de Safre retentit.

– *Savipangituk !* Touche pas !

– Qu'est-ce qu'il y a dedans ? je demande avec toute l'innocence dont je suis capable.

Je sais très bien que ces sacs correspondent à la livraison de Gruge-Carcasse. Je donnerais cher pour savoir ce qu'un ogre peut bien avoir à vendre. Safre penche la tête sur le côté, me regarde attentivement avant de répondre dans un nuage de fumée.

– *Naga.* Savoir, toi, tu veux pas.

– Si, dis-moi !

– Alors je fais devinette, ajoute le dogron, amusé. Toi, tu trouves.

Je hoche la tête et attends.

– L'ogre mange quoi ? commence Safre.

– C'est facile. De la viande.

– *Li.* Mais viande de quoi ?

– De tout, j'imagine. Ils ne font pas de distinction.

Après tout, j'ignore si les histoires racontées dans les contes sont justes. On ne m'avait par exemple jamais dit que les ogres aimaient manger épicé.

– Celui-là, le pire. Le nom de lui c'est Gruge-Carcasse. Il veut pas la viande des *nersut*, les animaux avec quatre pattes. *Naga.* Il préfère la chair fraîche des animaux avec deux pattes. Tu devines quoi ?

– Des humains ? je réponds d'une voix mal assurée.

– Exact, acquiesce le dogron. Après, quand l'ogre a mangé toute la viande, il reste quoi ?

– C'est répugnant, je déclare avant d'énumérer. Des vêtements, des chaussures, de la peau, des... os ?

Safre me regarde d'un air entendu de ses yeux rouges sans rien ajouter d'autre. J'ai peine à y croire. J'avale ma salive en jetant un coup d'œil effrayé en direction du chargement.

– Tu veux dire que ces sacs contiennent des os humains ?

Le dogron opine du chef en souriant. Il se régale de ma peur.

– J'avais dit à toi. Savoir, tu veux pas. Maintenant que toi tu sais, tu sens mieux ? *Naga.* Gruge-Carcasse mange la viande, garde les os et les vend au Maître.

– Mais pourquoi ? je gémis. À quoi ça peut bien lui servir ?

Safre adopte un air grave.

– *Ilali.* Rien. C'est le travail du Maître. *Pikiniaro serratk.* Collecteur de magie. Il achète partout, il revend aux mages.

– Collecteur de magie… je répète d'un air songeur. C'est donc ça… Mais je ne comprends pas. Les os, ça n'est pas magique.

Safre souffle lentement un nouveau nuage de fumée à l'odeur de soufre. Je sens poindre son exaspération.

– Toi, tu poses trop de questions. Dangereux. Je dis et après tu tais toi. Fini, plus autre question, *li* ?

Je hoche la tête. Il entreprend d'expliquer mais bute tant sur les mots qu'il appelle son frère à l'aide. Celui-ci pose son rouleau et s'approche de nous, l'air interrogatif.

– *Kilinguipunga sulineq Sulitsi*, explique-t-il dans sa langue gutturale. *Oqaruk ivvit.*

Ça ne semble pas plaire à Margoule. Il secoue plusieurs fois la tête comme pour refuser avant de céder aux instances de son aîné. Il me jette un regard contrarié, crache un juron inconnu et lâche une explication dans ma langue avec une aisance impressionnante.

– Les os ne sont pas magiques. Ce sont juste des os. Mais ils possèdent un petit peu de magie parce qu'ils étaient un morceau d'une personne avant. Quand les magiciens les mélangent avec d'autres ingrédients, ils peuvent créer un sort de grande puissance. Voilà.

Tu arrêtes avec tes questions maintenant, *li* ? Le Maître n'aime pas les questionneurs. Alors tu te tais et tu termines ton travail.

Safre hoche la tête sans prendre la peine de me regarder. J'ai eu mon explication. Il n'en dira pas plus aujourd'hui.

– Merci, Margoule, merci, Safre, dis-je humblement avant de m'éloigner avec mon seau fumant vers l'autre côté du pont.

Je comprends mieux à présent l'intérêt pour Hélix de se déplacer en péniche. Il peut stocker une quantité importante de matériel et naviguer en toute discrétion au rythme du fleuve. Car je ne pense pas que le commerce d'os humains soit légal, pas plus que l'esclavage ou le recel d'animaux domestiques, d'ailleurs.

Le jour est bien entamé quand je termine mon lessivage. Je suis fatiguée, mais je n'ai pas envie de dormir. Je me rends bien compte que mon corps ne sait plus quel rythme adopter. Jusqu'à présent, je ne disposais pas d'un temps assez long pour retourner dans ma cabine et j'ignore si j'en ai à présent l'autorisation. Plutôt que d'attirer l'attention au risque qu'on m'affecte une nouvelle tâche, je vais m'asseoir sur le pont, le dos contre la cabine de pilotage. Les dogrons sont toujours actifs. Safre continue à barrer tandis que Margoule bricole. En fait, il n'y a qu'Hélix qui se tourne les pouces dans le ventre de la péniche.

– Ho ! *Surusik* !

La voix grondante de Safre me tire de la somnolence dans laquelle j'ai fini par glisser. Je me lève au garde-à-vous, un peu étourdie.

– Comment tu m'as appelée ?

– *Surusik*, c'est le mot pour dire grand enfant comme toi, explique Safre, les mains toujours sur la barre. L'écluse arrive. Tu donnes le coup de main à Margoule. On va voir si tu es bon mousse.

Devant nous, le fleuve s'est resserré. Une nouvelle ville est en vue. Plutôt que de suivre la route principale, Safre fait bifurquer la péniche vers un couloir de pierre sur la droite. La manœuvre n'est pas aisée, car notre bateau est handicapé par sa longueur. Mais le marin s'en sort haut la main. Bien qu'à contre-courant, il nous emmène avec aisance à l'intérieur de l'étroit passage. Les quais se rapprochent. Ils ne sont plus qu'à deux mètres de la coque quand j'aperçois une haute porte dans l'eau. Margoule, coiffé d'une large casquette qui dissimule en partie son visage, me fait signe.

– Suis-moi.

Tandis que le bateau se faufile entre les deux battants ouverts, le dogron m'explique mon rôle. Je dois faire le tour de la péniche en jetant par-dessus bord les bouées qu'il a déjà préparées. Ce sont des pare-battages, et ils vont empêcher la coque de frotter contre le quai.

Au moment où l'arrière du bateau franchit le passage, Safre donne le signal. Je rabats les bouées pendant que

Margoule grimpe sur le quai et amarre *Ombre-sur-l'eau*. Derrière nous, les portes se referment et l'eau commence à remplir le bassin où nous nous trouvons. Mètre après mètre, le bord des quais s'abaisse, à moins que ce ne soit le niveau de l'eau qui monte. Il n'y a personne autour, l'écluse semble entièrement automatisée.

Enfin, le niveau arrête de monter et les portes s'ouvrent devant nous. Nous sommes désormais face à un canal aux reflets immobiles. Margoule détache les cordages, je replace les pare-battages à l'intérieur et Safre met doucement les gaz. La péniche s'enfonce dans un décor très citadin composé de quais bordés d'une interminable rangée d'arbres teintés de rouille, le tout encadré par de hauts immeubles. Hormis quelques joggeurs et des promeneurs de chien, la ville est calme. On ne fait attention ni à moi ni aux marins singuliers qui mènent l'embarcation. Je reprends mon poste d'observation pour profiter du soleil matinal. À ma grande surprise, Margoule me rejoint et s'assoit à côté de moi.

Au début, il ne dit rien. Nous restons côte à côte en silence, tournant juste la tête de concert quand un pigeon nous survole ou qu'un chien aboie sur notre passage. Hormis son odeur soufrée, sa compagnie est agréable. Je finis par me détendre et profiter de sa présence massive.

– Est-ce que le Maître sait que tu es une fille ? chuchote-t-il sans même me regarder.

Je le regarde, perplexe. On pourrait croire qu'il dort,

dissimulé sous sa casquette. Mon mutisme doit lui suffire comme réponse car il continue.

– Il ne faut pas qu'il sache. Safre et moi, on a deviné tout de suite. C'est pour ça qu'on ne t'aimait pas. Les filles, c'est beaucoup, beaucoup de problèmes. Mais finalement, tu vaux bien un garçon.

Cette dernière remarque me fait tiquer, mais je m'abstiens de tout commentaire.

– Oui, courageuse et têtue comme un garçon, ajoute Margoule. C'est bien.

– Comment vous en êtes-vous rendu compte ? je demande sur le même ton de comploteur.

– Les odeurs racontent beaucoup de choses. Plus qu'on pense. Mais le Maître ignore ça. Les nez des humains et des mages sont nuls.

– Vous devez continuer à faire comme si j'étais un garçon, le corbeau a insisté là-dessus.

– Un corbeau qui parle ? marmonne Margoule, intrigué.

Je me maudis pour ma propre bêtise. J'en ai trop dit. Autant tout expliquer.

– J'ai vu un corbeau dans un rêve. Blanc comme la neige.

Cette fois, Margoule tourne franchement la tête vers moi pour me considérer d'un air étonné. Il se rapproche un peu plus pour murmurer d'un ton de conspirateur.

– Tu ne dois parler de ça à personne. Garde le secret

du corbeau enfoui très profond. Même à Safre, tu ne dis rien. Un animal blanc, c'est le signe d'une grande magie.

Il se recule mais continue à m'observer comme s'il me voyait pour la première fois.

– Il faut te trouver un nom. Comme Safre et Margoule.

– C'est vous qui vous êtes donné vos noms ?

Il hoche la tête.

– Tout le monde croit que les frères dogrons sont bêtes. Juste bons à travailler et obéir. Mais nous, on réfléchit. On est des personnes. On vit, on respire, on pense. Alors ça veut dire qu'on a le droit d'avoir un nom. Moi, j'ai trouvé celui de Safre, et Safre a trouvé pour moi.

– Mais Hélix ignore que vous avez des noms.

Margoule sourit tristement.

– Il nous appelle *dogoron qatanngutijit*, les frères dogrons. Mais le plus souvent, c'est *ivvit*, toi. Les noms, c'est quand tu aimes les gens ou quand tu les respectes. Les esclaves n'ont pas besoin de nom.

– Safre m'a appelée *Surusik*.

– *Surusik*, ce n'est pas un nom. C'est juste un mot pour parler d'une chose, comme on dirait « table » ou « chaise » ou « bateau ». Tiens, la péniche, elle, elle a le droit d'avoir un nom. *Ombre-sur-l'eau*. Pourtant, ce n'est qu'un outil sans vie. Est-ce que ça signifie qu'*Ombre-sur-l'eau* a plus de valeur que les frères dogrons ? Probablement. Mais ce n'est pas juste. Toi, tu es gentille, tu as un œil qui regarde vraiment les gens, même les dogrons qui ne sont que des esclaves. Alors tu mérites un vrai nom. Je vais en trouver un pour toi, d'accord?

J'acquiesce, ravie de l'idée de Margoule. Un nom, un nom à moi pour remplacer celui que je n'ai plus. Un nom donné par un ogre-dragon qui me fait plus confiance qu'à son maître.

Le sommeil me gagne à nouveau, je manque de m'endormir sur l'épaule de Margoule. Celui-ci le remarque et me cède la place non sans m'avoir improvisé un oreiller avec sa casquette bourrée de chiffons. L'ensemble respire un peu trop l'odeur de soufre et de térébenthine à mon goût, mais cette attention me va droit au cœur. Je n'échangerais ma place pour rien au monde. Je me sens mille fois mieux ici que dans la minuscule cabine du ventre de la péniche.

Je me réveille en fin d'après-midi. Je n'en reviens pas d'avoir dormi aussi longtemps. La ville a disparu et la péniche est amarrée contre le canal au cœur d'une magnifique forêt parée des couleurs de l'automne. Je tends l'oreille. Un hibou hulule au loin, tandis que des mésanges et un merle piaillent dans les fourrés. Le vent souffle faiblement, soulevant à chaque bourrasque une volée crépitante de feuilles jaunes. Je n'entends aucun bruit, pas un murmure de route ou un signe de présence humaine. Il n'y a que la musique caractéristique des forêts profondes. Puis, en sourdine, je perçois finalement des voix venant de tout près, elles résonnent juste en dessous, à travers le pont. Margoule parle avec le mage.

Je me lève et me faufile jusqu'au couloir. Les sons montent vers moi du bureau. Je m'arrête en haut des escaliers pour écouter.

– Maître, ça fait une semaine, supplie Margoule.

– *Talii sapatik, Sulitsi*, insiste Safre.

– Déjà ? Le temps passe à une vitesse… remarque Hélix d'une voix distraite.

– Mon frère et moi avons faim.

– *Kaktunga*, gronde Safre.

– C'est que ça ne m'arrange pas. Tout notre chargement doit être livré en temps et en heure. Je ne voudrais pas prendre de retard, râle le mage.

Je sens la colère monter. Margoule et Safre sont obligés de mendier de la nourriture comme des esclaves alors que la cuisine déborde de denrées. C'est tellement injuste que j'en grince des dents. Je voudrais me jeter au milieu d'eux pour pointer Hélix d'un doigt accusateur. Mais je ne suis qu'un *surusik*. Il me rirait au nez si j'essayais de faire la loi.

– Nous ne serons pas longs, argumente Margoule. Le lieu est idéal. Il fait nuit, la forêt est dense et pleine de gibier. Personne ne nous verras. S'il vous plaît, Maître.

– *Mik, Sulitsi*, répète Safre.

Je comprends soudain que les dogrons ne sont pas en train de quémander de la nourriture, mais une chasse.

– S'il me plaît, tu m'amuses. Il ne me plaît pas du tout. Mais j'ai encore moins envie de voyager avec des dogrons affamés. Donc c'est bon, je vous donne mon accord pour cette sortie.

– Merci, Maître, merci, soupire Margoule avec un soulagement évident.

– *Nakurmik, Sulitsi*, ajoute Safre.

– Vous avez trois heures. Et envoie-moi le garçon immédiatement. Ces cages dégagent une odeur insupportable ! Je ne veux plus les avoir dans mon bureau.

– Je suis là, j'annonce en descendant les marches.

– Parfait. Prends les cages et porte-les sur le pont

pour nettoyer leurs souillures. *Ivvit, ikiopuk*, ordonne-t-il à Margoule. Aide-le à tout monter.

Le dogron et moi nous emparons des cages. Une fois sur le pont, je demande :

– Vous allez dans la forêt ? (Il hoche la tête.) Je peux venir ?

– *Naga*, tu ne peux pas. Tu dois t'occuper des *nersut*. Il me désigne les cinq bêtes tremblantes dans les cages.

– Nourrie et nettoie. Obéis aux ordres du Maître.

Safre ne fait pas attention à moi. Il se tient sur le bord de la péniche, une faim bestiale se lit sur son visage. C'est comme s'il était quelqu'un d'autre. Je n'ai pas très envie de parler avec ce Safre-là, il fait froid dans le dos.

Margoule me quitte pour aller rejoindre son frère. Arrivé à sa hauteur, il lui fait signe d'une tape amicale sur l'épaule. En retour, Safre hoche la tête et recule légèrement une jambe comme un coureur sur une ligne de départ. D'un mouvement souple, le dogron s'élance. Il prend appui sur le bastingage et atterrit sur le quai, aussitôt rejoint par son frère. La coque de la péniche tangue et tire sur ses amarres. Le temps que je recouvre mon équilibre, Safre et Margoule ont déjà commencé à s'éloigner.

– Vous allez chasser ? je leur lance naïvement. Mais vous n'avez pas d'arme !

Safre se retourne et me fusille du regard. Ses yeux rouges brillent d'une lueur prédatrice et de la fumée s'échappe de sa bouche entrouverte. J'aurais mieux fait de ne pas me faire remarquer.

– Pas besoin d'arme quand on a ça.

Safre crache dans ma direction un jet flamboyant qui se transforme en boule de feu. Je trébuche en arrière. Heureusement, le brasier s'éteint avant de m'atteindre. Seule sa chaleur me frappe de plein fouet. Je me relève juste à temps pour voir les dogrons disparaître dans les fourrés. Leurs mouvements sont à la fois fluides et précis. J'ai l'impression d'observer des vélociraptors.

Ainsi, les frères ogres et dragons crachent réellement des flammes. Moi qui croyais les connaître, je me rends compte que je ne sais absolument rien d'eux. Je reste figée pendant un long moment, le regard posé sur l'endroit où la forêt les a avalés.

Un miaulement me tire de ma rêverie.

Je me tourne vers les animaux, beaucoup plus détendus depuis que Safre et Margoule ne sont plus dans les parages. Hormis l'oiseau, je libère les autres sur le pont. Ils ne peuvent pas aller bien loin, la péniche est trop lâche sur ses amarres pour qu'ils prennent le risque de sauter. Il n'y a que les dogrons pour faire ce genre d'acrobatie.

Je passe le reste de l'heure à nettoyer les cages à grand renfort de jets d'eau et à les essuyer avec les chiffons tachés de Margoule. Puis je m'occupe de l'oiseau en le transférant dans une autre cellule le temps de laver la sienne. Le chien et le chat errent un peu partout, le nez au ras du sol. Peut-être reste-t-il des odeurs d'ogre ? La tortue s'enfuit avec une lenteur désespérante tandis qu'il prend au capucin l'idée incongrue de grimper tout en haut du porte-drapeau de la cabine de pilotage.

Je laisse la ménagerie à ses occupations et je descends dans la cuisine pour leur dénicher de la nourriture. Les placards magiques disposent de toutes les denrées nécessaires. Je mets une portion pour chacun dans un panier sans oublier d'ajouter quelque chose pour moi et je remonte, l'esprit léger.

Alors que je m'apprête à sortir sur le pont, je suis interrompue par la voix du mage.

– *Surusik !* hèle-t-il depuis les tréfonds de la péniche.

La porte menant à son bureau est entrouverte, et il a dû m'entendre passer dans le couloir. Je pose mon panier et descends la volée de marches avec un désagréable pressentiment.

– Suis-moi dans mon atelier, mon garçon, ordonne Hélix quand je pousse la porte pour entrer dans la salle.

J'obtempère à contrecœur. Mon instinct me met en garde. Une peur primale logée dans mon cerveau se hérisse à la seule pensée de ce qui risque d'arriver.

La panique m'envahit.

Je voudrais m'enfuir en hurlant.

Seulement, il n'y a nulle part où aller et personne pour m'entendre.

Alors, comme un automate, je passe le portillon et rejoins le mage dans l'atelier obscur.

Les marchandises paraissent plus nombreuses que la dernière fois. Sur l'établi, une fiole remplie d'une substance verte bouillonnante et étrangement lumineuse chauffe sur un fourneau.

Hélix pousse un fauteuil en cuir usé au centre de la pièce et m'invite à m'y installer. Je me plie à ses exigences, les sens en alerte, la respiration courte. Dans ma poitrine, mon cœur bat la chamade. Le cuir craque quand je m'adosse au fond du siège. Mes pieds ne touchent même pas le sol. Le mage ouvre un tiroir et en extrait une seringue munie d'une aiguille diablement longue. Ainsi armé, il se tourne vers moi.

On dirait le docteur Frankenstein à l'aube d'une nouvelle expérience.

– Tu es tout pâle, s'amuse-t-il. Quelque chose ne va pas ?

Mon regard dirigé vers la seringue lui donne un élément de réponse.

– Oh, ça ? Ce n'est rien du tout, relativise-t-il. Rassure-toi, je n'ai pas l'intention de t'injecter quoi que ce soit. Je vais juste te faire une prise de sang.

Il attrape un gros élastique posé sur son plan de travail. Je crains qu'il ne s'en serve pour m'attacher les poignets au fauteuil. Mais il n'en est rien. Après avoir remonté ma manche avec des gestes calmes, il noue un garrot autour de mon bras et tapote le creux tendre du coude pour faire apparaître une veine. Satisfait, il approche la seringue, enfonce l'aiguille dans ma peau et retire l'élastique. Je me force à tout regarder. Ce serait trop facile de fermer les yeux et d'ignorer ce que cet homme est en train de me faire. Mon sang remplit le corps de la seringue dans un goutte-à-goutte rapide.

– Vous en avez besoin pour quoi exactement ?

– Tu es un garçon courageux, me complimente Hélix sans répondre à ma question. Ils seraient déjà nombreux à avoir détourné le regard.

La seringue pleine, il retire l'aiguille et contemple le liquide rouge à travers la lueur du fourneau.

– Très belle couleur ! s'exclame-t-il. Excellente qualité. C'est l'avantage avec vous les jeunes humains, vous êtes rarement pervertis par la magie.

En trois pas de ses grandes jambes, il atteint le plan de travail, la seringue toujours à la main. À l'aide d'une pince, il ôte la fiole conique du fourneau et la pose à l'écart. Ensuite, après en avoir retiré l'aiguille, il positionne la seringue juste au-dessus du goulot avant d'appuyer sur le piston pour vider son contenu dans la fiole. J'observe avec fascination mon sang se mélanger au liquide vert. La substance, étrangement vivante, s'obscurcit brutalement jusqu'au noir opaque. Elle semble visqueuse comme du pétrole. Mais cet état ne dure que quelques secondes. Une dépression se crée derrière la paroi de verre. Le mélange se met à tourbillonner tout en s'éclaircissant. Il vire au bordeaux, pâlit jusqu'à l'orange rouille avant de se teindre en marron. Puis le vert réapparaît finalement sous la forme de stries émeraude qui vont en s'élargissant. La substance reprend sa couleur originale peu de temps après.

– Parfait ! se réjouit le mage en reposant la fiole sur la flamme du fourneau. Absolument parfait.

Toujours installée dans le fauteuil, je scrute le moindre geste d'Hélix. Je voudrais vraiment savoir ce qu'il compte faire de mon sang et connaître le sort qu'il me réserve. Car s'il ne m'a pas renvoyée, c'est qu'il n'en a pas fini avec moi. Je le vois raccorder son alambic au goulot de la fiole conique. Il augmente la chaleur du fourneau et attend, les poings sur les hanches. La réaction chimique ne tarde pas. La substance verte entre en ébullition et s'élève dans le tube en verre de l'alambic. Hélix et moi la regardons suivre le zigzag de tuyaux qui tournent et se tordent. Elle se sépare en deux chemins, pénètre dans une bulle de verre, stagne quelques secondes avant de reprendre son avancée le long d'une spirale. Au terme de son parcours, le liquide distillé, d'un vert presque fluorescent, goutte dans un flacon trois fois plus petit que son contenant d'origine.

Hélix le regarde couler avec un sourire satisfait. Quoi qu'il ait voulu fabriquer avec mon sang, c'est une réussite. Il ouvre un autre tiroir et fouille dedans en grommelant des exclamations dans la langue rugueuse qu'il partage avec les dogrons.

– *Naga, anjiukluar... Naga, pekanguilaq...* Ah, *una taga* ! lâche-t-il finalement en sortant un large anneau.

Hélix va et vient dans son atelier comme si je n'étais plus là. Après avoir fixé l'anneau dans la mâchoire d'un étau, il pioche dans un pot en terre un porte-plume qu'il va tremper dans le liquide distillé. Il s'attache ensuite à écrire tout le long de l'anneau une phrase composée de runes inconnues.

À peine déposée, l'encre verte fume et grave les lettres sur l'anneau. C'est un travail de calligraphie extrêmement minutieux, car le support est étroit et arrondi. Au bout d'un quart d'heure, le mage repose sa plume et desserre les dents de l'étau pour contempler son travail. Il hoche la tête avec satisfaction puis s'approche de moi.

– Mets ça, exige-t-il. Autour de ton cou.

Je prends l'anneau qui, en fait, n'en est pas un. C'est un torque, un bijou en bois qui forme un cercle inachevé. J'écarte les deux extrémités arrondies pour le glisser autour de mon cou. Sitôt le collier posé sur ma peau, une drôle d'impression me saisit. Je me sens comme étranglée. Je vérifie, mais le torque est bien trop lâche pour provoquer cet inconfort.

– À quoi ça sert ?

Je parcours l'anneau du bout des doigts. Les runes sont clairement détectables au toucher. Elles tracent une phrase inconnue tout le long du bijou. Il y a de la magie là-dessous.

– C'est un *biwara*, un collier de servitude, explique le mage en rangeant son matériel sans m'accorder un regard. Cela t'identifie comme ma propriété. Allez, file maintenant, j'ai du travail, et toi aussi. *Atii, silami !*

Je quitte le fauteuil, choquée. Je remonte les escaliers en titubant. J'ignore si c'est le manque de sang qui provoque cet étourdissement ou simplement l'émotion.

Je me tiens à la rampe pour empêcher mes jambes de lâcher et récupère mon panier d'une main tremblante. Sur le pont, je distribue à manger à chaque animal avec des gestes d'automate. Je finis par me laisser tomber sur un cordage et plonger les yeux dans la forêt silencieuse. La phrase du mage résonne comme une ritournelle infernale.

Sa propriété.

C'est tout ce que je représente pour lui. Un bien. Une chose qu'il possède.

Une larme tombe sur ma main. Je la regarde, surprise de découvrir que je suis en train de pleurer. De gros sanglots montent que je n'ai plus le courage de réprimer. Je les laisse sortir en veillant bien à ne pas faire de bruit. C'est comme si tout était devenu trop lourd à porter. L'oubli, le danger permanent qui règne sur ce bateau et ma condition d'esclave. Heureusement qu'il y a les dogrons. La gentillesse discrète dont ils font preuve tous les deux est la seule chose positive à laquelle je peux me raccrocher. Désormais, nous sommes liés par un destin commun.

Alors que mes pleurs se tarissent, je reste sur mon siège improvisé à renifler et à essuyer mon nez avec la manche de mon pull. Ma tristesse est toujours là, lourde et écœurante, mais le trop-plein est parti avec mes larmes. Je me sens mieux. Je porte la main à mon cou, gênée par le poids inhabituel du torque. Poussée par la colère, je tente de le retirer, mais le bois semble désormais fait de métal. Impossible d'écarter les deux extrémités comme je l'ai fait tout à l'heure.

L'obscurité tombe vite. Les lumières du bateau repoussent à peine la nuit. Je récupère le chat en pleine contemplation des rongeurs qui peuplent la rive, j'attrape le chien en train de mordiller le jute d'un sac d'os et soulève la tortue qui inspecte le plancher de son pas lent. Les trois enfermés dans leur cage, je me mets à la recherche du capucin. Il n'est plus en haut du porte-drapeau, il n'est pas non plus sur le toit de la cabine de pilotage, ni dans les renfoncements de la coque, ni sous les rouleaux de corde, ni derrière les sacs en jute. En fait, il n'est nulle part. Tandis que je jette un coup d'œil vers la rive, je me rends soudain compte de mon erreur.

Un singe de cette taille est tout à fait capable de s'accrocher aux amarres pour traverser jusqu'au quai.

Il n'y a pas de doute. Le capucin s'est enfui.

Hélix ne va pas être content. En songeant à sa future colère, j'avale ma salive avec difficulté. En dernier ressort, je me penche au-dessus du bastingage pour tenter de percer les ténèbres et appelle le capucin à voix basse.

– Le singe ?! Petit, petit…

Rien à faire, il ne reviendra pas. J'ai beau craindre la réaction du mage, je ne peux m'empêcher d'être heureuse pour le capucin. J'aurais été un singe, j'aurais fait exactement la même chose que lui.

Un bruit dans les fourrés me fait sursauter. Le singe a-t-il entendu mon appel ?

Quand je vois deux silhouettes massives apparaître sur la rive, mes espoirs s'envolent.

Ce sont les dogrons. Ils rejoignent souplement le pont de la péniche, le sourire aux lèvres.

Ils ont l'air de s'être bien amusés. Du sang séché macule tout le visage, les bras et la poitrine de Margoule. *Mange salement*, avait expliqué Safre. On peut dire que c'est un nom judicieusement trouvé. Si ce dernier est effectivement plus propre que son frère, il porte quand même des traces de leur chasse. Ses doigts sont rouges, sa bouche est entourée de coulures sanglantes.

Ils se dressent tous deux sur le pont, l'air repu. Safre tend la main vers moi et attrape le torque en esquissant une grimace.

– Hum, *sukatuk*, grogne-t-il. Sulitsi a pas traîné.

– Pourquoi il a fait ça ? je demande.

Margoule tend la main vers son cou pour dévoiler le collier en forme d'oméga qui le ceint.

– Vous en avez un aussi ?!

Je suis frappée par ma propre stupidité. Comment ai-je pu ne pas y faire attention ? Le bois se confond tellement avec leur peau noire que je n'ai rien vu. Ou peut-être que je n'ai rien voulu voir parce que je suis trop égoïste pour ça.

– C'est le *biwara sikoutjou*, la marque des esclaves du Maître, explique Margoule.

– Il a gravé des runes dessus… je commence.

– Avec de l'encre mélangée à ton sang, complète le jeune dogron.

– Oui !

– Je voulais te prévenir, gronde Margoule. Te mettre en garde. Mais je croyais avoir plus de temps.

– *Taama*, ajoute Safre avec philosophie. C'est comme ça.

Quand bien même Margoule m'aurait mise au courant, je pense très fort, qu'aurais-je pu faire ? Refuser de coopérer ? Me débattre ? Cela aurait peut-être rendu les choses plus compliquées encore.

– Il a mis de la magie dedans ? C'est ça, hein ? je gémis d'une voix misérable.

Margoule opine du chef. Je vois bien à la façon dont il crispe la mâchoire qu'il ne veut pas parler des pouvoirs du torque. Safre et lui détestent ce collier, je le lis dans leurs yeux. Ils redoutent ce qu'il est capable de leur faire. Voilà donc le pouvoir des mages. Ils sont fourbes et lâches.

Je hais Hélix.

Jamais il ne sera mon maître.

– Retirez-le-moi ! je supplie en tirant désespérément sur mon collier. Vous êtes forts, vous pouvez le briser. Je vous en prie !

Safre secoue la tête. Margoule me considère d'un air désolé. Un soupir de fumée s'échappe de ses narines.

– Impossible, s'amuse une voix derrière moi. La magie des runes a scellé le *biwara*. Rien ne peut le briser.

Hélix s'avance sur le pont de sa démarche nonchalante. Il a dû nous entendre. Je voudrais bien lui faire ravaler son infâme sourire.

– Bien, vous êtes rentrés. Nous allons pouvoir y aller. Rangez les amarres et lancez les moteurs.

Les dogrons obéissent sans broncher. Ils me laissent seule face au mage.

– Puisque tu aimes tant les dogrons, tu vas rester avec eux. Dorénavant, tu dormiras sur le pont. Comme ça, tu pourras garder les animaux près de toi. (Il se tourne vers les cages alignées et fronce aussitôt le sourcil en constatant que l'une d'elles est vide.) Mais… le singe ? Où est-il ?

– Il s'est enfui.

– Pardon ?! s'emporte Hélix.

– Il a disparu pendant que j'étais dans votre bureau.

– *Aniakuvik !* crache-t-il. Tu ne les avais pas laissés dans leur cage ?

– On est sur un bateau. Je ne pensais pas que le capucin aurait l'idée de suivre les cordages jusqu'à terre.

– Tu me déçois, mon garçon, crache-t-il sèchement. Voici ta première leçon : il ne faut pas me décevoir. Et voici la deuxième : ce collier n'est pas qu'une marque de propriété, c'est aussi un instrument de punition. *Biwara, todontsou !*

Alors même qu'il prononce ce dernier mot, je sens le torque chauffer. Une intense douleur causée par le collier se répand dans mon corps tout entier. Mes nerfs prennent feu. Mes muscles lâchent. Je m'écroule comme une masse. On dirait qu'une substance radioactive a remplacé mon sang dans mes veines. Jamais je n'ai enduré une telle souffrance.

Hélix m'observe en savourant sa toute-puissance. Il se repaît de ma douleur. Au bout d'une éternité, la torture cesse sur un mot du mage.

Je me roule en boule, tremblante. Je ferais n'importe quoi pour ne pas ressentir ça à nouveau.

– *Apik surusik.* Bon garçon. Je pense que tu retiendras cette leçon-là. Qu'est-ce qu'on dit ?

J'essaye de maîtriser les spasmes qui me secouent encore pour répondre.

– Je… je m… m'excuse.

– Non, non. Il manque quelque chose. Prends l'habitude de m'appeler Maître.

– M… Maître, je répète comme un automate. Je m'excuse, Maître.

– Voilà qui est beaucoup mieux.

Sans se fatiguer à me contourner, Hélix m'enjambe. Je l'entends quitter le pont et regagner les entrailles du bateau.

Je reste là, immobile. Le souvenir de l'horrible souffrance suffit à me maintenir à terre. Le sol froid contre la peau de mon visage est un soulagement.

Quelques instants plus tard, le plancher se met à vibrer. La péniche reprend sa route comme si rien ne s'était passé. Je voudrais me jeter à l'eau et nager le plus loin possible, mais les forces me manquent. Alors je me contente de rester allongée là où je suis tombée, les yeux dans le vague, le corps inerte.

Au bout de quelques minutes, deux pieds nus s'arrêtent à ma hauteur. Ils sont noirs, vert mordoré et couverts de corne.

– Ça va ? s'inquiète la voix douce de Margoule.

– Ça n'ira plus jamais, je réponds. Plus jamais.

Le dogron soupire. Ses mains se glissent sous moi et me soulèvent sans effort. Il me dépose devant la cabine de pilotage, sur un matelas qui n'était pas là tout à l'heure. Le marin me couvre d'un duvet.

– Tu n'es pas obligé de faire tout ça, Margoule.

– C'est parce que je ne suis pas obligé que je le fais.

Je dérive dans un état second entre rêve et éveil. Ma conscience flotte dans une brume grisâtre. Un arbre mort apparaît devant moi, un chêne tellement lavé par la pluie qu'il paraît gris. Tout autour, le paysage est blanc. Des ombres défilent dans le brouillard, hors de ma portée. Ce sont des silhouettes indéfinies, ni humaines ni animales. J'hésite à m'en approcher.

Sur la branche la plus basse de l'arbre, un corbeau me regarde. Son plumage est d'un blanc immaculé. Son œil d'ébène est le seul point noir de ce décor délavé.

– Encore toi, je lui reproche.

– C'est ainsi qu'on accueille son protecteur ? proteste-t-il.

– Toi ? Mon protecteur ? Où étais-tu quand on m'a posé ça ?

Je désigne rageusement le collier en forme d'oméga. On pourrait croire qu'un tel détail n'apparaîtrait pas en songe. C'est pourtant le contraire. Le torque est bien là, plus massif et plus lourd que dans la réalité. J'ai l'impression de porter un joug de bœuf autour du cou.

– C'est le *biwara sikoutjou*, identifie immédiatement mon interlocuteur ailé.

– Je vois que Maître Corbeau est connaisseur.

– La peste soit des mages, crache le volatile de sa voix rauque.

– La peste soit des corbeaux, j'ajoute avec colère.

– Holà, petite impudente, modère tes paroles ! croasse l'oiseau. J'essaye de te rejoindre, mais ce n'est pas chose aisée. L'eau en mouvement parasite ma magie. Tant que tu seras sur un bateau, je ne parviendrai pas à te localiser.

– Ah, parce que toi aussi tu es un mage ?

– Un sorcier, ma chère, pas un mage.

– Quelle différence ça peut bien faire ?

Le corbeau ébouriffe ses plumes d'un air contrarié.

– Ça n'est vraiment pas le moment pour ce genre de leçon, marmonne-t-il.

– Moi, je trouve justement que ça tombe très bien. Il n'y a que toi, moi, cet arbre et la brume tout autour.

– Oui, c'est l'impression que ça donne, mais je suis persuadé que tu as repéré les ombres. Elles sont autant de consciences susceptibles de nous écouter. L'arbre que j'ai créé est une zone de calme qui peut se dissoudre à tout moment. Nous serons alors…

– Viens-en au fait, je l'interromps. Quelle est la différence entre un mage et un sorcier ?

– L'impatience de la jeunesse ! s'exclame l'oiseau en levant les yeux au ciel. Les mages possèdent la science des potions et des objets enchantés, mais ils sont dépourvus de la moindre magie. Tout le contraire des sorciers.

– C'est-à-dire ?

J'encourage le corbeau à continuer car je vois bien qu'il voudrait s'arrêter là. J'aimerais comprendre ce qu'il est. Il ne coupera pas à une petite explication. Il recommence son cinéma, regarde autour de lui d'un air paranoïaque, sautille sur sa branche puis cède en me fusillant du regard.

– Les sorciers produisent leur propre magie, elle court dans leurs veines, circule sous leur peau, remplit leurs poumons. Ils peuvent la plier à leur volonté pour générer des sorts. Ce sont des êtres rares et redoutés. Les plus expérimentés sont capables de canaliser la magie ambiante, celle que produit tout être vivant sans s'en apercevoir.

– Si tu cherches à m'impressionner, c'est raté. (Je ne sais pas si c'est le fait d'être convoquée dans un rêve qui me rend si irritable, mais ce corbeau prétentieux m'ulcère au plus haut point.) Plutôt que de me laisser dormir tranquillement, tu viens hanter mes rêves avec tes décors de films d'horreur. Si, en plus, c'est pour me dire que tu ne peux rien faire pour m'aider, ce n'est pas la peine. Merci.

Ma réaction a l'air d'amuser le corbeau sorcier. Il laisse échapper un ricanement éraillé.

– Par Baligan l'ancien, tu es vraiment tout le portrait de ton père.

Une vague de froid me déchire le ventre et ma conscience vacille un bref instant lorsque j'entends cette réflexion.

– Mon père ?! je m'écrie.

– Chut ! Baisse d'un ton ! Je t'ai pourtant expliqué que notre sécurité était précaire.

– Tu connais mes parents ? je demande en m'efforçant de maîtriser ma voix.

– Assurément, déclare l'oiseau, comme si c'était une évidence.

– Dis-moi qui je suis ! j'ordonne d'une voix presque hystérique. Si je retrouve la mémoire, je pourrai me débarrasser d'Hélix !

– Tais-toi ! exige une nouvelle fois le volatile. La magie ne fonctionne pas ainsi. Il ne suffit pas de dire pour…

Les yeux écarquillés, il interrompt brusquement sa phrase et se fige, à l'écoute. Je n'entends rien. En tant que sorcier, il est possible qu'il utilise un sens auquel je n'ai pas accès. Puis un bruit aigu me parvient, une sorte de grincement qui me vrille les tympans et résonne dans ma mâchoire.

– Nous avons été repérés ! lâche le corbeau en ébouriffant les plumes de son cou.

La brume s'obscurcit autour de nous. Je comprends pourquoi en levant les yeux. Derrière le squelette blanchi de l'arbre, une gigantesque silhouette se profile. Elle dépasse le chêne de plusieurs mètres et apporte avec elle une odeur pestilentielle. L'oiseau prend appui sur la branche pour s'envoler. Autour de nous, le monde de brume se disloque. Des fissures noires apparaissent un peu partout.

– Je dois y aller, lance le corbeau en décollant. Sois prudente !

Je me réveille en sursaut. Autour de moi, la brume est toujours présente. Je mets un moment à réaliser que celle-ci est bien réelle et qu'elle n'a rien à voir avec mon rêve. La masse de la péniche fend le brouillard nocturne en silence. Le nuage glisse autour de nous, seulement éclairé par les feux rouge et vert du bateau. Un coup d'œil vers la cabine de pilotage suffit à m'apaiser. Safre est toujours aux commandes. Je me demande comment il arrive à voir quelque chose dans cette purée de pois.

Rassurée par la présence du dogron, je repose ma tête sur l'oreiller et replonge peu après dans un sommeil qu'aucun rêve ne vient cette fois perturber.

– Psst ! Réveille-toi ! Il faut que tu voies ça !

J'ouvre mes yeux englués de sommeil. Constatant que je ne dors plus, Margoule cesse de me secouer. Je repousse le duvet dans lequel je me suis entortillée et me redresse. Je suis obligée de me frotter les paupières et de cligner plusieurs fois des yeux pour réussir à faire le point. Autour de nous, il fait jour et la brume a disparu. Le canal s'est encore rétréci. En réalité, il paraît juste assez large pour laisser passer la péniche. À une centaine de mètres, un tunnel surplombe la voie d'eau. Partout ailleurs, la forêt, plus épaisse que jamais, forme un dôme vert et roux au-dessus de nos têtes, comme si la végétation cherchait à cacher cet endroit au reste du monde. Les oiseaux piaillent avec énergie dans l'air du matin. Une légère brise fait remuer les branches et quelques feuilles jaunes se détachent pour planer gracieusement. Une grosse goutte de rosée tombe sur ma tête puis coule dans ma nuque, achevant de me réveiller.

– Qu'est-ce que c'est ? je demande sans comprendre ce que cette partie du canal a de si important pour qu'on me tire du sommeil.

– *Tiwaz Ikimatour*, annonce simplement Safre, toujours aux commandes du bateau.

– C'est le Tunnel Runique, traduit Margoule. Nous quittons ton monde pour rejoindre le nôtre.

Je commence seulement à appréhender ce qu'ils cherchaient à m'expliquer la dernière fois. Un autre monde. Comment cela est-il possible ?

Je vais m'appuyer au bastingage pour mieux voir. La péniche pénètre avec lenteur dans le tunnel. L'obscurité nous enveloppe. Le cri des oiseaux et le frémissement des arbres baissent en intensité avant de définitivement s'éteindre. Il ne reste plus que le grondement du moteur du bateau qui se répercute le long des parois de pierre. Ça donne l'impression qu'une autre péniche arrive en sens inverse. Alors que je m'apprête à demander à Safre comment il va faire pour conduire dans le noir, mes yeux s'accommodent enfin. Le tunnel n'est pas totalement sombre. Tout autour de nous règne une lueur verdâtre. Je lève les yeux. Le plafond est couvert de milliers de runes vertes gravées à même la pierre.

– Que disent-elles ?

– Seuls les mages le savent. Je suppose qu'elles parlent de la transition d'un monde vers l'autre. Elles génèrent un passage.

– Comment est-ce possible ? (Je me retourne pour faire face à Margoule.) Où se trouve votre monde par rapport au mien ? Comment peut-on ainsi les relier ?

– Je l'ignore.

Soudain, le ronron du moteur diesel cesse. Le silence s'élève, presque tangible.

– Pourquoi tu as arrêté le moteur ? je reproche à Safre, qui a quitté le poste de pilotage pour nous rejoindre. Et qui conduit le bateau si tu ne le fais pas ?

Safre me regarde et souffle un nuage de fumée.

– Pourquoi ? Pourquoi ? répète le dogron en me singeant. *Apiqutilar iluani miki niaquq.*

– Quoi ?

– Trop de questions dans petite tête, traduit-il.

– Les runes s'occupent de ça aussi, explique Margoule pour répondre à mon interrogation. Le courant nous transporte.

– Mais si un bateau arrive en face ? Il n'y a pas de place pour se croiser.

– L'eau ne coule que dans une seule direction. Aucun bateau ne viendra depuis l'autre côté, répond le dogron avec patience.

– Ça veut dire que ce tunnel est à sens unique ?

– *Apiqutilar*... Trop de questions, me reproche Safre en sortant deux pipes du poste de pilotage et en en tendant une à son frère.

Le dogron extrait un paquet de tabac de sa poche et entreprend de bourrer le fourneau d'herbes sèches. Il n'a même pas besoin de l'allumer. Le tuyau se met à fumer dès qu'il porte la pipe à sa bouche. Margoule récupère le paquet pour répéter les mêmes gestes que son frère. Je finis par croire qu'il a oublié ma question, mais il y répond finalement en soufflant vers les runes un nuage de fumée épaissie par le tabac.

– Il existe plusieurs voies runiques reliant ton monde au nôtre. Canaux, routes pavées ou simple chemin de terre bordé de poteaux. En ce qui concerne ce tunnel, il ne fonctionne que dans un sens.

– Est-ce qu'il existe d'autres mondes ?

– Je n'en connais que deux, le tien et le mien. Mais je ne suis qu'un esclave dogron. Je n'ai pas toutes les réponses.

Le silence retombe tandis que les phrases runiques défilent au-dessus de nos têtes. Derrière nous, l'entrée du tunnel n'est plus qu'un point lumineux qui rétrécit de seconde en seconde. Je regarde mes mains éclairées par la magie verdâtre. Tout semble irréel dans cet éclairage. Mon regard glisse jusqu'aux cages des animaux alignées un peu plus loin sur le pont. Je les avais complètement oubliés. Je dois m'occuper d'eux. Ce sont les consignes d'Hélix.

Je romps une nouvelle fois le silence.

– Ça va être long ?

Cette fois, Safre soulève un bout de lèvre pour grogner un ordre à mon intention.

– *Nipirunnai !*

Encore une fois, son frère vient à ma rescousse.

– Une heure, m'apprend-il à voix basse. Maintenant, fais silence et ne bouge plus. Laisse le temps glisser comme le bateau sur le courant. C'est un moment de recueillement pour nous, dogrons. Tu dois le respecter.

Cela suffit à me clouer le bec. Je n'avais pas compris. Je ne comprends toujours pas, d'ailleurs. Qu'est-ce que ce moment a de particulier ? Je me promets d'interroger

Margoule plus tard. Je retourne m'asseoir contre la cabine de pilotage, remonte le duvet jusqu'à mon menton et observe sans bruit le défilement des runes.

Difficile de croire qu'une magie est en train d'opérer. Je ne ressens rien de différent. Pas de picotement, pas de démangeaison. L'air sent la pierre humide, le soufre et le tabac des dogrons. La magie n'a donc pas d'odeur. Peut-être agit-elle comme une radiation, une force que notre corps ne peut ressentir et qui pourtant émet une formidable puissance ? Une trop grande exposition à la magie est-elle dangereuse pour la santé ? Mon corps ne risque-t-il pas de garder des séquelles ? Les dogrons sont des monstres nés d'une magie qu'Hélix manipule tous les jours. Mais moi, je suis complètement étrangère à ce phénomène. Que va-t-il m'arriver ? Engluée dans des questions, je n'en peux plus de rester inactive sur ce bateau. J'ai besoin de dépenser ce trop-plein d'énergie. Je n'arrête pas de remuer, incapable de trouver une position qui me satisfasse. Je retire mon duvet avec maintes contorsions puis rentre à nouveau dedans après avoir eu un frisson. À côté de moi, je sens la patience des dogrons s'étioler.

– *Ivvit akaru ?* Toi nerveuse, hein ? me fait remarquer Safre en s'approchant de moi. *Tuk, pujortaruk*, ajoute-t-il en me tendant sa pipe.

– Ça ne va pas ? je m'offusque en repoussant le tuyau dirigé vers moi. Je suis une enfant, je ne fume pas !

– Ah ? s'étonne-t-il naïvement. *Matana*. Très dommage.

Il reprend sa pipe et tire sur le foyer une longue inspiration qui fait bomber son torse et gonfler ses joues. Puis il se penche vers moi et me souffle toute sa fumée dans la figure. Je tousse, m'étouffe en avalant une bonne partie du nuage de tabac à l'odeur de soufre et de girofle.

Aussitôt, une curieuse lassitude s'empare de moi. Mes membres deviennent mous comme si je n'étais qu'une poupée de chiffon. Je m'affale au creux de mon duvet, vidée de toute énergie, envahie par une étrange torpeur.

Mon esprit s'ouvre comme une corolle.

Un mouvement attire mon regard vers le plafond. Je lève des yeux ébahis.

Les phrases runiques sont en train de prendre vie. Là où auparavant je ne voyais qu'un alphabet figé dans le calcaire m'apparaissent désormais des arabesques et des volutes dansantes. Des veines vertes courent entre chaque rune. Elles créent un réseau complexe le long de l'arche de pierre. Elles plongent également sous l'eau. Il suffit de se pencher pour voir leur dessin virevoltant à travers l'onde. D'ailleurs, les flots eux-mêmes sont sillonnés de tourbillons de magie. Ils génèrent un courant continu suffisant pour déplacer le bateau.

C'est tout bonnement incroyable…

Et d'une beauté à couper le souffle…

Un court moment, ma contemplation est gâchée par la résurgence de mon stress : Safre m'a droguée à mon insu ! Le tabac des dogrons est hautement toxique ! Je suis en train d'halluciner !

Puis ces craintes, probablement fondées, s'envolent à nouveau. Ne restent que la joie extatique et l'émerveillement provoqués par la magie du Tunnel Runique.

Une lueur perce enfin au bout du tunnel au terme d'une traversée peuplée de runes vertes et de fumée de dogrons. Encore quelques minutes et la péniche s'extrait de l'obscurité. Le pont est soudain illuminé de mille feux. Un soleil gigantesque nous écrase de chaleur en nous aveuglant momentanément. Une chose est sûre, si les saisons existent ici, nous ne sommes plus en automne. Je me lève précipitamment pour me débarrasser du duvet et retirer ma veste. Sitôt debout, je reste figée en découvrant le paysage qui nous entoure.

La forêt a disparu, les arbres et la végétation luxuriante ne sont plus qu'un souvenir.

À perte de vue s'étend désormais un désert ocre jonché de cailloux.

Au loin, je crois distinguer des montagnes dans le frémissement de l'air chaud, mais j'ignore à quelle distance elles peuvent bien se trouver. Le long de la voie d'eau, quelques cultures rabougries tentent de survivre à la canicule. Elles sont entretenues par des paysans au dos courbé sur une terre aussi rouge que les dunes de sable au loin. J'imagine que ces hommes tirent l'eau directement du canal. Ils sont vêtus comme des Bédouins, si bien que je ne distingue rien de leur visage. Je me demande s'ils ont figure humaine ou si le tissu cache une peau rugueuse et des protubérances difformes. Après tout, nous ne sommes plus dans mon monde et j'ignore à quoi les gens d'ici ressemblent.

Çà et là, quelques quadrupèdes décharnés tirent de lourdes charrues menées par ces êtres voilés. Ce sont des sortes de zèbres rayés devant, blancs derrière et avec des cornes droites comme celles des antilopes.

Libéré de l'influence des runes, la péniche perd vite de la vitesse. Safre m'ordonne de sortir les parc-battages avant que la coque n'aille frotter contre le bord en pierre du canal. Je m'attends à ce qu'il relance le moteur mais il n'en est rien. Le dogron hèle un paysan assis sur la rive dans l'ombre de ses bêtes. Celui-ci semble être là pour ça car il se lève précipitamment et attrape au vol le cordage que Margoule lui lance. L'homme attache la corde au joug de ses zèbres-antilopes et crie un ordre. Les équidés se mettent aussitôt à haler le navire le long de la berge.

L'arrivée d'Hélix sur le pont brise ma sérénité. Il a enroulé un chèche sombre sur ses cheveux et porte toujours son ample vêtement noir dont les formes trouvent bizarrement un écho dans ceux des paysans. Serait-il originaire de ce monde ? Il affiche en tout cas un large sourire.

– Enfin le désert ! L'odeur du sable et la chaleur du soleil m'avaient manqué.

Depuis que je suis officiellement son esclave, je n'ose

plus prendre la parole devant lui. Pourtant des questions fusent dans ma tête. Seulement, à quoi bon les poser si c'est pour déclencher sa colère ?

Hélix claque des doigts en désignant les cages. Je me rappelle que je ne dois plus perdre un seul animal. Il n'a même pas besoin de parler. Je me précipite vers la cuisine pour rapporter de quoi manger à mes détenus. Le contenu des placards enflamme mon appétit et je me goinfre tout en remplissant mon panier de croquettes pour chat, de pâtée pour chien, de graines et de laitue. Je reviens ensuite comme un bon petit soldat bien élevé, libère les animaux le temps de nettoyer leurs déjections, puis les attire à nouveau dans leur cage à l'aide d'une gamelle pleine. Avec une confiance aveugle, ils accourent pour se jeter sur la nourriture. Je me fais l'effet d'une traîtresse de les garder prisonniers ainsi. Mais le mage est toujours là, faisant l'inventaire des marchandises entreposées sur le pont. Régulièrement, je sens son regard glisser vers moi. Au moindre faux pas, je sais qu'il ne manquera pas de me punir à nouveau.

Une fois ma tâche terminée, je me tourne vers lui, attendant d'autres ordres.

– Va te laver et habille-toi pour le désert, ordonne-t-il sèchement.

Décidément, cet homme a une obsession pour la propreté. J'obéis encore une fois sans perdre un instant. Je descends quatre à quatre les marches et me précipite dans la cabine où le mage m'a interdit de dormir.

De toute façon, il manque désormais le matelas, puisque c'est celui que les dogrons ont installé sur le pont à mon intention. En revanche, mon sac est toujours là, posé sur les lattes du sommier. Je passe sous la douche, puis remets mon jean ainsi que mon débardeur. Ma veste et mon pull resteront dans la cabine. Faute d'une autre paire de chaussures, j'enfile à nouveau mes Doc.

Assise sur le lit, je prends le temps de souffler quelques minutes avant de retourner me prosterner devant mon maître comme la lâche que je suis devenue. J'aimerais me défendre et lever le poing contre ce magicien de pacotille, mais le souvenir de la douleur est encore trop vif. Je me soumets sans broncher et je me hais pour ça.

Sur le pont, Hélix est toujours là. Le dos raide, il m'examine des pieds à la tête d'un regard chargé de reproche.

– Eh bien ! Tu n'es pas très costaud. On dirait une fillette. Il va falloir me muscler tout ça.

C'est sûr que je ne suis pas très impressionnante en débardeur. Je me suis observée dans le miroir de la salle de bains tout à l'heure, et le moins que l'on puisse dire, c'est que je n'ai pas encore basculé dans l'adolescence. Mes membres sont maigres et longs, mes épaules fines, ma poitrine inexorablement plate. J'ignore mon âge mais, si je devais l'évaluer, je me donnerais une dizaine d'années.

– Les bêtes sont en train de cuire au soleil, trouve-leur un abri et laisse-leur à boire. Ensuite, tu redescendras ton couchage dans la cabine. Pour finir, tu aideras les dogrons dans leurs travaux de maintenance. Nous ferons escale demain.

– Je peux mettre les animaux dans la cantine ? je demande en fixant mes pieds.

– Accordé.

Je descends les cages, puis je remonte, roule mon matelas avec mon duvet et les porte dans la cabine. Je suis vite en sueur. L'air chaud et sec du désert me dessèche la bouche à chaque inspiration. Je prends le temps de boire un grand verre d'eau dans la salle de bains avant de retourner sur le pont pour recevoir les instructions de Safre. Il me met un pinceau et un pot de graisse entamé entre les mains avec pour consigne d'enduire certaines zones du bateau sensibles au sable et à la poussière. Je passe les heures suivantes à appliquer une substance épaisse et nauséabonde sur des rouages. Ainsi exposée au soleil, je sens les gouttes de sueur me couler dans le dos et sur le front. L'astre au zénith frappe dur. Les ombres sont si courtes qu'il n'y a aucun refuge. J'ai même du mal à garder les yeux ouverts tellement la lumière est crue. Que ne donnerais-je pas pour des lunettes de soleil !

La voix de Margoule s'élève dans mon dos.

– *Surusik*, ta peau… Elle est vraiment rouge.

Je relève la tête, étourdie par la chaleur. Le soleil a entamé sa descente, mais il est encore terriblement chaud. Je touche mon bras sans ressentir quoi que ce soit de gênant.

– Non, non. Ça va.

– Petit *akijikuti* est en train de cuire, fait remarquer Safre d'un ton amusé.

– *Akijikuti ?* je répète, intriguée.

– C'est un poulet, explique Margoule. Ta peau est rouge comme le poulet sous la flamme. Si j'étais toi, j'irais mettre quelque chose sur mes bras et ma tête.

– J'ai dit que ça allait, je râle en posant mon pot et mon pinceau.

En réalité, c'est une protestation pour la forme car je m'exécute aussitôt, trop contente de pouvoir faire une pause dans le ventre frais de la péniche. Je descends jusqu'à la salle de bains pour me poster devant le miroir. Les dogrons ont raison. Mon visage, mes épaules et mes bras sont écarlates. Pour l'instant, j'ai beau ressembler à une écrevisse plongée dans l'eau bouillante, je ne ressens aucune douleur.

Je récupère mon foulard dans la cabine et le trempe dans l'eau pour l'enrouler autour de mon cou. La fraîcheur qu'il dégage m'apaise un peu. Ne disposant pas de vêtement ample pour le soleil, je n'ai d'autre solution que d'aller piocher dans les sacs de fripes rangés dans les placards. Je fouille dans les habits et finis par dénicher une large chemise beige qui devrait faire l'affaire. Je l'enfile, roule un peu les manches pour l'adapter à ma taille. Le simple contact du tissu irrite ma peau. En rangeant le sac, je retrouve ma casquette, tombée par terre. Je l'enfonce sur mon crâne brûlant en maudissant mon inconséquence. Si seulement j'y avais pensé avant.

Je regagne le pont d'un pas chancelant. Les effets du coup de soleil commencent à se faire sentir. Un frisson me traverse soudain le dos. Ma peau se hérisse de chair de poule tandis que mon corps tout entier surchauffe. Étrange sensation que celle d'avoir chaud et froid en même temps. Margoule me voit arriver et hoche la tête d'un air satisfait.

– C'est mieux. Tu dois te méfier. Le soleil du désert peut être redoutable pour les peaux blanches.

– Ça ira, ne t'inquiète pas pour moi.

Je retourne à mon poste sans parler davantage. Je n'ose avouer à Margoule que je ne me sens pas très bien. J'ai la tête qui tourne, la nausée me gagne et des frissons continuent à secouer mon corps. Je reprends vaillamment mon pinceau et poursuis mon badigeonnage. Il est hors de question que je cède à la première faiblesse. Ce n'est pas mon corps qui décide, c'est moi. Je sais que les coups de soleil font mal, mais je sais également qu'il suffit de serrer les dents et d'attendre que ça passe.

...

– Bougre d'imbécile ! tonne la voix d'Hélix.

Je suis allongée par terre sur le dos, sans savoir comment je suis arrivée là.

Est-ce que je suis tombée ?

Ma vision est complètement floue. Ma tête me lance affreusement. Une horrible nausée me submerge. Je me penche sur le côté pour vomir.

Le soulagement n'est que de courte durée.

Ça ne va pas bien du tout. J'ai l'impression d'être une marionnette dont on aurait coupé les fils. Mes bras sont lourds, ma peau hurle de douleur, mon visage est en feu. Je gèle et je brûle tout à la fois.

– Emmène-le vite dans mon atelier.

Deux grosses mains me soulèvent sans que je puisse réagir. Je suis transportée jusqu'à un endroit sombre et frais baigné d'une lumière verte que je n'aime pas. Je n'ai pas le temps de m'inquiéter à ce sujet. Mon corps lâche.

Mes dents s'entrechoquent.

Ma vue se brouille.

Je plonge dans le noir et le silence.

Je reprends conscience, aux aguets. Ça va mieux. La nausée est partie, les convulsions aussi, les frissons se sont calmés.

J'ouvre les yeux. Il fait sombre. Le plafond est orné d'une lanterne en verre coloré réglée au minimum. Je suis couchée à même le plancher, torse nu, les bras et les jambes déployés de chaque côté du corps.

Un raclement de gorge me fait sursauter. Je tourne la tête.

Hélix est là, installé dans son fauteuil en cuir. Il me scrute de ses yeux sombres, le menton posé sur son poing, un sourire satisfait aux lèvres.

– Redresse-toi, ordonne-t-il.

J'obéis en redoutant le vertige et la migraine.

Rien de tel. Je m'assois sans ressentir ni courbatures ni brûlures, juste une grande lassitude.

– Que s'est-il passé ? je demande d'une voix pâteuse.

– Tu es un garçon stupide et inconscient, voilà ce qu'il s'est passé, me morigène-t-il.

Ne sachant que répondre à ces accusations, je me contente de rester muette.

– Tu as été victime d'une insolation. Je me demande ce que je vais faire de toi si tu n'es même pas capable de prendre soin de ta propre personne. Nous sommes dans le désert. Ici, le soleil est néfaste. Sache que ça m'aurait contrarié de te voir mourir.

Moi qui pensais avoir pris un simple coup de soleil…

Je lève ma main droite devant mes yeux pour vérifier sa couleur. Retour au rose pâle, plus de teinte écrevisse, tout va bien.

Sauf que…

Qu'est-ce que c'est que ça ?

Je sors précipitamment de ma léthargie. Il y a un drôle de signe sur ma peau.

Le dos de ma main est marqué d'une rune.

Je tourne le poignet pour mieux voir…

Il y en a d'autres !

Des dizaines. Elles forment une phrase calligraphiée qui file depuis les phalanges de mes doigts le long de mon bras droit et poursuit sa route sur mon épaule, où je la perds de vue. Je la retrouve de l'autre côté, sur mon bras gauche, où elle rejoint mon autre main.

– Mais c'est quoi, ce… ?

– Je ne suis pas médecin, me coupe Hélix. Je suis mage. J'ai réglé le problème comme je sais le faire. Avec des runes. Tu es désormais protégé des effets du soleil, du moins tant que l'inscription tiendra.

– C'est-à-dire ?

– Oh, j'ai utilisé une encre tirée d'une racine de

gombata. Il faudra compter plusieurs mois avant que la couleur ne commence à se dissiper.

– Plusieurs mois…

Je prends le temps de respirer à fond pour évacuer la bouffée de colère qui s'est enflammée à l'intérieur de ma poitrine. J'ai l'impression de ne plus m'appartenir. Il m'a tatouée alors que j'étais inconsciente. Comme si le torque ne suffisait pas.

– Tu peux te lever ? demande le mage.

Je me mets debout sans ressentir le moindre malaise. Je hoche la tête pour lui montrer que je vais bien.

– Parfait. Alors dégage de mon atelier et retourne au travail. *Atii !*

J'attrape la chemise et le débardeur qu'il me tend et quitte la pièce d'un pas rageur. Moi qui pensais qu'il s'inquiétait pour moi. Mais non. Monsieur veut seulement que je débarrasse le plancher.

Lorsque je suis de retour sur le pont, la réaction des dogrons ne se fait pas attendre. Safre renifle de désapprobation. Il examine les runes et murmure que ça ne lui plaît pas. Margoule s'enquiert de ma santé, touche mon front puis s'éloigne comme si de rien n'était. Je le rattrape pour lui demander ce qui les contrarie tant, son frère et lui.

– Des runes sur une personne, ce n'est pas bon, explique-t-il avec de fréquents regards vers la coursive.

Il ne veut surtout pas être entendu d'Hélix, et je le comprends. Je reprends mes instruments de travail et graisse un rouage imaginaire en poursuivant notre conversation à voix basse.

– Comment ça ?

– Les runes sont faites pour enchanter des objets, pas des êtres vivants.

– Mais pourtant, ça a marché, dis-je en lui montrant mes bras sans brûlure. C'est même rudement efficace.

Margoule souffle un nuage de fumée. Au-dessus de nous, l'énorme soleil décroît doucement vers l'horizon. Grâce aux inscriptions du mage, je ne ressens plus aucune douleur. Les rayons caressent ma peau comme ceux d'un soleil d'hiver. C'est vraiment magique.

– Les gens ne sont pas des bouts de bois ou des blocs de pierre, argumente le dogron. Chaque personne est différente. Tu ne sais pas vraiment comment les runes vont agir sur toi.

– Tu parles d'effets secondaires ? je comprends soudain.

– Oui, effets secondaires. C'est un bon mot. Les runes te protègent du soleil, mais qu'est-ce qu'elles font d'autre ? On ne sait pas. Même Hélix l'ignore.

– Tu veux dire que ce n'est pas un sort qu'il utilise fréquemment ?

Margoule secoue la tête. Je sens ma gorge se serrer. J'arrête de badigeonner le boulon déjà saturé de graisse et observe de près mes runes, puisque je suis bien obligée de les appeler comme ça. Le mystérieux alphabet court le long de mon bras. J'essaye d'effacer un morceau de la phrase avec mon pouce imbibé de salive, mais c'est impossible. L'encre s'est infiltrée profondément dans mon épiderme.

– Le Maître est un mage des runes, murmure Margoule. Mais est-ce que tu as déjà vu des runes sur sa peau à lui ?

La question du dogron tourne dans ma tête. J'ai vu Hélix bras nus, et sa peau est aussi blanche que la mienne. Malgré tout son savoir, il ne prend pas le risque d'utiliser la magie sur lui. Une horrible idée naît dans mon cerveau.

– Est-ce qu'Hélix se sert de moi comme sujet d'expérience ?

Margoule acquiesce en roulant de gros yeux pour me montrer combien j'ai été longue à la détente.

– Je t'ai descendue dans l'atelier. Le Maître n'était pas content que tu sois malade, mais en même temps il sautait sur place parce qu'il allait pouvoir essayer quelque chose de nouveau. Maintenant, tu verras, il va t'observer pour savoir si ses runes fonctionnent bien.

Je garde le silence en serrant mon pinceau jusqu'à m'en faire blanchir les phalanges. J'ignore comment réagir. Toutes les choses qui m'entourent semblent posséder une face claire et une autre obscure. Hélix m'a sauvé la vie en me marquant de runes dont il ne connaît pas tous les effets. Les dogrons sont mes amis, mais ce sont également de redoutables tueurs. La magie remplit les placards de la cuisine, mais elle me condamne aussi à porter un collier de servitude.

– Je suis désolé, lâche soudain Margoule. *Mamianaq*.

– Pourquoi ?

– Je ne savais pas que les habitants de ton monde étaient sensibles au soleil du désert rouge. J'aurais dû t'avertir.

– Tu n'es pas responsable ! je m'écrie avant de continuer à voix basse, étonnée qu'il puisse ainsi culpabiliser. J'aurais dû me montrer plus prudente. Comme vous n'aviez pas l'air indisposés, je ne me suis doutée de rien.

– Notre peau de dogron est assez épaisse pour nous protéger des chaleurs et des froids extrêmes.

– Je peux toucher ? je demande, soudain curieuse.

Margoule relève la manche de sa marinière et tend son bras. Je pose les doigts sur son poignet, surprise par ce que je sens. J'approche la tête pour mieux voir. Les dogrons n'ont pas de peau à proprement parler. Ils sont plutôt comme les serpents, ils ont des millions de petites écailles imbriquées les unes dans les autres. L'épiderme de Margoule est lisse et sec, marbré de brun et de vert comme un minuscule treillis. Il me regarde avec un demi-sourire qui laisse apercevoir ses dents de carnassier. Quelles drôles de créatures que ces ogres-dragons !

– Est-ce que tu as déjà mangé un être humain ? j'interroge soudain avant d'être moi-même surprise par l'audace de ma question.

Sa gaieté disparaît. Il tourne son regard vers le paysage aride comme s'il allait y trouver une diversion pour éviter de répondre. Je suis gênée de l'avoir blessé.

– Excuse-moi. C'était nul. Je ne sais pas ce qui m'a pris de poser cette question. Je n'ai pas le droit…

– Oui, avoue-t-il en baissant la tête. À une époque, je me suis nourri d'humains. Mais c'était une volonté de Sosana. Safre et moi étions les chasseurs de son labyrinthe.

– Sosana ? Un labyrinthe ?

– Tu verras. Demain.

Un choc résonne contre la péniche. Le haleur et ses équidés sont en train de passer le relais à un meneur de buffle géant. Cela fait plusieurs heures que l'homme aux zèbres cornus marche sous le soleil sans pause ni vivres. Un exploit. Il se poste sur le bord du canal et lève la main après l'avoir portée contre son cœur et son front. En réponse à ce qui semble être un signal, Safre lui lance un projectile qui ressemble à une simple pierre. L'homme la rattrape au vol puis, après avoir répété le même geste, cœur et front, il s'incline avant d'aller s'asseoir un peu plus loin dans l'ombre de ses bêtes.

Safre est déjà retourné à son poste de pilotage.

– Tu l'as payé avec une pierre ? C'est bien ce que j'ai vu ?

Gardant une main sur la barre, Safre me tend une lourde poche de jute qui ressemble à un sac de billes. Je l'attrape et l'ouvre pour observer son contenu. Le sachet est rempli de cailloux turquoise.

– C'est Larimar, explique Safre de sa voix rocailleuse. *Serratuk ujarak*, gemme de magie. C'est pour payer.

Je sors un galet bleu et le tends devant le soleil pour

tester son opacité. Aucun rayon ne traverse la pierre. Je la porte à mon nez. Aucune odeur. La couleur est brillante et rehaussée d'incrustations blanches. Elle tient facilement dans la main. À part une légère chaleur que je mets sur le compte de la canicule, rien n'indique que cette chose contient de la magie.

– Comment sais-tu que c'est une pierre magique?

Safre hausse les épaules.

– Je sais. *Taama.* Tout le monde sait ça.

Je remets le caillou bleu avec les autres et rends le sachet au dogron. Alors que je m'apprête à poser une autre question, il tourne la tête vers moi et me fusille de son regard rouge. Je comprends qu'il est temps pour moi de le laisser tranquille.

Le gros soleil disparaît dans un flamboiement de rouges et de violets absolument magnifiques. La nuit s'abat sur nous en apportant une fraîcheur reposante. Pour autant, je n'ai pas froid. Je suis toujours en débardeur, ma chemise attachée autour de ma taille, et je suis en train de faire l'expérience d'une nouvelle vertu des runes. En réalité, plus la température baisse, plus les runes sur mes bras dégagent de la chaleur. Comme si elles avaient emmagasiné les rayons du soleil pour les diffuser une fois la nuit tombée. D'ailleurs, les marques ne sont plus noires mais plutôt rougeoyantes, ce qui me pousse à enfiler ma chemise pour dissimuler leur lumière. Pas la peine de ressembler à un sapin de Noël.

Malgré le discours de Margoule, je suis ravie. Ces tatouages sont une bénédiction. Vu leur efficacité, je suis peut-être la première fille-rune d'une longue lignée.

Je m'assois contre le poste de pilotage pour observer le ciel. Les étoiles s'allument les unes après les autres. Puis la lune gibbeuse se lève. Elle apparaît lentement derrière la ligne lointaine des montagnes, altérant en partie la lumière des astres.

Cette vision me trouble. Nous sommes censés être dans un autre monde, et pourtant la lune est là. Seulement, est-ce bien la même? Le dôme étoilé est-il semblable à celui qu'on voit chez moi? Malheureusement, ma mémoire tronquée ne m'apporte aucune connaissance en astronomie. Je ne devais pas être très calée dans ce domaine. Je ne suis même pas capable de distinguer la Grande Ourse d'une autre constellation.

Depuis que la nuit est tombée, de la peau de l'hippobuffle (c'est Margoule qui m'a appris son nom) émane une étrange luminescence qui semble suffisante pour éclairer son chemin, puisque son maître et lui continuent d'avancer. Alors que Margoule passe à ma portée, je pointe l'animal du doigt et lui demande si la phosphorescence de cette bête est naturelle.

– Non. Un tel animal ne survivrait pas dans la nature. C'est un phare pour les prédateurs alentour. Afin d'obtenir un tel résultat, son maître mêle à sa nourriture de la poussière de pierre magique.

– Ça ne l'empoisonne pas?

– Apparemment non. Mais il y a des effets secondaires, comme tu dis. L'animal grandit beaucoup plus que la normale, jusqu'à atteindre cette taille de géant, et sa chair est définitivement immangeable.

– Toujours cette dualité, je marmonne. Moi qui pensais qu'il existait une magie blanche et bonne opposée à une magie noire et mauvaise. Mais c'est une erreur. Toutes les magies sont grises.

– On pourrait dire ça si la magie était une couleur, convient Margoule en penchant la tête.

Je sens qu'il s'empêche de continuer. Pire, il s'éloigne vers l'arrière de la péniche en pinçant les lèvres. Je me lève pour le suivre.

– Margoule ? J'ai dit quelque chose qu'il ne fallait pas ?

Margoule secoue la tête en rangeant un coffre déjà bien en ordre. J'insiste.

– Quoi ! ?

Il se tourne vers moi, son visage oscillant entre colère et tristesse, sa mâchoire serrée pour ne pas hausser le ton.

– J'ai vu comment tu regardais les runes sur ta peau. Tu aimes ça, tu trouves la magie séduisante. Je comprends, c'est normal quand on vient de ton monde. Tu serais même prête à aimer le Maître s'il n'était pas aussi méchant. Mais n'oublie pas de rester prudente. S'il te plaît, n'oublie pas ça, d'accord ?

Je hoche la tête sans vraiment comprendre cette mise en garde. Ce simple geste semble rassurer le dogron, qui me tape sur l'épaule avec un sourire avant d'aller plier la bâche qui recouvre les sacs d'os. De mon côté, j'effectue un nouvel aller-retour vers la cuisine pour remonter les cages. Les animaux ont besoin de soins. Même protégés de la canicule dans la cuisine, ils ont eu chaud.

Sous la nuit étoilée, je les regarde longuement tous les quatre. Le chien, le chat, la tortue et l'oiseau. Ils sont comme moi.

Des prisonniers.

Je prends soudain conscience que je ne suis rien d'autre que leur bourreau. Je ne suis ni leur maître ni leur amie. Je suis l'esclave qui les garde sous clé. J'ignore tout de leur destinée, même si j'imagine qu'elle n'est pas des plus roses. Cette pensée m'horrifie. Je suis aussi mauvaise qu'Hélix. J'applique ses ordres à la lettre sans poser de questions.

Tout ça pour quoi ?

Parce que j'ai peur d'avoir mal.

Parce que je suis une sale égoïste.

Soudain, je m'active sans avoir véritablement pris une décision. Mue par une impulsion, j'ouvre la première cage, referme mes mains sur l'oiseau et l'extrais de sa prison. Vérifiant que personne ne fait attention à moi, je jette le volatile en l'air. Celui-ci déploie aussitôt ses ailes et s'envole dans un bruissement de plumes.

Un immense soulagement s'empare de moi.

Ma respiration s'allège, comme si un poids venait d'être retiré de ma poitrine.

Je passe à la cage du chat. Le matou est tellement prostré derrière ses barreaux qu'il ne se débat même pas quand je l'attrape. Je le serre entre mes bras et m'approche du bord de la péniche, côté bâbord.

– Bonne chance, camarade, je murmure au félin avant de prendre mon élan et de lancer le chat aussi loin que possible.

Le matou vole quelques secondes en l'air avant de retomber sur ses pattes dans le sable au bord du quai. À peine réceptionné, il s'élance vers le désert et disparaît dans l'obscurité. J'exulte et cours vers le chien pour faire de même. Le bichon n'est ni très grand ni très lourd. Je parviens à lui faire franchir à lui aussi la distance entre la péniche et le quai. Il atterrit moins élégamment que le chat, le museau dans le sable. Il se redresse en s'ébrouant, me jette un dernier regard avant de se mettre à courir sur les pas du chat.

Il ne reste plus que la tortue. Je l'extrais de sa prison et la lève à la hauteur de mon visage. Elle remue ses pattes griffues avec lenteur et tourne la tête vers moi pour m'observer de ses yeux minuscules.

– J'ignore si tu sais nager. Je n'y connais rien en tortues. On va dire que oui.

Je me penche au-dessus du bastingage et la laisse tomber dans l'eau. Sa carapace touche l'onde avec un plouf discret, puis elle disparaît sans remonter à la surface.

Je me retrouve face aux cages vides, extrêmement satisfaite de ce que je viens d'accomplir. Hélix va être hors de lui et c'est tant mieux.

Lorgnant vers le quai, je me décide en un battement de cœur.

Je recule de quelques pas puis m'élance comme si je m'apprêtais à sauter au-dessus d'un précipice. Je pose un pied sur le bastingage et bondis en avant.

Une masse se précipite sur moi et me rattrape par la taille pour me plaquer sur le pont de tout son poids avec autant d'efficacité qu'un joueur de rugby.

– Qu'est-ce que toi tu fais ! gronde Safre avec colère en se redressant. Tu perds ta tête ! *Niatoq tatapuk ujuq !*

Je regarde le dogron avec un calme qui m'étonne moi-même.

– Oui.

– Quoi ? demande-t-il.

– Oui, ma tête. Je l'ai perdue.

Hélix apparaît, Margoule dans son sillage. Le mage a une serviette blanche coincée dans son col, et le dogron porte un tablier. Apparemment, le premier était en train de dîner ce que le second lui cuisinait.

– Qu'est-ce que c'est que ce boucan ?

Safre ne répond pas. Les yeux de Margoule s'élargissent quand il découvre les cages vides. Hélix suit son regard avant de revenir vers moi. Il ôte sa serviette avec des gestes lents sans faire preuve d'un quelconque énervement. C'est presque plus effrayant que de le voir fulminer. Je reste assise au sol tandis que Safre rejoint la cabine de pilotage qu'il a quittée précipitamment. La suite des événements ne le concerne plus.

– Bien, déclare le mage d'un ton froid. Ta présence à bord vient de se révéler moins longue que prévu. C'est dommage, tu faisais un cobaye intéressant. Toi, enferme-le dans sa cabine.

– Margoule ! j'articule quand le dogron se penche pour m'attraper par le coude et me mettre debout.

– Pardon ? interroge le mage d'un air indigné, comme si je n'avais plus droit à la parole.

– Il s'appelle Margoule. Il a un nom, vous pourriez au moins l'utiliser.

Hélix fait trois pas dans ma direction et m'attrape par le torque pour me hisser à sa hauteur. Je me rends compte à cette occasion qu'il est bien plus grand que moi. Dressée sur la pointe des pieds, je tente de soulager mon cou malmené par la traction.

– Tu n'as toujours pas compris, me réprimande-t-il. Aucun de vous trois n'a de nom. Vous pouvez vous amuser à vous en donner si vous avez du temps à perdre, mais ce ne sera jamais une identité car les esclaves n'en possèdent pas. Les dogrons et toi, vous n'êtes que des instruments à mon service. Rien d'autre.

Il me repousse dans les bras de Margoule et claque des doigts. Le dogron obéit, le visage baissé. D'une poigne plus douce qu'Hélix ne le voudrait, il me descend dans le bureau et me pousse dans la cabine. Il ne dit pas un mot, mais ses yeux parlent pour lui. Il semble déçu.

– On pourrait s'enfuir, je propose d'une voix trop aiguë. On pourrait partir ensemble, ton frère, toi et moi ! Hélix ne serait pas capable de nous arrêter.

Mon offre ne le ralentit même pas. Il claque la porte et tourne la clé dans la serrure. Je me retrouve seule dans la minuscule pièce, blessée par le comportement passif du dogron et étonnée par ma propre audace.

Je m'assois en tailleur sur le lit puis me laisse tomber en arrière. Quand ma tête atterrit sur l'oreiller, le torque vient frapper contre mon menton. Si seulement je pouvais ôter ce joug. Je m'acharne quelques secondes contre le collier avant d'abandonner.

J'ai du mal à penser clairement. Trop d'idées se percutent. Je ne regrette rien de ce que j'ai fait. Libérer les animaux m'a révélée à moi-même. Bien sûr, je redoute la suite des événements. Je me demande ce qu'il va se passer demain quand nous nous enfoncerons dans le désert rouge. Je suis intriguée par la colère froide d'Hélix. J'aurais préféré qu'il crie et sévisse mais il n'en a rien été. J'ignore la décision qu'il a prise à mon sujet, et ça me fait peur. S'il se débarrassait de moi ? Et s'il me vendait à l'ogre ? Je ne veux pas être séparée des dogrons, mes seuls amis en ce monde. Et si le problème était ailleurs ? Si j'étais en train de perdre la tête à cause des runes ? Le sommeil vient à point nommé faire taire cette averse d'interrogations qui menace de me rendre folle.

Le temps passé dans la cabine me semble interminable. Je dors par intermittence. Le moindre choc sur la coque, le moindre piétinement sur le pont me réveille en sursaut. Quand Hélix ouvre enfin la porte, je me rends compte que quelques heures seulement se sont écoulées.

– Prépare ton sac à dos, ordonne le mage d'un ton sec. Nous allons traverser le désert. Ne laisse rien, tu ne reviendras pas ici.

Je m'exécute sans discuter. Je roule mon duvet, récupère mes vêtements et fourre mes affaires dans le sac en essayant de ne pas trop me poser de questions sur notre destination. Je gagne le pont, noyé sous une lumière aveuglante. Le soleil brille haut dans le ciel, les ombres sont étroites, il ne doit pas être loin de midi.

Notre péniche est amarrée au pied d'une grande lanterne en pierre en forme de pagode, seule trace de construction humaine à la ronde. L'hippobuffle s'éloigne nonchalamment le long de la voie d'eau, en compagnie de son maître. Le canal, incongru dans ce monde de sécheresse, trace une route droite comme un *i* à travers un océan de dunes.

À peine ai-je posé les pieds dans la lumière que les runes de mes bras s'activent. Ma peau se couvre d'une fraîcheur bienfaisante.

Safre est en plein travail. Il attrape un par un les sacs

d'os entreposés sur le pont et les lance à Margoule descendu à terre.

– Ne reste pas les bras ballants, proteste Hélix dans mon dos. Va sur le quai aider le dogron. Il lui faudra un coup de main pour charger les quaggas.

– Les quaggas ? je répète sans recevoir plus d'explications.

Je m'engage sur la passerelle et pose pour la première fois les pieds sur le sable rouge du désert. Je m'approche du dogron mais Margoule s'obstine à ne pas croiser mon regard. Cette attitude plante une flèche de tristesse dans mon cœur. Je voudrais parler, expliquer mon geste, mais la présence du mage rend impossible toute discussion. Je me contente de laisser tomber mon sac à dos et de rassembler les marchandises posées çà et là. En plus de la moitié des sacs d'os, je dénombre quelques dames-jeannes, une dizaine de caisses en bois dont trois portent l'inscription « fragile » et des bagages en cuir qui appartiennent sûrement à Hélix.

Soudain, au loin, une ombre apparaît dans la lumière tremblante du désert. D'abord simple silhouette floue, elle se précise en approchant. Une caravane vient dans notre direction. Les quaggas sont ces fameux zèbres cornus aperçus plus tôt le long du canal. Ils sont menés par un homme en noir coiffé d'un chèche bleu à la façon des Touaregs. Chaque animal est équipé d'un arçon de bât destiné à recevoir les charges. Margoule ne baisse pas la cadence. Sitôt la caravane arrêtée, il s'attaque au chargement des bêtes. Safre le rejoint à terre pour le seconder. Je prends l'initiative de les aider à transporter les marchandises, mais mes maigres bras ne peuvent quasiment rien soulever. Plutôt que de me laisser inoccupée (la hantise d'Hélix), Safre me confie la tâche de tenir le licol du quagga qu'ils sont en train de charger car la proximité des dogrons rend les équidés nerveux.

Perché sur la péniche, notre maître vénéré aboie ses consignes.

– Attention avec les dames-jeannes ! Un peu de fermeté, mon garçon ! Mais qui m'a mis une limace pareille ? Attachez les caisses droites, vous ne savez pas lire ou quoi ? C'est écrit « fragile » : *asserok !*

Un seul quagga reste libre. Il est destiné à Hélix. Il ne faudrait quand même pas que mon vénéré Maître se fatigue à marcher dans le sable. Quand le convoi est prêt, il descend de la péniche et paye de quelques pierres bleues l'homme voilé qui part s'asseoir au pied de la lanterne.

– Il ne vient pas avec nous ? je demande avant de me souvenir que je suis désormais indésirable et d'ajouter : Maître ?

– Il surveille ma péniche pendant que j'emprunte sa caravane. *Atii !*

Hélix s'installe sur le quagga de tête et laisse Safre ouvrir la voie. En queue de caravane, je m'attarde quelques secondes pour jeter un dernier regard vers la péniche. J'ignore si je la reverrai un jour. Ma vie sans mémoire a commencé ici. Ça me fait bizarre de quitter le seul endroit qui m'est familier pour plonger dans l'inconnu.

II
UN MONDE MOUVANT

Marcher dans un désert, c'est comme marcher sur une plage sans fin.

Le sable rouge ne cesse de se dérober sous mes pieds, de s'infiltrer dans mes chaussures et de me faire trébucher. Au bout d'un quart d'heure, je sature déjà. Les muscles de mes cuisses sont en feu et mon sac à dos, pourtant léger, est devenu une torture pour mes épaules. Mais le pire, c'est sûrement cette sensation de n'avoir aucun repère visuel. Il n'y a que des dunes à perte de vue. Épuisantes à monter, elles sont étourdissantes à descendre. Les quaggas s'en sortent particulièrement bien. Leurs sabots plus larges que ceux d'un cheval les empêchent de s'enfoncer dans le sable. Quant aux dogrons, ils marchent lestement sans paraître incommodés.

Essoufflée, déjà en queue de caravane, je redoute de me faire distancer. Malgré mes efforts, l'écart se creuse entre la croupe du dernier animal et moi. Seul Margoule paraît soucieux de mon sort. Il se retourne régulièrement pour vérifier ma position. Nous marchons depuis deux bonnes heures quand il ralentit le rythme pour se porter à ma hauteur. Je le vois chercher ses mots, l'air contrarié.

– Tu n'aurais pas dû, lâche-t-il soudain à voix basse.

Je suis si soulagée qu'il m'adresse enfin la parole que je pourrais lui sauter dans les bras si mes jambes n'étaient pas aussi faibles.

– Libérer les animaux, précise le dogron. Ça ne servait à rien.

Je hausse les épaules tout en gardant un œil sur le chemin tracé par les bêtes.

– Ça m'a fait du bien à moi. Au moins, ils sont en liberté, maintenant. Ça me soulage vraiment le cœur de savoir ça.

– Mais non, grommelle Margoule. Qu'est-ce que tu vas imaginer ? Ils ont été mangés comme les proies qu'ils sont. Aucun animal de ton monde ne survit dans le désert rouge. Des tas de créatures dangereuses vivent ici. Bien plus méchantes et rapides qu'un chat ou un chien.

– Comme quoi ?

– Les plus redoutés sont les *misukjuk*, les vers des sables. Ils identifient leur proie grâce aux vibrations de leur marche. Mais il y a également les *pusinuilaq*, des chats du désert gros comme des lynx, et plus d'espèces de serpents que tu ne peux en imaginer. Et puis les lézards et même les plantes carnivores...

– Alors, au moins, l'oiseau a survécu.

Il secoue la tête pour me démentir.

– Le ciel est également rempli de rapaces affamés. Ils ont pu n'en faire qu'une bouchée.

– Et la tortue ? Je l'ai laissée tomber dans l'eau du canal.

– Les tortues sont résistantes à la magie. Peut-être qu'elle est encore en vie.

– Je l'espère.

Le silence retombe, presque palpable. Margoule me tend une outre en peau remplie d'eau en exigeant que je boive. Pendant que j'avale quelques gorgées, mes pensées s'attardent sur les vers des sables. J'imagine une nuée grouillante de lombrics rouges avec de minuscules crochets de serpents. Le résultat n'a rien d'effrayant.

– Margoule ?

– Hum ?

– Ils sont vraiment dangereux, les vers des sables ?

– Hum.

– Alors, comment on sait qu'ils ne vont pas nous attaquer ?

– Les *misukjuk* ne sortent pas en plein jour. Ils préfèrent attendre la tombée de la nuit.

Je lui rends son outre. Il y boit longuement avant de la ranger à la ceinture de sa salopette. C'est la première fois que je le vois avaler quelque chose. Je me rends soudain compte que j'ignore tout de lui. Je me dis son amie, mais il est pour moi un total inconnu. C'est peut-être pour cette raison que j'éprouve brusquement le besoin de me justifier.

– Tu sais, pour les animaux, ce n'est pas quelque chose que j'ai calculé à l'avance. Je n'ai pas réfléchi, j'ai juste agi d'instinct. Je ne voudrais pas que tu croies que j'ai trompé ta vigilance ou celle de ton frère.

– Tu allais t'enfuir, me reproche Margoule.

– C'est vrai. Mais encore une fois, je n'ai rien anticipé.

– Si Safre ne t'avait pas rattrapée, tu serais partie dans le désert. Ça n'aurait servi à rien, parce que Hélix t'aurait ramenée.

– Comment ?

– Avec le *biwara*. Il dit un mot et le collier diffuse une douleur terrible. Il faut se rapprocher du maître pour qu'elle cesse.

Je porte la main au torque en imaginant ce à quoi j'ai échappé. Décidément, ce collier est redoutable. Je comprends pourquoi Hélix ne m'a pas mise en cage comme les animaux. Il n'en a pas besoin puisqu'il me tient par une laisse invisible.

– Et maintenant ?

– Le Maître va te donner à Sosana. Les animaux étaient pour lui. Tu vas les remplacer.

Un froid intense me tord le ventre. Sosana, celui que Safre et Margoule redoutent plus qu'Hélix.

– Il n'y a pas d'autre solution ? je gémis.

– L'autre solution était de garder les animaux en cage.

Ma stupidité me frappe de plein fouet. Moi qui me sentais si fière. La rebelle, la libératrice des animaux. En réalité, je n'ai fait que creuser ma propre tombe.

– Je comprends, je lâche en posant la main sur le bras du dogron. Margoule, je suis désolée.

– Tu trembles, fait remarquer mon ami.

– Disons que je n'ai aucune envie d'arriver. Sosana est vraiment si terrible que ça ?

Margoule garde son regard rivé sur la dune. Il ne répondra pas. Il préférera se taire plutôt que d'inventer un mensonge pour me rassurer.

– Profite de cette marche, finit-il par lâcher après quelques minutes de silence. Le désert est un endroit magnifique.

J'observe les alentours, étonnée. Il n'y a que du sable à perte de vue et toujours ces étranges montagnes à l'horizon.

– Magnifique ? Mais il n'y a rien à des kilomètres. Tout est sec et mort.

Margoule tend le bras pour me montrer une curieuse ombre immobile un peu plus loin sur la gauche. Une courte plante bleue disposée comme un gros oursin au ras du sol est ancrée là, à flanc de dune.

– Ça, c'est une *mazakuita*. Elle fleurit une fois par an pendant la saison des pluies. Ses fleurs pourpres sentent tellement fort qu'elles attirent des dizaines de papillons depuis l'autre bout du désert. Si tu es à court d'eau, tu peux la déterrer et couper une racine. Le suc qu'elle contient est aussi rouge et épais que du sang, mais il est très désaltérant. Seulement, il faut être prudent, car bien souvent un scorpion vit dans l'ombre de la *mazakuita*. Grand comme mon pouce, jaune avec une queue verte ; sa piqûre n'est pas mortelle mais terriblement douloureuse. Tu vois, quand tu connais le désert, tu sais que c'est tout sauf un endroit mort. Il regorge de vie.

– Et là-bas ? j'interroge en désignant les pics rocheux désormais droit devant nous. Qu'est-ce qu'il y a ?

– Notre destination. Les dents du dieu-dragon.

Je le regarde d'un air insistant. Il me connaît assez maintenant pour comprendre que j'ai besoin d'explications plus détaillées. Il se lance dans un récit de dieu-dragon qui aurait vécu il y a très longtemps de cela, au temps où les hommes n'existaient pas encore. Il m'avoue que c'est une histoire qu'il a inventée avec Safre pendant qu'ils erraient dans le labyrinthe de Sosana. Un jour, le dieu-dragon parvient à la fin de son existence et se laisse mourir au cœur d'une prairie luxuriante. Son corps se dégrade. Sa chair pourrissante tue toute vie alentour et transforme en quelques années les lieux en un désert ocre. Seul le crâne du dieu résiste. Il met encore plusieurs siècles à s'éroder sous les assauts du vent et du sable. Aujourd'hui, il n'en reste que la mâchoire du bas mais sa taille laisse imaginer le gigantisme de celui qu'on appelait le dieu-dragon.

– Ouah ! je m'exclame quand la voix de Margoule retombe enfin dans le silence. C'est une histoire magnifique.

En levant les yeux vers l'horizon, je distingue maintenant la forme de la mâchoire du dieu-dragon dans l'alignement des pitons rocheux. Elle esquisse un arc de cercle relativement étroit. Les dents montrent des signes des ravages du temps, leur surface rouge est nervurée de sillons orange.

– Ça y est, je les vois, Margoule.

– Tu comprends maintenant que le désert peut être beau.

– Tu es resté combien de temps dans ce labyrinthe ?

Margoule fait un geste du bras vers le ciel avant d'expliquer qu'il n'en a aucune idée. Il n'avait aucun outil pour compter les jours qui défilaient. Seul le passage de la saison des pluies venait rompre la monotonie.

– Ton frère et toi étiez des gardiens, c'est ça ?

Margoule hoche la tête.

– Alors, si vous n'y êtes plus, qui vous remplace ?

Le dogron soupire en produisant un nuage de fumée.

– La dernière fois, c'était un homme-sanglier un peu stupide. Mais les choses ont peut-être changé depuis.

Bizarrement, je n'ai pas peur. Tant que Margoule est à mes côtés, je sais qu'aucun homme-sanglier ne pourra me faire du mal.

Je l'interroge sur notre date d'arrivée.

– L'entrée du labyrinthe est à deux jours de marche. Ensuite, il faut encore compter une journée pour arriver jusqu'à la demeure de Sosana.

– C'est loin…

– Quand tu ne pourras plus marcher, je te porterai.

J'observe Margoule d'un œil dubitatif pour voir s'il parle sérieusement. Il se contente de me rendre mon regard d'un air attendri.

– Je t'aime bien, finit-il par ajouter. Mon cœur pleure de savoir que nous allons nous quitter.

– N'aie pas peur, jeune dogron, je déclare en imitant la voix d'un vieil homme, sans trop savoir d'où me vient cette inspiration soudaine. La peur est le chemin vers le côté obscur : la peur mène à la colère, la colère mène à la haine, la haine… mène à la souffrance.

L'effet sur le dogron est inattendu. Margoule ouvre de grands yeux étonnés avant d'être secoué de spasmes et d'émettre des cris étranges. Il me faut quelques secondes pour comprendre que ce géant est en train de rire à gorge déployée. Je suis tellement ravie que je me mets à glousser à mon tour. Nous nous arrêtons bientôt de marcher, vaincus par nos éclats de rire. C'est tellement bon, tellement inattendu.

Malheureusement, un rappel à l'ordre d'Hélix nous oblige rapidement à nous taire et à reprendre la route. Nous continuons néanmoins à échanger des coups d'œil complices tout le long du chemin.

Nous ne faisons pas de pause avant que le jour ne décline. Notre groupe trouve finalement refuge dans les ruines d'un bâtiment aux allures de temple. Les fenêtres ont disparu depuis longtemps. Il ne reste plus que quelques colonnes ainsi qu'un mur contre lequel s'amoncelle une dune de sable. Le sol, une magnifique mosaïque de carrelage bleu, est miraculeusement épargné. Le fait de trouver cette trace d'humanité en plein désert semble complètement surréaliste.

Nous nous installons en plein milieu du dallage, loin du sable et des dangers de la nuit. Les quaggas sont serrés les uns contre les autres, attachés autour d'une colonne. Nous ne faisons pas de feu. J'imagine que c'est parce qu'il n'y a rien à brûler. J'aurais pourtant aimé avoir de quoi repousser d'éventuels monstres.

Qui sait ce qui peut rôder la nuit par ici ?

Après cette dure journée de marche, j'ai l'estomac dans les talons. Je meurs d'envie de croquer dans une pastèque juteuse ou d'avaler une grande gorgée de Coca avec des glaçons.

Mais il en va autrement de la réalité.

Je dois attendre. Mon repas sera constitué des restes

d'Hélix. Je me nourrirai une fois qu'il sera rassasié. Je passe donc d'interminables minutes à regarder mon maître se gaver de pâté en croûte, de pain muesli et de biscuits.

Constatant que ni Safre ni son frère ne mangent, je m'enquiers de leur repas à eux, tant pour me changer les idées que pour ne pas entendre les bruits de mastication d'Hélix. Margoule m'explique que les dogrons se contentent d'une chasse toutes les deux semaines en guise de nourriture. Ils n'ont pas besoin de repas quotidiens, contrairement aux humains.

Hélix prend un plaisir évident à faire traîner son dîner tout en me lançant des œillades cruelles. Quand, enfin, il abandonne les reliefs de son repas, je me jette dessus sans la moindre dignité. Les restes sont assez frugaux – le mage a bon appétit –, mais je mange tout ce qui peut être ingéré, jusqu'au morceau de pâté plein de sable qui est tombé par terre. Je lèche même les miettes au fond de l'assiette.

Hélix ne me quitte pas des yeux. Il se délecte du spectacle.

Une bouffée de haine m'étourdit. Que ne donnerais-je pas pour lui envoyer cette assiette en pleine figure !

J'avale ma rancœur en imaginant la scène : la porcelaine qui vole, le bruit de sa tête percutée à la tempe, son malaise, ses yeux qui se révulsent, le sang écarlate qui éclabousse la vaisselle blanche…

C'est tellement bon à imaginer que je me repasse

encore et encore la scène tout en nettoyant l'assiette avec du sable.

Quand je rejoins Margoule, le dogron est assis sur une colonne couchée et il scrute la nuit.

– Tu devrais dormir, me souffle-t-il. (Sa voix est tellement basse qu'on dirait juste un bourdonnement.) Nous avons une longue marche à faire demain.

J'écouterais bien mon corps las pour aller m'allonger sur le carrelage frais mais je ne veux pas m'éloigner de mon seul ami. Safre a dressé une tente pour Hélix avec un matelas et tout le confort qu'un maître est en droit d'attendre. Moi, je n'ai rien hormis mon sac à dos et mon duvet.

– Je préfère rester avec toi. Ça ne te dérange pas?

– Non. J'attends le réveil des *misukjuk*. Assieds-toi.

Je m'installe tout contre lui sur la colonne abattue. Il garde le silence. Son corps est détendu, sa respiration profonde et apaisante. Je pose mon bras contre le sien et ma tête sur son épaule. Il me laisse faire.

– Éphélide, souffle soudain Margoule.

– Quoi?

– Éphélide, répète le dogron en articulant. Ça pourrait être ton nom si tu le voulais. Il y a un gros livre dans la cantine, Safre et moi avons le droit de le lire. Ça s'appelle «Dictionnaire». Dedans, on trouve des milliers de mots de votre langue. C'est comme ça qu'on a choisi nos noms, avec mon frère. On a lu «Dictionnaire» et on a trouvé des mots parfaits pour nous. J'ai cherché avant-hier et ton mot à toi pourrait être « éphélide ».

– Mais qu'est-ce que ça veut dire ?

– C'est le mot utilisé pour désigner les points sur les joues.

– Les taches de rousseur ?

Margoule hoche la tête. Je suis un peu gênée. Le dogron a dû se donner du mal pour me chercher un nom que j'ai, en plus, l'audace de ne pas aimer. Je tente d'atténuer ma réaction en relativisant.

– C'est très joli, merci. Mais peut-être un peu trop compliqué.

– C'est vrai, reconnaît Margoule. Ne t'inquiète pas, c'était juste pour proposer. Si tu veux, quand on sera rentrés… (Il ne termine pas sa phrase car il vient de se souvenir que je ne rentrerai pas avec lui.) Je vais réfléchir à un autre, peut-être un mot de ma langue.

Alors que je fais tourner le mot « éphélide » dans ma tête, la lune apparaît derrière les dents du dragon, et la nuit s'éclaire.

– Le spectacle va commencer, murmure le dogron.

Je guette l'étendue de sable devant moi sans rien noter de différent.

Puis un sillon étrange apparaît, si puissant qu'il déforme la dune. Quelque chose d'énorme frôle la surface. Une crête membraneuse fend soudain la couche de sable avant de révéler une tête pointue et gigantesque qui ouvre une gueule sombre comme une grotte vers le ciel. Un frisson parcourt ma colonne vertébrale quand le ver s'extrait enfin du sol pour se dresser dans les airs. Ce monstre est effrayant et magnifique à la fois.

Dans une élégante courbe sinueuse, l'animal se laisse retomber. Le choc ébranle le désert tout autour lorsque le ver replonge dans le sable avec autant d'aisance que si c'était de l'eau. Je reste bouche bée. Cette bête est la plus grande que j'aie jamais vue de ma vie. Elle fait la taille d'une caravane d'éléphants et a l'aspect d'une anguille géante striée de jaune et de rouge.

Avant que j'aie pu émettre le moindre commentaire, un deuxième ver fait son apparition. Celui-ci affiche des teintes bleu-vert iridescentes dans les rayons lunaires. Son saut est plus impressionnant encore et l'impact de son corps dans le sable nous secoue tous.

– La première à apparaître est la femelle. Elle indique sa position en entonnant un chant d'amour.

– Je n'entends aucune mélodie.

– Tes oreilles d'humaine sont trop faibles pour ça. C'est dommage. Il faut que tu imagines une vibration tellement grave qu'elle résonne dans ta poitrine. (Tandis qu'un troisième ver s'élève, un violet cette fois-ci, Margoule continue son explication.) Les autres vers sont des mâles. Ils sautent haut pour montrer leur force et leurs écailles colorées. La femelle choisira le plus méritant.

– On ne risque rien ?

Je n'ai pas envie de voir un de ces mastodontes tomber par mégarde sur notre refuge.

Le dogron me rassure.

– Les vers des sables sont incapables de traverser la roche. Les fondations du temple sont assez profondes pour nous protéger. Nous devons néanmoins rester prudents. Le moindre bruit pourrait les attirer. Ils sauteraient alors par-dessus le temple ou s'y laisseraient tomber pour nous écraser et manger nos cadavres.

– Nous ne sommes que des fourmis pour ces monstres. Comment nous entendraient-ils ?

– Ils perçoivent les vibrations de nos déplacements. Le sable agit comme l'eau d'un lac. Chaque grain est une goutte à travers laquelle le son circule comme une onde.

Le ballet des vers amoureux continue pendant une bonne heure avant qu'un couple se forme entre la femelle jaune-rouge et un très beau candidat aux écailles couleur d'obsidienne. Le reste des prétendants s'éparpille aux quatre coins du désert en traçant des sillons de leur redoutable crête. Le silence retombe sur les dunes, presque irréel après le vacarme qui vient de nous secouer. Margoule et moi partons nous coucher à pas de velours. Charmée par le ballet hypnotique des vers géants, je m'endors contre le dogron, la tête sur mon sac à dos, mon duvet déplié en guise de matelas.

Un coup de pied dans les côtes me réveille brutalement. J'ouvre les yeux sur une paire de pieds chaussés de sandales. Hélix se tient devant moi et me considère avec mépris.

– *Atii, makipuk !* aboie-t-il.

Je me lève, comprenant aisément ce que cet ordre peut signifier. Mon corps perclus de courbatures proteste. Il veut plus de sommeil.

Autour de moi, le campement n'existe plus. La caravane est prête à reprendre la route sous le soleil matinal déjà brûlant. Non que cela m'indispose de quelque façon. Les runes sur mes bras continuent à diffuser leur magie avec autant d'efficacité qu'au premier jour.

Alors que je roule mon duvet, je sens mon estomac gargouiller. La faim revient me hanter. Malheureusement, je me réveille trop tard pour bénéficier d'un quelconque petit déjeuner. J'avale ma salive en espérant tromper mon appétit et enfile les bretelles de mon sac à dos pour suivre les quaggas déjà lancés.

Je rejoins en courant Margoule en queue de caravane. Il sort discrètement un gros croûton de pain de la poche de sa salopette et me le tend. J'attrape son cadeau et serre le dogron dans mes bras pour le remercier. Je dévore mon en-cas en songeant que, décidément, ce dogron a le cœur bien tendre.

La journée se déroule d'une traite. Malgré mon entêtement, la fatigue et la faim ne cessent de me tourmenter. À midi, Hélix déclare que nous sommes trop en retard pour faire une pause. Il reste sur sa monture à grignoter un sandwich pendant que je m'escrime à avancer, un vide gigantesque au creux du ventre.

En début d'après-midi, mon corps lâche.

Je m'écroule sans force dans le sable, vaincue par le désert. J'ai beau pousser sur mes jambes, mes genoux refusent de soutenir mon poids. La caravane s'éloigne. Je m'apprête à héler Hélix quand une ombre s'abat sur moi.

C'est Margoule. Le dogron m'attrape sous les bras et, fidèle à sa promesse, il me hisse assez haut pour m'asseoir sur ses épaules. Je proteste pour la forme. En réalité, je suis soulagée de me laisser transporter.

L'allure du dogron est confortable. Je pose ma main sur son crâne couvert d'écailles pour me stabiliser. À cette hauteur, le désert n'a plus l'air aussi hostile, il est seulement magnifique.

Nous parvenons à l'entrée du labyrinthe en fin de journée. Les dents du dieu-dragon sont toutes proches. Elles se dressent majestueusement devant nous, en partie dissimulées par les hautes parois de roche. De là où nous nous trouvons, nous avons un premier aperçu du dédale. C'est un canyon aux murs ocre sculptés par le vent, la chaleur et les rares pluies qui doivent s'y déverser. Dans les rayons du soleil couchant, les parois semblent s'enflammer. Ce paysage minéral, figé en vagues rouges et tourmentées, est grandiose.

Margoule me pose à terre et va aider Safre à préparer le nécessaire pour la nuit dans le renfoncement formé par l'entrée du canyon.

– Nous n'avons pas d'abri, je m'inquiète auprès de Margoule. Et les vers géants ?

– Sous cette couche de sable, le sol du canyon est en pierre. Aucun *misukjuk* adulte ne peut y pénétrer.

– Adulte ? Quelle taille font les bébés ?

– Bah ! Pas d'inquiétude. Ce n'est que la saison des amours, les bébés ne naîtront pas avant quelques mois. Et puis, quand il y en a, ils ne sont pas assez hardis pour s'attaquer aux bipèdes. Ils préfèrent manger des *nersut*.

Je hoche la tête avec soulagement. Safre organise le camp en quelques minutes tandis que Margoule prépare le repas du maître. Le manège de la veille reprend. Hélix mange lentement et savoure chaque bouchée avec délectation. Je patiente avec un visage stoïque, assise dans une vague de pierre arrondie comme une chaise longue. Tandis que ma voix intérieure crie sa colère et sa faim, je reste muette, les dents serrées. L'attente est insupportable. Mon estomac me brûle, mon ventre gargouille de mécontentement, ma bouche se remplit de salive.

Quand le mage s'éloigne enfin, j'éprouve la plus grande difficulté à ne pas me jeter sur les restes. Les larmes me montent aux yeux quand je me rends compte qu'il n'a presque rien laissé. Je sais qu'il l'a fait exprès. C'est un jeu entre lui et moi. Il veut me voir craquer. Mais jamais je ne lui donnerai ce plaisir. Jamais.

Muette et inexpressive, je mâche lentement ce qui peut être mangé, racle les récipients et lèche mes doigts une fois ma maigre pitance avalée.

Comme hier, je rejoins Margoule à l'entrée du canyon pour assister à la danse des vers. Pas de parade amoureuse, cette fois, juste un rassemblement de corps écailleux qui se frôlent et se saluent avant de se quitter pour partir en chasse. Je m'endors tout contre le dogron, trop épuisée pour gagner ma couche. Je rêve de nourriture une bonne partie de la nuit. Ce sont les songes les plus agréables de ces derniers jours. Je n'ai aucune idée de ce que je mange mais je m'empiffre. Je croque, je mâche, j'avale et je rassasie mon estomac avec délectation.

Puis le rêve prend une autre tournure. La table chargée de nourriture disparaît. Je pousse un cri de frustration en voyant le reste du décor s'évaporer de la même façon. Je déteste le nouvel arrivant avant même qu'il fasse son apparition.

– Va-t'en ! je crie à la brume qui s'élève. Laisse-moi tranquille !

Un bruit de plumes se fait entendre dans mon dos. Je me retourne d'un bond, prête à en découdre. Mais, pour la première fois, il n'y a pas d'oiseau. À la place du corbeau se tient un jeune homme. Il est grand, mince et entièrement vêtu de blanc. Ses cheveux, sa peau et ses iris sont également d'un blanc tirant vers le bleu pâle.

– Je n'ai pas beaucoup de temps.

– C'est original. Tu peux déjà repartir, dans ce cas-là. Je ne t'ai pas demandé de venir.

Même dans son corps d'humain, ses gestes ressemblent à ceux d'un oiseau, vifs et précis. Pareil pour son nez en bec d'aigle qui évoque irrémédiablement le profil du corbeau. C'est un bel homme. Ses épais cheveux mi-longs donnent l'impression qu'une corolle de plumes blanches a poussé autour de sa tête. Il s'approche de moi et passe la main dans mes cheveux. Jamais l'oiseau ne m'avait touchée. La sensation est réelle, bien plus que je ne le pensais possible dans un rêve. Il me décoiffe d'un geste affectueux. Cela me trouble tant que je le laisse faire sans le quitter des yeux. Puis, avec une grimace, il tâte le torque toujours accroché autour de mon cou avant de m'attraper brusquement par l'épaule et de me serrer contre lui. Il murmure quelque chose que je ne comprends pas.

– Quoi ? je demande en me dégageant.

Il répète à voix haute en articulant distinctement. Mes oreilles n'entendent rien.

– Je ne comprends pas.

Il soupire profondément en croisant les bras.

– C'est ton prénom. Tu ne peux l'entendre parce que tu l'as cédé au cours d'un rituel magique. J'aurai beau le répéter, il ne te sera jamais audible.

– Alors qu'est-ce que je dois faire ?

– Tu dois le récupérer. Puisque tu as tant de caractère, tu vas trouver une solution. Je suis en chemin, je t'aiderai dès que possible.

Un horrible grincement vient rompre notre échange. Une silhouette grise apparaît aux confins de la brume. Elle semble encore plus grande que la dernière fois. L'odeur de putréfaction qui l'accompagne me soulève le cœur. Quel est donc cet être qui débarque à chaque fois dans mes rêves ?

– Déjà ! lâche l'homme-corbeau d'un air contrarié. Je dois y aller, sinon Graziel va me repérer.

– Graziel ?

Tandis que le rêve s'effrite, le sorcier déploie deux grandes ailes blanches apparues dans son dos et s'envole sans prendre le temps de répondre.

Je me réveille en sursaut. Tout contre moi, Margoule marmonne dans son sommeil. Un peu plus loin, des ronflements s'échappent de la tente d'Hélix. Safre, en digne esclave, dort roulé en boule juste devant l'entrée.

Je grave le nom de Graziel dans ma mémoire en me demandant qui peut bien être ce géant grinçant. J'espère que Margoule aura la réponse, sinon il ne me restera plus qu'à attendre une autre visite de cet étrange sorcier aux ailes de corbeau blanc.

Le labyrinthe porte bien son nom. Nous ne cessons de bifurquer de couloirs en corridors. Certains sont si étroits que nous sommes contraints de nous suivre à la queue leu leu. Il y a tellement de chemins possibles que la tête me tourne. Au début, je m'étais dit que j'allais mémoriser la route, mais j'en suis tout simplement incapable. Seuls les dogrons connaissent parfaitement les lieux et, grâce à eux, nous avançons sans hésitation.

À plusieurs reprises, nous croisons des crânes plantés sur des piques ainsi que des cadavres desséchés de voyageurs que le vent et le soleil ont momifiés. Quelques corps sont intacts, d'autres en partie dévorés, amputés de certains membres. C'est un spectacle terrifiant. J'essaye de ne pas les détailler et de garder de la distance avec ce que je vois, mais c'est difficile. Certains corps sont figés dans une expression de détresse angoissante, leurs orbites vides m'accusant en silence d'être encore en vie alors qu'eux ont trépassé. Heureusement pour moi, ils ne dégagent aucune odeur. Ils sont bien trop secs pour ça et les asticots les ont abandonnés depuis longtemps.

Impressionnée par leur nombre, je finis par interroger Margoule sur la raison d'une telle quantité.

– Une rumeur court dans le pays. On dit qu'un temple est caché dans les profondeurs du labyrinthe et qu'au cœur de ce temple reposerait un immense trésor.

– Immense par la valeur ou par la taille ?

– Nul ne le sait. Safre et moi ne l'avons jamais vu et, pour tout t'avouer, nous doutons même qu'il existe. Nous pensons que ce n'est qu'une invention de Sosana pour attirer du monde. Il a besoin de chair fraîche pour ses expériences.

– Ceux-là ne sont plus très frais, je fais remarquer alors que nous croisons un nouveau groupe de trois squelettes.

– Il faut aussi que les gardiens du labyrinthe se nourrissent, justifie-t-il le plus honnêtement du monde.

J'oubliais que les frères dogrons ont été ces monstres tueurs de voyageurs. J'ai du mal à les imaginer ainsi, chassant des proies humaines. Je préfère d'ailleurs éviter.

Mes nuits sont déjà assez cauchemardesques comme ça. Sans compter ces rêves qui n'en sont pas.

Soudain, les mots de l'homme corbeau me reviennent en mémoire.

– Margoule, est-ce que le nom de Graziel te dit quelque chose ?

– Bien sûr, c'est ainsi que Sosana s'appelle.

Je comprends qu'une pièce de mon puzzle personnel vient de se mettre en place. Le Graziel redouté par l'homme corbeau n'est autre que Sosana, celui que craignent tant Safre et Margoule.

– Mais Sosana n'est pas un nom ?

Margoule secoue la tête.

– Sosana veut dire « Créateur » dans la langue des esclaves.

– Et ce Graziel, c'est un mage ou un sorcier ?

Margoule me fixe, les sourcils froncés. Je devine ce qu'il se demande. D'où me vient tout ce savoir alors que je suis novice en magie ? Il ne pose pourtant aucune question et accepte de répondre.

– Sosana est un mage nécromancien.

– Nécromancien ? Qu'est-ce que ça veut dire ?

Margoule soupire. Il s'arrête pour me regarder avec gravité.

– C'est le pire mage qui puisse exister. C'est un homme qui joue avec la mort. Fou et dangereux. Dans la langue des esclaves, on dit *sanaïnuviniq* : celui qui fabrique la vie avec la mort.

Il reprend sa marche en silence. Je n'ose plus poser aucune question car je redoute de trop en entendre. Graziel, mage nécromancien, est appelé Sosana, Créateur, par les dogrons. Dois-je en déduire que Margoule a été fabriqué ? Mon meilleur ami serait-il né d'une chose morte ? Je me surprends à observer les articulations de l'ogre-dragon pour y chercher des cicatrices et des traces grossières de suture. Margoule finit par s'en rendre compte.

– Arrête de me regarder comme ça ! Qu'est-ce que tu es en train d'imaginer ?

– Je peux te demander un truc… intime ? (Le dogron acquiesce.) As-tu été créé par Sosana ?

Margoule laisse échapper un grondement sourd avant d'expliquer qu'il s'attendait à la question. Après quelques secondes de silence, il reprend.

– Safre et moi sommes nés d'une expérience. Sosana, le Créateur, est entré en possession de deux œufs fossilisés d'un dragon pierreux des Falouques. C'est une espèce qui a disparu de ce monde depuis des centaines d'années, alors ces deux œufs étaient un véritable trésor pour le nécromancien. Grâce à la magie et à son savoir, Sosana a ramené le contenu des œufs à la vie en les implantant dans le ventre d'une maman ogre.

– Donc tu as une maman.

Il secoue vigoureusement la tête.

– Elle n'a pas survécu. C'était une prisonnière de Sosana, une malheureuse victime de ses expériences. Je ne sais même pas quel visage elle avait.

– Je suis désolée.

– Il ne faut pas. C'est Safre et moi qui l'avons tuée.

– Quoi ? !

Mes cheveux se hérissent sur mon cuir chevelu. Je suis véritablement consternée par son histoire. Pourquoi ai-je voulu savoir ? Il continue et je l'écoute avec un sentiment d'horreur croissant.

– Les bébés dragons naissent avec une très grande faim. J'imagine que tu comprends ce que ça signifie.

– Mais c'est affreux !

Je suis tellement choquée que des larmes me montent aux yeux. Margoule hausse les épaules et détourne le regard comme s'il avait honte.

– Je suis un *turngaq*, un monstre créé par un nécromancien. Une abomination.

– Non ! je proteste en me jetant sur le dogron à l'air triste et en serrant sa grande main dans les miennes. Non ! Tu n'es pas un monstre. Tu es gentil, intelligent et généreux. Tu es mon ami. Le vrai monstre, c'est celui qui t'a créé.

– Je ne peux même pas lui en vouloir, puisque sans lui je n'existerais pas.

Une bouffée de panique monte en moi. C'est vers ce monstre que nous nous dirigeons actuellement. C'est à Graziel qu'Hélix va me donner. Bon sang, c'est impossible. Je ne suis pas prête à affronter toute cette horreur.

Je ne veux pas aller là-bas.

Je lâche la main du dogron et m'écroule à genoux dans le sable, incapable de faire un pas de plus.

– Je ne peux pas.

– Relève-toi, m'encourage Margoule à voix basse. Nous sommes déjà trop loin de la caravane.

Il se penche pour me prendre dans ses bras comme il l'a fait hier, mais je me débats pour l'en empêcher. Je ne ferai pas un pas de plus.

– Je refuse de devenir le cobaye d'un nécromancien.

– S'il te plaît…

– Je n'irai pas ! me mets-je à hurler. Vous entendez, Hélix ? Je n'irai pas !

À une centaine de mètres, juché sur son quagga, le mage se retourne pour m'observer. Un sourire cruel apparaît sur son visage quand il comprend la situation. Margoule se penche une nouvelle fois pour m'attraper par le bras mais Hélix lui intime l'ordre de ne rien faire. Le dogron obéit d'un air soumis en reculant d'un pas.

– Lève-toi, *surusik*, c'est ta dernière chance, lance le mage de loin.

– Obéis, s'il te plaît, murmure Margoule entre ses lèvres serrées. Il va te faire du mal.

– Je ne peux pas me laisser emmener sans rien dire comme un mouton pour l'abattoir. Je refuse.

Alors que je me résous à recevoir la punition d'Hélix, Margoule pousse un grognement et m'attrape à bras-le-corps. Tout en me hissant sous son aisselle comme un vulgaire sac à patates, il rejoint à grands pas la caravane. Devant la monture du mage, il plie un genou à terre et me dépose devant lui.

– Excusez le garçon, Sulitsi. La faim lui encombre l'esprit. Il délire.

– Dogron, tu as désobéi à un ordre direct, menace la voix du mage, outrée. *Ninngauma !* Je suis très mécontent.

– *Mamianaq, Sulitsi.*

– Tes excuses ne sont pas suffisantes. *Biwara, todontsou !* rugit-il en pointant Margoule du doigt.

Je reconnais ce mot avec effroi. Dans un cri de douleur, Margoule tombe à terre et porte les mains au torque qui diffuse sa punition. J'ai beau pleurer et supplier l'homme en noir, rien n'y fait. Le dogron est secoué par une souffrance telle que ses yeux se révulsent. Enfin, au bout d'un temps interminable, Hélix lève le sort. Le corps de Margoule cesse de trembler, je l'entends reprendre son souffle par saccades. Agenouillée à ses côtés, je ne peux que m'excuser. Je me sens misérable. Encore une fois, tout est ma faute.

– Je suis désolée, tellement désolée. Ce n'est pas ce que je voulais. Excuse-moi, Margoule.

– Voilà ce qui arrive quand on désobéit, assène Hélix du haut de sa monture. Le dogron a été puni à ta place, j'espère que tu es satisfait, *surusik*. Je fais bien de me débarrasser de toi. Tu es trop faible. *Nukiq akituq !* Je déteste la faiblesse. Je savais que tu allais craquer. Tu n'as pas la trempe des survivants. Tu n'es qu'un moins que rien, un boulet à ma cheville, une épine dans mon pied. Graziel pourra bien faire ce qu'il veut de toi. (Il se tourne vers Safre comme si toute cette histoire était déjà du passé.) Allons ! Nous avons pris trop de retard. *Atii !*

La caravane redémarre et Margoule se lève à grand-peine pour ne pas se laisser distancer. Je le suis avec un monstrueux sentiment de culpabilité. Je ne peux même pas l'aider à marcher tellement je suis faible moi-même. Le chagrin mine mes dernières forces entamées par la fatigue et la faim. Seule la haine me permet de continuer. Elle est comme une flamme froide à l'intérieur de ma poitrine. Si ce sentiment pouvait tuer, il y a bien longtemps qu'Hélix aurait été foudroyé. Je le déteste de toutes les fibres de mon corps. Si j'avais les dents et la force d'un dogron, je me jetterais sur lui pour le dévorer vivant. Je ne comprends pas comment Safre et Margoule peuvent se montrer aussi soumis.

À cet instant précis, je fais une promesse muette. Je libérerai les dogrons du joug de l'esclavage. Je m'y engage sur ces larmes qui coulent de mes yeux, sur cette haine qui brûle à l'intérieur de moi et sur l'amitié qui me lie à Margoule.

Je le jure sur ma vie.

Nous parvenons à destination bien trop rapidement à mon goût. Au terme d'un énième corridor, nous débouchons sur un espace dégagé entouré d'une haute paroi rocheuse. La demeure de Graziel s'élève ici, directement sculptée dans la roche ocre. Sa façade ressemble à un sanctuaire troglodyte composé de colonnes et de cariatides. L'entrée est assez large pour laisser passer un ver des sables.

Un homme est assis sur les marches qui mènent à l'intérieur. À notre arrivée, il se met debout. Il est abominablement laid. Des cheveux courts et épais poussent par plaques sur son crâne ; ses yeux, ronds et inexpressifs, sont enchâssés dans un pli de son visage et son nez n'est autre qu'un semblant de groin. Deux défenses déforment le pli de sa bouche d'une grotesque façon. Pas de doute, il s'agit de l'homme-sanglier évoqué par Margoule. Le nouveau gardien du labyrinthe.

– Dogoron ! s'exclame-t-il avant de s'élancer vers l'intérieur du temple. Dogoroooon !

Hélix met pied à terre tandis que Safre entrave les quaggas. Margoule garde le silence, la tête baissée. Il entreprend de décharger les marchandises, sac après sac. Je me précipite pour l'aider avant de me souvenir que ce n'est plus la peine de faire semblant. Je reste donc les bras ballants, tandis que le mage s'éloigne et disparaît dans l'ombre de l'entrée, pénétrant sans invitation chez le nécromancien.

Je profite de l'absence d'Hélix pour examiner les lieux. Le temple taillé à même la pierre rouge est imposant. Je cherche dans les sculptures des indices annonçant qu'un nécromancien habite ici : des squelettes, des démons cornus, peut-être quelques fémurs ou la représentation d'un dieu de la mort. Mais il n'y a rien de tout cela. Les cariatides sont des muses au visage serein et les atlantes des guerriers armés de sabres. Les corps sont si érodés par le vent du désert qu'il manque à certains un bras ou le bout du nez. Des frises ornent également la façade. Il me semble distinguer des vers des sables au milieu des arabesques qui y sont gravées. Je poserais bien la question à Margoule mais il ne me regarde pas. Safre et lui s'empressent d'obéir aux ordres de leur maître. Je sens leur nervosité. Se retrouver chez Sosana, leur créateur, ne les réjouit pas.

Hélix ressort quelques minutes plus tard en compagnie d'un très bel homme, grand et vêtu de noir comme lui. L'homme-sanglier les suit à quelques pas de distance.

Je les regarde approcher, bouche bée. Le monstre qui a créé les dogrons est une gravure de mode. Je m'attendais à un être d'une grande laideur, un type à l'allure de boucher avec du sang sur les mains. Il est tout le contraire. Ses cheveux blond foncé sont coiffés avec soin, à peine emmêlés par la brise du désert, son visage est fin, sa bouche joliment dessinée et son nez aquilin. Les yeux bleus du nécromancien se posent sur moi quand Hélix, au cours de leur conversation, tend la main vers ma personne.

Ça y est, j'ai changé de propriétaire.

Graziel, puisqu'il ne peut s'agir que de lui, a l'air intéressé. Il s'approche de moi d'un pas souple et m'attrape la mâchoire d'une main de fer.

– Ouvre, ordonne-t-il.

J'obtempère. Il se penche pour examiner mes dents, puis il tâte mon crâne et mes épaules avant de faire glisser deux doigts le long de ma colonne vertébrale. Il palpe ensuite mes côtes, mes hanches et mes jambes comme le ferait un éleveur de chevaux avec un nouveau poulain.

– C'est une fille, lâche-t-il, son inspection terminée.

– Comment ?! rétorque Hélix d'un air de surprise totale. Impossible !

Il a l'air tellement stupide que j'en rirais presque. Seule la révélation de mon secret me dissuade de faire la maligne. Ce nécromancien est un futé.

– J'ai disséqué assez de corps pour savoir de quoi je parle. Tu m'offres un garçon et c'est une fille que je vois là. Je n'aime pas qu'on se moque de moi, Hélix.

Mon ancien maître rougit et bafouille sans réussir à trouver ses mots. Je ne l'ai jamais vu aussi embarrassé. Je ne peux m'empêcher de sourire. Hélix s'en aperçoit. Il se jette sur moi et m'assène une gifle tellement violente que je me retrouve par terre, la joue en feu.

– *Aniakuvik!* Imbécile! Tu t'es bien jouée de moi!

Un coup de pied vient percuter mon estomac en me coupant le souffle. Hélix est hors de lui. Il me couvre d'injures et s'apprête à me donner un second coup quand Graziel l'arrête.

– N'abîme pas la marchandise. Je n'ai aucune envie que tu lui brises une côte. Écoute, c'est bon pour moi. Je la prends quand même.

– *Mamianaq*..., commence Hélix.

– Cesse de parler la langue des esclaves, le coupe brutalement Graziel. Tu m'indisposes.

– Oui, toutes mes excuses, reprend Hélix avec une courbette. Il... elle m'a bien eu sur ce coup-là. Je n'aurais jamais cru qu'une fille serait assez courageuse pour se présenter à moi.

Graziel hausse les épaules. Il est déjà passé à autre chose. Il observe les dogrons avec un regard où brille la fierté.

– Ils vieillissent bien, fait-il remarquer à son collègue mage. Tu es satisfait d'eux?

– Très. Le plus petit a montré quelques signes de rébellion ces dernières heures, mais je crois que ce... cette fille lui a tourné la tête.

Tout en parlant, Hélix m'attrape par le torque pour m'obliger à me lever. Je me mets sur mes pieds, hésitant entre ma douleur à la joue et celle dans ma poitrine. Je passe la main sur mon visage pour soulager la première. Quand je la retire, elle est pleine de sang. Hélix s'en aperçoit avec une moue contrariée.

– Elle saigne, annonce-t-il à Graziel. Un de mes anneaux a dû lui entailler la pommette.

– Pas de souci, je ne comptais pas la mettre dans une cellule avec les goules, de toute façon.

– Tu veux que je lui laisse le *biwara* ? questionne Hélix tandis que l'autre passe en revue les marchandises déposées devant sa demeure.

– Non, non. Pas la peine.

– Tu es certain ? insiste le premier. Il suffit que je te laisse le *warimokon*. Tu sais, il est assez indiscipliné. Enfin, elle. (Il ricane.) Décidément, je me suis bien fait avoir.

Je prie pour que le nécromancien ne cède pas à Hélix. Je souhaite tellement être libérée de ce collier de servitude que j'imagine que rien de pire ne peut m'arriver.

– Non, garde ton anneau et ton *biwara*. De toute façon, je la marquerai au fer rouge pour l'identifier comme ma propriété.

Ces derniers mots sont comme une douche froide. Marquée au fer rouge ? Cet endroit est un véritable cauchemar. Comment des êtres humains peuvent-ils infliger ça à d'autres humains ?

– *Biwara, sakerou*, articule Hélix.

Sur cet ordre, le torque s'ouvre légèrement. Hélix l'attrape et le glisse hors de mon cou. Je devrais être soulagée par la disparition de cet objet de torture mais j'ai l'impression de ne plus rien ressentir. Ces hommes disposent de moi comme si je n'étais pas propriétaire de mon propre corps.

– Elle est libre, déclare Hélix. Tu devrais l'enfermer maintenant avant qu'elle ne songe à s'enfuir.

– Scrofa !

– *Li ?* Sosana ? grogne l'homme-sanglier.

Il approche du nécromancien, le dos courbé par la soumission. Une vraie caricature de valet monstrueux.

– Conduis la fille dans une cellule vide. J'ai bien précisé vide. Je crois qu'il en reste une à côté du voleur.

– *Ilaali,* Sosana.

Le dénommé Scrofa s'approche de moi et m'attrape par le bras pour m'entraîner à ses côtés. Je jette un regard de détresse à Margoule mais le dogron garde scrupuleusement les yeux dirigés vers le sol. Nous montons la volée de marches et entrons dans le sanctuaire.

Ma vue met un peu de temps à s'adapter au changement de luminosité. Quand, enfin, le temple apparaît devant mes pupilles éblouies, je reste sans voix.

J'imaginais un antre de cauchemar où régneraient chaos et folie : des corps pendus à des crocs de boucher, des bonbonnes de verre renfermant des cadavres déformés dans du formol, une table d'opération, des scies, des marteaux et des scalpels. Mais jamais je n'aurais imaginé ceci : plongée dans un calme reposant, la grotte de Graziel, tout en voûtes et en colonnes, ressemble à s'y méprendre à l'intérieur d'une cathédrale gothique. À la croisée du transept, au beau milieu d'une vaste allée centrale, un large puits de lumière s'ouvre dans le plafond rocheux juste au-dessus d'un bassin. Le soleil à son zénith y entre à flots, et ses rayons reflétés par le miroir d'eau repoussent magnifiquement les ténèbres environnantes. Le sol autour du bassin est pavé de mosaïques colorées qui rappellent les motifs du temple du désert.

J'ai envie de m'attarder près de l'eau, de plonger mes mains craquelées par le vent dans l'onde chauffée au soleil. Je voudrais fureter jusqu'à ces fauteuils en cuir que j'aperçois dans l'allée de gauche et parcourir les livres de l'immense bibliothèque qui couvre un pan de mur entier. Mais Scrofa ne semble pas disposé à me faire visiter. Constatant que je résiste à sa traction, il resserre sa prise sur mon bras avec un reniflement réprobateur.

Cela n'a que peu d'effet sur moi. Je reste le cou tendu vers les lustres tombant du plafond en me demandant bien comment on allume les grosses chandelles qui s'y trouvent. L'homme-sanglier laisse échapper un grognement porcin avant de me secouer violemment comme s'il voulait me démettre l'épaule. Il change ensuite de tactique, me poussant, plutôt que me tirant, en direction de l'allée de droite.

Nous contournons une rangée de colonnes et entrons dans la partie la plus sombre du temple. Le plafond est bas, presque oppressant après l'immensité de l'allée centrale.

Un alignement de cellules apparaît dans l'obscurité. La plupart semblent occupées. Mais c'est difficile à dire, car plus nous nous enfonçons, moins je distingue quoi que ce soit. Certaines créatures feulent sur mon passage, l'une d'elles pousse un ricanement de dément. Les autres restent muettes. Tout au fond, une cage est ouverte.

C'est là que Scrofa me fait entrer. Attrapant un jeu de clés pendu à sa ceinture, l'homme-sanglier claque la porte derrière moi, ferme la serrure et s'en retourne sans plus de considération.

J'hésite quant à la conduite à adopter. Mon esprit fatigué balance entre la rébellion et la soumission. Tout cela est tellement injuste. J'aimerais pleurer, mais j'ai l'impression de ne plus avoir assez de larmes. C'est comme si je venais de perdre mon humanité pour atteindre un stade inférieur. Finalement, mon instinct décide pour moi. Enhardie par une bouffée de rage, je secoue les barreaux puis donne des coups de pied dedans. Je refuse de me laisser enfermer. Je ne serai plus jamais une esclave.

Malheureusement, la grille enchâssée dans la pierre n'est pas du même avis. Elle tient bon.

– Pssst !

Je sursaute.

Sur ma gauche, un mouvement. Un curieux personnage vient s'appuyer contre les barreaux qui séparent ma cellule de la sienne.

– Excusez-moi d'interrompre cette démonstration de rébellion mais je n'ai pu m'empêcher de remarquer que vous étiez nouvelle au sein de cette… prison.

Dans l'obscurité, je le distingue mal. Je préfère néanmoins me montrer prudente car j'ignore ce qu'il est. Il pourrait très bien s'agir d'une des goules qu'a évoquées Graziel. D'autant que je ne sais pas ce que sont ces créatures. Je m'abstiens donc de répondre.

– Pardonnez-moi, je ne me suis pas présenté, reprend le prisonnier d'une voix distinguée. Je me prénomme Éliphas.

Son léger accent aristocrate est si décalé par rapport au lieu et aux circonstances que je mets du temps à analyser ses paroles. Il semble aussi à l'aise que si nous nous trouvions dans un salon de thé en pleine discussion mondaine.

Puis mes yeux s'habituent aux ténèbres et je parviens enfin à le distinguer plus en détail. C'est un homme aux cheveux roux en bataille. Vêtu de vêtements rougeâtres qui rappellent immédiatement la couleur du désert, il semble tout ce qu'il y a d'humain. Son regard roublard me scrute comme s'il cherchait à estimer ma valeur.

Maintenant que j'y pense, Graziel n'a-t-il pas évoqué un voleur ?

– Vous parlez ma langue ? Vous comprenez ce que je dis ? Est-ce que vous êtes douée d'intelligence ?

Méfiante, je préfère répondre à ses questions par d'autres questions.

– C'est vous le voleur ?

– Quel soulagement ! s'exclame-t-il d'un air théâtral. Je craignais que vous ne soyez muette ou sourde, ou bien trop stupide pour répondre.

– Alors ? j'insiste. Qui êtes-vous ?

– Éliphas Phinéas, se présente-t-il à nouveau en esquissant un semblant de révérence. Explorateur de lieux sauvages et premier historien du désert rouge. Et vous êtes ?

– Juste une esclave qui vient de changer de main.

– Et par quel patronyme vous nomme-t-on ? s'enquiert-il avec politesse.

– Patronyme ? Je n'ai pas de nom, si c'est là votre question. Pas la peine d'insister.

Mon ton sans appel semble le convaincre. Il se gratte un sourcil en m'examinant.

– Très bien. Pour des questions de commodité, je vous appellerai donc Saga. C'est le nom que portait ma grand-mère. C'était une femme sympathique mais avec un caractère atroce. J'espère que vous vous montrerez à la hauteur.

Je fais un pas dans sa direction, suspicieuse. Où veut-il en venir ? Ce voleur aurait-il une idée derrière la tête ?

– Qu'est-ce que vous racontez ? À la hauteur pour quoi ?

– Enfin ! Quelle question ! Pour nous évader, bien sûr !

Je regarde l'homme, bouche bée.

Ce type est fou. Tellement cinglé que je préfère m'éloigner de lui. Je m'assois en silence contre la paroi de pierre qui ferme ma cellule sur deux côtés. Autant ne pas l'encourager dans son délire.

En réaction à la fraîcheur de la roche, mes runes se mettent à chauffer doucement en diffusant une légère lueur rouge.

– Diantre ! s'étonne Éliphas, toujours accroché aux barreaux. Ces runes sont… (il sort un petit carnet de la poche de sa veste beige pour y griffonner) ma foi… très intéressantes.

Je me contente de hausser les épaules. Ce geste, le préféré des dogrons, me fait immédiatement penser à Margoule. Ma promesse va être très difficile à tenir maintenant que je suis enfermée. Je voudrais dormir pour échapper à ce monde et récupérer de la journée de marche. Mais mon corps ne semble pas disposé à me donner cette satisfaction.

Éliphas gribouille pendant quelques minutes puis range son carnet et son crayon dans l'une des multiples poches de sa veste. Il entreprend ensuite de faire le tour de sa cellule d'un pas tranquille, les bras croisés, l'air en pleine réflexion.

Il a l'aspect d'un dandy. Ses vêtements sont poussiéreux mais de bonne qualité. Je n'y vois ni trou ni accroc. Il porte une chemise, une veste et un pantalon en tissu épais enfoncé dans des bottes en cuir. La teinte de ses vêtements et même ses cheveux roux rappellent la couleur du sable. Il n'y a pas de doute, cet homme possède tous les attributs d'un voyageur du désert. Je me demande bien ce qui l'a amené jusqu'à cette cellule.

– Pourquoi moi ? je finis par interroger, intriguée.

Il arrête sa ronde de lion en cage pour approcher des barreaux qui séparent nos deux cellules. J'ai sa pleine attention.

– Toutes les cages sont occupées. Alors pourquoi me proposer à moi de m'évader ? C'est un test ?

– Nullement.

Il se retourne pour désigner rapidement l'alignement de cellules derrière lui.

– Je ne sais pas si vous avez eu le temps d'apercevoir les autres prisonniers mais ils ne sont pas aussi causants que vous et moi.

– C'est-à-dire ?

– Des goules, ainsi que quelques hybrides indéterminés.

– Je ne sais pas ce qu'est une goule.

Il lève le doigt d'un air professoral.

– Ah, ça, ma chère amie, c'est un grave manque de culture. Voyez-vous, les goules sont des créatures humanoïdes qui ne sortent que la nuit pour se nourrir de sang et de chair fraîche. Elles se déplacent en horde et attaquent à plusieurs.

– Attendez… Vous voulez parler de vampires ?

– Ah non ! Les vampires sont doués d'intelligence alors que les goules en manquent terriblement. Et puis, les goules s'attaquent à tout ce qui bouge. Hommes, animaux, ça leur est bien égal du moment que c'est à sang chaud. Tout le contraire des vampires, qui se nourrissent exclusivement d'êtres humains.

Ainsi, dans ce monde, les suceurs de sang existent. Après les ogres, les dragons et les vers des sables, voilà que s'élargit encore mon panthéon de monstres. Je n'en mène pas large.

– Vous voulez dire qu'il y a une goule dans la cellule à côté de la vôtre ?

– Exact, confirme Éliphas avec calme. Il y en a même quatre. Pour l'instant, elles ne bougent pas beaucoup parce qu'il fait encore jour dehors. Mais dès que le soleil se couchera, elles sortiront de leur léthargie et essaieront une nouvelle fois de traverser les barreaux pour me mordre. Je vous l'ai dit, elles n'ont qu'un petit pois dans la tête.

– Comment faites-vous pour rester aussi calme ?

– Je suis philosophe, voilà tout. La peur ne sert pas à grand-chose dans la situation actuelle. Il vaut mieux garder l'esprit concentré sur la tâche à accomplir.

– Celle de s'enfuir ?

– Je vois que vous suivez. Cela fait plaisir. Alors ? Quelle est votre décision ? Vous en êtes ?

Tout plutôt que de rester moisir dans cette cellule. Je ne connais encore rien de Graziel, mon nouveau maître, mais j'estime que j'en sais déjà trop. Surtout quand je vois la déférence avec laquelle Hélix lui parle. Ce dernier est partagé entre sa peur et son intérêt commercial. Le nécromancien est forcément un client important, sinon il ne se déplacerait pas en personne jusqu'à son temple.

– Oui.

Éliphas hoche la tête en signe d'approbation. Puis il ressort son carnet et s'assoit dans un coin de sa cellule pour y consigner des notes.

– Encore une question, mademoiselle Saga. Possédez-vous un talent ou une habileté quelconque qui me serait utile à ce stade de mon plan ?

Je cherche désespérément quelque chose qui pourrait donner de la valeur à ma personne.

Je ne trouve rien.

Je dois m'y résoudre. Je ne sais rien faire.

Enfin, si…

– Je sais survivre, je finis par lâcher.

Éliphas secoue son crayon dans ma direction.

– C'est très bien, ça ! Je préfère emmener avec moi quelqu'un qui tient à la vie. C'est une condition sine qua non pour réussir une bonne évasion. Et ce tatouage ? Ces runes ont bien une fonction ?

J'explique succinctement à Éliphas ce qu'elles font.

Il paraît fasciné et m'interroge sur les effets secondaires. Je hausse les épaules sans pouvoir répondre. Décidément, les dogrons ont déteint sur moi.

Le silence retombe entre nous et s'éternise. Je finis par tomber dans une espèce de demi-sommeil, les yeux dans le vague, le cerveau au ralenti.

La sensation d'une présence tout près me sort de ma somnolence. Je tourne la tête et sursaute.

Graziel est là.

Debout devant ma cellule.

Il me scrute en silence, les mains dans le dos. Son visage est plongé dans le noir. Impossible de savoir ce qu'il pense. J'imagine qu'il statue sur mon sort. Suis-je un sujet intéressant pour ses expériences ou vais-je servir de nourriture à ses goules ?

Toujours sans un mot, le nécromancien s'en retourne. Je me lève pour le regarder s'éloigner.

Au centre du temple, les lustres ont été allumés et une table est maintenant dressée de deux couverts. Entre les colonnes qui nous séparent, j'entraperçois Hélix, installé devant une assiette. Il sirote un verre rempli d'une substance verdâtre. Graziel s'assoit en face de lui et reprend une discussion qu'il semble avoir laissée en suspens le temps de venir m'observer. Leurs voix me parviennent clairement, portées par la réverbération du lieu.

– Tu dis que son sang est pur ? questionne le nécromancien.

– À cent pour cent. Complètement dépourvu de la moindre trace de magie. Une aubaine.

– C'est fascinant. Je vais effectuer quelques tests sur elle, puis je te dirai si j'en veux plus. Il est possible que je passe commande de deux ou trois pour la prochaine fois, si celle-ci me convient.

Je rêve ou ils sont en train d'envisager un trafic d'enfants humains ? Encore une fois, tout ça, c'est à cause de moi. Si seulement je me souvenais de ce qui m'a amenée entre les pattes d'Hélix, je pourrais peut-être arranger les choses. Je fouille au fond de ma mémoire, je me tords l'esprit à essayer de retrouver un semblant de passé mais un flou gigantesque occulte toujours une partie de mon cerveau.

Soudain, j'aperçois un dogron. Je me colle aux barreaux pour essayer de le reconnaître. À sa corpulence, j'identifie sans hésiter Margoule. Il a passé un tablier et porte une soupière à bout de bras. Il la pose devant la table puis entreprend de servir les deux mages. Quand ils commencent tous deux à siroter leur potage, Graziel s'exclame :

– Délicieux ! Mon cher dogron, tu excelles toujours autant en cuisine. Je n'aurais jamais dû me séparer de toi.

– *Nakurmik*, Sosana, répond Margoule d'un ton humble.

– C'est tout de même incroyable qu'un monstre qui se nourrit de viande crue soit capable de cuisiner aussi bien, renchérit Hélix.

– Mes monstres sont toujours une réussite, se rengorge le nécromancien avec prétention.

– Je lève mon verre à cela.

Je serre les barreaux avec force tandis que les premiers effluves de nourriture parviennent jusqu'aux cellules. La faim me submerge à nouveau et mon estomac gronde de mécontentement.

– Patience, patience, marmonne la voix d'Éliphas derrière moi. Laissons-les se goinfrer et trinquer. Notre heure va venir.

Je me retourne et appuie mon dos contre les barreaux. Il n'a pas bougé de son coin mais son visage est devenu plus sombre, comme habité. Je prends exemple sur lui en tentant de faire abstraction des délicieuses odeurs qui flottent jusqu'à moi.

Pourtant, je ne peux empêcher mon nez de suivre le défilé de plats. Je me retourne régulièrement pour tenter d'attirer l'attention de Margoule mais il est trop loin et entièrement concentré sur son rôle de cuisinier. Un peu en retrait, entre les cellules et les mages, Scrofa est accroupi par terre, le dos contre une colonne. Il se nourrit de ce que les mages lui jettent. Os, croûtes de fromage, épluchures, l'homme-sanglier mange tout à grand renfort de bruits abjects de mastication.

Alors que les deux mages abordent le dessert, un grognement tout près vient me distraire de ma faim.

– Nos amies se réveillent, annonce Éliphas.

À gauche de sa cellule, les bruits redoublent. On dirait que des fauves occupent l'endroit. Soudain, une silhouette élancée frôle les barreaux, bientôt rejointe par trois autres. Ce sont des créatures de taille moyenne à la peau grise, au visage émacié et au crâne chauve. Leurs gestes sont souples et elles semblent aussi à l'aise à quatre pattes qu'à deux.

Lorsque l'une d'elles passe son bras à travers les barreaux de sa cage pour griffer le vide qui la sépare d'Éliphas, je constate que les goules ne possèdent à chaque main que quatre doigts prolongés d'ongles aussi épais et pointus que des serres. Leurs yeux sont grands et noirs, leur nez fin et leur bouche peuplée de crocs intimidants. Elles se tendent chacune leur tour vers Éliphas et moi.

– Elles sont comme nous, je comprends en me mettant à genoux pour les observer. Elles sont affamées.

– Sauf qu'elles ne nous voient pas comme des compagnons de cellule mais comme des repas.

– Est-ce qu'elles sont capables de parole ? Vous avez déjà essayé de leur parler ?

Passé le choc de la découverte, j'ai de la peine pour ces goules. J'ai tellement faim que je comprends leur besoin. Si on posait un hamburger avec des frites dans la cellule d'à côté, je tenterais par tous les moyens de l'atteindre, quitte à creuser la roche à coups d'ongles pour y parvenir. Bien sûr, dans le cas présent, c'est moi qu'elles considèrent comme un hamburger. Ce qui change quand même la donne.

– Essayé de leur parler ? proteste Éliphas. Allons ! Vous n'êtes pas raisonnable. Ce ne sont que des bêtes féroces.

– C'est ce qu'ont dit des dogrons. Pourtant, ils sont mes amis.

– Ces deux mastodontes là-bas sont vos amis ? Vous m'impressionnez, jeune fille. Vous êtes plus complexe que je ne m'y attendais.

Je hoche la tête en ignorant volontairement sa dernière phrase. Dois-je la prendre comme un compliment ou comme une pique ? Je me lève et me colle aux barreaux qui me séparent de la cellule d'Éliphas.

– Psst ! j'appelle à voix basse. Mesdames les goules !

L'une d'elles tourne immédiatement la tête vers moi. C'est la plus grande des quatre. Elle est également la plus calme de la cage, comme si elle laissait aux autres le soin d'attraper les proies. Elle se place face à moi et plaque son visage entre deux barreaux. Malgré la distance, son regard noir m'intimide. J'ai soudain l'impression de n'être qu'une souris sous les yeux d'un gros chat. Est-ce vraiment raisonnable ? L'idée qui me paraissait si simple il y a quelques instants ne me semble plus si bonne maintenant.

Je me lance malgré tout.

– Bonsoir. Nous n'avons pas été présentées. Je suis arrivée tout à l'heure avec le mage Hélix et les deux dogrons.

Je désigne la table où dînent les deux hommes. La goule regarde dans la direction indiquée. Elle ne fixe pas mon doigt, c'est déjà une preuve d'intelligence.

Je reprends en montrant mon voisin de cellule.

– L'homme qui est là s'appelle Éliphas. (Je baisse la voix d'un ton pour éviter d'être entendue au-delà.) Il a un plan pour s'évader. Est-ce que pour l'instant vous comprenez ce que je dis ?

La goule m'observe longuement, comme si elle voulait m'hypnotiser. Elle se tient si droite et immobile que son corps semble taillé dans du marbre. Elle ne répondra pas, me dis-je avec un soupir vaincu. Je m'apprête à retourner m'asseoir quand le miracle se produit.

– *Lisss*, souffle la goule dans la langue des esclaves.

– Mes aïeux ! chuchote Éliphas en passant la main dans ses cheveux roux.

– Vous pouvez répéter ? je demande.

Je dois être sûre qu'il ne s'agit pas d'une hallucination. L'explorateur a sorti son carnet pour griffonner quelques notes.

– *Lisss,* redit la goule.

– Si nous parvenons à sortir de ces cages, souhaitez-vous qu'on vous libère ? j'ajoute en échangeant un regard entendu avec Éliphas qui grimace en retour.

Relâcher les goules, c'est prendre le risque qu'elles s'attaquent à nous. Mais ce sont des prisonnières et nous aussi. Nous partageons un destin commun et je me vois mal partir sans leur donner la même chance.

– *Lisss*, expire la goule.

– Si nous vous libérons, est-ce que vous promettez de ne pas vous attaquer à nous ?

Cette fois, la goule bouge. Elle regarde longuement les deux mages attablés avant de revenir vers moi, les yeux rétrécis. Est-ce de la colère que je vois sur son visage ?

– *Lisss*, gronde-t-elle.

– Est-ce que vous êtes la chef de ce groupe ? Est-ce que vous parlez au nom de toutes ?

Comme pour me prouver que je suis sur la bonne voie, elle se tourne vers ses compagnes et siffle un ordre dans une langue inconnue. Sa voix chuintante ramène immédiatement le calme chez les autres. Celles-ci reculent à quatre pattes pour s'agglutiner dans le fond de leur cellule. La goule pivote vers moi pour répondre.

– *Lisss.*

– Vous avez un nom ?

– Ssscritchine, articule-t-elle de son étrange voix.

Je suis soulagée de constater qu'elle connaît d'autres mots que « oui ». Elle répète son nom en posant sa main sur son visage, puis elle désigne le voleur et prononce le nom d'Éliphas en laissant traîner le *s*. Enfin, elle tend le bras vers moi. Je secoue la tête, incapable de lui dire ce qu'elle veut savoir.

– Saga, intervient Éliphas. Elle s'appelle Saga.

– Sssaga, répète la goule.

Après cet échange passionnant, chacun se remet à attendre.

Les mages ont fini leur repas. Ils restent pourtant à table et continuent à déguster leur breuvage vert. Je comprends à leur voix traînante qu'ils sont ivres. Plus la nuit avance, plus leur tête dodeline. Aucun des deux ne semble prêt à lâcher la table pour aller se coucher. Ils jouent à qui tiendra le plus longtemps, et c'est vraiment pathétique. Moi qui pensais les mages au-delà de ce genre de défi.

Puis un bruit de chute nous fait tous sursauter. Hélix vient de s'écrouler au sol. Il ronfle bruyamment, le nez collé au carrelage du temple. Graziel ricane d'une voix grasse avant de se lever avec maladresse. Il tangue comme s'il marchait sur le pont d'un bateau pris dans la tempête. Un dogron se précipite pour l'aider et il s'écroule dans ses bras, vaincu à son tour par la boisson. Quel piètre spectacle !

– Voilà le moment que j'attendais, déclare Éliphas en se levant.

Il extrait d'une des coutures de sa veste deux tiges de métal qu'il insère dans la serrure. Il lui suffit de quelques secondes pour crocheter la porte et sortir à pas légers. On dirait qu'il a fait ça toute sa vie.

Scrofa est toujours couché au bout de l'alignement de cellules. Il dort mais il doit en falloir peu pour le réveiller.

Éliphas s'agenouille devant ma cage et l'ouvre rapidement. Je suis impressionnée par la dextérité dont il fait preuve.

– Et maintenant ? je chuchote.

Nous nous tournons tous les deux vers les goules. Vont-elles tenir leur promesse ? Et nous ? Allons-nous tenir la nôtre ? Nous nous dirigeons silencieusement vers elles. Scritchine est agrippée aux barreaux et nous observe avec attention. Je m'approche et tends la main vers elle. À cette distance, elle pourrait s'en emparer et me happer pour me mordre. Elle me regarde avec ses grands yeux ronds, interrogative.

– Serre-moi la main et promets-moi que toi et les tiennes ne nous ferez aucun mal.

Elle déplie son long bras et referme ses étranges doigts sur les miens.

– Promisss, siffle-t-elle.

Devant ce témoignage de bonne volonté, Éliphas s'attaque à la serrure.

– Je dois être fou, je l'entends tout de même marmonner entre ses dents.

Un discret clic indique le succès du voleur. Celui-ci range ses outils et recule en m'accrochant au passage. Autant ne pas tenter le diable.

Avec lenteur, Scritchine pousse la porte et sort. Ses compagnes la suivent de près, agiles sur leurs pieds à quatre doigts. Elles marquent une pause, hésitant visiblement quant à la conduite à adopter.

Scritchine nous tourne le dos et s'approche à pas légers du corps endormi du pauvre Scrofa. Deux goules la suivent comme son ombre.

Mais la troisième hume l'air sur sa droite avec une expression extrêmement intéressée. Elle lève le nez comme si elle sentait une merveilleuse odeur.

Notre odeur.

Elle se tourne et s'avance vers nous d'un pas lent. Scritchine ne semble pas faire attention à elle. Elle a presque atteint l'homme-sanglier.

– Je n'aime pas ça, murmure Éliphas en faisant un pas en arrière et en m'entraînant à sa suite.

La goule suit des yeux notre mouvement. Elle ouvre la bouche et dévoile deux impressionnantes rangées de dents effilées. Ses yeux noirs ressemblent à deux miroirs d'obsidienne, profonds et hypnotiques.

Soudain, la goule plie les jambes comme pour prendre son élan.

– Elle va sauter! prévient Éliphas en me poussant derrière lui.

Alors que la goule se prépare à franchir d'un bond les quelques mètres qui nous séparent, un sifflement proche de l'ultrason retentit. Notre assaillante tressaille comme si elle venait d'être frappée par un poing invisible. C'est Scritchine qui est revenue sur ses pas pour la rappeler à l'ordre. Sous le regard dur de la dominante, la goule renonce malgré son air affamé. Je suis sûre qu'elle nous trouvait à son goût.

Scrofa n'a pas autant de chance que nous. Sans un bruit, les quatre goules se déploient autour de son corps endormi. Mues par un même élan, elles se jettent si vite sur lui qu'il n'a même pas le temps de donner l'alarme. Au moment où Scritchine referme ses dents sur son cou, je surprends le regard étonné et horrifié du valet difforme.

Quelle fin horrible !

Malgré ma répulsion, je ne parviens pas à détourner les yeux. Je suis fascinée par la curée des goules voraces. Éliphas doit faire rempart de son corps pour m'obliger à passer à autre chose. Malgré tout, je ne peux m'empêcher d'entendre les bruits écœurants de succion et d'os qui craquent.

Nous rejoignons l'allée centrale. Les dogrons ont

déposé les corps inconscients des mages sur des banquettes un peu plus loin.

– Tu leur fais confiance ? demande Éliphas.

– Je mettrais ma vie entre leurs mains, je déclare sans hésiter.

– Je dois récupérer mon bagage, explique le voleur en cherchant tout autour de lui. Sans mon matériel, je ne survivrai pas au désert.

– À droite de l'entrée, précise Margoule en revenant vers nous. Il y a un grand coffre en bois. C'est là que le Créateur entrepose tous les objets récupérés sur les voyageurs.

Les dogrons ne semblent pas surpris de nous voir libres. Ils me considèrent d'un air à la fois triste et attendri. La liberté soudaine m'étourdit. Je ne sais plus comment me comporter sans ordres ni consignes. Puis, alors que je porte inconsciemment la main à mon cou, là où pendait il y a peu le collier de servitude, une pensée s'impose à moi. Ma promesse.

– Margoule, Safre, vous partez avec nous.

– Comment ?! s'effraye Éliphas.

– Quoi ?! s'étonne Safre.

– Impossible avec le *biwara*, ajoute Margoule en secouant la tête.

– Si j'ai bien écouté ce qu'Hélix a expliqué à Graziel, il suffit de posséder un anneau pour commander aux torques.

Je me dirige vers les banquettes et me penche vers

mon ancien maître qui ronfle comme un bienheureux. Je fais doucement glisser ses bagues l'une après l'autre. Il en possède cinq. Je les enfile toutes sur ma main gauche, une à chaque doigt. Je reviens vers les dogrons en fouillant dans ma mémoire pour retrouver la formule d'ouverture du *biwara*.

– *Biwara, sakerou*, j'articule en prenant soin de tendre la main vers Margoule.

L'anneau de mon majeur chauffe en réaction à l'ordre magique. Le sort fonctionne. Margoule attrape son torque et l'ôte de son cou, l'air ébahi. Je passe à Safre en répétant les mêmes mots. Cette fois, l'anneau de mon petit doigt réagit. Safre retire avec empressement le *biwara*, attrape celui de son frère, me déleste de mes bagues et va jeter le tout dans le foyer au fond du temple de pierre. Une fumée verte s'élève quand le bois magique prend feu.

– Sommes-nous tous devenus fous ? s'inquiète Margoule en tâtant son cou nu. Que va-t-il advenir de nous quand le Maître et Sosana se réveilleront ?

– Je ne suis pas sûre qu'ils se réveillent un jour, je fais remarquer en montrant le groupe de goules qui se dirigent vers les deux mages endormis.

Avec un cri de colère, Margoule se précipite vers Scritchine et ses compagnes. Il s'interpose en crachant sur elles une boule de feu. Les goules évitent souplement le projectile enflammé en poussant des cris suraigus de primates. Rapidement, elles reforment un groupe compact pour faire face au dogron et lui feuler leur colère.

Mais Margoule ne bouge pas d'un pouce ; faisant obstacle de son corps, il gronde sourdement. Les goules hésitent puis, finalement, sur un ordre de Scritchine, elles se précipitent vers la sortie et disparaissent dans l'air frais de la nuit.

Je fixe Margoule avec un sentiment d'incompréhension totale. Pourquoi a-t-il protégé ses maîtres ? Je ne suis pas pour le meurtre mais ces mages sont loin d'être des innocents. Ce sont tous les deux des esclavagistes et des bourreaux.

Le retour d'Éliphas apporte une diversion bienvenue. Maintenant qu'il a récupéré son paquetage, un sac à dos beige bien rempli, l'homme affiche un sourire satisfait. Il s'apprête à parler mais s'arrête, le nez en l'air. On dirait un chat qui a flairé un bon repas. Se détournant de nous, il gagne un plan de travail en bois où fume encore un brasero. Je comprends quelle mouche le pique quand mon propre odorat se remet enfin à fonctionner. Les odeurs qui proviennent de ce semblant de cuisine effacent soudain toute autre préoccupation de mon esprit.

Je m'élance à la suite du voleur. Les restes du repas s'entassent sur la surface boisée à demi rangée. J'imagine que Margoule a été interrompu par le coucher des mages. L'explorateur et moi nous jetons sur la nourriture avec des grognements de bête affamée. Je croque dans tout ce qui tombe à ma portée. Même les épluchures me semblent délicieuses. Une voix dans mon dos et une main posée sur mon épaule me ramènent à la réalité.

– *Paara !* prévient Safre. Mange pas trop, l'estomac de toi va pas supporter.

Il porte mon sac à dos ainsi qu'un sac vide qu'il entreprend de remplir de nourriture. J'enfile le premier avec un hochement de tête de remerciement, puis j'avale une dernière bouchée avant d'aider le dogron.

– Il faut y aller, annonce Éliphas, un morceau de pain muesli encore dans la main. Nous devons profiter du sommeil des mages pour mettre le plus de distance possible entre eux et nous.

– *Li, atii*, acquiesce Safre en posant le sac de nourriture sur son dos et en entraînant son frère vers la sortie.

Alors que nous nous approchons de l'entrée du sanctuaire, je suis arrêtée par une statue de guerrier dressée à quelques mètres. On ne peut pénétrer dans le temple sans passer devant. J'étais si terrorisée tout à l'heure avec Scrofa que je ne l'avais pas remarquée. Vêtue d'une véritable armure métallique, la statue provoque chez moi une fâcheuse impression de déjà-vu.

– Éliphas ?

Le dandy voleur se retourne et m'adresse un regard contrarié.

– Ne restez pas en arrière, Saga. Venez !

– Qu'est-ce que c'est ? je demande en ignorant son injonction.

Une odeur désagréable se dégage de l'armure. Je m'approche pour essayer de préciser ce que captent mes sens. La pourriture. Voilà ce que m'évoque cet effluve.

Des bribes du songe au corbeau surgissent soudain dans mon esprit. C'est ça, la pestilence qui s'échappe de l'armure est la même que celle de l'ombre grise. Ne pouvant s'empêcher d'étaler sa science malgré l'urgence de la situation, Éliphas se met à expliquer d'un ton docte :

– D'après mes humbles connaissances d'explorateur, il s'agit d'un gardien des rêves. Un bien précieux pour un mage.

– À quoi ça sert ? je demande, la gorge serrée par un malaise inexplicable.

– Il protège le nécromancien de l'influence des sorciers. Il semblerait que ces derniers soient capables de voyager dans les rêves, même si je n'en ai jamais eu la preuve. Le gardien des rêves détecte le songe du sorcier et y pénètre pour le massacrer.

– Mais pourquoi cette statue sent-elle si mauvais ?

Éliphas jette sur moi un regard hautain, comme si la réponse paraissait évidente.

– Mais parce que, jeune fille, il ne s'agit pas d'une statue. Un gardien des rêves ne peut être fabriqué que par un nécromancien. Celui-ci capture un sorcier et l'enferme vivant dans une armure enchantée par des runes. Quand la mort survient, le sorcier se transforme en un spectre gardien des rêves.

Je recule comme si un zombie allait surgir de la cuirasse dressée là.

– Vous voulez dire que cette armure contient un cadavre ? Mais c'est répugnant !

– Bien sûr que c'est répugnant ! Les nécromanciens sont des personnes répugnantes. Ils utilisent la mort pour créer de la magie. S'il n'y avait pas les deux dogrons, croyez bien que je n'hésiterais pas à trancher la gorge de Graziel et de son compère. Seulement, je pense que ce geste brusquerait votre ami cracheur de feu, qui serait alors capable de me brûler sur place.

Je songe à mes rencontres rêvées avec le sorcier toujours abrégées par l'apparition de cette silhouette grinçante.

– On peut détruire un gardien des rêves ?

– Peut-être... À vrai dire, je n'en ai aucune idée, avoue Éliphas en enfilant une paire de mitaines en cuir. Et je dois avouer que j'ai d'autres soucis pour le moment. Partons, voulez-vous ?

La réponse m'apparaît, claire et simple. Le feu. Le feu a détruit les torques et leur magie, alors il peut en faire autant de cette abomination. Je me précipite vers le brasero du plan de travail et le soulève à l'aide d'un torchon trouvé non loin. La vasque en métal est encore pleine de braises rougeoyantes. Marchant avec précaution, je retourne vers le gardien des rêves et demande à Éliphas de soulever le masque du heaume. Un visage parcheminé apparaît derrière. Je m'efforce de l'ignorer et, dressée sur la pointe des pieds, je verse le contenu du brasero dans l'ouverture. Les braises tombent dans le ventre de l'armure en cognant contre les parois métalliques. Je pose la vasque vide et me recule sans lâcher l'armure des yeux.

Je veux être sûre que le feu prend. Je tiens à tout prix à détruire cette abomination.

Au bout de quelques secondes, une fumée grise commence à s'échapper des jointures. Elle s'épaissit à vue d'œil, devenant noire et épaisse. Le cadavre du sorcier devait être tellement sec qu'il s'est enflammé comme du papier journal.

– Vous avez ce que vous voulez, me presse Éliphas. Allons-y, maintenant.

Tandis que l'armure du gardien des rêves fume et consume ce qu'elle contient, je m'élance derrière le dandy voleur avec le sentiment d'avoir fait quelque chose de bien. Personne ne mérite de mourir enfermé vivant. C'est barbare et inhumain.

J'espère que le corbeau blanc sera content.

Finalement, Safre et Éliphas ont bien fait de nous presser. Dehors, les goules n'ont pas chômé. Nous sortons à temps pour venir en aide à deux quaggas en train de se défendre contre une attaque des suceuses de sang. Les autres équidés n'ont pas eu la même chance. Ils gisent à même le sable, exsangues et à moitié dévorés. Pendant que Scritchine et ses compagnes s'enfuient dans le labyrinthe, effrayées par une attaque enflammée de Safre, Éliphas et moi nous emparons des animaux survivants. Ils tremblent encore de peur mais ils sont indemnes malgré quelques griffures au flanc infligées par les goules. Je me penche à l'oreille de ma monture pour la rassurer et lui dire combien elle a été courageuse. Elle a osé faire face à des semblants de vampires uniquement armée de ses cornes et de ses sabots.

Margoule détache le bât pour libérer le dos du quagga, puis il m'attrape sous les épaules et me hisse sur l'animal. Éliphas saute lestement sur l'autre monture. Nous nous éloignons vite fait du sanctuaire, guidés par les dogrons, les seuls à connaître le chemin du retour. La nuit est profonde, surtout dans ces étroits corridors de pierre. La lune se glisse entre les vagues minérales en longs faisceaux lumineux.

Ses rayons froids font régner dans le canyon une étrange atmosphère bleutée.

– Maintenant que Scrofa est mort, nous pouvons voyager tranquilles jusqu'au désert, fais-je remarquer.

Les dogrons secouent la tête en même temps.

– *Naga*, lâche seulement Safre.

– Scrofa n'était plus le gardien, précise Margoule. Sinon, il n'aurait jamais dormi dans le temple. Ceux qui surveillent le labyrinthe n'ont pas l'honneur de partager leur quotidien avec le Créateur.

– Tu veux dire que quelqu'un d'autre veille sur ces couloirs ?

– *Li*, confirme Safre. *Paara !* Ouvre les yeux.

J'avale difficilement ma salive en essayant de relativiser. Après tout, nous n'avons croisé personne à l'aller, il y a donc peu de risques qu'on rencontre qui que ce soit au retour. Malgré tout, mon repas sommaire me pèse sur l'estomac. L'inquiétude me crispe tant que j'en viens même à regretter d'avoir mangé.

Après une heure de marche silencieuse dans des corridors tortueux, je finis par m'apaiser. Tout se passera bien. Nous avons échappé au pire. Plus rien ne peut nous arriver. De toute façon, qui aurait la folie d'agresser des dogrons ?

Un brusque mouvement de tête de ma monture fait remonter ma jauge de stress. L'animal est un peu fébrile depuis son agression. Après tout, deux de ses compagnons sont morts sous l'assaut des goules et lui-même l'a échappé belle. Il y a de quoi être sur les nerfs. Le quagga tourne ses oreilles vers le prochain virage et inspire fort par les narines comme si quelque chose avait attiré son attention. Un hennissement de mise en garde le secoue soudain, aussitôt répété par le second quagga, également en alerte. J'appelle Éliphas pour savoir ce qu'il pense de tout ça, mais il me fait signe de me taire. Lui aussi a remarqué ce changement de comportement et il se tient aux aguets.

Soudain, le ciel se remplit de sifflements rageurs. Je lève la tête.

Au-dessus de nous, une nuée de créatures ailées est perchée dans les anfractuosités de la paroi rocheuse. J'en dénombre une quinzaine. L'une d'elles pousse un cri strident, aussitôt répété par ses compagnes qui se laissent tomber sur nous. Mon quagga a l'heureux réflexe de faire un brusque écart pour éviter une bête qui tente de se jeter sur sa croupe. Une vision fugitive de nos agresseurs à la lueur de la lune confirme mes craintes. Ce sont des hybrides, un mélange improbable de goule et d'autruche. Des pattes solides d'oiseau coureur, un corps humanoïde, une tête et des bras de buveuse de sang à laquelle on aurait ajouté des ailes dans le dos. Voici les nouveaux gardiens de Graziel. On dirait des harpies tout droit sorties de la mythologie grecque.

Submergés par le nombre, les dogrons crachent du feu et se battent avec rage. Éliphas n'est pas en reste. Il a mis pied à terre et a dégainé une épée courte qui ressemble à une machette. Je reste en selle, engluée par la peur. Le corridor est étroit et je n'ai aucun moyen de me défendre.

Finalement, mon quagga prend une décision pour nous deux. Après avoir rué dans le ventre d'une harpie et menacé d'en encorner une autre, il s'appuie sur ses puissantes pattes arrière pour se lancer dans une course effrénée. Le champ de bataille et le bruit des combats disparaissent en un clin d'œil. Je m'accroche fermement au cou de l'équidé, mes doigts entortillés dans sa courte crinière. Une chute à cette vitesse est inenvisageable.

Les corridors défilent à une allure folle. Le quagga bifurque à chaque carrefour pour mieux égarer ses poursuivants. S'il y en a. Penchée sur son échine, je ne distingue rien derrière nous.

Après un temps indéterminé, l'équidé quitte le galop pour un trot nerveux. Il souffle bruyamment par ses naseaux et tremble de tout son corps. Nous l'avons échappé belle. Je vérifie nos arrières. Personne. Cet animal a filé comme le vent et nous a sauvés tous les deux. Mon cœur se serre à la pensée des dogrons et d'Éliphas laissés en arrière. Vont-ils s'en sortir? Sont-ils assez forts pour résister à une attaque de harpies? L'arrêt brutal du quagga me détourne des pensées négatives qui commencent à germer dans mon esprit enfiévré. Je comprends vite pourquoi.

Nous sommes dans un cul-de-sac.

Je me laisse tomber à terre pour soulager ma monture épuisée. Nous ne devons plus bouger d'ici. Une fois débarrassé des goules volantes, Margoule remontera notre trace. Je caresse le museau de l'animal en le rassurant à voix basse. Il m'écoute, les yeux mi-clos.

– Tout va bien. Les dogrons vont venir nous trouver, et nous sommes à l'abri des vers des sables. Tu verras, il n'y a aucune inquiétude à avoir.

Je répète encore et encore ces quelques mots pour réconforter l'animal et me convaincre que la nuit n'est pas remplie de dangers. Bercée par mes propres paroles, je sens la fatigue me gagner. Le quagga n'est pas en reste, je vois à ses oreilles basses que la course l'a vidé. Mon corps las semble peser des tonnes, mon sac à dos me scie les épaules. Je voudrais me laisser tomber dans le sable et me reposer un peu. Il doit bien y avoir un coin confortable dans cette impasse.

Soudain, un feulement nous fait sursauter. Tous mes vœux de tranquillité se brisent en un quart de seconde. Le quagga et moi tournons la tête dans un même élan.

Un tigre.

Un énorme tigre à dents de sabre est perché sur un éperon rocheux à quelques mètres de nous. Sa robe claire brille sous les rayons bleutés de la lune. Je cligne des yeux tellement cette apparition est improbable. Tout cela ne peut être qu'un rêve. C'est ça. En réalité, je suis déjà profondément endormie contre la paroi de pierre.

Malheureusement, le tigre ne disparaît pas. Il est vraiment là. Si grand qu'il fait presque la taille du quagga.

Mon histoire s'arrête là. Adieu moi.

Le quagga, traversé par une décharge d'énergie, prend la fuite sans demander son reste. Je demeure immobile, me disant que le tigre va peut-être choisir de poursuivre l'équidé.

Perdu.

Pourquoi se fatiguer à courir après une proie alors qu'on en a une autre à portée de main ?

Je recule à pas lents. La paroi de pierre bloque ma fuite au bout de cinq pas.

Le félin, qu'on croirait tout droit sorti de la préhistoire, rejoint souplement le sol. Il sait qu'il peut prendre tout son temps, je n'ai nulle part où aller. Je longe le mur en faisant un pas de côté chaque fois que le tigre en fait un vers moi. Je n'ai aucune arme, rien pour me défendre. Je dois improviser quelque chose. Je me penche vers le sol pour essayer de trouver une pierre dans le sable.

Pas le moindre projectile en vue.

À la place, je repère une curieuse ombre dans le mur. Il y a un trou tout près. Une cavité assez large pour que je puisse m'y faufiler. J'ignore sa profondeur, mais c'est peut-être ma seule issue. Cela tiendra lieu de refuge le temps qu'un dogron arrive et chasse cette horrible bête qui est censée avoir disparu de la surface de la Terre depuis des siècles. J'ôte mon sac à dos avec des gestes lents, puis je me mets doucement à quatre pattes. J'enfonce d'abord mon sac dans la brèche, puis je m'y engage aussi vite que possible, la tête la première.

Le tigre rugit avec rage en comprenant que sa proie

est en train de lui échapper. Je rampe dans le tunnel tout en poussant mon sac devant moi. Soudain, une vive douleur me fait hurler. Les griffes du félin se sont enfoncées dans mon mollet gauche. Elles déchirent ma peau aussi facilement que des rasoirs avant de harponner ma chaussure.

Je pleure et secoue mon pied avec l'énergie du désespoir. Mais le félin tient bon. Il grogne comme un fauve déchaîné et tend sa deuxième patte pour assurer sa prise. Alors que je me vois déjà dévorée, je sens un craquement bienvenu. Mon lacet vient de céder sous une griffe. Ma chaussure s'ouvre doucement et mon pied glisse hors de la Doc. Je secoue encore un peu plus en tirant de toutes mes forces et en donnant des coups de mon autre Doc. Mon pied se libère enfin. Le fauve rugit de frustration. Je replie aussitôt mes jambes contre moi et continue ma reptation dans le tunnel.

La douleur m'étourdit.

Je crois que je saigne mais j'ai du mal à réaliser l'étendue de ma blessure au mollet. C'est comme si la zone griffée était engourdie. De toute façon, le passage souterrain est trop étroit pour que je puisse me retourner. Et, dans cette obscurité, je suis incapable de voir quoi que ce soit. Je préfère garder mes forces pour mettre le plus de distance possible entre le tigre à dents de sabre et moi, quelle que soit la nature de ce terrier.

Le tunnel est long. J'avance sans savoir s'il existe vraiment une issue.

La peur et la douleur se mêlent, ma respiration devient laborieuse, oppressée. Une brusque flambée de colère m'aide à continuer mais elle menace de s'éteindre. Alors je l'entretiens en dressant une liste mentale de tout ce qui ne va pas en ce moment. Elle est plutôt longue.

Je déteste savoir qu'il y a des centaines de tonnes de roche au-dessus de moi.

Je déteste avoir mal.

Je déteste cette stupide jambe que je ne sens presque plus.

Je déteste les larmes qui coulent de mes yeux sans que je puisse les retenir.

Je déteste Graziel.

Je déteste encore plus Hélix.

Je déteste les goules-autruches nées de la folie du nécromancien.

Je déteste les tigres préhistoriques, supposés être une espèce disparue.

Je déteste cet imbécile de quagga qui a pris la fuite sans moi.

Je déteste me savoir seule et livrée à moi-même.

Je déteste être incapable de me rappeler mon prénom et mon passé.

Je déteste ce sac à dos que je dois pousser pour avancer.

Je déteste ce sable qui s'incruste jusque dans ma bouche et qui crisse sous mes dents.

Je déteste l'homme-corbeau au plumage blanc qui semble être le seul à me connaître mais fuit chaque fois que ça devient intéressant.

Je me déteste moi. Oh, qu'est-ce que je me déteste ! Je ne suis qu'une fille sans nom, une esclave sans maître. Je manque de tout, même de courage et je n'ai rien. Je ne suis rien.

Alors que je commence à être à court d'arguments, l'obscurité diminue enfin. Mon cœur fait un bond dans ma poitrine quand, en levant la tête par-dessus mon sac, je réussis à distinguer une issue au tunnel.

Encore quelques efforts et je m'extrais à quatre pattes du passage.

Je tremble de partout. Je tente de m'asseoir dès ma sortie, le dos contre la paroi rocheuse, mais ma jambe gauche reste lamentablement tordue sous moi. Je suis obligée de la tirer pour la déplier à côté de l'autre. Le spectacle qu'elle offre est épouvantable. Les griffes du tigre ne m'ont pas ratée. Mon pantalon est tellement imbibé de sang qu'il est collé à ma peau. Trois profondes entailles courent le long de mon mollet et s'arrêtent à ma chaussette. Ma chaussure a protégé efficacement ma cheville et mon pied. Je préfère ne pas penser à ce qui serait arrivé si le lacet n'avait pas cédé.

Je retire ma chaussette puis je décolle du bout des doigts les lambeaux rouges du pantalon pour examiner ce qui se cache en dessous. Un carnage. Les plaies béantes sont sales, remplies de poussière et de sable. Un sang qui semble noir à la lueur de la lune continue à suinter.

Je touche une des plaies et manque de vomir quand la douleur fuse. Avec un coin de chemise, j'essuie la transpiration qui trempe mon visage. Je suis terrorisée par cette blessure. Mais je suis seule et j'ai mal. Je ne peux pas attendre. Peut-être… Si j'essayais de faire comme si c'était la blessure de quelqu'un d'autre ? En mettant de la distance entre mon corps et moi, j'arriverai probablement à quelque chose. Je tente à nouveau de manipuler les bords de la coupure mais la douleur est tellement intense que des points noirs obscurcissent ma vision. La nausée ne cesse d'aller et venir. Mes mains tremblent et j'ai mal à la mâchoire à force de serrer les dents. J'ai envie de crier mais c'est impossible. Si je fais du bruit, le tigre me trouvera. De toute façon, j'ai l'impression que si je m'autorise à crier maintenant je vais devenir folle.

Personne ne va venir me chercher. Il n'y a pas de pompier ou d'infirmière prêts à intervenir, pas de dogron pour m'aider.

Je suis toute seule.

Je me force à rassembler mes esprits et tente de raisonner de façon logique.

D'abord, si c'était la blessure de quelqu'un d'autre, je laverais la plaie. Je regarde mes mains pleines de poussière et de coupures. Où trouver de l'eau dans un désert ?

Ce n'est qu'à ce moment précis que je lève les yeux pour prendre conscience de ce qui m'entoure. Je crois que, dans les premières secondes, je ne comprends pas ce que je vois.

Je suis entre deux dents du dragon. Leur silhouette sombre s'élève dans le ciel étoilé, l'une sur ma droite, l'autre sur ma gauche.

Derrière moi se dresse le mur de roche que je viens de traverser.

Mais, devant moi s'ouvre un tout autre décor.

À la place du sable et de la poussière rouges, une végétation exubérante couvre le sol pour former un large couloir de verdure réfugié dans l'ombre des deux dents. D'immenses fougères poussent un peu partout. Une mousse parsemée de fleurs en bouton s'étend à leurs pieds. Je cligne plusieurs fois des yeux pour vérifier que je ne suis pas en train d'halluciner.

Je plie ma jambe valide et prends appui sur la paroi pour me lever. Les petits points de tout à l'heure volent devant mes yeux mais je m'obstine. Je boitille un peu en sanglotant. Chaque pas, en tirant sur les plaies de mon mollet blessé, provoque une intolérable douleur. Après quelques mètres, mes pieds foulent la mousse. Une odeur inimitable de verdure monte aussitôt à mes narines. C'est tellement incroyable que mes larmes arrêtent de couler.

Incapable de rester debout plus longtemps, je me laisse tomber à quatre pattes. La mousse est douce sous la peau de mes mains. Douce et humide. Je tends l'oreille, le cœur gonflé d'espoir. Parmi les chuintements de la nuit s'élève le bruit caractéristique d'une source. Je rampe vers la végétation et découvre derrière une fougère un bassin alimenté par un filet d'eau. Mon apparition soudaine fait fuir une salamandre noire et jaune et quelques araignées d'eau.

Je me penche sur l'eau et plonge mes bras. Hmm… Tellement bon… Je frotte mes mains sales, mes poignets et mes bras poussiéreux avant d'attraper un peu d'eau dans le creux de mes mains et de la verser sur ma jambe blessée. C'est à la fois douloureux et terriblement agréable. Je renouvelle l'expérience. Le liquide coule le long de mes plaies en emportant du sable et du sang. Encore de l'eau… Cette fois, je me risque à frotter doucement les entailles. Ça fait mal, mais l'eau fraîche calme les élancements. Certaines plaies qui avaient commencé à sécher se rouvrent au passage. Le sang se met à couler le long de ma jambe avec l'eau qui l'emporte. Je m'obstine à laver les coupures du mieux que je peux en serrant les dents pour ne pas crier. Surtout ne pas faire de bruit.

Une fois les plaies à peu près propres, je m'asperge le visage. Ça fait du bien. Je passe aux cheveux. L'avantage de les avoir courts, c'est qu'ils sont faciles à laver. Finalement, je retire mon autre chaussure et ma chaussette, et je nettoie mon pied droit. L'eau est vraiment un élément merveilleux, me dis-je en laissant mon pied valide tremper directement dans le bassin. Pour la première fois, je m'étonne de sa profondeur. On ne voit pas le fond. Qui sait si cette piscine naturelle n'est pas un tunnel immergé qui s'enfonce jusqu'aux entrailles de la Terre ?

Trempée des pieds à la tête mais soulagée, je finis par m'éloigner du bassin. Je clopine jusqu'à l'endroit où la mousse est la plus épaisse. J'ai beau avoir les jambes plus ou moins propres, j'ai toujours mal. C'était naïf de croire qu'un simple nettoyage allait résoudre mon problème. Quand même, dans un pays où la magie existe, c'est frustrant de ne pas dénicher une source enchantée.

Je me laisse tomber sur les fesses et m'attaque à un autre souci. Les lambeaux de mon pantalon me gênent. Ils n'arrêtent pas de se coller aux entailles. J'ai beau essayer de les déchirer, le tissu résiste. Il me faudrait une lame.

Je me tourne vers mon sac à dos, abandonné à la sortie du tunnel. Mon couteau est dedans.

Je boite jusque-là. La traversée est dure mais l'eau m'a fait du bien. J'attrape une bretelle du sac et retourne m'asseoir en le traînant derrière moi. J'extrais mon Opinel et entreprends de déchirer les lambeaux de mon pantalon. Me voilà avec une jambe longue et une autre courte. Pour égaliser le tout, je découpe la seconde jambe à peu près à la même hauteur.

Soudain, l'existence de la pharmacie de secours me revient en mémoire. Je fouille dans mon sac à dos et sors la boîte. Son contenu est décevant. Les minuscules pansements et la pince à épiler ne servent à rien. En revanche, je trouve du gel hydroalcoolique et une bande de coton.

Après avoir avalé un peu d'eau tiède de la gourde, j'ouvre le flacon bleu. Il est quasi vide. On dirait qu'il n'a pas résisté à la chaleur du désert. Je parviens juste à récupérer une noix de gel dans le creux de ma paume. Je regarde à tour de rôle mes griffures et le gel. Je sais que je n'ai pas le choix, il faut désinfecter la plaie. Mais je sais aussi que ça va faire mal. Je prends une grande inspiration et étale le gel sur ma jambe. Sitôt l'alcool en contact avec la chair à vif, la douleur fuse. Tellement forte que je ne peux m'empêcher de hurler, les deux mains posées sur ma bouche pour étouffer mes propres cris. Tellement forte que ma vue s'obscurcit et que mes oreilles se remplissent de bourdonnements. Je m'évanouis à moitié, le front posé sur mes genoux, le souffle court.

La douleur finit par redescendre à un niveau acceptable, tandis que ma vue et mon ouïe reviennent à la normale.

J'en profite pour enrouler la bande autour de mon mollet. Mes mains tremblent, le résultat est assez immonde. À peine posé, le coton s'imbibe de sang. Ça ne va pas être suffisant mais que puis-je faire d'autre ? J'avise la jambe de pantalon découpée par terre. Une idée germe. J'attrape le bout de jean, le déchire en lambeaux que je noue les uns aux autres. Je recouvre la bande de coton de ce pansement improvisé, bien plus épais. Le résultat est… mouais, bof, ça suffira. Le sang imprègne le tissu mais sans l'imbiber complètement. Ça devrait faire l'affaire.

Vaincue par la douleur et l'épuisement, je me laisse tomber en arrière. Ma tête s'enfonce dans la mousse moelleuse. Au-dessus de moi, des lianes couvertes de lierre forment un toit de verdure entre les deux dents de dragon. Mourir dans un tel paradis, c'est une fin acceptable.

C'est un trou de verdure où chante une rivière
Accrochant follement aux herbes des haillons
D'argent ; où le soleil, de la montagne fière,
Luit : c'est un petit val qui mousse de rayons.

Le Dormeur du Val. Tiens ? Bizarre que je me souvienne des vers de Rimbaud maintenant. D'autant que je ne me remémore pas le moment où j'ai appris le poème par cœur. En plus, ce n'est pas très encourageant. La description du dormeur du val n'est-elle pas celle d'un soldat mort ? Est-ce que je vais mourir moi aussi ? Qu'est-ce que mon inconscient cherche à me dire ?

Mes pensées dérivent sans que je parvienne à en fixer une seule.

Trop fatiguée…

Impossible de lutter davantage…

Si un nouveau monstre surgit maintenant, je me laisse dévorer.

Comme pour faire écho à cette pensée, un sifflement retentit sur ma gauche. Je tourne la tête au ralenti, incapable de croire à une telle malchance.

Un serpent.

Il s'arrête à la hauteur de mon visage. À la lumière de

la lune, ses écailles brillent d'un reflet bleu. Il m'observe, sans être réellement menaçant. On dirait qu'il cherche juste à rassasier sa curiosité. Après quelques secondes, il continue finalement sa route. Il me contourne puis disparaît un peu plus loin sous une fougère.

Je soupire. La douleur dans ma jambe alourdit ma vigilance.

Soudain, un frétillement du côté de la source attire mon attention. Moi qui croyais que cet endroit était un havre de paix, je le découvre peuplé de toute une faune singulière.

Je tourne la tête au ralenti. Un lézard noir rayé de jaune, bien plus gros que la salamandre de tout à l'heure, est en train de s'extraire de l'eau. Il fait quelques pas et s'arrête à la lisière du tapis de mousse. Il ne paraît même pas remarquer que je suis allongée là, à quelques mètres de lui. D'abord immobile, il est soudain traversé de spasmes. Son corps, secoué par ces étranges ondulations, perd sa couleur jaune. En tombant au sol, les rayures se fragmentent pour devenir des grappes qui se disloquent. Je comprends soudain que ce sont des œufs, des centaines d'œufs jaunes. C'est à la fois répugnant et fascinant.

Mais le spectacle ne s'arrête pas là. Le lézard, à nouveau noir des pieds à la tête, n'a pas l'air au mieux de sa forme. Il se laisse tomber sur le côté tandis que les œufs jaunes tout autour de lui palpitent et commencent à éclore un par un. En sortent non pas des bébés reptiles, comme on pourrait s'y attendre, mais de minuscules araignées noires à l'abdomen taché de jaune. Elles grimpent sur le corps de leur infortuné géniteur jusqu'à le recouvrir tout entier.

La peur m'électrise. Je déteste les araignées.

Je voudrais fuir, mais je me rends soudain compte que mon corps ne répond plus. Je suis étendue dans la mousse sans pouvoir bouger d'un pouce. Je voudrais fermer les yeux, ne pas voir le lézard en train de se faire dévorer vivant, mais je n'y arrive pas. Je voudrais crier, mais aucun son ne sort de ma gorge.

Leur repas terminé, les araignées quittent en essaim le squelette blanchi du malheureux reptile. On dirait une entité pensante tellement le groupe d'arachnides se déplace dans un mouvement unique. Ils semblent avoir flairé une nouvelle piste. Mes cheveux se hérissent quand je comprends que c'est de moi qu'il s'agit.

Les araignées se dirigent droit sur moi.

Leur masse noire atteint mon épaule. Elles grimpent par milliers sur ma poitrine, elles grouillent sur mon cou et mon visage, s'égarent près de mes narines, chatouillent mes conduits d'oreille.

Je voudrais me lever, crier, courir jusqu'au bassin et m'y jeter pour me débarrasser de ces abominations. Mais je suis paralysée par la peur.

Certaines araignées commencent à me mordre la peau. Elles sont rapidement imitées par les autres. Je les sens s'attaquer à la chair tendre de mon lobe avec un sentiment d'horreur absolue.

Je vais finir comme le lézard !

Soudain un bloub-bloub retentit du côté de la source.

Du coin de l'œil, je vois l'eau monter. Le liquide s'élève en bouillons, comme si un geyser était en train de s'y déverser. Son niveau atteint rapidement la mousse. Encore quelques secondes et elle baigne ma main. En un clin d'œil, elle franchit mon épaule, puis mon menton, réduisant à chaque fois un peu plus le territoire des araignées. L'eau finit par me submerger sans que je puisse remuer un pouce. Les parasites noirs et jaunes disparaissent, plus aucune trace d'eux.

Mon soulagement est de courte durée.

Mon corps pèse aussi lourd qu'un caillou. Je reste au fond de l'eau sans bouger. Les sons sont étouffés, comme dans un cocon. Dans un premier temps, je retiens mon souffle, mais la source continue à s'élever et à tout recouvrir. Je suis couchée au fond de l'eau en apnée et je regarde l'air à la surface s'éloigner seconde après seconde.

Au bout d'une minute, je n'ai d'autre solution que d'inspirer.

L'eau s'engouffre dans ma bouche et dans mes narines sans que je puisse maîtriser quoi que ce soit.

Mes poumons s'emplissent d'eau.

Je me noie.

Je me réveille en sursaut.

Mon premier réflexe est d'inspirer comme une naufragée qui percerait la surface de l'eau. Je reste allongée en comprenant que tout cela n'était qu'une hallucination. Cette pensée est balayée par une déferlante de sensations parasites et d'informations contradictoires.

J'ai froid. La chair de poule envahit la peau de mes bras. J'avais oublié ce que c'était de souffrir du froid.

J'ai chaud. Les runes ne devraient pas permettre cela, et pourtant j'ai si chaud que ma tête me fait l'effet d'une centrale nucléaire. Mon cerveau est sûrement en train de bouillir.

Ma jambe blessée pulse comme un phare sur une mer sans lune. J'ai l'impression de recevoir des décharges de lumière jusque sous mes paupières.

Mon cœur bat beaucoup trop fort dans ma poitrine. Ce n'est plus du sang qui court dans mes veines mais une colonie d'araignées. Voilà où elles se sont cachées quand l'eau est montée. Elles sont entrées dans moi et elles rongent à présent mon corps de l'intérieur. Elles grouillent dans mon estomac, mes poumons, mes intestins.

La sueur coule sur mon front trempé. Je transpire l'eau de la source qui m'a noyée tout à l'heure.

Mais non.

J'oubliais.

C'était un rêve.

Est-ce que le serpent va revenir ?

Est-ce que les araignées vont revenir ?

Je n'arrive plus à discerner le vrai du faux. Suis-je vraiment étendue là, la jambe en sang ? Suis-je le dormeur du val sur le point de trépasser ? Est-ce que Rimbaud a écrit ce poème pour moi ?

J'ai l'impression d'être à la fois hors de moi et enfermée dans mon corps. Je peux me voir allongée dans la mousse comme si j'étais mon propre spectateur.

Je suis malade. L'eau de la source était sûrement empoisonnée.

Non, je ne l'ai pas bue. Je me suis juste baignée dedans.

Non, elle est entrée dans ma bouche par litres entiers.

La mousse, verte et profonde, est mon lit. Un lit moelleux comme une piscine d'oreillers. Je m'y enfonce. La mousse fleurit, entourant mon visage d'une couronne de pétales.

Elle est étendue dans l'herbe sous la nue,
Pâle dans son lit vert où la lumière pleut.

Le dôme étoilé au-dessus de moi vibre en produisant une musique grinçante, comme une symphonie pour violons. Un éclair blanc vient rompre un instant la litanie des archets qui reprend de plus belle.

Un mouvement sur ma gauche m'oblige à tourner la tête.

Une mante religieuse est en train de s'installer sur une feuille à quelques centimètres de moi. Elle lisse ses élytres puis me regarde sévèrement par-dessus ses lunettes vertes. Elle est prête à donner son cours. Sa voix grave brise la belle unicité des étoiles.

– J'arrive à temps, on dirait.

Je ne comprends pas ce qu'elle raconte. Je vais me faire coller, c'est sûr, parce que je n'ai pas eu le temps de réviser. Je gémis une justification à grand renfort d'excuses.

– J'ai oublié le sujet de l'exposé. C'est à cause du tigre, il a mangé mon agenda, et puis… et puis…

– Chut. Tu délires, répète la mante. C'est la fièvre.

Une poigne de fer m'attrape soudain le menton.

Je comprends que je ne suis plus seule. Quelqu'un tourne de force mon visage vers le ciel. Je perds la mante de vue.

Une ombre blanche se tient au-dessus de moi.

Je n'arrive pas à distinguer l'intrus. Ma vision est complètement floue. Impossible de faire le point, on dirait que mes yeux ne sont plus connectés à mon cerveau.

Un liquide entre dans ma bouche.

Je panique.

Je crache.

Je ne veux pas me noyer à nouveau.

L'ombre blanche ne l'entend pas de cette oreille. Elle pose la main sur mes lèvres pour me forcer à avaler. J'obtempère. L'eau coule dans ma gorge sans m'étouffer.

Quand les doigts quittent mon visage, je tente de les mordre. Mais mes dents claquent sur le vide.

Raté.

Je guette la musique des étoiles mais je n'entends plus rien. Je tourne la tête vers la mante pour trouver du réconfort dans sa présence, mais elle n'est plus là. Je me mets à pleurer, submergée par une vague de désespoir.

– Elle m'a abandonnée. Ils m'ont tous abandonnée. Margoule, Safre, Hélix, Éliphas, même mon quagga ne veut plus de moi. De toute façon, personne ne m'aime assez pour me supporter.

– Tu dis n'importe quoi, fait remarquer la voix de l'ombre blanche.

C'est une voix douce, amicale. Aucune animosité dans son ton.

– Laisse-toi gagner par le sommeil. Je veille sur toi.

Cette phrase est comme un déclic. Ma conscience bascule presque aussitôt. Mon lit de mousse devient de plus en plus profond, je m'enfonce dans un hamac de verdure. Quelques inspirations, et le noir emporte tout.

Je me réveille en plusieurs étapes. Mon corps est comme une plage après une tempête. À la fois lavé et étranger. La douleur m'a malmenée à la façon du vent et des vagues qui creusent les dunes. Je ne me reconnais plus. J'ai besoin de reprendre possession de moi-même.

J'essaye de me souvenir de ce qui s'est passé mais tout est flou. Le peu qui me revient en mémoire m'effraie.

Est-ce que j'ai perdu la tête à ce point ? Mon esprit paraît stable mais je reste sur mes gardes. J'ai peur que le délire ne reprenne.

J'explore les sensations de mon corps. Toutes mes articulations me font mal. Finalement, celle que je sens le moins, c'est ma jambe blessée. Elle est tellement engourdie…

Est-ce qu'au moins elle est toujours là ?

Une pensée horrible me traverse : moi, avec une jambe en moins.

J'ouvre les yeux et me redresse brutalement pour tordre le cou à cette épouvantable image.

Mes deux pieds sont posés sagement côte à côte au bout de mes jambes.

Ouf !

Mon pansement en jean gît un peu plus loin dans la mousse.

Qui… ?

Un mouvement attire mon attention.

Quelqu'un est là.

Je lève les yeux sur l'inconnu, qui semblait attendre mon retour parmi les vivants. Je pousse un cri en reconnaissant l'homme-corbeau.

– Toi !

Il esquisse un salut. Il est aussi sobrement vêtu que dans mon rêve : tunique blanche et sarouel sous un caftan de la même teinte, cheveux opalins, peau livide, iris décolorés. Il me regarde avec un sourire fier. Après tout, il a respecté sa promesse de me rejoindre.

– Comment te sens-tu ?

Je le fixe sans répondre. Je crains d'être encore en pleine hallucination. Le sorcier de mes rêves est sorti de mes rêves. Est-ce que c'est une bonne chose ?

Je pose à nouveau les yeux sur ma jambe. Les plaies sont recouvertes de larges feuilles vertes, la bande en coton a été lavée et maintient fermement le pansement végétal en place. La douleur n'est qu'une vague plainte.

– Qu'est-ce que tu m'as fait ?

Je m'en veux d'adopter ce ton accusateur. Pas un bonjour, pas un merci. L'attaque plutôt que la défense, c'est plus fort que moi. L'homme ne semble pas en prendre ombrage. Il me sourit avant de se lancer dans une courte explication.

– J'ai désinfecté tes plaies avec de la sève, puis je t'ai administré une mixture pour faire baisser la fièvre et lutter contre l'infection. Les griffes des tigres du désert contiennent du poison.

– Comment peux-tu savoir ce que c'était ? Tu n'étais pas là.

Encore une fois, je me gifle mentalement. Pourquoi suis-je si intraitable ? Le sorcier lève la tête pour désigner la paroi derrière nous.

– Le tigre te cherche toujours. Peu de proies sont assez malignes pour lui échapper comme tu l'as fait. Il enrage de t'avoir laissée filer.

Encore une fois, je m'apprête à lui jeter une question à la figure, mais je n'ai même pas le temps de la formuler.

– Ça fait partie de mes dons de sorcier. Je peux percevoir toute forme de vie à la ronde et ressentir ses émotions. Il suffit que je me concentre.

Je pose la main sur ma jambe blessée. La bande est bien serrée, le tout est propre et soigneusement appliqué. Je pousse un profond soupir avant d'enterrer la hache de guerre.

– Merci.

À nouveau, il sourit.

– À ton service.

Maintenant que les premières minutes de surprise sont passées, une foule de questions se bousculent dans ma bouche.

– Tu es vraiment là, hein ? Je ne suis pas en train de rêver.

Il hoche la tête.

– Qu'est-ce qui a changé ?

– L'influence de Graziel dans cette zone a disparu il y a quelques heures. J'ai été capable d'identifier nettement ta présence et de me déplacer jusqu'à toi.

– Alors le gardien des rêves…

Son visage s'éclaire quand je prononce ces quelques mots.

– C'est toi ? Tu as détruit le gardien des rêves de Graziel !

Je hoche la tête dans une imitation parfaite de son geste de tout à l'heure.

– J'ai glissé des braises dans l'armure. Cette chose était une abomination.

Il me sourit vraiment pour la première fois. Pas ce rictus un peu attendri qu'on réserve à un être plus bête et plus jeune que soi, mais un vrai sourire qui découvre les dents. J'avoue qu'il fait même un peu peur.

– Qu'est-ce qui te prend ?

– Merci, prononce-t-il avec gravité. C'était un de mes amis qui était à l'intérieur de ce gardien. Je suis heureux que tu lui aies enfin apporté la paix.

– Donc ce qu'on raconte sur les gardiens est vrai ? Ils sont fabriqués avec des sorciers prisonniers à l'intérieur d'une armure magique ?

Il opine du chef sans répondre.

Il n'en a pas besoin. Je suis révulsée par le souvenir de ce corps momifié.

– Comment peut-on faire ça ? Est-ce que tous les mages sont pareils ? Torturer, emprisonner, réduire en esclavage… On dirait qu'ils n'ont aucun respect pour la vie humaine. Pourquoi se permettent-ils… ?

Alors que je m'englue dans les questions, bouleversée par les événements de ces dernières heures, l'homme-corbeau se lève et s'approche de moi. Il pose doucement la main sur mes cheveux pour m'arrêter. À son contact, une vague de bien-être déferle sur moi, coupant court à toutes mes craintes.

– Qu'est-ce que tu as fait ? je demande en reprenant mon souffle.

– Je viens de te faire ressentir l'influence du lieu où nous sommes. Ne laisse pas la peur te parasiter. Ici, tu as trouvé un havre de paix, une oasis au milieu du désert. Elle regorge de magie.

– Je crois que c'est le trésor dont parlaient les dogrons.

Nous laissons le silence retomber. Autour de nous, quelques chants d'oiseaux s'élèvent. Les étoiles se sont estompées et le ciel entre les dents du dieu-dragon est en train de rosir. Finalement, j'ai survécu à cette interminable nuit.

Le sorcier se lève sans bruit, contourne le bassin et s'éloigne dans le corridor de verdure. Je n'ai pas peur qu'il m'abandonne. Il a raison. Maintenant qu'il m'a ouverte à la sérénité du lieu, je me sens bien. Je m'étends à nouveau dans la mousse et observe le réveil de la nature avec des yeux neufs. Des sensations inconnues m'envahissent. J'ai l'impression de ne faire qu'un avec le lieu. Je suis allongée sur le sol et mon dos ressent l'énergie puissante qui se dégage de la pierre. Je suis tournée vers le ciel ; ma poitrine s'emplit de la vitalité de l'air. Ma respiration est calme, chaque inspiration est comme une bouffée de sérénité.

J'ignore combien de temps je reste ainsi.

Une pression sur ma main me ramène à la réalité. Je cligne des yeux. Le sorcier est accroupi à côté de moi et tient ma main dans la sienne. Il me sourit encore une fois d'un air un peu fou.

– Quoi ?

Il repose ma main sans cesser de sourire.

– Rien.

Il ment, je le vois bien. Et je sais qu'il sait que je le sais. Mais cela ne semble pas le troubler. Il dépose des baies violettes dans ma paume.

– Tiens, mange ça.

Je me redresse avec l'impression d'avoir dormi vingt heures. Mon corps est en pleine forme, toutes mes douleurs, mes courbatures ont disparu. J'examine les baies puis les engloutis en quelques secondes. On dirait des myrtilles avec un goût de framboise. Des myrtoises.

– Encore, je réclame en tendant la main vers lui.

Il en a gardé la moitié pour lui et il les mange lentement, l'une après l'autre, à bouchées lentes.

– Si tu en veux davantage, il faut que tu ailles les cueillir.

– Avec ma jambe ? Tu n'y penses pas !

– Quelle jambe ? interroge-t-il d'un air faussement naïf en s'éloignant de quelques pas.

– Tu le sais très bien. Ma blessure. Tu l'as toi-même pansée.

– Quelle blessure ?

Il jette une myrtoise dans sa bouche et mâche distraitement. Il cherche à me faire comprendre quelque chose, c'est évident.

Je baisse les yeux sur ma jambe gauche comme si elle pouvait parler. J'écoute les sensations qui me parviennent : ma jambe n'est plus engourdie comme tout à l'heure, elle ne fait pas mal non plus. Je sens clairement la pression des feuilles sous la bande, mais je n'arrive plus à déterminer où se trouvent exactement les trois griffures. Je jette un coup d'œil au sorcier : il est occupé à contempler un couple de papillons bleus qui virevolte dans l'air matinal.

Je finis par céder à la curiosité en dénouant la bande de coton. Puis je décolle une première feuille avec précaution pour voir de quoi ont l'air les plaies. Je ne dois pas être en train de regarder au bon endroit parce que la peau, bien que rouge sang, ne présente aucune griffure. J'enlève une deuxième feuille pour vérifier ailleurs. Toujours rien. J'arrache alors l'ensemble du pansement végétal de la cheville au genou. Dessous, ma jambe est indemne. À la place des trois entailles s'étendent trois longues cicatrices qui semblent vieilles de plusieurs mois. J'en ai le souffle coupé.

– Mais ? Mais ? je bredouille. Mais qu'est-ce que tu as fait ?

– Moi ? répond naïvement le sorcier. Rien du tout. Je n'étais même pas là, souviens-toi.

Je continue à regarder alternativement ma jambe et le sorcier sans comprendre. Il a bien fallu qu'il se passe quelque chose. On ne guérit pas d'une telle blessure en quelques minutes. Plus je réfléchis, plus les choses me paraissent embrouillées. Je surprends le regard en coin du sorcier et l'appelle à la rescousse.

– Ne joue pas à ça, je t'en supplie. Explique-moi. Je ne suis pas stupide. Ne me laisse pas dans l'ignorance.

Il revient vers moi, s'accroupit à nouveau d'un mouvement souple et débite un discours incompréhensible d'une voix enfiévrée.

– Tout à l'heure, quand j'ai ouvert ton esprit à la sérénité du lieu, tu es entrée dans un état qu'on appelle *shanti* dans la langue des sorciers. Ton corps s'est connecté à cet endroit et il y a puisé assez de magie pour se régénérer.

Il écarte les mains comme si tout était dit. Je le regarde avec l'impression d'avoir entendu parler chinois. Cet homme est fou. Et je dois l'être aussi, puisque je m'imagine voir ma jambe guérie. Je me lève en m'attendant à ressentir un tiraillement.

Il ne se passe rien.

C'est comme si ces dernières heures n'étaient qu'un

vieux souvenir. Pourtant, mon pantalon déchiré, le sang frais sur ma peau, l'absence d'une de mes chaussures... ce ne sont pas les indices qui manquent pour me rappeler que tout ça vient d'avoir lieu.

Je fais quelques pas dans la mousse épaisse et odorante en tentant de trouver une explication rationnelle. C'est peine perdue.

– Tu ne me crois pas, constate la voix déçue du sorcier dans mon dos.

– C'est un peu gros à avaler.

Je crois surtout que j'ai peur de comprendre ce qu'il veut dire. Il n'insiste pas. Et c'est tout à son honneur.

– Laisse-toi du temps pour assimiler tout ça, ajoute-t-il pour effacer la tension qui est née entre nous.

Je hoche la tête sans répondre, embarrassée par mes propres pensées.

Soudain, un frottement résonne du côté de la paroi. L'homme blanc et moi tournons la tête de concert. Mon cœur rate un battement quand je comprends. Oh, non...

Quelque chose est en train de se faufiler dans le tunnel.

Je reste figée sous la menace. Quand une silhouette ocre s'extrait enfin du trou, je relâche le souffle que j'avais retenu.

Éliphas.

Le grand homme se déplie et s'époussette consciencieusement. Puis son regard fait le tour du paysage et s'arrête sur moi.

– Saga ? C'est bien vous ?

Je reste muette. Est-ce que ça veut dire que certains de mes compagnons sont vivants ?

Éliphas se penche vers l'entrée du tunnel et s'écrie, aussi fort qu'il le peut :

– C'est bon ! Elle est là !

Je finis par recouvrer l'usage de la parole et celle de mes jambes. Je me mets debout et fais un pas dans sa direction.

– Vous vous en êtes sortis ?

– Bien sûr. Et nous sommes aussitôt partis à votre recherche. Les dogrons vous ont pistée avec une redoutable acuité. Il y avait l'odeur de votre sang dans le tunnel, alors, comme aucun d'entre eux ne pouvait s'y glisser, ils m'ont envoyé.

Il s'avance, les yeux émerveillés par le paysage verdoyant.

– Oh, mes aïeux ! Cet endroit est incroyable ! Il faut absolument que je note sa position sur mon carnet.

– Vous avez dessiné une carte du labyrinthe ?

– Je m'y emploie. Elle est partielle pour l'instant mais, avec l'aide des dogrons, je compléterai les blancs.

Il sort son carnet et se lance dans un griffonnage rapide des lieux. Je jette un coup d'œil sur la page ouverte. Il a un réel talent pour le dessin.

– En parlant de blanc, poursuit-il tout en croquant le paysage. Pouvez-vous me dire d'où vient ce…

Je sursaute. C'est vrai que je ne suis pas toute seule. Je me retourne brusquement en tentant d'inventer une explication à la présence du sorcier.

– … volatile ?

À la place de l'homme blanc se tient un corbeau albinos. Je le regarde bouche bée, plus surprise qu'Éliphas. En réponse à sa question, l'oiseau croasse un coup et prend son envol pour venir se percher sur mon épaule. Ses griffes me serrent doucement comme pour me rappeler d'être prudente.

– Ne te gêne pas, je râle à son intention.

Éliphas nous regarde comme s'il assistait à un spectacle de dressage.

– Cet animal est à vous ?

Je rougis, incapable d'inventer une histoire correcte.

– Oui. Euh… voilà, c'est ça. À moi.

On repassera pour le côté convaincant.

Éliphas, la tête penchée, me regarde avec intensité. Je

sais que je suis une piètre menteuse. Je vois bien qu'il doute de mes paroles. Je le supplie du regard de laisser tomber. Finalement, il doit comprendre car il se tourne vers le couloir de verdure, plus intéressé par les fougères géantes que par l'étrange corbeau blanc. Je laisse échapper un soupir de soulagement quand il s'enfonce entre les feuilles en poussant des exclamations d'explorateur en pâmoison.

– J'aimerais bien savoir à quoi tu joues, je murmure à l'oiseau.

Le volatile garde le silence. Il se contente de planter ses serres dans mon épaule comme pour me convaincre d'être patiente.

Après qu'Éliphas a glissé entre les pages de son carnet quelques feuilles prélevées çà et là, nous nous dirigeons vers le tunnel. J'ai mal au cœur rien que d'envisager de m'y glisser à nouveau.

– Mais au fait… interroge soudain Éliphas. D'où venait tout ce sang? Vous m'avez l'air en parfait état.

– Une égratignure, rien de grave, je mens à nouveau d'un ton faussement distrait, comme si le sujet était clos.

– Tant mieux, déclare le voleur en rangeant son carnet dans une des nombreuses poches de son veston. En réalité, je craignais de tomber sur votre cadavre. L'un des dogrons semblait persuadé que vous étiez gravement blessée.

Je hausse les épaules. Finalement, la meilleure façon de ne pas mentir est encore de ne rien dire. Éliphas me prend le sac à dos des mains et désigne l'entrée du tunnel.

– Les dames d'abord. N'ayez crainte, je ne serai pas loin derrière.

Lorsque je m'agenouille devant le couloir obscur, la pression du corbeau quitte mes épaules. L'oiseau s'est envolé.

– Pas très causante, votre corneille, s'étonne Éliphas.

Ma gorge serrée m'empêche de répondre. Je déteste ce tunnel et les souvenirs qu'il fait resurgir. J'ai cru mourir dans ce passage, j'ai cru que le tigre allait m'arracher la jambe. J'avale lentement ma salive avant d'entrer dans l'étroit souterrain. Le retour me paraît dix fois moins long que l'aller. En même temps, sans tigre à mes trousses, ni sac à pousser, ni blessure, tout semble plus facile.

Enfin, le jour envahit la cavité et je m'extrais du tunnel. Margoule s'est reculé pour me laisser sortir mais à peine me suis-je redressée qu'il m'encercle de ses bras pour me serrer contre lui.

– Je le savais ! gronde-t-il. Safre n'arrêtait pas de me dire que tu étais morte mais je ne voulais pas le croire.

– Margoule, je réussis à articuler. Tu m'étouffes.

Il me relâche aussi sec. Un sourire intimidant défigure son visage. Derrière moi, Éliphas s'extrait à son tour et me rend mon sac à dos. Pendant ce temps, Safre s'approche de moi pour m'observer sous toutes les coutures.

– Tu es blessée, lâche-t-il comme une évidence. L'odeur du sang sur toi.

– Ça va, je tente. C'est rien du tout.

– Rien ? Et ça ? C'est rien, ça ?

Safre tient dans sa main ma deuxième chaussure, celle que le félin m'a arrachée du pied. Elle est complètement fichue. Le cuir a été lacéré, dépouillé, mâchouillé. On dirait un vieux jouet pour chat. Je regarde mes pieds nus et pense à mon autre chaussure, rangée dans mon sac à dos. Je ne peux pas leur expliquer. Ils ne comprendraient pas.

– Je te dis que ça va. Une espèce de tigre géant m'a attaqué. J'ai réussi à lui échapper. Il m'a blessée, mais c'est guéri. Ce n'était rien.

– Un tigre-poison t'a blessée ? réagit Margoule.

– Il n'a pas donné son nom, j'essaye en vain de plaisanter.

– Grandes dents, griffes redoutables, rayures noires, pelage doré ? énumère mon ami dogron.

Je hoche la tête en regardant ailleurs. Il faut qu'ils lâchent l'affaire. Je suis fatiguée de débiter des mensonges, surtout à mon meilleur ami. Il est vraiment temps de partir d'ici.

– Et tu es toujours en vie ? Comment…

Je l'interromps. Ils ne me laisseront pas tranquilles tant que je ne leur donnerai pas ce qu'ils veulent.

– Écoutez, Margoule, Safre. L'endroit où j'étais, c'est le trésor que tous les morts du labyrinthe cherchaient. Un trou de verdure (je pense soudain à mon dormeur du val) où coule une eau magique. C'est elle qui m'a guérie.

Ce mensonge me laisse un sale goût dans la bouche. Je me hais de raconter autant de bêtises. Mais c'est sûrement moins compliqué que de parler du sorcier et de ma soudaine guérison. Mon explication cloue le bec à Safre et à Margoule. Seul Éliphas s'emballe.

– Une eau magique ? Mais je n'ai pas pris d'échantillon du bassin ! Je dois y retourner !

Il essaye de franchir la barrière que Safre forme avec son corps devant le passage. Si la situation n'était pas aussi tendue, cette danse de l'explorateur face à l'immobilisme du dogron aurait quelque chose de comique. Je n'ai qu'une hâte, m'éloigner de ce canyon et de ses monstres.

– Éliphas ! Vous avez dessiné une carte pour revenir ! Je vous signale qu'Hélix et Graziel sont toujours vivants. Ils ne vont pas tarder à se réveiller, alors il faudrait peut-être se décider à bouger et retourner fissa à la péniche.

Cela remet les idées en place à tout le monde. Nous nous apprêtons enfin à partir quand le corbeau blanc choisit ce moment précis pour revenir se poser sur mon épaule. Les dogrons se figent pour observer le volatile. On dirait que leurs yeux vont sortir de leurs orbites tellement ils les écarquillent. Éliphas, parti rejoindre son quagga, ne se rend compte de rien.

Margoule plante son regard dans le mien. Je secoue la tête de droite à gauche pour le supplier de ne pas poser de questions. Pas maintenant. J'ai déjà évoqué avec lui l'oiseau et je me souviens qu'il m'a mise en garde. Corbeau blanc, c'est grande magie, avait-il affirmé. Ses craintes viennent de s'incarner ici même sous la forme de cet animal perché sur mon épaule. Il jette un coup d'œil à son frère dont l'air renfrogné indique qu'il n'apprécie pas le nouveau venu. Mais Safre finit par hausser les épaules.

– *Atii*, lance-t-il en soufflant par le nez un nuage de fumée à l'odeur de soufre. On marche. On pense après.

Pour lui, l'affaire est classée. Il n'a pas gobé mes explications sur la source magique et il n'apprécie pas l'apparition de l'oiseau. Mais l'urgence de la situation éclipse le reste.

– Voilà une conception intéressante, ironise Éliphas, juché sur sa monture. Pour ma part, j'aurais plutôt tendance à penser en marchant.

Je suis soulagée de découvrir que mon quagga est toujours vivant. Éliphas et les dogrons l'ont récupéré facilement. Il avait eu l'esprit de revenir sur ses pas. Margoule m'aide à me hisser sur le demi-zèbre. Je serre l'encolure de ma monture en lui glissant à l'oreille combien je suis désolée de ne pas avoir su le défendre. Le quagga hoche la tête. J'ignore si c'est parce qu'il a compris ou s'il s'agit d'un simple réflexe. Le corbeau en profite pour changer de perchoir et se poser sur la corne du cervidé, qui ne semble pas en prendre ombrage.

Nous avançons en silence. Éliphas fait cheminer sa monture à ma hauteur pour me raconter comment les dogrons et lui se sont débarrassés des goules-autruches. Le voleur vante sa virtuosité au sabre avant de louer la férocité des hommes-dragons.

– Ils sont véritablement impressionnants. Jamais je n'aurais pensé côtoyer un jour des descendants des dragons.

– J'imagine que votre carnet porte déjà le dessin de leur visage.

– À vrai dire, je n'ai pas vraiment eu le temps de me laisser aller à mes croquis, ajoute-t-il sur un ton de reproche. Il a d'abord fallu partir à votre rescousse, vous vous souvenez ?

– Oui, j'admets en réalisant que je n'ai pas encore dit le mot magique. D'ailleurs, je vous remercie d'être venu.

Il lève les bras au ciel dans un geste théâtral.

– Enfin ! Un peu de reconnaissance ! J'avais l'impression de vous déranger quand je suis sorti du tunnel tout à l'heure.

Je me creuse la tête pour justifier ma froideur. Je lui suis reconnaissante de m'avoir évité une conversation dérangeante avec le sorcier. Sauf que je ne peux pas lui dire ça.

– C'est que… j'étais persuadée que j'étais fichue et que j'allais finir ma vie dans cette oasis. Votre apparition m'a laissée sans voix. Désolée.

Au bout d'une heure de chevauchée, je me rends compte que quelque chose ne va pas. J'ai terriblement chaud. Ce n'est pourtant pas censé arriver, les runes devraient régler ce désagrément. Je les cherche sur ma peau mais il n'y a plus rien. C'est comme si on ne m'avait jamais tatouée. Comment est-ce possible ?

Je me penche vers les cornes du quagga pour m'adresser au corbeau.

– Hélix avait inscrit des runes sur mon bras, je murmure. Elles n'y sont plus.

L'oiseau ne réagit pas. Son œil est à moitié fermé. Je crois qu'il dort.

Je me rends compte que je ne connais même pas son nom.

J'aimerais tant qu'il me réponde. Mais je doute qu'il puisse articuler quoi que ce soit dans sa forme actuelle. C'était possible dans les rêves, mais nous sommes à présent dans la réalité.

– Oh ! j'appelle en claquant des doigts au-dessus de la tête du quagga.

– Coâ ? demande le corbeau.

– Les runes ! Elles ont disparu.

Le volatile tourne la tête et observe mon bras tendu.

– Coâ, lâche-t-il en faisant gonfler son plumage. Aucune aide à attendre de lui.

– Margoule !

Le dogron, qui marche en tête aux côtés de son frère, se retourne.

– Mes runes, l'eau les a emportées. Je ne suis plus protégée contre le soleil. Je ne vais jamais pouvoir traverser le désert !

Margoule hausse les épaules et montre ses mains vides pour me faire comprendre qu'il n'a aucune idée de ce qu'il faut faire. Éliphas se porte à ma hauteur.

– J'ai peut-être une solution pour vous. Je peux vous prêter une de mes chemises de rechange. Elles sont tissées dans une étoffe spéciale qui neutralise en grande partie les effets du soleil. Ça vous dit?

– Si ça marche pour vous…

Éliphas défait son sac à dos pour en extraire une chemise beige un peu froissée. Je l'enfile par-dessus mon débardeur, pleine d'espoir.

– Maintenant, ajoute l'explorateur, avec l'eau de votre gourde, mouillez un bout de tissu que vous accrocherez autour de votre cou. Posez votre étrange chapeau sur votre tête… (J'obtempère.) Voilà, parfait. Pour l'instant nous sommes encore dans le labyrinthe, alors la température est modérée. Elle va être deux fois plus élevée dans le désert. N'oubliez pas de boire une gorgée d'eau tous les quarts d'heure, même si vous n'avez pas soif. C'est compris?

Je hoche la tête avant de le remercier. Il regagne sa place dans la file avec un sourire poli. Je râle intérieurement contre toutes les précautions que je dois prendre. Ces runes étaient bien la seule chose positive laissée par Hélix.

Le soleil est à son zénith lorsque nous parvenons aux portes du désert. Si la chaleur était jusque-là incommodante, elle devient subitement oppressante. Dans l'air trouble, les dunes brillent au loin comme si elles étaient couvertes de mercure liquide.

Les dogrons se lancent dans le désert rouge sans ralentir. Éliphas et moi talonnons nos montures pour ne pas nous laisser distancer.

Les heures défilent, monotones.

Nous stoppons notre avancée à la fin du jour. Safre a déniché entre deux dunes un promontoire rocheux assez large pour nous accueillir tous. Je me laisse glisser en bas de ma monture, les fesses en compote. La chemise d'Éliphas a rempli son rôle. J'ai eu très chaud mais je n'ai pris aucun coup de soleil. Nous mangeons nos réserves de nourriture de bon cœur en profitant de la fraîcheur vespérale et du ciel magnifique qui flamboie à l'endroit où le soleil a disparu. Le violet et le bleu foncé s'entremêlent, une légère brise caresse les grains de sable.

Quelques vers des sables font leur apparition mais le temps de la parade nuptiale est révolu. Les crêtes glissent le long des dunes comme des ailerons de requin. Nous sommes des naufragés sur une île au milieu de leur océan. Le moindre pas sur le sable nous conduirait à une mort certaine.

La nuit est bénéfique. Malgré la dureté de la pierre, je m'endors sans appréhension pour la première fois depuis longtemps. Le corbeau, le voleur et les dogrons veillent sur moi. Je ne suis plus seule, ni esclave, ni gravement blessée.

Il me manque cependant une chose essentielle. Je me lève le lendemain matin avec une seule idée en tête : fouiller la péniche pour y retrouver ma mémoire.

Le canal apparaît devant nous au milieu de l'après-midi. La péniche n'a pas bougé. Le propriétaire des quaggas, appuyé contre la grosse lanterne en forme de pagode, se lève quand il nous aperçoit. Je me demande comment il a occupé son temps ces derniers jours. A-t-il exploré le bateau de fond en comble ou s'est-il contenté d'attendre ?

Les dogrons ne donnent aucune explication quant à l'absence d'Hélix ou de certains quaggas. Ils abandonnent les deux survivants à l'homme et le dédommagent d'une grosse poignée de pierres de magie. Je caresse une dernière fois le museau de ma monture avec un pincement au cœur. Sans lui, j'aurais été mangée par les harpies et je me serais épuisée dans le désert.

Nous grimpons sur le bateau tandis que Safre largue les amarres. Mon cœur bat fort à la pensée de ce que nous nous apprêtons à faire. Nous allons voler *Ombre-sur-l'eau.*

Libéré de ses entraves, le bateau se met à glisser sur l'onde paisible. Cette fois, les dogrons ne font appel à aucun système de halage. Ils laissent juste le courant nous emmener.

Je descends dans le ventre de la péniche, le corbeau juché sur mon épaule. Revenir ici me fait une drôle d'impression. J'ai le sentiment d'être indésirable, comme si le bateau avait conscience de ce que j'ai fait à son maître.

Si *Ombre-sur-l'eau* était vivante, elle laisserait sa coque se refermer sur moi pour m'écraser.

Mais le bateau ne dit rien. Il craque et tangue faiblement au gré de l'eau. Il n'est qu'un vaisseau sans âme destiné à transporter les biens du mage ainsi que ma mémoire oubliée.

Je parviens sans encombre à la porte du cabinet d'Hélix. Malheureusement, celle-ci est fermée. Les lettres gravées dans son bois brillent d'une lueur verte pour avertir l'indésirable. Je pose la main sur la poignée mais mes doigts ne parviennent pas à appuyer. Les runes m'empêchent d'entrer.

Je frappe du poing sur la porte avec rage. Mon nom est là, quelque part derrière cette paroi. Saleté de magie runique. Elle ne fait que me gâcher la vie.

– Tu veux un coup de main ? propose une voix derrière moi.

Je me retourne en sursaut. Le sorcier est debout sur les marches, tache blanche dans l'obscurité. Le corbeau n'est plus.

– Arrête de faire ça ! je gronde. C'est de l'abus de pouvoir magique et ça me met vraiment mal à l'aise. En plus, tu m'obliges à mentir à ton sujet.

– S'il n'y avait qu'à propos de ça que tu mentais…

Sa pique me touche en plein cœur. Ouille.

– Tu devrais déjà arrêter de te mentir à toi-même.

Seconde pique parfaitement envoyée.

Je m'appuie sur la porte pour accuser le coup. Dans

cet espace exigu, je me sens atrocement proche de lui. Son corps, deux marches au-dessus du mien, me frôle presque et me domine entièrement. Je hume son odeur végétale autour de moi, presque familière. Soudain, une intuition me transperce.

– Est-ce que nous sommes de la même famille ?

C'est à lui d'avoir l'air choqué. Il penche un instant en arrière comme s'il perdait l'équilibre, puis se rattrape aux murs de chaque côté. Son visage baissé vers ses pieds est caché par la masse monumentale de ses cheveux. Il ne bouge plus. Je ne suis même pas certaine de l'entendre respirer.

– Oui, lâche-t-il dans un souffle.

Je flanche. Je m'appuie plus fort encore sur le bois de la porte. Si seulement je pouvais me souvenir de qui je suis. Si seulement je n'étais pas autant plongée dans le néant.

– Je m'appelle Jolo, je suis ton frère.

J'ai un frère ? Ça paraît tellement incroyable que mes jambes lâchent. Je me retrouve accroupie contre la porte, étourdie par cette révélation. J'ai un frère…

– J'ai un frère… je répète à voix haute comme s'il fallait que je l'entende prononcé par ma propre voix. Il sait qui je suis alors que je ne sais absolument pas qui il est. J'ai envie de me jeter dans ses bras, mais la pudeur me retient. Nous nous connaissons si peu.

Je me relève et m'écarte pour lui montrer la porte.

– Je ne refuserais pas un peu d'aide, dis-je en répondant à sa question.

Il hoche la tête, le visage toujours caché dans ses cheveux. Il descend les quelques marches qui nous séparent et vient poser une main sur la porte.

– Avant de commencer, je voudrais que tu me promettes quelque chose, réclame-t-il d'une voix empreinte de gravité en évitant de me regarder. Quand tu auras récupéré ta mémoire, nous devrons discuter. Promets-moi que tu accepteras de m'écouter.

Je ne vois pas où il veut en venir, aussi je promets sans grande réticence. Jolo, mon frère, ces mots tournent affectueusement dans ma tête. C'est si agréable de le savoir près de moi. J'entends Jolo prendre une grande inspiration. Autour de sa main, le bois semble soudain palpiter, comme s'il reprenait vie. La paroi se gondole, se couvre de fines branches qui poussent et bourgeonnent aussi vite qu'elles se fanent. Les runes sont martyrisées. De l'écorce pousse, les faisant presque disparaître, puis tombe, la blessure infligée au bois refait surface. Ce ne sont plus des runes tracées et calligraphiées mais des coups de couteau infligés à la tendre matière boisée. C'est comme si le bois cherchait à se guérir de cette atteinte à son intégrité. Après presque une minute de transformations successives, de pousses et de chutes de feuilles, les runes disparaissent pour de bon. Le bois ressemble à une grosse planche brute revenue à l'état sauvage. Quelques branches se sont glissées sous le pêne, si bien que Jolo n'a plus qu'à pousser la porte pour la faire tourner sur le seul gond qui tient encore.

Le salon d'accueil d'Hélix nous est ouvert.

Je ne dis rien sur ce qui vient de se passer. Les pouvoirs de Jolo, le sorcier blanc, sont prodigieux. Je sais qu'il faudrait que je me penche sur le fait qu'il est à la fois mon frère et un magicien. Une partie de moi insiste pour que je réfléchisse à tout ça. Mais c'est une remise en question trop importante et je choisis volontairement de l'ignorer.

D'abord régler le problème de mon prénom, on verra le reste après.

À notre entrée, les lanternes au plafond s'allument. Le guichet est toujours là, lustré et parfaitement rangé pour le retour de son maître. Hélix est, comme j'ai pu m'en rendre compte à force de travailler pour lui, un brin maniaque. Aujourd'hui, cette obsession va enfin me servir. Je contourne le long bureau de bois et me dirige vers l'alignement de bocaux en verre. Il y en a des centaines. J'en prends un au hasard. Son étiquette, écrite avec soin, annonce *Manon*. J'en attrape un deuxième dans une autre rangée : *Henriette*. Un autre tout en haut porte le nom de *Philibert*. Quel âge ont ces récipients ?

En observant ces dizaines de prénoms ainsi mis côte à côte, je comprends que je ne suis pas la seule à avoir subi cette amputation. Toutes ces personnes ont, à un moment de leur histoire, abandonné leur passé pour… pour quoi d'ailleurs ? De l'argent ? Du succès ? La beauté ? S'imaginaient-il, en cédant leur prénom, qu'ils vendaient plus que ça ? Bien sûr que non. La ruse d'Hélix doit toujours être la même. Appâter puis ferrer le chaland avec une offre impossible à refuser.

Je ne peux les abandonner ainsi. Si, aujourd'hui, je retrouve la mémoire, il serait injuste de laisser les autres amnésiques. *Henriette* est toujours entre mes mains. Son étiquette un peu jaunie date de plusieurs décennies. Je lève les bras haut au-dessus de ma tête et lance le bocal de toutes mes forces contre le sol. Quand le verre explose, une voix lugubre s'échappe du récipient.

~Henriette~

Un de moins.

Je regarde les tessons qui jonchent le sol, songeuse. Combien va-t-il falloir en briser avant de tomber sur mon prénom ? Jolo pourrait m'aider, puisqu'il me connaît. Je lève les yeux à la recherche de mon frère mais il n'est plus là. Seul un corbeau silencieux, perché au sommet de la porte dégondée, me regarde de son œil vide. Qu'est-ce qu'il lui prend ? Pourquoi se cache-t-il sous le plumage blanc de l'oiseau ? Est-ce que j'ai dit quelque chose qu'il ne fallait pas ? Est-ce que je n'ai pas réagi comme il le souhaitait ?

Des pas dévalant l'escalier apportent soudain une explication plus logique à sa transformation. Éliphas entre dans le bureau, l'air inquiet.

– Tout va bien ? J'ai entendu quelque chose se briser.

– Au poil, je réponds d'un ton faussement décontracté. Je fais un peu de ménage dans les affaires d'Hélix.

Il s'approche pour examiner les étagères remplies de bocaux et s'en saisit d'un.

– Des pots à prénom. Voilà bien longtemps que je n'en avais pas vu autant.

Il pose son regard de voleur tanné par le soleil sur moi. Son esprit va trop vite à mon goût. Cet Éliphas est un futé.

– Dois-je comprendre, ma chère Saga, que vous êtes sur le point de retrouver votre véritable identité ?

Je hausse les épaules et brise un deuxième bocal au sol comme réponse.

~Manon~

– Si vous voulez me donner un coup de main, ne vous gênez pas !

Il me sourit et fait passer le pot d'une main à l'autre comme s'il jonglait.

– Vous savez que ce genre d'article se vend très cher au marché noir ? Hélix a amassé ici une véritable fortune.

Je brise un autre bocal d'un geste ample *~Léopoldine~* pour bien lui faire comprendre que je m'en fiche. Quelques morceaux de verre échouent tout près de moi. En voyant mes doigts de pieds nus, je me souviens que je ne porte ni chaussures ni chaussettes. Je me hisse sur un tabouret tout près pour échapper aux éclats qui promettent d'être nombreux. Puis je m'empare du bocal suivant.

– Chaque récipient est une mémoire tronquée et une personne en souffrance. Je me vois mal faire fortune avec le malheur des gens.

Bris de verre.

~Carmine~

Éliphas hausse les épaules.

– Ma chère, c'est ce que font la plupart des mages.

Leur puissance ne s'est pas construite sur l'amour et le chant des oiseaux.

Je jette un autre pot *~Jules~* avant de passer au suivant. *~Ginette~* Je suis arrêtée par une interrogation soudaine.

– Vous avez l'air d'en savoir long sur les mages. Mais… Et les sorciers ?

Éliphas jette un regard furtif au corbeau. Je m'en doutais. Il fait semblant de me croire depuis le début mais il est bien trop intelligent pour être dupe. Je lui laisse cependant supposer que je n'ai rien vu. Il repose son bocal et m'observe d'un air intrigué.

– Pourquoi toutes ces questions ? N'êtes-vous pas au courant de ces choses ?

Je décide de jouer cartes sur table.

– Je ne viens pas de votre monde, je lui avoue.

Il hausse un sourcil.

– Nous y voilà, lâche-t-il. Enfin, la vérité sort de votre bouche.

– Vous vous en doutiez ?

– Je sais tout ce qu'Hélix connaissait de vous et a raconté au nécromancien. J'ai l'oreille fine et les discussions de mages sont toujours très enrichissantes.

– Pourquoi n'avoir rien dit ?

– Nous sommes des étrangers l'un pour l'autre. Je n'ai pas l'arrogance de vous tirer les vers du nez. Vous avez le droit de me mentir pour vous protéger.

Un vrai gentleman. Décidément, j'ignore tout de cet homme. Graziel a parlé de lui comme d'un voleur, mais je ne l'ai rien vu dérober jusqu'à présent. Il m'a même fait don de sa chemise de rechange.

~Corentine~

– Et vous ? je l'interroge après avoir brisé un autre bocal. M'avez-vous menti ?

Il secoue la tête.

– Je suis un ardent défenseur de la vérité. En cas de nécessité, il vaut mieux se taire que mentir, c'est mon adage.

Je souris en reconnaissant une réflexion que je me suis faite il y a peu de temps.

– Cela vous amuse ? se méprend-il.

– Au contraire, je suis on ne peut plus d'accord.

Bris de verre.

~Véronique~

– Il va falloir un bon coup de balai, fait-il remarquer en poussant un gros tesson du bout de sa botte. Sinon, l'endroit sera bientôt impraticable. Vous savez où je peux trouver ce genre d'instrument ?

– Regardez dans la salle de bains, la porte à droite.

Tandis qu'il s'éloigne, je continue à briser allègrement les fameux pots à prénom d'Hélix. *~Pierre~* *~Stanislas~* *~Charlotte~* À chaque explosion, la voix du propriétaire, retenue par le sceau magique, s'échappe en un cri bref et un peu angoissant. *~Gonzague~* Éliphas revient, armé d'un balai, et entreprend de repousser les morceaux de verre dans un angle du guichet.

~Christine~

– Alors ? je demande entre deux pots brisés.

~Bruno~

– Alors quoi ? répète-t-il.

– Les sorciers. Pourquoi sont-ils si peu aimés des mages ?

~Joséphine~

Il soupire et, après un nouveau coup d'œil discret vers le corbeau, il déclare :

– Je ne sais pas par où commencer. C'est un sujet... complexe.

~Nicolas~

– Résumez.

– Bien. Vous avez compris que la magie fait partie de notre monde. Les mages et les sorciers existent depuis la nuit des temps et leurs rapports ont toujours été un peu conflictuels, quoique respectueux. Seulement, il y a une vingtaine d'années, des frictions plus prononcées sont apparues entre les deux factions. À ma connaissance, ce sont les mages qui ont déclaré les hostilités en prétendant que les sorciers se croyaient au-dessus des lois de par leur nature même. Ils les ont accusés de vouloir garder la magie pour eux alors qu'elle pouvait être utile à chacun. Pour prouver leurs dires, les mages ont ouvert de nouvelles écoles pour former plus d'apprentis. N'importe qui pouvait s'y inscrire et apprendre les rudiments des runes et des potions. Au début, les sorciers sont restés discrets, c'est un peu leur habitude de toute façon mais, quand certains d'entre eux ont commencé à être assassinés, ils ont réagi. Le monde de la magie est entré en guerre.

– Et alors ?

Je n'ai brisé aucun bocal depuis qu'il a commencé à parler. Je bois littéralement ses paroles. Ce monde de magie est-il donc à ce point similaire au mien ? Guerre, jalousie, meurtres, des images sordides s'élèvent devant mes yeux écarquillés par l'attention.

– Ça a été un massacre. Les sorciers ont toujours été facilement identifiables, parce que la magie les décolore. En plus, ils étaient vraiment peu nombreux, un millier à tout casser. Et leur maîtrise de l'art magique est un long apprentissage alors qu'il ne faut que quelques années à un mage pour appréhender les bases des runes et des potions. (Il désigne les pots à prénom tout autour de nous.) N'importe quel idiot peut tracer un alphabet et mélanger des ingrédients.

– Attendez, je ne comprends pas. Qu'est-ce que les sorciers ont de plus que les mages ?

(Nouveau coup d'œil au corbeau.)

– Les sorciers sont faits de magie. Elle circule à travers eux et ils peuvent la plier à leur volonté. Ils n'ont besoin d'aucun objet enchanté, d'aucune potion.

– Alors que les mages sont des êtres humains normaux ?

– Exactement.

– Et comment cette guerre a-t-elle fini ?

Éliphas repousse une grosse quantité de verre avant de continuer d'un air concentré.

– Mal, comme toutes les guerres. Les sorciers ont quasiment disparu de la surface du globe. Les survivants se sont terrés. Les mages sont devenus les nouveaux maîtres.

Les nouveaux maîtres. Cela correspond si bien à Hélix et à Graziel. Imbus de leur personne, caractériels, esclavagistes, ce sont des êtres néfastes et dangereux que même les frères dogrons craignent.

– Tous les mages sont-ils comme Hélix ou Graziel ?

– Non, il y en a des bons aussi. Mais les mages ont fait de leur art un commerce. Ils vendent leurs pouvoirs aux plus offrants, donc aux plus puissants.

– Mais vous avez dit à l'instant que les écoles de magie étaient ouvertes à tous.

– À tous ceux qui ont les moyens de se payer des études.

– Mince.

La tristesse m'envahit. Quel destin horrible ! Je me demande comment Jolo a pu survivre à cette guerre. Et où étaient mes parents dans l'histoire ? Et moi ?

– Éliphas ?

– Oui, chère enfant ?

– Les sorciers sont-ils une anomalie ou bien un héritage ?

– Vous voulez savoir s'il naît un seul sorcier par famille ?

Je hoche la tête.

– Non. À ma connaissance, c'est un patrimoine familial.

– Mais alors...

Alors, si Jolo est bien mon frère, je suis moi aussi une sorcière ! C'est complètement illogique. Pourquoi serais-je allée à la rencontre d'un mage dans ce cas-là ? Et pourquoi ne suis-je pas décolorée comme le sont les sorciers ? Ça n'a aucun sens.

Le besoin de récupérer mes souvenirs devient soudain impérieux.

– Écartez-vous, j'ordonne à Éliphas.

– Qu'allez-vous... ? commence-t-il avant d'être arrêté par mon regard décidé.

Il n'y a plus de temps à perdre. Je tends le bras et balaye d'un geste ample le contenu d'une étagère entière.

~Clotaire~ ~Aurélie~ ~Catherine~ ~Gwen~ ~Mohamed~ ~Timothy~ ~Jorge~ ~Gustave~ ~Maria~ ~Évelyne~ ~Léa~ ~Anne~ ~Josselin~ ~Hélène~ ~Giuseppe~ ~Guillaume~ ~Maeva~ ~Antoine~ ~Jamel~

Les bocaux tombent en grappe autour de mon tabouret en projetant des éclats de verre un peu partout. Certains percutent mes mollets découverts, mais je n'en ai rien à faire. Ma mémoire vaut bien quelques coupures.

~Rabab~ ~Auguste~ ~Riad~ ~Denise ~Adria~ ~Tom~ ~Luca~ ~Robin~ ~Ivy~ ~Aliette~ ~Rayan~ ~Raphaël~ ~Élise~ ~Joëlle~ ~Dominique~ ~Hajjaj~ ~Jacques~ ~Myriam~ ~Corran~ ~Rosemonde~ ~Berthe~ ~Achille~ ~Tancrède~ ~Valentine~ ~Florent~ ~Nils~ ~Martine~ ~Jean~ ~Tahar~ ~Camille~

Alors que j'en suis aux trois quarts des bocaux, un étourdissement me saisit. Je vacille et j'aurais chuté la tête la première dans les tessons si une ombre blanche ne m'avait cueillie au passage.

Je reprends conscience sur le plancher de l'autre côté du guichet. Jolo est debout devant moi. Ses pieds nus sont couverts de coupures et de bouts de verre fichés dans sa peau. Il saigne ; son sang est si clair qu'il semble rose. Éliphas s'approche avec l'air ébahi de quelqu'un qui vient d'être témoin d'un tour de magie.

– Jolo, tes pieds, ai-je juste le temps de dire d'une voix peinée.

Puis ma mémoire s'ouvre à moi. C'est comme si tout était de nouveau en place. Je me souviens de Papa. Je me souviens de Maman. Je me souviens de la maison ou plutôt de nos maisons, car nous avons beaucoup déménagé. Je me souviens de mon doudou, que j'appelais Gigi parce que c'était une girafe en peluche. Je me souviens de mon premier jour de collège et de mon cartable immensément lourd sur mon dos. Je me souviens de la fois où je suis tombée de vélo sur un caillou et où il a fallu me recoudre l'arcade sourcilière. Je me souviens des villes où chaque déménagement nous emmenait. Je me souviens de la fois où je me suis perdue dans le supermarché et où un vigile, qui me prenait pour un garçon, avait appelé ma mère avec le haut-parleur du magasin. Je me souviens même de ma dernière nuit avant ma fugue.

Mais je ne me souviens pas de Jolo.

Il n'y a aucune trace de lui dans mon passé.

Aucune.

Jolo n'existe pas.

– Menteur, je lâche avec colère. Tu n'es qu'un sale menteur.

Jolo baisse la tête et laisse ses cheveux épais comme des plumes cacher son visage blanc. Je me lève et m'écarte de lui sans le quitter des yeux. Il ne bouge pas. On dirait une statue de cire. Ses bras pendent de chaque côté de son corps, telles des ailes brisées.

– Comment as-tu pu me faire ça ? je l'accuse. Tu n'es pas de ma famille, je n'ai aucun souvenir de toi. Pas un seul.

Un long silence passe. Aucun de nous n'esquisse le moindre geste. C'est comme si le temps était suspendu aux lèvres de Jolo. À ce qu'il va dire. Ou ne pas dire. Je crains qu'il ne se change à nouveau en corbeau pour échapper à toute conversation, mais il n'en fait rien. Il relève finalement la tête et me contemple avec tristesse.

– Je ne t'ai pas menti. Pas une seule fois. Je suis vraiment ton frère, Jolo.

– Comment s'appellent nos parents ?

Je lui jette littéralement la question à la tête.

– Tu parles du couple qui t'a recueillie ? Je crois qu'ils s'appellent Jacques et Catherine. Mais ce ne sont pas tes vrais parents.

Je reste muette de surprise. Qu'est-ce que c'est que cette histoire ? Mes parents ne sont pas mes vrais parents ?

De peur que mes jambes ne cèdent sous les tremblements, je vais m'asseoir dans la chauffeuse qui jouxte la salle de bains. Je passe devant Éliphas qui reste planté là, témoin muet de notre altercation. Je me laisse tomber sur le divan et remonte mes cuisses contre mon torse, les entourant de mes bras. Je prends le temps d'observer celui qui se dit mon frère. J'ai l'impression de ne plus savoir à qui je peux réellement me fier. Jolo ne m'a encore jamais menti, pourquoi commencerait-il maintenant? Je suis perdue. Bien plus perdue que quand je n'avais pas toute ma mémoire. Cet étranger est en train de me dire que j'ai été adoptée.

Éliphas toussote, mal à l'aise.

– Je vais, hum… Je crois que je vais vous laisser, je reviendrai tout à l'heure.

Il s'enfuit dans les escaliers après un dernier coup d'œil pour nous deux. Je suis à la fois heureuse et mal à l'aise qu'il nous laisse en tête à tête. Jolo garde les yeux baissés, toujours figé dans sa position d'oiseau blessé. Le silence s'étire, presque palpable, épais et collant comme du caramel.

– Frida, lâche Jolo.

– Quoi ?

– Frida. C'est ton vrai nom. Camille, c'était juste un camouflage comme l'étaient Jacques et Catherine.

– Je… je ne comprends plus rien.

Jolo trouve finalement le courage d'approcher. On dirait un petit garçon dans un corps d'adulte. Où est passé le grand sorcier sûr de lui ?

– Tu veux que je te raconte ?

– S'il te plaît.

Il s'assoit à côté de moi en prenant garde de ne pas me toucher et encore moins de me regarder. Il préfère se concentrer sur ses pieds dans lesquels des tessons sont toujours fichés. Il se penche et entreprend de les enlever un par un en silence. Il ne semble pas éprouver de douleur. Pourtant, les plaies sont moches à regarder et cet étrange sang rose suinte encore. Quand, enfin, chaque coupure est débarrassée du verre, Jolo prend une grande inspiration. Je m'attends à ce qu'il se mette à parler, mais non. Sous mes yeux ébahis, ses blessures cicatrisent en quelques secondes. À la troisième inspiration, il ne reste plus rien. À la quatrième, sa voix s'élève, lente et mélodieuse.

– Nos deux parents, tes véritables parents, sont sorciers. Et leurs parents l'étaient avant eux. Nous sommes les descendants d'une longue lignée. J'avais sept ans quand les choses ont commencé à se corser entre les mages et les sorciers. Au début, je ne comprenais pas ce qu'il se passait, j'étais trop petit, et puis ça ne m'intéressait pas vraiment. C'étaient des problèmes d'adultes. Certains d'entre nous manquaient à l'appel. Des amis, un oncle, une cousine, des connaissances disparaissaient. Des enquêtes furent menées. Elles conduisirent à prouver la culpabilité d'une faction des mages les plus radicaux. Ils étaient jaloux de nous, de notre capacité innée à canaliser la magie et à nous en servir de façon désintéressée. Eux voulaient la monnayer, en faire commerce. Ils voulaient aussi nous utiliser comme cobayes, comprendre comment la magie agissait sur nous. Une guerre ouverte a commencé. À l'instar des autres sorciers, nos parents n'ont eu d'autre solution que de se défendre.

Jolo fait une pause. Il ferme les yeux et passe lentement les mains dans ses cheveux en prenant à nouveau une grande inspiration. Maintenant que je les vois de près, je comprends pourquoi je les croyais aussi épais. Ce sont de véritables plumes, longues, blanches et effilées comme des cheveux. Il reprend la parole en évitant de me regarder. Ses yeux sont tournés vers des images que lui seul peut voir. Des souvenirs d'un temps où je n'existais pas.

– Puis Ma est tombée enceinte. Ma et Bap, c'est ainsi qu'on dit Maman et Papa chez les sorciers. Bap a vu cette grossesse comme un signe de la nature pour nous rappeler ce qui était vraiment important dans ce monde : la vie et l'amour. J'avais dix ans à l'époque. Nous nous sommes retirés loin des affrontements. Mais ce n'était pas suffisant. Gageant sur l'appât du gain, les mages avaient tissé une toile dont il était difficile de s'extraire. Nos têtes étaient mises à prix, les gens étaient incités à renseigner pour de l'argent les guildes de mages sur nos déplacements. Il devenait impossible de rester très longtemps au même endroit. J'ai l'impression d'avoir passé mon enfance à fuir. Et puis, tu es née. Tu étais tellement minuscule ! Je dois avouer que je ne te trouvais pas très intéressante. Tu ne faisais que dormir, manger, et puis tu ne sentais pas très bon, il fallait tout le temps changer tes couches. Mais les parents, eux, avaient l'air de trouver ça extraordinaire. Ils étaient sur un petit nuage.

Jolo sourit en se remémorant une époque dont je ne peux me souvenir. Ma naissance, mes parents, Ma et Bap… Tout ça est si inattendu que j'ai l'impression qu'on parle de quelqu'un d'autre. Est-ce que tout ce que je sais de ma vie n'est qu'un mensonge ?

– Quelques semaines après ta naissance, nous avons été attaqués. Ça s'est passé de nuit et ça a été très rapide. Un groupe de mercenaires guidés par un mage ont mis le feu à la maison, une cabane dans les bois, et ils ont attendu que nous sortions. Ils étaient très nombreux. Ma t'a fourrée dans mes bras et m'a ordonné d'aller chez Bhai Avi, notre oncle, le frère de Bap. Elle a dit que Bap et elle me rejoindraient après s'être débarrassés des agresseurs. Il y avait un trou derrière la cheminée, une issue de secours aménagée spécialement en cas d'attaque. Je me suis faufilé par là et je me suis retrouvé sous la cabane. J'ai entendu une explosion et des cris de tous les côtés. Je suis sorti par l'arrière de la maison et j'ai compris que les parents attiraient l'attention des guerriers vers l'avant pour me laisser le temps de fuir. J'ai voulu aller les aider, mais tu t'es mise à pleurer et j'ai eu peur que les efforts de Bap et de Ma ne tombent à l'eau.

« Alors je me suis sauvé. J'ai couru dans les bois, tout le reste de la nuit et une bonne partie du jour. J'ai couru jusqu'à ce que mes jambes cèdent sous mon poids et refusent de me porter plus loin. Je me suis traîné sous un buisson et j'ai pratiqué l'exercice qui permet d'appeler l'énergie à soi. Il se nomme *orja*. Ensuite, je suis reparti aussi vite que possible. J'ignore combien de temps il s'est écoulé. Deux, trois jours ? Passé un moment, je ne pensais même plus. Je me contentais d'avancer, un pas après l'autre, jusqu'à épuisement. Puis, je pratiquais *orja* et je repartais. Tu n'as presque pas pleuré pendant tout ce temps, comme si tu comprenais la gravité de la situation. Je te nourrissais de feuilles prémâchées et je te lavais à l'eau des torrents.

« Enfin, nous sommes arrivés. Avi habitait dans un village caché, un village de sorciers, protégé par des palissades et des veilleurs. Les gardes en place sont venus à notre rencontre et nous ont portés tous les deux jusqu'à notre oncle. J'ai raconté ce qu'il s'était passé. Avi a envoyé de l'aide à Bap et à Ma. Après… Après, mes souvenirs ne sont pas très précis. Je me rappelle surtout la peur. Peur qu'il ne soit trop tard, peur de ce que les envoyés allaient rapporter de leur expédition. J'avais peur même quand je dormais. Je n'arrêtais pas de faire des cauchemars.

« Ces horribles rêves sont devenus réalité. Les amis d'Avi sont revenus, porteurs de mauvaises nouvelles. La cabane qui nous servait de maison n'était plus qu'une ruine fumante. Ils avaient trouvé des cadavres de mercenaires. Et puis, en retrait dans la forêt, ils étaient tombés sur une tombe fraîchement creusée portant le nom de notre mère.

Jolo suspend son récit pour me laisser le temps d'appréhender cette nouvelle. Je viens de perdre deux mères en l'espace de vingt minutes. La première, je l'appelais Maman mais elle n'était pas la bonne, la seconde, Ma, a été abattue dans une guerre qui m'est étrangère. Je ne romps pas le silence de mon frère. Que dire ? Comment réagir à quelque chose d'aussi abominable ?

Jolo reprend son discours d'une voix monocorde.

– Bap était introuvable. Il n'est rentré au village d'Avi qu'une semaine plus tard. En fait, il avait poursuivi le mage sans relâche et il lui avait ôté la vie pour venger Ma. Mais l'homme qui était revenu n'était plus vraiment notre père. Les discours de paix et d'amour étaient finis. Il voulait que les mages payent, qu'ils redoutent les sorciers, qu'ils se terrent chez eux en tremblant. Le village est entré dans une vraie résistance. (Soupir.) Mais toi, tu étais là, toute petite et sans défense. Bap t'aimait très fort, seulement, dans sa quête de vengeance, il était bien incapable de s'occuper d'un bébé. Tu étais son point faible et il était hors de question qu'un mage mette la main sur toi. Tu n'étais pas la seule dans ce cas.

« Les adultes se sont réunis. Ils voulaient protéger la nouvelle génération, assurer la survie des sorciers. Jnani, une vieille sage du village, a proposé d'envoyer les enfants de moins de cinq ans dans le monde jumeau. (Jolo lève les deux mains, paume vers le haut, pour représenter les deux mondes dont il parle.) Terre et Éther. Terre est pauvre en magie, Éther est puissante. Les liens entre les deux ont toujours existé. Ils peuvent être naturels, comme les Passages, ou artificiels, comme le Tunnel Runique. Tout le monde à Éther connaît l'existence de Terre mais l'inverse n'est pas valable car le secret est resté entre les mains des puissants. Bref… Jnani a trouvé des familles volontaires pour recevoir les enfants sorciers. Bap et moi t'avons dit adieu et tu as été envoyée avec les autres pour vivre une vie dépourvue de guerre et de violence. Tu avais peu de chances de développer les caractéristiques des sorciers puisque tu allais grandir loin de toute magie.

– Les caractéristiques ? je demande.

– Notre peau très pâle, nos cheveux blancs, nos pupilles décolorées. La magie nous délave. Mais sans magie, pas d'enfant blanc.

– Comment alliez-vous nous récupérer ?

– Rien n'avait été organisé. Jnani avait suggéré d'attendre l'apaisement mais il n'est jamais vraiment arrivé. Elle gardait contact avec les adoptants. En fait, tu es la seule à avoir pris l'initiative de revenir.

– Ce n'était pas du tout volontaire. Je ressentais un manque à l'intérieur de moi. Comme si j'avais perdu quelque chose dont je n'avais pas conscience.

– Mais est-ce que tu as eu une vie heureuse ?

Je prends le temps de réfléchir. Une vie heureuse… Tout dépend ce qu'il entend par le mot « bonheur ». Mais ce serait injuste de lui répondre ça quand on pense à ce que lui a connu comme enfance. La guerre, sa mère… non, notre mère morte, sa famille… non, notre famille décimée par les mages. Je me sens soudain bien ingrate.

– Oui, j'ai eu une enfance heureuse. Je n'ai jamais manqué de rien. J'ai toujours mangé à ma faim, j'avais des cadeaux à mon anniversaire et des câlins de mes parents. C'est juste qu'on n'arrêtait pas de déménager…

– Il y a aussi des mages sur Terre. Je sais que certains se sont donné comme mission de traquer les enfants sorciers que Jnani y avait déposés. Peut-être que tes parents adoptifs…

– Ils fuyaient ! Oui, c'est exactement l'impression que ça donnait.

Ma poitrine se serre quand je pense qu'ils ont passé quinze ans à fuir pour me protéger. Et dire que c'était ce que je leur reprochais le plus. Leur éducation étouffante, leur besoin incessant de déménager comme si quelque chose les poursuivait. Ce que j'ai été égoïste !

Je pose une main sur ma bouche pour étouffer le sanglot qui monte. Mais je ne peux empêcher mes yeux de se remplir de larmes. Elles se mettent à couler le long de mes joues sans que je parvienne à les retenir. Ces gens ont sacrifié leur vie pour moi. Quelle imbécile je suis ! J'ai disparu du jour au lendemain sans leur laisser aucune explication. Ce qu'ils redoutaient le plus est arrivé par ma seule volonté.

– Ils doivent être morts d'inquiétude ! je réalise soudain.

Jolo penche son étrange tête emplumée.

– Il existe des moyens d'envoyer des messages entre Terre et Éther. Ce sont eux qui nous ont mis au courant de ta disparition. C'est pour cette raison que je suis entré en contact avec toi par le rêve. Ils savent que je suis à ta recherche. Nous les informerons en temps utile de la bonne nouvelle.

Je hoche la tête, rassurée par ses paroles. Puis, alors que mes larmes s'apaisent, je me souviens qu'il avait commencé une histoire.

– Que s'est-il passé après mon départ ?

– Ce que t'a dit Éliphas est exact. Il y a eu des combats. Beaucoup de morts de chaque côté. Et nous avons perdu. Nous nous sommes retranchés dans des zones protégées : des enclaves de sorciers.

– Et aujourd'hui ?

– Aujourd'hui, les mages sont les maîtres de tout. Nous sommes considérés comme des parias. Nous avons interdiction d'entrer dans une ville. Les gens nous considèrent comme des monstres.

– Alors, je suis moi aussi une enfant de monstres. Encore heureux que ça ne se voie pas.

– Tu n'as pas remarqué ?

– Remarqué quoi ?

– Depuis que tu es entrée dans notre monde, tu as changé. Tes cheveux. Ils blanchissent à vue d'œil. Dans le trou de verdure. tu t'es servie de la magie sans même en avoir conscience. Tu as guéri ta blessure d'une façon instinctive en absorbant ce que la nature avait à t'apporter. Je suis très fier de toi.

Comme électrisée par ses mots, je me lève et me précipite dans la salle de bains. Dans la lumière terne, le miroir me renvoie le reflet d'une fille aux cheveux courts striés de mèches blanches. Je touche la glace avec la peur que ma main ne traverse la surface pour entrer en contact avec le visage de cette autre. Mais le miroir m'arrête, dur et froid.

C'est bien moi.

Alors, c'est ainsi.

Je suis une sorcière.

Et tout ce que Jolo raconte est vrai.

J'ai la tête qui tourne. J'ai l'impression de me perdre. Même avec ma mémoire retrouvée, j'ignore complètement qui je suis. Que vais-je devenir? Une albinos comme Jolo? La cible de tous les mages qui traînent dans le coin? J'ai tellement de choses à apprendre.

Je sors de la salle de bains, tremblante. La stupeur a arrêté mes larmes. Je m'appuie contre le chambranle de la porte en regardant celui qui se dit mon frère. Cet étrange jeune homme aux yeux délavés est ma famille. Et il n'y a pas de retour possible.

– Tu vas m'aider, hein? je demande d'une voix apeurée. Tu ne vas pas m'abandonner?

Jolo se lève et m'encercle de ses grands bras. Je me retrouve serrée contre sa poitrine, enveloppée par son odeur de verdure. Je le serre à mon tour. C'est mon frère, mon grand frère à moi. C'est tellement étrange.

– Et ton… notre père? je demande en me séparant de lui.

– Il est toujours vivant. Nous irons le voir.

Bien que Jolo ait encore des milliers de choses à m'apprendre, je lui demande de m'aider à détruire le reste des pots à prénom. Je ne veux plus parler, je ne veux plus écouter. Trop d'informations circulent dans mon cerveau en surchauffe. J'ai besoin d'agir, je réfléchirai plus tard.

~Yotam~ ~Marguerite~ ~Liliane~ ~Kevin~ ~Clément~ ~Mathias~ ~Mark~ ~Gertrude~ ~Dimitri~ ~Keltoum~ ~Bilal~ ~Zack~ ~Toshiro~ ~Sergueï~ ~Ibrahim~ ~Omar~ ~Bernadette~ ~Josette~ ~Valérie~ ~Héloïse~ ~Barack~ ~Ryuchi~ ~Esteban~ ~Léo~ ~Paula~ ~Angela~ ~Ivan~

Les voix hurlantes qui s'échappent des récipients brisés forment un chœur angoissant. Je suis heureuse pour ces gens. Ils ne le sauront jamais mais je les ai délivrés d'Hélix et de leur amnésie.

Nous balayons les tessons de verre dans un coin de la pièce, puis j'entraîne Jolo vers la porte du fond, celle qui mène à l'atelier du mage.

– Est-ce que tu peux ouvrir cette porte-là aussi ?

Il hoche la tête et me sourit.

– Uniquement si tu participes.

– Moi ? Pour quoi faire ? Je ne suis même pas capable d'appuyer sur la poignée. Les runes m'en empêchent.

– Cet exercice sera très utile pour commencer ton apprentissage. Il est temps que tu t'y mettes. Même les enfants connaissent ces rudiments.

Je sens la panique monter à l'idée de jouer les sorcières. C'est une chose de porter des runes ou de se servir de placards magiques, c'en est une autre de laisser la magie circuler à travers soi. Je comprends l'écart qui existe entre mages et sorciers. Ce sont deux mondes complètement opposés. Je secoue la tête en posant sur Jolo un regard paniqué.

– Non, je ne suis pas prête. Ça fait trop peur.

Jolo se saisit de ma main et l'applique contre le bois de la porte avant de placer la sienne par-dessus.

– Je ne te demande pas de faire de la magie. Je veux juste que tu ressentes ce qui se passe quand moi j'en fais.

J'arrête de résister. Sa grande main recouvre la mienne. Je n'en mène pas large. Tout mon corps tremble d'appréhension. C'est comme s'il venait de me pousser un troisième bras et qu'on me demandait sans attendre de m'en servir. Il me manque le mode d'emploi. Jolo se penche à mon oreille et commence à expliquer à voix basse.

– Tout d'abord, ressens le bois sous la paume de ta main, ses veines, son irrégularité. C'est un organisme vivant. Autrefois, il était arbre. Notre objectif est de lui rappeler cette ancienne existence en ranimant sa sève. Ferme les yeux, respire calmement et essaie de sentir la vie qui revient.

Je prends une longue inspiration et tente de me

focaliser sur ma main. Une légère vibration s'élève du bois. Elle fluctue sous ma paume. Rien à voir avec un cœur humain qui pompe le sang. C'est plutôt comme un chant presque inaudible, un murmure.

– J'entends de la musique, je confie à Jolo.

– C'est très bien. Maintenant, je vais insuffler plus de vie. Comme si j'accélérais le déroulé des saisons.

Sous ma main, le tempo lent se transforme en symphonie. Ça parle de branches qui poussent au printemps, de sève qui coule et colle à la chaleur de l'été, d'épines qui chantent dans le vent d'automne, de cônes qui s'accrochent au cœur des frimas de l'hiver. Car l'arbre d'où provient ce bois était un pin, je le ressens à l'intérieur de moi, son odeur emplit mes poumons.

– Voilà, ajoute simplement Jolo. Tu peux ouvrir les yeux.

Je retire ma main de la paroi boisée désormais débordante de sève odorante. Des rejets sont apparus un peu partout, la porte a grandi et épaissi. Elle est complètement dégondée et c'est un miracle si elle tient encore.

– Pousse-la, ordonne Jolo.

J'appuie sur la porte qui bascule entièrement vers l'avant et s'abat au sol dans un claquement sec.

– Incroyable !

C'est tout ce que j'arrive à dire. Je n'ai pas eu mal, je n'ai pas été électrisée par quelque chose de plus puissant que moi. Tout n'était que douceur. Jolo appuie ses mains sur mes épaules.

– Tu comprends pourquoi la peur ne sert à rien? Notre magie est pure, elle n'est qu'un dialogue avec la nature.

– C'était magnifique. (Je regarde mes mains comme si c'était la première fois que je les voyais.) Jamais je n'aurais imaginé que la magie pouvait ressembler à ça.

– Allez, viens, invite Jolo. Allons voir ce qu'Hélix a à cacher.

L'atelier d'Hélix est tel que dans mes souvenirs. Sombre et mystérieux. Sur l'établi soigneusement rangé, l'alambic trône, froid et vide. Les étagères alignent grimoires, fioles et bocaux remplis de substances louches. Les dames-jeannes ont été repoussées sous le plan de travail à côté des cages vides. Mon cœur se serre lorsque je repense aux pauvres bêtes qui ont été mes compagnons pendant ces quelques jours passés sur la péniche. Cela me paraît si loin.

Jolo examine le contenu des étagères d'un air sceptique.

– Qu'est-ce qu'il y a?

Il hausse les épaules.

– Tout cela est très classique. Il n'y a rien de vraiment dangereux dans cette pièce. En même temps, Hélix était un mage sans grand charisme.

– Safre m'a dit qu'il était collecteur de magie. Mais il savait quand même tracer des runes.

Jolo sort un grimoire de son rayon et le feuillette

rapidement. La couverture en cuir craque sous ses doigts comme si le livre protestait d'être ainsi tiré de sa rêverie.

– Hélix se dit mage mais ce n'est qu'un banal commerçant avec quelques connaissances de magie. Il multiplie les allers-retours entre les deux mondes, il achète et vend au plus offrant. Je suis sûr que les cales de ce bateau sont pleines de marchandises moins nobles que des ingrédients pour les potions.

– C'est-à-dire ?

– Des bijoux, de la vaisselle, des choses façonnées par des machines de l'autre côté qu'il peut revendre au marché noir ici. (Il repose le grimoire pour désigner la porte au fond.) Qu'y a-t-il là derrière ?

– La chambre d'Hélix. Mais je n'y suis jamais entrée.

– On va voir? propose Jolo, l'œil malicieux.

Après avoir recommencé l'exercice enivrant du réveil du bois sous la houlette de Jolo, je pousse la porte dégondée. Nous pénétrons dans le seul endroit de la péniche que je ne connais pas.

On se croirait dans un conte des *Mille et Une Nuits*. Deux lanternes multicolores s'allument à notre entrée. Elles encadrent un lit à baldaquin entouré de voiles rouges et enfoui sous une multitude de coussins. Au sol, une superposition de tapis recouvre entièrement le plancher et étouffe nos pas. Ici, point de bibliothèque. Il y a pourtant des livres partout, rangés en piles plus ou moins hautes contre les murs. Difficile de les dénombrer mais ils sont au moins deux ou trois cents. Un mouvement attire mon regard, mais ce n'est que mon propre reflet renvoyé par des dizaines de miroirs. Les quatre murs en sont couverts. Il y en a de toutes les tailles et de toutes les formes.

– Tous ces miroirs ! je m'exclame en m'approchant d'une grande glace orientale bordée de petits volets en bois.

– Hélix était quand même un brin paranoïaque.

– Ou mégalomane.

– Non, m'éclaire Jolo, penché devant un miroir en forme de soleil. Ce ne sont pas des objets ordinaires. Ce sont des kasaminés, des miroirs runiques. Ils permettent d'ouvrir des fenêtres vers l'extérieur et ainsi de surveiller tout ce qui se passe autour de la péniche à plus ou moins grande distance. J'imagine qu'il faut un mot pour les activer mais je ne le connais pas.

– Tu sais lire les runes ? je m'étonne soudain avant de réaliser la bêtise de ma question quand Jolo me lance un coup d'œil amusé. Oui, bien sûr, ça paraît logique que tu le saches.

– Cela m'a sauvé la vie à de nombreuses reprises. Connaître les armes de son ennemi est essentiel à la survie.

Nous nous avançons encore un peu dans la chambre d'Hélix. Avec les murs couverts de nos reflets, la pièce paraît bien plus vaste qu'elle ne l'est en réalité. Les lieux sont propres et ordonnés.

Derrière un portant rempli de tenues élégantes noires et dorées, je découvre un autre miroir recouvert d'un pudique voile rouge.

Je tire sur le tissu et dévoile une psyché savamment orientée pour refléter la chambre entière.

De l'autre côté, la pièce est exactement la même.

À deux ou trois choses près.

Ni moi ni Jolo ne nous y reflétons.

Et une femme est assise sur le lit, en train de lire.

– Jolo ?

Mon frère s'approche et examine à son tour le miroir en pied.

– Par les moustaches du grand dragon !

– Ça n'a rien à voir avec les autres glaces, n'est-ce pas ? À moins qu'on ne soit en train de regarder une pièce exactement semblable à celle-ci quelque part dans une ville très lointaine.

– Non. Ce n'est pas un kasaminé. Et c'est bien cette pièce-ci qui est reflétée.

La femme choisit ce moment pour lever la tête vers le miroir. Peut-être a-t-elle perçu du coin de l'œil un mouvement. Elle sursaute en nous voyant tous les deux. Elle écarquille les yeux de surprise et ouvre les mains. Son livre tombe sur la courtepointe mais elle n'y accorde aucune attention. Elle se met debout presque au ralenti, comme si elle craignait de nous voir disparaître. Elle est très belle. Ses longs cheveux bruns tombent librement dans son dos jusqu'à ses reins, et elle porte une robe orientale verte serrée à la taille et ornée de pierreries. Son visage est fin, son nez percé d'un petit bijou et son front paré d'un bindi à la manière des femmes hindoues. On dirait une princesse.

Ses longs doigts, couverts de bagues dorées, se tendent vers nous tandis qu'elle s'approche du miroir. Ses lèvres remuent et elle se met à parler. Seulement, aucun son ne nous parvient. Je pose la main sur la glace, froide et dure. Ce n'est que du verre, on ne peut pas le traverser. De l'autre côté, la femme finit par se taire et appuie sa main sur la mienne. Je ne sens rien. Je la regarde dans les yeux et secoue la tête. Des larmes s'écoulent de ses yeux verts et glissent le long de ses joues dorées. Elle ferme son poing et frappe de rage sur la glace sans que cela ébranle la psyché.

– Elle est prisonnière, je laisse échapper.

– Oui, confirme Jolo de sa voix grave. Elle est enfermée à l'intérieur.

– Mais tu sais comment la sortir de là, hein, Jolo ?

Je détache mon regard de la prisonnière et pose sur mon frère des yeux pleins d'espoir. Il connaît les runes, il maîtrise la magie. Rien ne peut lui résister. Jolo serre les lèvres avant de répondre avec impuissance.

– Je n'ai jamais vu un tel sort. J'en ai déjà vaguement entendu parler. Un conte de mon enfance évoquait un sorcier qui s'était enfermé de l'autre côté d'un miroir d'eau pour devenir immortel, mais ce n'était qu'une histoire pour les gamins. Et je ne pense pas que cette femme ait été mise là de son plein gré.

J'examine la bordure de la psyché, gravée de runes.

– Le cadre est en bois, comme les portes. Et si on le détruisait sans toucher à la glace ?

– Alors la psyché se transformerait en miroir ordinaire. La connexion avec cette chambre cachée serait interrompue.

– J'imagine que ce ne serait pas non plus une bonne idée de briser le miroir.

Jolo croise les bras et penche la tête pour réfléchir. D'un seul coup, son visage juvénile semble prendre dix ans.

– Cela la tuerait probablement. À moins qu'elle ne reste enfermée à tout jamais sans plus aucune issue. Non, il faut modifier les runes qui la confinent à l'intérieur.

– Tu sais faire ça ?

– Non, je ne pratique pas cette discipline, je ne sais que déchiffrer les runes. Mais j'ai un ami qui connaît peut-être ce sort.

Je m'approche de lui et l'attrape par la manche.

– Allons le voir !

Il sourit et pose ses mains sur mes épaules dans un geste de grand frère voulant freiner les ardeurs de sa petite sœur.

– Je suis désolé pour cette jeune femme, mais nous avons d'autres soucis dans l'immédiat. Nous devons déjà entrer dans une cité surveillée par les mages, dissimuler la péniche dans un endroit où Hélix ne la trouvera pas et chercher un refuge. À ce moment-là, nous pourrons peut-être nous soucier de libérer la prisonnière du miroir.

Je jette un nouveau regard vers la princesse.

– On ne peut pas la laisser ainsi !

Mais Jolo a déjà reporté son attention vers d'autres priorités. Il se détourne de la psyché comme si elle n'existait plus.

– Cela fait peut-être des années qu'elle est enfermée là-dedans. Une semaine de plus n'y changera rien. Reste avec elle, si tu tiens tant à lui tenir compagnie. Pour ma part, je vais voir Éliphas et les dogrons.

Une pointe d'inquiétude me pique le cœur. Jolo face à Margoule et à Safre ?

– Ça va aller ? Je veux dire : avec les dogrons.

– Ils se doutent déjà de mon existence. Je vais juste les mettre en confiance et leur faire comprendre que je ne suis pas leur ennemi.

– Si tu as besoin de moi, je serai là à essayer de libérer la princesse du miroir.

Mon frère pince les lèvres et hoche la tête d'un air triste.

– Ton cœur est pur, ma chère sœur. Je ferai en sorte que tu gardes cette candeur le plus longtemps possible.

Je regarde Jolo partir. Comment quelqu'un de si jeune peut-il avoir l'air si sombre ?

La femme du miroir, elle a besoin de moi.

Je m'empare du premier livre à ma portée, attrape un crayon sur la table de chevet, puis me rapproche de la psyché. J'ouvre l'ouvrage, rédigé dans une langue inconnue et, sur la page de titre, j'écris : *Gardez espoir, nous cherchons une solution.* Je tends ensuite le livre ouvert vers la prisonnière. Celle-ci secoue la tête avec l'air de ne pas comprendre.

– Vous ne parlez pas ma langue ? je demande sans attendre vraiment de réponse.

En me reculant légèrement, j'aperçois ma phrase dans le reflet. Je suis incapable de la déchiffrer. Prise d'une soudaine intuition, je m'applique à réécrire mes mots à l'envers. Je tends à nouveau la page devant le miroir. Cette fois, le visage de la princesse s'éclaire. Elle hoche vivement la tête puis ouvre les deux mains à ma hauteur pour me faire signe d'attendre. Je lève le pouce. Elle commence par fouiller les piles de livres puis jette les coussins posés çà et là. Tandis qu'elle retourne la pièce, je me demande comment les deux chambres sont reliées. Ce qui est déplacé de l'autre côté du miroir devrait l'être de ce côté-là aussi. Pourtant, elle met son lieu de vie sens dessus dessous sans que cela affecte la chambre d'Hélix. Étrange. Y a-t-il une heure où les deux reflets s'accordent ? Un jour dans la semaine ?

Heureusement, le retour de la princesse offre une échappatoire à cette torture mentale. Elle a trouvé ce qu'elle cherchait et elle le tend bien en évidence à mon intention. C'est un grand grimoire avec une vieille couverture en cuir. Son titre, en lettres dorées calligraphiées, est bien évidemment à l'envers. Comment vais-je réussir à déchiffrer un titre aussi emberlificoté ? La solution m'apparaît, si simple que j'ai presque honte de ne pas l'avoir trouvée avant. Souriant à ma propre bêtise, je vais décrocher un petit kasaminé et l'oriente de façon à refléter l'image de la psyché. Dans le miroir, le titre m'apparaît clairement : *Galdabrók. Manuel de magie runique.*

Je pars aussitôt à la recherche de *Galdabrók*. Tandis que mes mains entrent en mouvement, mes pensées s'envolent vers les révélations toutes fraîches de Jolo. Mes parents ne sont pas mes parents, ma vraie mère est morte, mon père est blessé. Bref, ma famille est dévastée par une guerre à laquelle je ne comprends rien. Est-ce que tout cela est vraiment la réalité ?

Je fouille parmi les livres mais je ne regarde même plus leur couverture. Au bout d'un moment, je me rends bien compte que ça n'avance à rien. Alors je m'arrête, hantée par les mêmes pensées. J'ai vécu dans un mensonge pendant toute ma vie. Mes parents adoptifs m'ont caché la vérité pour me protéger. Qu'est-ce que j'ai de si précieux pour que les gens gâchent leur vie pour moi ? Je ne suis rien. Je ne suis pas intéressante, pas belle, pas intelligente et incapable de faire de la magie. Pourquoi ont-ils tout abandonné pour moi ? Je lève la tête. Des dizaines de miroirs reflètent l'image d'une fille terriblement banale. Ces visages me renvoient mon propre regard. C'est étrange, toutes ces moi qui me fixent.

Laquelle suis-je vraiment ?

Celle-là a perdu sa mère, celle-là a été adoptée, celle-là a fugué, celle-là a été esclave, celle-là a reçu un tatouage magique, celle-là a failli mourir dans le désert, celle-là…

Je suis toutes ces filles à la fois. Je suis une multitude de fragments dans un seul corps. Comme un miroir brisé. Mais un miroir brisé ne se répare pas, on a beau rassembler les pièces, ça ne donnera plus jamais une image unique. Est-ce que je vais rester cette fille brisée toute ma vie ? Même si j'ai récupéré mon identité, je ne me sens pas entière.

Je suis immobile, à genoux sur les tapis, les yeux perdus sur le mur de kasaminés, les mains serrées sur un livre à la couverture usée. Si seulement j'arrivais à pleurer, peut-être que ça me libérerait de toute cette tristesse. Mais on dirait que le soleil du désert a desséché mes yeux. Je ne suis qu'une écorce brisée.

Soudain, des pas dans l'atelier d'Hélix. Une silhouette apparaît à l'entrée de la chambre. C'est Éliphas. L'homme roux slalome entre les piles d'ouvrages déjà passés en revue, sans remarquer mon trouble.

– Vous mettez le bazar partout où vous allez, plaisante-t-il.

– C'est mon super-pouvoir, je lui renvoie d'un ton que j'espère détaché.

– Super-pouvoir… répète-t-il d'un ton hésitant.

– C'est une plaisanterie, j'ajoute rapidement.

Le gouffre culturel qui nous sépare m'apparaît soudain. À cause de sa dégaine nonchalante, j'avais fini par oublier qu'il vit dans un monde bien différent du mien. Je prends le temps de lui expliquer.

– Dans mon monde… je commence avant de me corriger. Dans le monde où j'ai vécu, sur Terre, on aime bien inventer des héros. La plupart sont dotés de pouvoirs extraordinaires, comme une force hors du commun ou l'invisibilité. Nos histoires sont pleines de magie mais ce ne sont que des contes bien éloignés de la réalité. D'où ma plaisanterie sur les super-pouvoirs.

– Donc, vous n'avez pas vraiment le pouvoir de répandre le désordre ?

– Du moins, pas volontairement, je précise avec un sourire entendu.

– Dans mon monde, raconte-t-il à son tour, nous avons également plein d'histoires. Mais elles sont souvent inspirées de personnes ayant vraiment existé.

– J'aimerais bien en entendre une quand vous aurez le temps, je lui demande avec un nouveau sourire. Vous avez l'air d'en connaître beaucoup.

– Je suis un historien. Alors, effectivement, je connais beaucoup de récits. Je verrai si je peux en trouver une qui saura vous contenter. (Il semble se souvenir de ce qui l'a amené ici.) Au fait, Jolo m'envoie. Il paraît que vous avez découvert un objet intéressant.

– Intéressant, je ne sais pas si c'est le mot.

Éliphas s'avance jusqu'à la psyché. La jeune femme le salue d'un geste de la main. Il s'incline pour esquisser une révérence. Elle rougit.

– Ceci est un miroir de confinement, explique le voleur d'un ton docte. En runique, on appelle ce sort le Miroir du Temps Immobile. Il enferme la personne dans un instant donné. Elle ne vieillit plus, n'a nul besoin de s'alimenter. Elle est prisonnière jusqu'à la fin des temps ou jusqu'à ce qu'on la libère.

– C'est horrible. Hélix doit vraiment la détester pour l'enfermer là-dedans.

– Ou beaucoup l'aimer, me contredit Éliphas en posant la main sur la surface froide du miroir.

– Je ne comprends pas comment on peut aimer quelqu'un et lui faire subir ça.

– Et j'espère que vous n'aurez jamais à le comprendre, rétorque Éliphas d'un ton un peu sec. Ce sont des sentiments tordus d'adulte que vous avez bien de la chance de ne pas connaître.

Il extrait d'une poche de son veston une paire de lunettes cerclées d'or et la chausse pour observer le cadre de la psyché de plus près. L'examen lui prend cinq bonnes minutes. Il a l'air de savoir ce qu'il fait. Après tout, c'est normal pour un archéologue d'être capable d'évaluer la valeur des biens.

– D'après l'état du cadre et du pied, disserte-t-il en rangeant sa paire de lunettes, je dirais que ce miroir date d'au moins deux ou trois cents ans.

– Est-ce que cette femme est enfermée là depuis tout ce temps ? j'interroge en me demandant comment la princesse a fait pour ne pas devenir folle.

– Je l'ignore. (Il se racle la gorge avant de continuer, le sourcil froncé.) Cependant, vous avez raison. Maintenant que nous connaissons son existence, nous ne pouvons la laisser enfermée là-dedans. Alors, en quoi puis-je vous aider ?

Je lui parle rapidement de l'ouvrage que je cherche,

rassurée par sa vision de la situation nettement plus optimiste que celle de Jolo.

– Vous avez regardé sous le lit ? suggère-t-il en se penchant pour soulever la courtepointe.

Dessous, des centaines de livres s'entassent. Moi qui croyais avoir bien avancé. Je me laisse tomber sur le sol de façon dramatique, abattue par tout le travail encore à accomplir.

À deux, la fouille progresse rapidement. Nous dénichons finalement *Galdabrók* sous une pile de livres d'alchimie. Armée du grimoire, je me précipite vers la psyché. La prisonnière me sourit chaleureusement et feuillette l'ouvrage jusqu'à un chapitre précis. Je tourne les pages en même temps qu'elle. Nous nous arrêtons au chapitre 26, intitulé « Fumées et miroirs ».

Je pose le grimoire ouvert sur le lit et Éliphas me rejoint pour parcourir rapidement les différentes sous-parties. Runes pour enchanter un bracelet qui transforme le corps en fumée, runes pour changer un adversaire en nuage de fumée (conseillé par jour de grand vent), runes pour fabriquer des signaux de fumée, runes pour régler le problème d'une cheminée qui fume, runes pour ceci, runes pour cela... C'est comme si tous les maux de la terre pouvaient être améliorés par de simples signes gravés dans du bois, du métal ou de la pierre. C'est à la fois pathétique et effrayant.

Nous parvenons ensuite aux miroirs. Là encore, la

liste est longue. Miroir pour savoir qui est la plus belle, miroir-fenêtre vers l'extérieur, miroir qui enlaidit, embellit, vieillit ou rajeunit, miroir pour capturer les songes, miroir pour voir le passé, miroir pour refléter le dos quand on est de face, miroir réveille-matin, miroir prison, miroir du Temps Immobile. Enfin, nous le tenons. La formule, assez complexe, nécessite le sang de la personne à capturer ainsi que ses larmes. Le reste des ingrédients ne signifie rien pour moi. De toute façon, nous ne sommes pas intéressés par l'élaboration de ce sort. Tout ce qui nous importe, c'est de le défaire.

Le dernier paragraphe nous éclaire enfin à ce sujet: *Pour annuler le sort et libérer le prisonnier, il suffit de barrer la rune finale à l'aide d'un couteau à lame d'argent.*

– C'est tout! je m'écrie. Je n'en reviens pas que ce soit aussi simple que ça!

Éliphas me sourit.

– La solution est peut-être simple, mais encore faut-il la connaître, décrète-t-il de son ton de professeur.

Je m'élance vers l'atelier d'Hélix mais la voix d'Éliphas m'arrête dans mon élan.

– Où donc allez-vous?

– Mais chercher un couteau en argent! je m'exclame avec impatience. Il doit bien y en avoir un dans l'atelier d'Hélix.

– Pas la peine, ajoute Éliphas avec un rictus satisfait.

Il se baisse et glisse la main jusqu'à sa cheville droite pour remonter son bas de pantalon. Au bas de son mollet, dans le creux de sa botte, une lame fine, repliée dans son manche en bois blanc, est attachée.

– J'ai toujours ce genre d'ustensile sous la main. C'est un instrument très utile contre les sorts. (Il déplie le couteau et me le tend en le tenant par la lame.) C'est à vous que revient l'honneur de délivrer la princesse du miroir.

– On se croirait dans un conte de fées, je réponds en me saisissant du manche en bois usé par les ans.

– Quand je vous disais qu'ici les histoires sont inspirées de faits réels, vous comprenez pourquoi, remarque-t-il.

Je laisse courir mon doigt sur les runes du miroir et m'arrête sur la dernière. Tiens, Hélix, prends ça, je pense en enfonçant profondément ma lame dans le cadre en bois.

Une détonation déchire mes tympans et un souffle violent nous projette sur le bord du lit. Le calme revient aussi vite qu'il a été brisé. Des sanglots rompent le silence. Ils proviennent de la femme qui se trouve à présent de l'autre côté du miroir, de notre côté.

Alors qu'Éliphas et moi nous redressons, la femme sèche ses pleurs en prenant de grandes inspirations.

– Je… je…

Elle bafouille un peu, cherche ses mots, passe une main dans ses cheveux décoiffés puis se jette dans les bras d'Éliphas qui rougit jusqu'aux oreilles.

– Merci, prononce-t-elle d'une voix rendue tremblante par l'émotion.

Elle serre une dernière fois le gentleman fort contre

elle avant de le relâcher et de se précipiter vers moi. Elle se met à genoux et m'enserre de ses bras fins comme si c'était son premier contact humain depuis des siècles. Je réalise soudain que c'est peut-être le cas. Ses cheveux sentent les épices et la fleur d'oranger. Je lui rends son câlin en logeant mon menton dans le creux de son cou et en l'entourant de mes bras. Quand nous nous séparons, elle garde contact encore un peu en laissant ses mains s'attarder sur mes épaules.

– Mille mercis ! C'est si bon de tenir quelqu'un contre soi. Cela faisait tellement longtemps que je suis là-dedans !

– Combien de temps ? demande Éliphas.

– Votre voix ! Oh ! Veuillez m'excuser, je dois vous paraître un peu folle, mais je n'ai entendu aucune autre voix que la mienne depuis…

– Depuis ? répète Éliphas avec patience.

Elle lui demande la date d'aujourd'hui. L'explorateur la renseigne. Ces informations n'évoquent rien pour moi, hormis quelques souvenirs de nouvel an chinois. Quelque chose comme le mois du Phénix dans l'année du cheval de l'empereur Qiyun. La princesse ouvre de grands yeux horrifiés.

– Cent trente-six ans, murmure-t-elle en comptant sur ses doigts fins et dorés. Tous ceux que je connaissais sont sans doute morts.

– Vous n'êtes donc pas la femme d'Hélix ? j'interroge sans comprendre pourquoi elle est enfermée là.

– Sa femme ? Vous pensez vraiment que j'aurais pu me marier à ce ver de terre égocentrique, cet infâme scorpion, cette mue de serpent pathétique ?

J'imagine que j'ai ma réponse.

La prisonnière semble soudain traversée par une idée qui dilate ses pupilles. Elle grimpe sur le matelas et observe le mur au-dessus du chevet. Elle arrête son dévolu sur un miroir carré encadré par deux volets en bois qu'elle tire vers elle. Le kasaminé tourne sur des gonds dissimulés dans son cadre. Une petite alcôve est cachée derrière. La femme y enfonce son bras et en extrait un coffret de métal pas plus gros qu'une boîte à bijoux. Elle se laisse tomber sur le lit, les yeux rivés sur sa trouvaille.

– Qu'est-ce que c'est ? je demande en m'approchant pour observer le trésor.

Elle tire du coffre une fine chaînette terminée par une énorme pierre rouge. Dans la lumière tamisée, la gemme renvoie des éclats ensanglantés sur sa peau.

– Ça ressemble à une pierre de Salizarine, fait remarquer Éliphas.

– C'en est une, ajoute l'ancienne prisonnière. Celle-ci est couverte de milliers de minuscules runes. Elles ont été gravées par la caste du Vajra, des mages spécialisés dans la taille et le travail des pierres de magie.

– À quoi sert-elle ? j'interroge en plissant les yeux pour essayer d'apercevoir les fameuses runes.

– On l'appelle *Sosheki Futetsu*, la Pierre d'immortalité. Elle inverse le cours de la vie de son porteur.

En gros, grâce à elle, Hélix ne vieillit pas. Il lui suffit de la porter quelques heures par semaine.

– Ce genre de pierre existe ?

– C'est une sorcière qui pose cette question ? rétorque-t-elle du tac au tac.

Je sursaute, comme prise sur le fait.

– Mais… mais comment… ?

– Mon enfant, me rassure-t-elle en reposant la gemme dans sa boîte et en passant une main affectueuse dans mes cheveux. J'ai vu l'homme blanc qui t'accompagnait. Et votre ressemblance est assez frappante pour que j'en déduise que c'est ton frère.

– Et vous ? Qui êtes-vous ? je questionne, partagée entre la fierté de ressembler à Jolo et la peur d'avoir été aussi vite identifiée.

Alors, c'est ça, être sorcier ? C'est être reconnu par tous sans pouvoir dissimuler sa nature ? C'est se sentir en danger partout ? Je n'aime pas la sensation de fragilité que j'éprouve en ce moment même. Je veux me sentir forte, pas faible comme la fille dépourvue de magie que je suis actuellement.

La femme referme la boîte dérobée à Hélix et soupire gravement.

– Je suis désolée. C'est vrai que je ne me suis même pas présentée. J'ai perdu l'habitude des contacts humains. Mon nom est Vaishali et je suis une mage.

Mon sang se fige dans ma poitrine. Je jette un regard alarmé à Éliphas puis me lève pour m'écarter de la femme.

– Souvenez-vous que la guerre est très récente, me glisse discrètement Éliphas.

Mon cœur repart d'un battement apaisé. Le voleur a raison. Vaishali n'a pas connu la guerre puisqu'elle était enfermée. Elle ne sait pas que mages et sorciers sont désormais ennemis.

– Une guerre ? répète la jeune femme d'un air inquiet.

– Elle est terminée, la calme Éliphas. Vous avez plus d'un siècle d'Histoire à rattraper. Je peux me charger de mettre à jour vos connaissances, si vous le désirez.

– Ce serait avec plaisir, sourit Vaishali en se relevant. Et si nous quittions cet horrible décor ? Je ne supporte plus de rester ici. J'ai grand besoin d'air frais.

– C'est une excellente idée, je renchéris, trop heureuse d'abandonner la chambre du mage.

Nous émergeons dehors sous le soleil implacable du désert. Jolo, Safre et Margoule sont assis sur le pont et discutent à voix basse. Tous les trois ont l'air de bien s'entendre. En revanche, l'apparition de Vaishali fait son effet. Safre se lève en reconnaissant le visage de la femme, Margoule ouvre une bouche d'où aucun son ne sort.

Jolo, en noble sorcier, s'avance pour l'accueillir et lui proposer une place sur une caisse retournée. Elle s'y installe comme s'il s'agissait de la plus moelleuse des banquettes et sans se départir de son doux sourire. Elle ne cesse de regarder le ciel, de humer l'air chaud et d'ouvrir de grands yeux ravis, malgré la lumière aveuglante du désert rouge.

– Ainsi, ma sœur a trouvé une solution pour vous libérer. C'est une vraie tête de mule dans son genre.

– Je lui dois une reconnaissance éternelle, acquiesce Vaishali.

Elle plante son regard noir dans le mien pour bien montrer qu'elle ne plaisante pas.

Tout le monde se présente poliment et Vaishali fait de même. Quand elle précise qu'elle est mage, je vois Jolo grimacer et lever les yeux vers moi. Aurais-je commis une erreur en libérant la prisonnière ?

Notre petite troupe, nouvellement créée, s'observe mutuellement. C'est la première fois que nous sommes tous réunis sur ce pont. Étrange comme la vie peut prendre de drôles de détours.

– Bien, j'annonce un peu brusquement. Que se passe-t-il maintenant ?

Margoule laisse échapper un rire joyeux devant mon empressement.

– Nous pénétrons dans la cité, commence Jolo. D'après Safre et Margoule, les gardiens ont l'habitude de voir passer la péniche d'Hélix. Ils ne vont rien exiger d'eux, hormis les frais d'entrée habituels. Pas de fouille, pas de sondage magique. Nous attendons au cœur du bateau pendant que les dogrons mènent l'embarcation vers un canal moins fréquenté.

C'est au tour d'Éliphas de prendre la parole. Il est appuyé contre la cabine du bateau, les bras croisés. Comment fait-il pour rester aussi élégant malgré les épreuves que nous venons de traverser ?

– Je connais des gens qui seront d'accord pour racheter le bateau et sa cargaison à un prix raisonnable.

– Marché noir ? interroge Safre d'un sourcil froncé.

Éliphas acquiesce. Le dogron secoue aussitôt la tête d'un air contrarié.

– *Naga*. Le Maître fréquente ces lieux, explique Margoule. Personne ne voudra racheter sa péniche. On n'hésitera pas à nous dénoncer. Trop dangereux.

– Dans ce cas, nous pouvons faire disparaître le bateau en le mettant en cale sèche dans un hangar qui m'appartient près des docks. Il suffira de prétexter une avarie. Je ferai appel à des gens qui ne poseront pas de questions.

Jolo hoche la tête. Les explications d'Éliphas ont l'air de lui convenir. Pour ma part, je les trouve un peu légères. Finalement, je ne connais que très peu de choses sur ce dandy taciturne. Je sais qu'il explore, qu'il compile des informations dans un carnet, qu'il est galant et surtout diablement intelligent. C'est un peu court pour faire confiance à quelqu'un. Il n'a pas l'air d'apprécier les mages (ça, c'est un bon point pour lui) et il aime délivrer les prisonnières (encore un très bon point). Mais est-ce suffisant pour lui faire confiance ? Tiraillée entre ma bonne impression et la peur d'être trahie, je me promets de garder l'œil ouvert.

– Et ensuite ? demande Margoule.

– Ensuite, nous irons chez moi, annonce Éliphas. Une voiture nous conduira des docks à ma demeure pour que notre présence reste invisible.

Finalement, ma résolution tout juste consolidée vacille.

– Mais enfin ! je proteste en le montrant du doigt. Qui êtes-vous ? Je croyais que vous étiez un banal voyageur, alors comment pouvez-vous posséder un hangar, une maison et une voiture ?

– Je ne vous ai dit que la vérité. Je suis un simple explorateur.

C'est au tour de Jolo d'intervenir en protestant d'un ton amusé :

– Arrête, Éliphas. Présente-toi une bonne fois pour toutes. Tu vois bien qu'elle ne sait pas qui tu es. Je te rappelle qu'elle n'est pas de ce monde.

Le dandy se redresse et esquisse une révérence avant d'annoncer d'un ton pédant :

– Je me nomme Éliphas Phinéas de la Maison Gallore.

Je reste de marbre alors que Vaishali émet une petite exclamation.

– Oh ! Votre famille possède les mines d'Érédiaste, dans le désert venteux. Enfin, ça, c'était il y a un peu plus de cent ans.

– Elle les possède toujours. C'est ce qui a fait sa fortune. Elle organise également une grande partie de l'import-export de la cité et règne de ce fait sur les docks.

– S'il est question de la Maison Gallore, c'est que nous parlons de la cité de Yölin-Anh, dans le désert rouge, en déduit Vaishali.

Elle a beau sortir d'un miroir enchanté et avoir été prisonnière depuis cent trente-six ans, cette mage connaît plus de choses que moi. Encore une fois, j'ai l'impression d'être une étrangère. Comme si le cercle parfait que nous formions à l'instant venait de m'exclure d'une pichenette.

Jolo a dû sentir mon désarroi.

– La Maison Gallore est une Grande Famille de la cité de Yölin-Anh, explique-t-il. Elle a bâti sa réputation sur la qualité des pierres de magie qu'elle vend aux mages. Elle possède des mines plus à l'ouest du continent.

– Les mines des Rébias, j'essaye de me souvenir.

– D'Érédiaste, me corrige-t-il. On y extrait des pierres de magie précieuses.

– Alors vous êtes riche ? je demande à Éliphas, qui a repris sa posture décontractée. Pourquoi vous faire passer pour un voleur ?

Le dandy sourit.

– C'est Graziel qui m'a appelé ainsi. Je n'ai jamais dit que je vivais de rapines. Je préfère le nom d'explorateur. Je consigne, je prélève des données et des biens. Je m'intéresse à l'histoire de ce continent.

– Mais vous êtes riche ? j'insiste.

– Oui, finit-il par reconnaître. Je suis un des héritiers mâles de la famille Gallore. Je possède des mines, des flottes, des caravanes et plusieurs maisons dans différentes cités du continent. Oui, je suis riche. Mais ce n'est pas l'argent qui me définit. Ça ne veut rien dire.

– Si j'ai bien compris, vous vivez de l'extraction et de la vente de pierres magiques. Vous êtes donc allié avec des mages, n'est-ce pas ?

Il grimace et me fusille du regard, sa belle carapace enfin fissurée.

– Ma famille commerce avec les mages. Mais je ne suis pas ma famille ! Je suis Éliphas, explorateur et historien !

– Et riche quand ça vous arrange, j'ajoute juste pour le voir fulminer un peu plus.

– Quelle tête d'hippobuffle ! s'exclame le dandy en levant les bras au ciel.

Le rire de Vaishali met fin à notre débat. C'est un rire cristallin si sincère qu'il provoque un sourire dans toute l'assistance. Même Safre se laisse aller à un rictus amusé.

– Veuillez me pardonner, déclare-t-elle en essuyant des larmes de joie. Mais je suis si heureuse d'être à vos côtés. Entendre vos voix, ressentir vos émotions. Par tous les vents du désert, c'est si bon !

Nous nous répartissons en trois groupes. Tandis qu'Éliphas fait rattraper à Vaishali cent ans d'Histoire, Margoule et Safre préparent sur le pont quelque chose à grignoter. Jolo me garde auprès de lui. Le soleil est en train de se coucher, la fraîcheur de ce début de soirée est trop agréable pour qu'on descende manger dans la cuisine étriquée.

Jolo m'emmène à la proue de la péniche.

– Que fait-on ?

– À ton avis ? Nous allons parler magie.

– Tu pourrais m'apprendre à me défendre ?

Mon frère me considère d'un œil étonné.

– Pourquoi ? Tu ne te sens pas en sécurité ?

– Je suis un peu perdue, je lui avoue, moi-même surprise par ma franchise. Je suis triste à cause du passé, j'ai peur à cause de l'avenir. J'ai l'impression d'être en morceaux et c'est épuisant. (Je prends le temps de soupirer. Jolo garde le silence, sentant que je n'ai pas fini.) Tu dis que je suis une sorcière, mais je ne connais rien à la magie. Depuis que je sais pour la guerre, j'ai peur d'être prise pour cible, j'ai peur qu'on attende de moi des choses que je ne suis pas capable d'accomplir. Vous êtes tous tellement plus puissants que moi. Vous évoluez dans un monde que vous connaissez alors que je tâtonne à essayer d'y comprendre quelque chose.

– Chère petite sœur, dit-il en me décoiffant affectueusement. Je t'apprendrai tout ce que je sais, mais cela prendra du temps.

– Et… Bap ? Je pourrai le voir ?

– Il vit chez Bhai Avi. C'est notre destination.

– Et mes parents de la Terre ? Comment pouvaient-ils être sûrs que je ne développe pas des dons ? Tu as parlé d'une planète pauvre mais pas dépourvue de magie.

– Il y a ce mélange de plantes. Il bloque la magie. Ils étaient censés l'administrer aux enfants…

– Les compléments alimentaires ! Mais bien sûr ! J'en ai pris toute ma vie sans vraiment comprendre pourquoi. Maman disait que j'étais carencée. Alors, le soir, j'avais droit à une gélule verte.

J'aimais ce moment du coucher, quand ma mère venait s'asseoir sur mon lit. J'avalais ma gélule de Bonne Santé, comme elle l'appelait, puis elle m'embrassait sur le front. C'était notre rituel, parfumé de son eau de toilette à la vanille et ponctué de sa voix douce.

Mon cœur se serre à ce souvenir. Et ma culpabilité monte encore d'un cran.

– Si je n'étais pas partie de la maison, rien de tout cela ne serait arrivé.

– Je crois que ça devait arriver. Ton instinct a fini par parler. Peut-être as-tu senti le poids du mensonge qu'ils portaient en eux, peut-être que ta nature de sorcière t'a poussée à chercher une issue. En tout cas, c'est mieux ainsi. Le temps des secrets est révolu. Et ils seront bientôt au courant de nos retrouvailles.

Je finis par m'asseoir près de la bâche, sous laquelle s'entassent encore quelques sacs d'os. Il n'en reste presque plus, la majorité a été livrée à Graziel.

– Tu sais ce qui se cache là-dessous ?

Jolo hoche la tête.

– Safre m'a dit que l'on pouvait faire de la magie avec ces os, c'est vrai ?

– La magie noire utilise nombre d'ingrédients organiques. Les os se vendent très bien.

– C'est un ogre qui les a vendus à Hélix. Un ogre. Qui vit dans mon monde. Enfin… dans le monde jumeau, je corrige en me souvenant que je suis en fait originaire d'Éther.

– Pendant un temps, la Terre a servi de bagne. C'était pratique. On se débarrassait des criminels en les envoyant de l'autre côté. Il suffisait de surveiller les passages pour les empêcher de revenir.

– Quoi ?! C'est de la folie ! Vous avez livré des fous furieux à un monde sans magie ?

– Oh, ils avaient d'autres moyens de se défendre. Comme tu peux le remarquer, la technologie a très peu évolué ici, car la magie brouille les ondes et les sources d'énergie électrique. Ce n'est pas le cas de l'autre côté.

– Alors, comme ça, science et magie ne font pas bon ménage ?

Un croassement interrompt ma réflexion. Un gros corbeau blanc ralentit son vol au-dessus de nous et vient se poser sur l'épaule de mon frère.

– Enfin, te voilà, le salue Jolo.

L'oiseau frotte sa tête contre la tempe de mon frère dans un geste qui ressemble à une caresse.

– Frida, je te présente Karasu, mon oori.

– Ton ?

– Oori, ça veut dire « frère animal » dans notre langue. C'est un peu mon partenaire. Nous nous sommes rencontrés il y a de nombreuses années et nous partageons depuis la même existence.

– Quand tu parles de partager, qu'est-ce que tu veux dire ?

Les cheveux de Jolo et les plumes du corbeau serré contre lui se confondent. Quand un bruit retentit à l'arrière du bateau, l'oiseau et le sorcier tournent la tête dans un même mouvement. C'est troublant à voir.

– C'est difficile à décrire. Disons que Karasu pense comme un humain et que j'ai hérité de quelques-uns de ses attributs, comme tu peux le constater.

– Tu es devenu un homme-corbeau et Karasu est devenu un corbeau-homme ?

Jolo acquiesce, soulagé que j'aie compris aussi vite.

Pendant que nous parlons, Margoule dispose le repas sur une table pliante. Il a l'air heureux de s'occuper de ce pique-nique improvisé.

– Et c'est normal ? Je veux dire : est-ce que tous les

gens d'Éther possèdent un oori ? Parce qu'il ne me semble pas avoir vu…

– Non, m'interrompt Jolo. Seulement les sorciers.

Ah. Voilà où il voulait en venir.

Encore une chose qui risque de me tomber dessus à un moment ou à un autre.

Un oori.

Jolo me fixe, les yeux brillants. Il sait déjà quelle sera ma prochaine question.

J'enrage.

Est-on obligés de passer par ce jeu des questions-réponses ? Est-ce qu'il n'existe pas un manuel à l'usage des sorciers débutants ? Je suis fatiguée de tâtonner d'une découverte à l'autre.

– Est-ce que nos parents possédaient eux aussi des corbeaux comme ooris ?

En fait, je veux surtout savoir si moi aussi je vais devoir un jour me coltiner un corbeau pour le restant de mes jours. Non que je n'aime pas les oiseaux, mais je n'en suis pas vraiment fan non plus. Jolo secoue la tête d'un air amusé.

– Non. Ce n'est pas un truc de famille. Chaque sorcier est unique. Par exemple, Ma avait une chouette comme oori.

– Mais je ne comprends pas. Le corbeau blanc de tout à l'heure, ce n'était pas lui ?

– Non, ça c'était moi. Avec le temps, tu peux prendre la forme de ton oori. C'est comme une seconde peau.

Je baisse la tête et passe les mains dans mes cheveux, de plus en plus indisciplinés à force de pousser. J'ai besoin de souffler quelques secondes pour appréhender calmement toutes ces informations.

Les ooris, encore une nouvelle pièce à ajouter à mon puzzle personnel. Une nouvelle pièce qui elle-même apporte une dimension supplémentaire à ce que tout le monde appelle « la magie ».

– Ça va ? s'inquiète Jolo.

– Oh oui, oui, je le rassure en sentant l'appel grinçant de l'ironie monter en moi. Franchement, pourquoi ça n'irait pas ? Je suis une sorcière chassée par des milliers de mages, mes parents ne sont pas mes parents parce que les vrais sont morts ou ont préféré faire la guerre. À l'heure qu'il est, Hélix et Graziel sont sûrement à nos trousses et nous nous apprêtons à pénétrer dans une cité dirigée par l'ennemi.

– Je sais que ça fait beaucoup...

– Ça fait trop. C'est impossible d'assimiler tout ça en une seule fois. Mais je sais aussi que rien de tout cela n'est ta faute.

Je souffle profondément tout en essayant de me calmer. Je n'ai aucune raison de me montrer agressive envers mon frère. Après tout, il a plutôt amélioré les choses que le contraire. Il m'a apporté des réponses.

– À table ! tonne une grosse voix.

La péniche a pris des allures de fête. Une jolie table

couverte d'une nappe orientale est dressée, quelques lanternes sont posées à même le sol. Un festin nous attend. Je m'installe en compagnie des autres, l'esprit chargé d'inquiétude concernant l'avenir.

La bienveillance de mes amis finit par me détendre et me rappeler que je ne suis pas seule. Les éclats de rire et les conversations résonnent jusque tard dans la nuit.

– Tu es sûr que ça va fonctionner ?

Nous sommes réunis dans la cantine tandis que la péniche approche des murailles de la cité. Je n'ai rien vu de celle qu'on appelle Yölin-Anh. Les longues-vues des gardes sont si puissantes que nous sommes descendus dans la cale dès que la cité est apparue à l'horizon.

La péniche est à nouveau remorquée car il serait suspect qu'*Ombre-sur-l'eau* arrive en ville simplement livrée au courant.

– Comment est la cité ? je demande à Vaishali. Est-ce qu'elle est belle ?

– De l'extérieur, elle semble quelconque, décrit la princesse. Elle est bâtie à flanc de montagne, sur un piton rocheux pour éviter que les vers des sables ne viennent tout détruire. D'immenses murailles renforcées par des runes géantes la préservent des vents acérés du désert. Mais derrière ces remparts, la cité est d'une grande beauté. Une multitude de ruelles percent la basse ville. Chaque maison possède en son centre un large bassin dans lequel on recueille l'eau de pluie. Les rues en pente grimpent jusqu'aux demeures plus cossues des Grandes Familles. Si tu montes encore, tu trouveras le palais de l'empereur. Il en possède un dans chaque ville du continent. On sait si le souverain est présent à l'oriflamme qui flotte au-dessus de son palais.

– Et le canal ?

– En entrant dans la cité, le canal se divise en une multitude de chenaux. Les plus larges mènent aux docks ou au marché.

– Je ne sais pas si j'aurai le temps de visiter ta cité, mais je suis contente que tu me l'aies décrite aussi bien. Merci.

– Ce ne sont que des mots sans saveur, relativise Vaishali. Il te manque les odeurs, les sons, les images. Yöl-in-Anh est une cité pleine de vie. Le marché regorge d'étals de fruits aux couleurs éclatantes et d'épices aux parfums puissants. Les femmes se parent des plus beaux atours pour sortir dans la rue, et les hommes ne sont pas en reste car ils se doivent d'être élégants en toutes circonstances. Non loin de mon école de magie, il y avait une place où venaient des artistes de rue. Avec mes amies, on allait souvent déjeuner là pour profiter des numéros des équilibristes ou écouter les chanteurs et les crieurs de rue. C'était une vie douce. (Elle se rembrunit.) Bien sûr, c'était avant que je ne rencontre Hélix.

– Que s'est-il passé ?

– Nous fréquentions la même école et nous nous sommes peu à peu liés d'amitié. Il n'était pas désagréable à regarder et mes amies me jalousaient un peu, alors je le laissais me faire la cour. Il se destinait à l'étude des runes, mais moi je voulais pousser plus loin pour me spécialiser en magie médicinale. Un soir, il m'a annoncé qu'il venait de faire l'acquisition d'un bateau. C'était un navire qui provenait du monde jumeau, une rareté. Il voulait absolument me le faire visiter. J'avoue que son offre a éveillé mon intérêt. Je l'ai suivi sans arrière-pensée. Je ne m'attendais pas à ce qu'il me piège.

– Comment a-t-il fait ?

– Il m'a proposé à boire pour fêter son nouveau bien. Nous avons trinqué, j'ai bu et j'ai perdu connaissance. Quand je me suis réveillée, j'étais enfermée dans la chambre, coincée de l'autre côté du miroir.

– Pourquoi a-t-il fait une telle chose ?

– Il m'aimait d'un amour sincère mais complètement fou. Il passait des heures à m'observer à travers le miroir. Au début, j'ai beaucoup pleuré, je l'ai supplié de me laisser sortir mais il ne cessait de me regarder sans interagir avec moi. J'étais une image vivante, rien de plus.

– C'est fini, maintenant, je l'interromps pour chasser cette ombre qui envahit peu à peu ses yeux. Tu es avec nous et tu es libre.

Son visage s'éclaire aussitôt tandis qu'elle repousse loin d'elle les pensées obscures.

– Grâce à toi, mon amie.

– Éliphas t'a expliqué, pour la guerre et tout ça ?

Elle hoche la tête avec gravité.

– Oui. Un beau gâchis. Tout ça pour une simple conquête de pouvoir. De mon temps, les sorciers et les mages cohabitaient. Il y avait la magie naturelle d'un côté et la magie artificielle de l'autre. Ceux qui n'avaient pas la chance d'être sorciers pouvaient tout de même profiter des runes et de l'alchimie pour améliorer leur quotidien.

Trois coups brefs retentissent sur la coque. C'est le signal de Safre. Nous devons rester invisibles car nous arrivons à l'entrée de la cité.

Des voix résonnent à l'extérieur. Safre répond par onomatopées, Margoule ne dit rien. Leurs consignes sont de ne rien changer de leurs habitudes. Dans la cantine, plus personne ne parle. Nous sommes tous figés, aux aguets. Si nous sommes pris, Jolo et moi risquons gros. Je m'imagine jetée dans une geôle, battue et humiliée. Je repense au gardien des rêves et à l'agonie qui a dû être la sienne quand le nécromancien l'a enfermé vivant dans cette armure magique. Quelle barbarie ! Est-ce donc ce que je suis devenue ? Un ennemi à abattre, une proie à enfermer, un simple ingrédient pour créer des sorts ?

Un bras passé autour de mes épaules interrompt mes pensées morbides. Vaishali s'est approchée de moi. Je n'avais même pas remarqué que je tremblais.

– Allons, mon amie, tout va bien se passer, murmure-t-elle tout contre mon oreille.

– Tu n'en sais rien, je chuchote. Qui nous dit qu'Hélix n'est pas arrivé avant nous ? Il pourrait avoir donné l'alerte. On est peut-être en train de se jeter dans un piège. Nous ne sommes après tout que des voleurs.

– Silence, ordonne Éliphas, le sourcil froncé. Si vous continuez à parler, vos craintes vont devenir réalité.

Je me tais sans cesser de trembler malgré le bras rassurant de Vaishali. Le temps s'écoule, puis un raclement se fait entendre.

– Les portes du canal s'ouvrent, explique Éliphas d'une voix presque inaudible.

Enfin, le bateau recommence à avancer. Un immense soulagement m'envahit. Ça y est, nous sommes dans la cité.

Les bruits se multiplient autour de la péniche. Dans un premier temps, ils sont humains : gens qui se hèlent, rires d'enfants, cris de commerçants qui appâtent les chalands, chants de femmes rythmés auxquels j'associe des images de lavandières... Je jurerais qu'on longe un marché ou une place de village.

Puis notre embarcation plonge dans l'obscurité. Le silence étouffe le murmure humain. Sûrement un tunnel. Le temps s'étire, puis une seconde vague de bruits s'élève alors que revient la lumière : choc de marteaux contre une enclume, grincement de l'acier contre la pierre, meuglements d'animaux, explosions sonores de flammes et souffle de forges.

– Nous arrivons aux docks, annonce Éliphas en sortant du silence. Je monte. Attendez mon signal pour sortir.

Le dandy disparaît dans les escaliers. Jolo ne dit rien. Il reste plongé dans ses pensées, la tête baissée, les bras croisés contre son torse. Vaishali, malgré son calme apparent, ne m'a pas lâchée. Je finis par croire qu'elle a autant besoin de mon contact que moi du sien. Chaque fois que nos regards se croisent, elle sourit avec sincérité. Je lui réponds par un rictus forcé, le maximum dont je suis capable pour l'instant.

Nous sursautons quand retentit un choc violent sur la coque. Il est suivi de nombreux autres. Pendant de longues minutes, on dirait qu'un géant s'est emparé de la péniche. Le bateau gîte tant que nous sommes obligés de nous retenir au mobilier pour ne pas chuter. *Ombre-sur-l'eau* proteste, sa coque grince, son pont craque, et le bois qui la compose mugit un peu partout comme si elle allait se disloquer. Soudain tout s'arrête. Nous restons aux aguets, sans bouger.

Des pas.

Quelqu'un marche énergiquement sur le pont, s'engage dans le couloir et dévale l'escalier. Je reconnais les bottes couleur de sable d'Éliphas. Le dandy entre dans la cantine, les bras chargés d'une pile de tissus sombres. Une mine concentrée a remplacé son sourire affable. Il distribue à chacun un vêtement noir qui se révèle être un caftan équipé d'une capuche. Nous l'enfilons et rabattons le chaperon pointu sur notre tête.

– Parfait. À présent, nous allons sortir. Suivez-moi et gardez le silence.

Nous gagnons le pont. Je découvre avec étonnement le décor. Nous nous trouvons dans une cale sèche au centre d'un grand hangar. Les lieux sentent l'huile, le goudron et l'acier rouillé. La péniche est hors de l'eau, sa coque maintenue à l'horizontale par des poutres en bois. Hormis deux silhouettes vêtues d'un caftan semblable au nôtre, il n'y a pas âme qui vive. À leur carrure, je reconnais mes amis dogrons. Nous les rejoignons sur le quai.

Je me tourne une dernière fois pour observer *Ombre-sur-l'eau*, privée de sa liberté et de son maître.

– Vous êtes sûrs que personne ne la trouvera ici ?

Éliphas me fait de gros yeux et je me rappelle un peu trop tard qu'il avait exigé qu'on se taise.

– Ce hangar m'appartient personnellement, précise-t-il tout de même d'une voix qui résonne fort dans l'entrepôt désert. Les gens qui travaillent ici sont entièrement loyaux à ma famille. Il n'y a aucune crainte à avoir.

Je hoche la tête pour signifier que j'ai compris. Jolo, juste derrière moi, pose une main sur mon épaule. On dirait que ce geste devient une habitude chez lui. En tout cas, il suffit à me rassurer. Je me tourne vers lui. Son corbeau est serré contre son visage, dissimulé par la cagoule. Il m'envoie un regard concentré pour m'inciter à la prudence. Message reçu. Nous évoluons dorénavant en terrain ennemi et la moindre erreur peut nous coûter cher.

Éliphas nous mène jusqu'à une porte au fond du hangar. De l'autre côté, la fameuse voiture nous attend. Rien à voir avec l'image que je m'en faisais. Il ne s'agit pas d'un véhicule à moteur, comme on en trouve sur Terre, mais plutôt d'une diligence tirée par deux immenses chevaux cornus à la robe ébène. Nous grimpons un par un à l'intérieur de l'habitacle, fantômes d'étoffe noire.

Les essieux ploient à chaque nouveau passager. Dans la cabine, deux banquettes se font face et offrent assez de place pour nous six. Éliphas monte le dernier, claque la porte et frappe deux coups sur le plafond de la diligence. Sous les encouragements du cocher, les chevaux s'ébrouent et se lancent au petit trot à travers la ville.

– Laisse les rideaux fermés, exige Éliphas au moment où je m'apprête à écarter les pans de tissu pour contempler la rue. Personne ne doit voir ton visage.

Je lui obéis, la mort dans l'âme. J'essaye d'imaginer à quoi ressemblent les rues que nous parcourons mais tout est trop étranger. Les sons, la langue ne m'évoquent rien de précis. Je croise les bras tout en restant sagement enfoncée dans ma capuche noire, à patienter.

– Psst, réveille-toi, petite sœur, chantonne la voix de Jolo.

J'ouvre les yeux, hagarde. Je ne me souviens pas de m'être endormie. Il n'y a plus que nous deux dans la voiture.

– Nous sommes arrivés. Remets ta capuche le temps de passer la porte.

Jolo s'extrait de la voiture en se pliant en deux. Je le suis en me frottant les yeux pour chasser le sommeil qui s'est abattu sur moi sans prévenir. Je m'en veux. J'avais l'intention de calculer le temps de voyage, de rester sur le qui-vive, et voilà que je m'endors. Heureusement que la vie de mes compagnons ne repose pas sur mes épaules.

J'émerge de l'habitacle obscur pour plonger dans la lumière rougeoyante du soleil couchant. À peine ai-je posé le pied à terre qu'un valet, venu d'on ne sait où, claque la portière derrière moi. La voiture s'éloigne dans un bruit de sabots, me dévoilant le paysage qui se cachait derrière. Je me trouve sur le parvis d'une imposante demeure aux murs blancs rehaussés de carreaux de faïence colorée. J'ignore si c'est le fait d'être soudain isolée dans un espace dégagé mais la panique monte en moi en une bouffée irrépressible. Je suis tétanisée, incapable d'appeler à l'aide. C'est comme si mille mages allaient surgir pour s'emparer de moi.

La poigne de Jolo me ramène à la réalité. Il m'a attrapé le bras à travers le tissu du caftan et m'entraîne derrière lui. Je me laisse faire sans parler. J'ai l'impression d'être étrangère à moi-même. Comme si mon corps était un vaisseau que je ne maîtrisais pas totalement.

Nous entrons dans la demeure d'Éliphas. L'ombre nous happe, fraîche et apaisante. Le valet, sur nos talons, ferme la porte en bois. Mes compagnons se trouvent là, un peu perdus dans ce grand hall décoré de vases en terre cuite, de quelques fresques murales ainsi que de deux statues tronquées. Voilà qui ressemble fort à des prises d'archéologue.

– Vous pouvez vous dévêtir, à présent. Vous êtes en sécurité entre ces murs, nous invite Éliphas en posant son sac au sol.

Jolo, toujours caché sous sa capuche, montre d'un coup de menton le valet qui se tient en retrait au pied de l'escalier, le petit doigt sur la couture du pantalon.

– Jaume m'est fidèle. Vous pouvez lui faire confiance. N'est-ce pas, Jaume ?

– Absolument, maître Éliphas.

– C'est un esclave ? demande Safre d'une voix caverneuse.

– Mais non ! s'exclame le dandy, choqué qu'on puisse le prendre pour un esclavagiste. Jaume n'est pas…

– Si vous permettez, maître Éliphas, l'interrompt le valet. Je vais répondre moi-même. Non, Monsieur, je ne suis pas un esclave. Ma famille est au service de la Maison Gallore depuis des générations. Je suis rétribué pour ma profession de domestique comme d'autres le sont pour celle de boulanger.

Safre approche son visage de celui de Jaume qui blanchit en découvrant ce qui se cache sous la capuche.

– Alors pourquoi tu dis maître à lui ? grogne le dogron.

– Parce que c'est ainsi qu'un bon valet s'exprime, rétorque Jaume d'une voix tremblante, mais en conservant malgré tout son maintien.

– Du calme, Safre, intervient posément Jolo en attrapant le bras du dogron. Nous évoluons à présent dans un monde que tu ne connais pas. Les choses ici sont différentes de l'univers chaotique d'Hélix.

– Cette maison ne compte que trois domestiques, explique Éliphas. Jaume ici présent, Marissa, la femme de chambre, et Nana, la cuisinière. Vous pouvez vous détendre car personne en ce lieu ne cherche à vous nuire.

Éliphas, secondé de son valet, fait passer toute notre troupe dans le salon. Nous entrons dans un véritable musée. Tout autour de nous, ce ne sont que vitrines remplies de fossiles et d'objets brillants, squelettes de grands animaux, lances étranges accrochées au mur, runes taillées dans l'obsidienne, créatures empaillées, statues, armures… Le tout parfaitement rangé, étiqueté et dépoussiéré.

– Vous n'avez pas menti, le congratule Jolo. Vous êtes bel et bien un explorateur digne de ce nom.

– Merci, mon ami, s'incline Éliphas. Ceci est le travail d'une vie.

– Ceci et les autres pièces, fait remarquer le valet.

– Merci, Jaume, toussote le dandy. C'est vrai que je manque un peu de place, alors j'ai tendance à remplir les espaces vides.

– Au grand dam de Marissa qui doit tout dépoussiérer, se moque Jaume, que je commence à apprécier.

Le valet apporte un plateau couvert de pâtisseries et distribue à chacun un verre rempli d'un thé opaque au goût épicé et sucré. Je me jette sur les petits gâteaux débordants de miel et d'amande. Tandis qu'Éliphas disserte sur je ne sais quelle civilisation disparue, je repense au chemin parcouru. C'est la première fois depuis mon départ que je me trouve à l'abri d'une vraie habitation. Pas mon départ, ma fugue. Je dois assumer et appeler les choses par leur nom.

– Bon ! Et maintenant ? je m'exclame. Si nous en venions à l'essentiel ?

– Qu'est-ce que tu veux dire ? m'interroge Jolo d'un air presque innocent.

– Comment savoir si Hélix et Graziel nous cherchent ? Peut-être que nous ne sommes pas vraiment obligés de les affronter ? Nous pourrions disparaître sans qu'ils nous retrouvent. D'ailleurs, qui nous dit qu'ils vont vouloir se venger ? Ils sont peut-être passés à autre chose ?

Un grondement de Margoule attire notre attention. Il laisse échapper un nuage de fumée à l'odeur soufrée avant d'expliquer entre ses dents serrées :

– *Naga*. Sulitsi et Sosana arriveront bientôt en ville. Et ils seront en colère. Ils aiment ce sentiment. Ils se sentent forts parce qu'ils pensent que nous fuyons avec la peur dans le ventre.

C'est comme si un glaçon traçait un chemin froid dans mon œsophage. Jolo ajoute d'une voix grave :

– Avant de me rejoindre, Karasu est allé survoler le labyrinthe. Deux silhouettes noires avançaient à bonne allure dans les corridors. Des hommes sur des montures.

– Croââ, confirme Karasu de son perchoir.

– Quoi ?! Quelles montures ? je demande un peu trop fort. Les goules ont tué les quaggas sous nos yeux.

C'est au tour de Safre de pousser un grognement. Son visage est encore plus sombre que celui de son frère. Ses yeux rouges brillent d'une lueur sauvage qui détonne dans ce cadre très huppé qu'est la demeure d'Éliphas.

– *Bouraq atuq*, lâche-t-il avec cette économie de paroles qui lui est propre.

Margoule hoche la tête.

– Safre a raison. Ils ont certainement utilisé les bouraqs.

Nous restons muets, si bien que Margoule se sent obligé de développer.

– Les bouraqs sont une création de Graziel. Des chevaux au sang mêlé à celui de félins. Ils sont rapides comme le vent, même dans le sable instable du désert.

Il faut un jour de marche pour aller les chercher, mais ils peuvent atteindre Yölin-Anh en trois jours.

Je comprends que nous avons peut-être fait une erreur en suivant sagement le canal. Jolo se penche vers les dogrons.

– Vous pensez que Graziel et Hélix ne se sont pas embêtés à essayer de rattraper la péniche mais qu'ils ont anticipé notre destination ?

Margoule hoche la tête.

– Sulitsi est malin. Il pense vite.

– C'est logique. Nous nous sommes montrés prévisibles, ajoute Éliphas. Yölin-Anh est la seule cité à la ronde. Et le canal passe forcément par là.

– Peut-être que la péniche était équipée d'un GPS ? je fais remarquer.

Le regard vide de mes interlocuteurs me fait vite comprendre qu'ils ne savent pas de quoi je parle.

– C'est un objet de la Terre qui indique en permanence sa position. Comme ça, si on le vole, son propriétaire peut savoir où le retrouver.

Margoule et Safre secouent la tête.

– Personne n'irait dérober les biens d'un mage, répond le premier.

– Personne fou assez pour voler Sulitsi, renchérit le second.

– Si, je le contredis. Les fous, c'est nous.

Le silence s'installe. Je le romps rapidement. Je suis trop inquiète pour rester muette.

– Et une fois dans la cité ? Est-ce que les mages peuvent retrouver notre piste ? Les gardes nous ont vus passer, et j'ai l'impression qu'il existe peu de bateaux comme *Ombre-sur-l'eau*.

– Les gardes diront qu'ils ont vu passer la péniche, confirme Éliphas, puis les marchands ajouteront qu'ils l'ont vue longer le marché. Mais une fois entrée dans les docks, elle disparaîtra. Je vous ai dit que vous pouviez faire confiance à mes hommes.

Vaishali, discrète jusqu'à présent, semble s'animer.

– Je comprends pourquoi vous l'avez sortie de l'eau. Un sort jeté dans l'onde aurait pu permettre de la suivre si elle était restée immergée. Le fait de l'extraire de l'élément liquide était diablement intelligent. Cela rend impossible un sort de cette nature.

Éliphas rougit devant ce compliment. Il s'apprête à parler quand il est interrompu par Jolo.

– Que comptes-tu faire, Vaishali ? Une mage avec des sorciers, ce n'est pas une situation très enviable en ce moment. Peut-être préférerais-tu rejoindre ta famille avant d'être plus impliquée dans cette histoire ?

– Hélas, se désole la jeune centenaire, mes parents ne sont certainement plus de ce monde. Je suis fille unique et mes amis, s'ils sont encore vivants, ne se souviendront pas de moi. Cent trente-six ans. (Elle soupire…) Je n'ai nulle part où aller (… puis se rembrunit), mais j'ai cependant une vengeance à fomenter.

– Vous pouvez rester ici autant que vous le souhaitez,

propose Éliphas en se penchant pour lui toucher pudiquement le dos de la main.

– Mademoiselle, intervient Jaume, jamais très loin. Une présence féminine ne pourra que faire du bien à cette vieille bâtisse. De toute façon, Marissa est en train de préparer une chambre pour chacun, et Nana s'est d'ores et déjà lancée dans la préparation d'un festin. J'espère que vous avez tous grand faim.

Vaishali remercie le maître de maison et son valet avec humilité. Elle termine son thé à petites gorgées, les yeux songeurs. Je pense à elle, orpheline sans avoir pu dire au revoir à ses parents. Je sursaute à cette pensée. Nous ne sommes pas très différentes, après tout. J'ai perdu mes proches à cause des mages, elle a perdu les siens parce qu'un fou l'avait faite prisonnière. Elle a mille raisons de se montrer revancharde. Hélix a gâché sa vie.

Tout le monde ici a un compte à régler avec les mages. Les chefs d'accusation sont longs comme le bras. Malheureusement, la loi de cette cité ne nous protégera pas contre les exactions de Graziel et d'Hélix.

– Alors ? je reprends, plus décidée que jamais. Nous fuyons ou nous affrontons les mages ?

– Je suis d'avis de les affronter, déclare Jolo. Mais pas sur n'importe quel terrain.

– Il faut nous éloigner de la ville, complète Éliphas. Les lieux sont trop peuplés. Hors de question qu'un combat magique se déroule dans la cité. Vous attireriez l'attention en un clin d'œil.

Mon angoisse remonte soudain à la surface. Nous sommes deux sorciers face à toute une cité. S'ils nous voient, les habitants n'hésiteront pas à nous dénoncer. D'ailleurs, puis-je vraiment me compter comme sorcière alors que je ne maîtrise rien ? Je ne suis qu'un puceron de sorcière alors que vivent et étudient ici des centaines de mages.

– Avec toutes les écoles de magie à leur disposition, qui nous dit qu'Hélix ou Graziel ne vont pas recruter des hommes de main supplémentaires ?

– *Sulitsi pinitoku*, grommelle Safre. Le Maître est pauvre.

Encore une fois, Margoule hoche la tête pour confirmer les propos de son frère.

– La fortune du Maître est restée à bord d'*Ombre-sur-l'eau*, il n'a donc pas les moyens de payer une aide supplémentaire. Quant à Sosana, les gens le craignent trop pour lui faire confiance. Ici, les mages le surnomment le Corrompu.

– Le Corrompu ! s'exclame Vaishali. J'ai entendu parler de lui.

– Vous connaissez Graziel ? je m'étonne.

Les souvenirs donnent aux yeux de la mage des reflets brillants.

– À mon époque, on parlait déjà de ce jeune homme obsédé par les arts obscurs. C'était un mage charismatique à la beauté troublante. Il y avait, paraît-il, un atelier près des fonderies où lui et ses semblables se réunissaient, attirés par une magie interdite faite de sortilèges obscurs et de runes mortifères. La rumeur dit qu'il aurait sacrifié ses camarades une nuit de pleine lune dans le seul but de s'offrir quelques années de vie supplémentaires. Mais il ne fut pas jeté en prison, non, car l'empereur en personne était fasciné par ses recherches sur l'immortalité. Le souverain vieillissant choisit de l'envoyer en exil au fin fond du désert rouge, où il pourrait continuer librement ses expériences sans mettre en danger l'équilibre de la cité.

– Je pensais que le Corrompu n'était qu'une légende quand je me suis enfoncé dans le labyrinthe, explique Éliphas en nous éclairant enfin sur la raison de sa présence dans les geôles du nécromancien. J'avais entendu parler d'antiques temples taillés dans la roche. Je devais voir ça. Quelques vieillards m'avaient mis en garde contre les créatures qui peuplaient les corridors mais il en faut plus pour m'impressionner.

– Ou pour vous dissuader de jouer les têtes brûlées, fait remarquer Jaume d'un ton critique, les bras croisés sur son plateau vide.

– J'ai déjà survécu à pire, relativise Éliphas en se tournant vers lui. Et je suis là, non ? Je suis revenu entier.

– Jusqu'à la prochaine fois, ajoute Jaume en s'avançant pour ramasser les verres et les assiettes vides avec des gestes un peu plus secs qu'il ne faudrait.

Il semblerait que tous les deux aient déjà eu cette conversation des dizaines de fois.

– Bref, reprend Éliphas. Je me suis enfoncé dans le labyrinthe et j'ai commencé à tracer une carte détaillée.

Les soucis n'ont pas tardé. Des semblants d'hyènes m'ont attaqué. Ma monture s'est emballée, et je me suis cogné la tête en tombant pendant ma fuite. J'ai perdu connaissance. Je me suis réveillé dans une cellule. A priori, Scrofa m'avait trouvé à quelques couloirs seulement de la demeure de son maître. C'est un comble d'échouer si près du but. Je n'ai pas été tué car Graziel était justement à la recherche de cobayes humains en pleine force de l'âge.

– C'est à ça que sert le labyrinthe, explique Margoule. Les voyageurs viennent, attirés par la promesse d'un trésor caché, ils se perdent et se font attaquer. Les survivants remplissent les cellules pour les expériences du Créateur.

– Après, continue Safre en s'efforçant de parler notre langue, Sosana utilise eux. Des cris, des larmes, ça gémit, ça pleure beaucoup, ça demande pour mourir. L'odeur de sang partout, la chair à vif…

– Merci, Safre, je crois qu'on a compris le principe, je l'interromps en sentant monter la nausée.

Les images du temple du labyrinthe me reviennent en mémoire alors que je pensais les avoir laissées derrière moi. Quel cauchemar ! J'ai vraiment échappé au pire.

– Donc, récapitule Jolo, Graziel est plus redoutable qu'Hélix. Mais il est également complètement fou.

– Disons qu'il tente des choses que les autres mages n'osent même pas imaginer, le contredit Vaishali.

– Torturer des sorciers, créer des êtres hybrides,

enfermer des voyageurs pour se servir de leur corps, liste Jolo, j'appelle ça un…

– Psychopathe, je complète. Un malade mental. Un fou dangereux.

L'image de Margoule défendant Graziel et Hélix est encore vive. Je ne suis pas certaine que le dogron soit prêt à se battre contre celui qui l'a créé. Il y a toujours une forme de révérence dans ses paroles quand il évoque le nécromancien. Avec Hélix, c'est moins évident.

Je pense que c'est quand même un point à éclaircir maintenant avant de planifier quoi que ce soit.

– Margoule ?

Le dogron lève la tête. Son visage de monstre s'adoucit quand il pose les yeux sur moi.

– Pourrais-tu tuer Graziel s'il était en face de toi ?

Le regard du dogron se durcit. Je viens de pointer du doigt sa faille.

– Je ne sais pas, répond-il dans un grondement. Il m'a donné la vie. Je crois que je ne serais pas capable de lui ôter la sienne.

– Et toi, Safre ?

– *Li.* Je tue Sosana tous les matins, dit le dogron en levant sa main griffue et en faisant grincer ses dents pointues. Je tue Sulitsi aussi. Je tue lui et je mange le cœur de lui. *Nirivuk nga miliak.* Je veux connaître le goût de la viande de lui.

Un frisson me traverse devant la violence des propos de Safre. Je remarque soudain qu'il a l'air plus sauvage que d'habitude. J'essaye rapidement de faire le compte des jours écoulés.

Il est possible que nous ayons un problème.

– Et toi ? demande en retour Safre en me fixant de ses yeux rouges. Toi, petite sorcière, tu tues Sulitsi ?

Tuer quelqu'un ? Absolument impossible. Je suis incapable d'attenter à la vie de qui que ce soit.

– Non.

– Pourquoi ? Il fait une esclave avec toi. Il fait la torture sur toi. Il vole le nom de toi.

– Mais ça ne justifie pas…

– Si tu as les griffes et les dents de moi. Tu tues pas ?

– Je ne…

– Plus facile de laisser les autres faire pour toi, hein ?

Je regarde mes mains, sales et poussiéreuses, qui n'ont jamais blessé ou même frappé qui que ce soit. Je suis tellement éloignée des dogrons et de leur animalité. Et pourtant je ressens leur dualité. C'est comme se tenir à côté d'un ours. La sauvagerie n'est jamais très loin sous la fourrure moelleuse et l'air débonnaire.

– Laisse-la tranquille, intervient Margoule. Ce n'est qu'une petite fille.

– Frère lâche ! crache soudain Safre. Toi aussi tu es petite fille. Tu peux tuer Sosana mais tu protèges lui ! *Nutaaraq !*

– Safre ! je m'écrie en voulant défendre Margoule et raisonner le dogron à la cicatrice.

Il souffle vers moi un nuage de fumée qui me fait tousser. Jolo apparaît soudain entre nous et tend entre Safre et lui une main protectrice.

– Du calme, dogron ! ordonne-t-il d'une voix sèche comme une claque.

– Cherche pas moi, sorcier, gronde Safre en grinçant des dents. Pas l'humeur pour ça.

– Jolo, Éliphas, Vaishali, j'exige d'une voix que j'espère calme et autoritaire. Je dois vous parler tout de suite. Dans le hall.

Les deux hommes et la femme me suivent, les sourcils froncés.

– Que se passe-t-il ? interroge Jolo dès que Vaishali a refermé la porte derrière nous. Pourquoi Safre s'énerve-t-il ainsi ?

– Il a faim. Et Margoule aussi, même s'il se contrôle mieux.

– Si ce n'est que ça. Le repas va bientôt être servi, rappelle Éliphas. Ils peuvent attendre.

– Je ne parle pas de ce genre de nourriture. Les dogrons ont besoin de chasser au moins une fois par semaine. Je pense que ce n'est pas tant pour se nourrir que pour laisser resurgir leur côté bestial.

Jolo fait quelques pas dans le hall, la tête penchée en avant, dissimulée sous son épaisse chevelure. Éliphas s'assoit sur la troisième marche de l'escalier pour réfléchir au problème. Vaishali pose sur moi des yeux inquisiteurs avant de rompre le silence.

– Tu es sûre de toi ?

– J'ai fait le calcul, leur dernier repas remonte à quasiment dix jours.

– Est-ce que nous risquons quelque chose ? s'inquiète Éliphas à juste titre.

– Je ne pense pas qu'ils s'en prendraient à nous directement, mais, comme vous pouvez le constater, Safre devient colérique et difficilement raisonnable. Même Hélix se méfiait des dogrons quand ils avaient faim.

– Tu les connais mieux que je ne le pensais, confie Jolo en me fixant de son regard blanc. Dis-moi, est-ce que tu ressens leur faim ?

Je hausse les épaules et m'apprête à répondre que je ne comprends pas sa question quand Éliphas se remet debout avec une solution immédiate.

– Je peux les emmener dans la montagne au-dessus de la cité. Il y a là une forêt giboyeuse. C'est le domaine de chasse de l'empereur mais les Grandes Familles y ont également accès. Ce n'est qu'à une heure de route d'ici. Il suffirait de s'y rendre en coche, de laisser les dogrons chasser puis de revenir quand leur besoin de sang aurait été comblé.

– Il faut faire ça maintenant, tant qu'il fait nuit, remarque Jolo. Le jour, les flancs de la montagne sont probablement trop fréquentés.

– Je peux les accompagner, je propose.

Je ne serais que trop heureuse de quitter l'atmosphère confinée de la ville. Pour une raison inexplicable, le désert et l'horizon sans fin me manquent.

– Non, refuse Jolo. Tu restes ici à l'abri. C'est moi qui irai.

– Pas la peine, ajoute Éliphas à son tour en levant la main. C'est trop dangereux pour un sorcier. Et puis, ma présence dans la voiture est nécessaire pour franchir les frontières de la ville. Jaume et moi allons nous occuper seuls des dogrons.

Tandis qu'Éliphas sort par la porte de gauche, je m'approche de Jolo, contrariée.

– Tu aurais pu me laisser y aller. Je sais me débrouiller avec les dogrons.

Il secoue la tête, le regard ferme.

– Tu es trop proche d'eux et bien trop à fleur de peau en ce moment. Ce ne serait pas bon. Non, tu seras beaucoup mieux en compagnie de Vaishali. Vous pourrez parler… de trucs de filles.

De trucs de filles ? Je rougis et laisse glisser mon regard vers Vaishali qui me répond avec un sourire. Qu'est-ce que c'est que cette réflexion de grand frère ?

Le rire franc de Jolo dissipe rapidement mon malaise.

– Tu devrais voir ta tête !

Nous retournons dans le salon pour annoncer à Margoule et à Safre la bonne nouvelle. Leur soulagement est contagieux. Je sens qu'ils ont eu une discussion pendant que nous étions de l'autre côté. Safre s'est calmé, même si la faim crispe toujours son visage. Il pose une main lourde sur mon épaule.

– *Nakurmik*, articule-t-il. Merci, mikilitsi. Toi, petite sorcière, tu es une vraie amie des dogrons. Excuse la colère de moi. Je tue le Maître pour toi quand tu veux.

J'aimerais lui dire que ce n'est pas pour ça que je le fais, mais il n'écoute plus. Il emboîte le pas à son frère, le corps vibrant d'impatience. Cela me rappelle quand nous étions encore sur la péniche et qu'ils sont partis chasser. C'est étrange, parce que les sensations que je perçois aujourd'hui sont différentes. Comme si leur fébrilité était contagieuse. Je meurs littéralement d'envie de les suivre. Courir dans la forêt, sentir l'air frais sur ma peau, profiter des bruits de la nuit et de l'odeur d'humus, débusquer une proie, enfoncer mes dents dans sa chair encore chaude et sentir le sang couler…

Un vertige me saisit.

Les mains de Jolo posées sur mon dos me ramènent à la réalité.

– C'est bien ce que je redoutais, fait-il remarquer. Tu es trop réceptive.

– Qu'est-ce que c'était ? Cette sensation ? Les dogrons…

Jolo me contourne pour se retrouver face à moi.

– Imagine la magie comme un courant permanent qui circule entre les êtres. En tant que sorcière, tu es capable de percevoir ce flux qui sera plus ou moins intense en fonction des émotions de ceux qui t'entourent.

– C'est comme lire dans les pensées ?

– Non, ce n'est pas de la télépathie, mais plutôt une

sensation. Le problème des jeunes sorciers comme toi, c'est qu'ils sont à fleur de peau. Ils courent donc le risque d'être contaminés par ces émotions au lieu de seulement les percevoir. Tu confonds alors tes sentiments avec ceux de la personne en face.

– D'où l'envie soudaine d'aller courir dans la forêt et de me nourrir d'une chose vivante.

– Exactement.

Les sensations étaient tellement intenses qu'elles me hantent encore, comme une odeur persistante. Une chair de poule fébrile couvre ma peau. Si Jolo n'était pas là, je crois que je céderais à l'appel des dogrons.

Je tente de me secouer et me creuse la tête pour trouver une diversion qui m'empêchera d'écouter cet instinct animal. Je n'ai pas à chercher bien loin, car Jaume fait son apparition dans le salon déserté pour annoncer le repas. Alors qu'il nous guide vers l'autre côté du hall, je me rapproche de lui, curieuse.

– Je croyais que vous étiez parti avec Éliphas ?

– Je le suis, répond-il d'un air mystérieux.

– Quoi ? Mais…

– Cela vous intrigue, n'est-ce pas ? me nargue-t-il en ouvrant les portes de la salle à manger.

La pièce dans laquelle nous pénétrons est si splendide qu'elle me distrait temporairement. Sous un lustre composé de gouttes de verre soufflé s'étend une longue table en bois massif richement dressée de vaisselle et d'argenterie.

Jaume nous place et s'attarde auprès de moi pour m'entendre demander :

– Vous avez un frère jumeau, c'est ça ?

Il secoue la tête avec amusement puis s'éloigne pour ouvrir une double porte au fond de la pièce. Une femme gironde d'une soixantaine d'années, sanglée dans un tablier bleu, fait son apparition. Ses cheveux gris réunis en chignon font ressortir ses pommettes marquées et son sourire franc. Elle pousse un chariot de service d'où s'échappent de merveilleuses odeurs.

– On n'attend pas Éliphas ? Et votre… double ? je demande au valet resté dans un coin.

– Ils ne seront pas là avant deux bonnes heures. Le repas ne peut être repoussé éternellement. Mais rassurez-vous, Nana leur a préparé un panier de pique-nique.

La dame sourit sans rien dire. Elle remplit nos assiettes d'une salade multicolore, puis retourne à ses fourneaux. Je croque avec plaisir dans les légumes frais assaisonnés d'épices tout en réfléchissant à l'énigmatique Jaume. À côté de moi, Vaishali, que je prenais pour une princesse, dévore tout en quelques secondes. En même temps, je la comprends. Si je n'avais pas mangé depuis un siècle, peut-être que je me jetterais sur la nourriture de la même façon.

Alors que nous regagnons le salon le ventre plein, je soumets une dernière idée au domestique.

– C'est une histoire de magie, n'est-ce pas ?

– Bien sûr, confirme-t-il. Tout ici est une histoire de magie. Souhaitez-vous que j'éclaire votre lanterne ?

– S'il vous plaît !

Il sort de sa poche une étrange petite sculpture représentant un visage tronqué. Il en manque clairement la moitié.

– On l'appelle *Sosheki hansha*, la pierre reflet, elle se transmet dans ma famille depuis des générations. Elle a le pouvoir de dédoubler une personne. Ce qui explique pourquoi je n'en possède actuellement qu'une moitié.

– C'est votre double qui détient l'autre.

– Je vois que vous suivez, sourit Jaume en rempochant la pierre.

– Ça fait mal ?

– Ça chatouille un peu.

– J'imagine qu'il y a des limites à son utilisation ?

S'il y a bien quelque chose que j'ai appris, c'est que la magie a toujours son revers. Jaume hoche la tête.

– Je ne peux l'utiliser plus de six heures d'affilée.

– Autrement… ?

– Autrement, mon corps s'affaiblit et je risque d'en mourir.

– Sympathique. Est-ce que vous pouvez sentir l'autre ? Entendre ses pensées ?

– Non. Nous devenons deux entités distinctes, comme des jumeaux. En revanche, quand nous nous retrouvons, la fusion de nos deux corps provoque l'addition de nos mémoires.

– Il y a de quoi devenir schizophrène ! (Jaume hausse les sourcils devant ce mot inconnu.) Fou !

– Ma famille n'est pas détentrice de cet artefact pour rien. D'autres y ont perdu la tête, mais les Jaumes possèdent une physiologie inédite qui leur permet de s'adapter à la fusion.

– Vous vous appelez tous Jaume ?

– De père en fils.

Une jeune femme en robe noire ouvre discrètement les portes pour annoncer que les chambres sont prêtes. Jolo a l'air ravi de disposer d'un tel confort. Il parle de baignoire et d'eau chaude avec des yeux brillants de petit garçon, puis disparaît dans le hall, guidé par Jaume. J'entends leurs pas s'éloigner dans l'escalier. Je me retrouve seule avec Vaishali qui ne quitte plus l'étroite fenêtre du salon d'Éliphas.

Je rejoins la mage en silence. Derrière la fenêtre s'étend la cité de Yölin-Anh, ponctuée de petites lumières comme autant de braseros dans le ciel noir.

– Il y a un quartier non loin avec un marché de nuit, décrit Vaishali d'une voix nostalgique. Il est principalement fréquenté par les travailleurs qui n'ont que ce moment-là pour faire leurs achats. J'aimais beaucoup m'y promener lors de mes insomnies. Admirer les étals baignés de la douce lumière des lanternes et goûter à cette vie nocturne suffisait à me calmer. J'y ai beaucoup pensé quand j'étais de l'autre côté du miroir, c'était devenu mon refuge imaginaire. Comme je voudrais y faire un tour en ce moment même !

– Pourquoi n'irions-nous pas ? je propose.

Mon besoin de plein air resurgit. J'étouffe dans cette grande maison aux murs épais. J'ai l'impression d'avoir un poids appuyé en permanence sur la poitrine. J'ignore si c'est une résurgence de l'influence des dogrons, mais je donnerais cher pour voir ce marché.

– Mais… commence-t-elle sans trouver les mots.

– Si on remet nos caftans noirs avec la capuche bien baissée, personne ne pourra distinguer nos visages, enfin surtout pas le mien. C'est l'affaire d'une heure. Personne ne saura qu'on est sorties.

Quand elle hoche la tête, ses yeux verts brillent d'une lueur malicieuse.

– Mais tu ne me quittes pas, d'accord ? exige-t-elle en allant récupérer nos caftans, posés sur une table du salon. Jeune fille, je vais te montrer le plus beau marché de nuit que tu aies jamais vu.

Nous endossons nos tenues noires et nous faufilons en silence dans le hall. Vaishali pousse la lourde porte sans un bruit. L'air de la nuit m'apaise immédiatement. Je lève les yeux vers le ciel étoilé avec un soulagement indescriptible. La jeune femme m'attrape par la main et m'entraîne à ses côtés. Nous nous éloignons à pas légers de la demeure d'Éliphas, dépassons quelques maisons cossues avant de nous enfoncer dans les ruelles de la ville basse.

Les lieux sont d'un calme revigorant. Nous longeons des jardins clos où hululent des oiseaux nocturnes, nous faisons fuir des lézards noirs sur les murs en tadelakt. Ils adoptent une course en zigzag qui me fait rire. L'humidité est montée avec la nuit et les insectes sont de sortie. Vaishali me montre d'énormes papillons attirés par les lanternes suspendues un peu partout au coin des rues. Quelques notes de musique montent des maisons tout autour. Nous nous arrêtons pour écouter et ma compagne chantonne des paroles de sa jolie voix. Puis nous repartons avant d'être vues par qui que ce soit. Nous doublons quelques couples de promeneurs ainsi que des hommes seuls qui avancent tête baissée. Mais aucun d'eux ne semble nous voir. C'est comme si nos caftans nous rendaient invisibles.

Enfin, nous parvenons au marché. L'endroit est bien éclairé, chaque commerçant dispose d'une grosse lanterne dont la couleur varie en fonction de ce qu'il vend. Vert pour les primeurs, rouge pour les épices, bleu pour les tissus. L'ambiance est très différente de celle d'un marché de jour. Il y a du monde, mais les gens sont calmes et silencieux, comme si la nuit les dissuadait de parler à voix haute. Nous nous glissons d'étal en étal, admirons la finesse de la soie, la fraîcheur des fruits, la beauté de certains bijoux. C'est une merveilleuse soirée. Pendant une heure, Vaishali m'offre une évasion inespérée. C'est comme si j'appartenais moi aussi à cette cité, que je venais d'y emménager et que j'allais pouvoir retourner là aussi souvent que je le souhaite. Je me prends à rêver d'habiter ici et de vivre la nuit pendant le sommeil des mages.

Alors que nous passons devant un vendeur d'animaux, mon rêve se brise et la réalité de ma condition me revient en plein cœur. Nous ne faisons pourtant que passer devant un étalage assez disgracieux de cages remplies de pauvres bêtes capturées dans le désert. L'une des plus grosses contient une jeune panthère au pelage jaune pâle et aux longues taches noires. Je penche la tête pour l'observer et mon regard croise par hasard le sien.

Le temps s'arrête.

Le monde autour de moi disparaît. Il n'y a plus que

ses yeux verts et un déferlement de sensations parasites : la cage trop étroite, la faim cruelle, les bleus consécutifs aux coups de l'homme qui continuent à me faire souffrir, cette épine dans un coussinet que je ne parviens pas à extraire et qui me torture à chaque pas, la puanteur de ce lieu rempli d'humains braillards, les oiseaux dans les cages d'à côté, si appétissants, si proches et inaccessibles à la fois, la faim, la faim, la honte de s'être fait attraper, la faim, cette aiguille dans le coussinet et les yeux de cette fille qui ne me lâchent pas. Ce regard que je ne parviens plus à quitter parce qu'il lui appartient à elle, cet être étrange qui se tient devant moi, ma sœur humaine, ma jumelle, mon…

– Mon oori.

Ma propre voix me fait sursauter et me ramène à l'intérieur de moi. C'est comme une évidence. Elle est là. Pourquoi maintenant et ici ? Pourquoi elle ? Je l'ignore, mais ce que je sais, c'est que je ne peux pas partir de là sans elle. J'en mourrais.

– Camille, répète Vaishali.

Je tourne enfin mon regard vers la mage. Son visage est déformé par l'inquiétude.

– Que se passe-t-il ? Parle-moi !

Je lui montre la panthère dans sa cage en essayant de me souvenir comment articuler des mots. Je suis presque étonnée de ne pas voir de poils beiges sur ma main blanche.

– C'est elle, je finis par lâcher.

– Je ne comprends pas. Écoute, il faut que nous rentrions, maintenant.

Elle m'attrape par le bras et essaye de m'entraîner derrière elle. Mais mon corps est ancré, je suis incapable de bouger. Vaishali, paniquée, s'accroupit devant moi en serrant mes bras entre ses mains. Je la sens prête à me secouer si cela peut me forcer à réagir.

– C'est elle, je répète en montrant mon oori du doigt.

– Cette panthère ? Comment ça, *c'est elle* ? Tu me fais peur ! Je ne comprends pas ce qui t'arrive.

– Elle, je continue avec cette idée obsédante dans ma tête.

– Je n'ai pas d'argent. Je ne peux rien t'acheter. Et surtout pas une panthère. Ces bêtes-là s'attaquent aux singes, ce ne sont pas des chatons.

Le vendeur, qui a surpris notre manège, s'approche. Son odeur me parvient aux narines et j'ai le plus grand mal à refréner la pulsion de me jeter à sa gorge. Il l'a battue, affamée, c'est un méchant homme à l'haleine d'ail.

– Cette bête vous plaît ? C'est une panthère nébuleuse. Je peux vous la vendre à un prix intéressant. Il suffit d'en discuter.

– Camille ! tente une nouvelle fois Vaishali, en serrant mes bras un peu plus fort.

Je reste sans réaction, le regard plongé dans celui de Siyah. Même son nom m'apparaît clair comme de l'eau de roche. Siyah, c'est le bruit que font les feuilles des arbres quand le vent souffle et qu'elles frottent l'une contre l'autre. C'est ainsi que sa mère panthère l'a appelée quelques jours après sa naissance, parce qu'elle prenait un malin plaisir à grimper aux troncs et à se dissimuler dans des branches touffues. Car Siyah est une femelle d'à peine un an, et cette cage est une torture de chaque instant pour elle. Je suis figée dans ce moment, hors de mon corps. C'est comme si chaque jour que j'avais vécu n'existait que pour me mener à cette nuit, ce lieu, cet instant. Plus rien d'autre ne compte.

– Votre fille a fait le bon choix. J'ai l'impression qu'elle n'en démordra pas, babille le vendeur. Les enfants, à cet âge, peuvent être très capricieux. J'ai cinq filles, je sais de quoi je parle…

Finalement, Vaishali cède. Elle ôte une de ses bagues et la tend au marchand.

– Je vous prends l'animal, annonce-t-elle d'un ton sec.

L'homme à la bouche d'ail examine lentement la pierre enchâssée avant de siffler d'un air impressionné.

– C'est beaucoup trop. Pour la valeur de ce bijou, vous pourriez quasiment acheter la moitié du marché. Je ne suis pas sûr…

– Gardez la bague et filez-moi cette satanée cage ! gronde Vaishali avec autorité.

Le marchand n'en demande pas plus. Il dégage la cage et la donne à la jeune femme. Je me jette presque sur elle pour qu'elle l'ouvre.

– Pas maintenant ! ordonne-t-elle en m'arrêtant violemment. À présent tu vas me suivre !

Elle part à grandes enjambées malgré le poids de la cage. Je m'empresse de lui emboîter le pas, non pas pour lui obéir mais surtout pour ne pas perdre Siyah des yeux. Nous remontons à un rythme effréné les allées du marché puis parcourons les ruelles silencieuses. Je ne vois ni n'entends rien. Je reste focalisée sur la panthère qui tente de garder son équilibre dans la cage ballottée par Vaishali. Enfin sortie de la basse ville, à l'orée du quartier dédié aux Grandes Familles de la cité, la jeune mage pose avec brutalité la cage au sol. Je retiens un grondement colérique sans savoir si cette émotion vient de moi ou de Siyah.

– Maintenant, tu vas m'expliquer ! exige mon amie.

Mais je suis incapable de parler. À ce stade, il me semble que la seule chose qui sortirait de ma gorge serait des miaulements. Je me précipite sur la cage et l'ouvre. Vaishali se jette sur mes mains pour me forcer à refermer la porte. Je lève un regard menaçant sur elle et feule à l'unisson de la panthère. La mage s'écarte avec de grands yeux effrayés, une main sur la bouche pour s'empêcher de crier.

Je libère Siyah et tends les bras vers elle.

Elle se précipite hors de la cage, saute sur ma poitrine en agrippant mes épaules.

Sous ses griffes acérées, mon sang coule.

Je ne ressens pas la douleur, car le bonheur occupe tout.

Nos têtes se frottent l'une contre l'autre.

Nous ronronnons.

Nous sommes enfin entières.

Du temps a dû s'écouler parce qu'un toussotement familier nous fait tourner la tête.

Un homme se tient devant nous, vêtu d'un simple pantalon, les cheveux encore humides. Sa peau est aussi blanche que la neige. Son torse nu brille dans la nuit.

– Mes sœurs ? demande-t-il d'une voix prudente. Il faut que vous rentriez avec moi. Allons, venez.

Nous laissons nos jambes d'humaine le suivre. Nous remontons jusqu'à la demeure d'Éliphas et entrons dans le hall. La porte se ferme derrière nous. La peur d'être confinées menace de nous submerger mais la voix de Jolo surgit aussitôt, douce et rassurante.

– Il n'y a rien à craindre. Vous êtes en sécurité. Suivez-moi tranquillement.

Nous ronronnons pour lui témoigner notre confiance et nous laissons guider jusqu'à une grande pièce remplie d'une multitude d'odeurs : animaux morts, rouages de fer, bois taillé. Il nous semble être déjà venues ici, mais notre esprit égaré n'en est pas sûr. Nous observons les lieux avec attention avant d'aller nous poser sur un canapé en peau. Buffle, nous indique notre truffe, tandis que nos corps s'enfoncent dans les replis du cuir.

– Faim, nous articulons brusquement avec notre langue humaine.

– Je m'en occupe, répond une voix serviable près de la porte.

Des gens nous regardent. L'une d'elles est Vaishali, nous la connaissons. Vaishali du miroir. Des images traversent notre mémoire. Un bateau, une chambre rouge, un gros livre rempli de runes. L'autre, l'homme blanc, c'est Jolo. Il nous observe, la tête penchée sur le côté, comme un oiseau. Ceux-là, il faut toujours s'en méfier. Ils viennent vous piquer la viande presque entre les dents. En plus, ils sont difficiles à chasser, trop… volatiles. Et puis, quand on en tient un, il n'y a presque rien à manger dedans. Sans parler des plumes qui font mal au ventre. Les oiseaux, c'est pas bon.

La voix de l'oiseau-homme nous ramène au présent.

– L'expérience que vous vivez en ce moment va s'estomper. Bientôt, la fusion de vos esprits cessera et chacune retrouvera son propre corps ainsi que ses propres pensées. Vous comprenez ce que je dis ?

Notre bouche reste fermée. Nous ignorons ce qu'il faut répondre. Des pas résonnent dans l'entrée. Nous dressons les oreilles.

L'homme de tout à l'heure revient. Dans ses mains, il tient une assiette avec de la viande saignante.

De la viande ! Nous nous jetons dessus.

Hmm, c'est bon.

Nous avalons le tout en quelques secondes. Puis, notre repas englouti, nous cherchons une position confortable dans le canapé en peau de vache et nous endormons.

Je me réveille doucement.

Mon esprit est de retour dans mon corps, même si je sens celui de Siyah très présent dans ma tête. Elle s'est réveillée en même temps que moi mais elle préfère ne pas bouger. Son ventre est plein, le calme et la sécurité règnent, elle se sent bien et veut faire durer ce moment. Elle a dormi en boule contre mon ventre, profitant de ma chaleur comme j'ai bénéficié de la sienne.

J'ouvre les yeux.

Dans un fauteuil tout près, Jolo est assoupi. Karasu, son oori, est installé au sommet du dossier et me scrute de ses yeux immobiles. Mon regard revient vers Jolo. Il ressemble vraiment à un oiseau, même quand il dort. Son nez busqué, ses cheveux-plumes. Ce qu'il disait me revient en mémoire : l'homme et l'animal échangent quelques caractéristiques. Vais-je moi aussi changer pour ressembler à Siyah ?

Ça te dérange ? demande une voix dans ma tête.

La panthère chuchote au milieu de mes pensées. Elle va mieux elle aussi, elle n'est pas trop perturbée par ce qui s'est passé cette nuit. Je lui réponds sans utiliser ma voix que ça m'aurait dérangée si elle avait été un cochon ou une vache. Mais comment pourrait-on la trouver laide ? Elle est l'être le plus beau du monde.

Siyah reçoit mes compliments en se roulant sur le dos tout contre mon ventre. Je caresse son pelage jaune pâle, un ton plus clair sur le ventre. Elle se laisse faire puis s'étire de tout son long en bâillant. Ses dents sont impressionnantes. Enfin, elle se redresse pour plonger une nouvelle fois ses yeux dans les miens. *Vais-je devenir toute blanche comme le corbeau ?* interroge encore mon oori. Je lui réponds en pensée que cela risque de nous arriver à toutes les deux. *Ça va être beaucoup moins pratique pour chasser*, se plaint-elle.

Après un dernier étirement, Siyah entreprend de faire sa toilette en commençant par les antérieurs. Une soudaine douleur nous perfore toutes les deux. Je regarde ma main avant de comprendre que ça ne vient pas de moi mais d'elle. L'épine dans son coussinet la fait toujours souffrir. J'attrape sa patte et identifie rapidement le problème. Avec précaution, je retire le dard. La douleur s'estompe aussitôt.

Siyah reprend sa toilette. Je ferais bien de même. Je la laisse à ses ablutions et monte à pas de velours dans les étages. Pas une marche ne craque sur mon passage. C'est comme si j'étais devenue un félin humain. Les odeurs me semblent également beaucoup plus fortes. La preuve, une fois arrivée dans le couloir, je parviens rien qu'en passant devant les portes à savoir qui dort dedans. Au bout du couloir, je m'arrête près d'une porte entrouverte sur une jolie chambre vide. Il ne peut s'agir que de la mienne car mon sac à dos est posé sur le bord du lit.

Le bouquet de fleurs fraîches sur la commode m'indispose tellement que je le dépose dans le couloir avant de fermer la porte. Les lieux sont propres, éclairés par la lumière du matin qui se glisse entre les persiennes de l'étroite fenêtre. La chambre dispose d'une salle de bains privative avec une grande baignoire. Un luxe que je ne me suis pas accordé depuis si longtemps que je suis incapable de me souvenir d'une date. Je mets l'eau à couler et me déshabille près du lit. Je n'avais même pas remarqué que j'étais toujours vêtue du caftan. Dessous, mes vêtements portent encore la poussière du désert. J'ôte la chemise d'Éliphas, mon débardeur et mon jean crasseux coupé aux genoux. Mes pieds sont horriblement sales, ça m'apprendra à confier mes chaussures à un tigre à dents de sabre. Une fois toute nue, je me regarde dans la glace posée sur la commode. Mes cheveux paraissent avoir été décolorés par la mer. Ils sont à présent blond très clair. Ma peau a indéniablement blanchi. Je n'ai jamais été très bronzée, mais là c'est critique. Mes deux épaules portent de profondes marques de griffe qui ont saigné. Je me rappelle vaguement avoir eu mal. Puis j'observe un changement notoire qui me fait rougir. Mes seins ! Ça alors ! Ma poitrine est en train de pousser. Je ne sais pas si je dois être rassurée ou affolée par ce nouveau changement. Après tout, ce n'est qu'un détail de plus parmi toutes les mutations que subit mon corps en ce moment.

Au moins, je sais où celui-ci me mènera, contrairement à ce que le statut de sorcière me réserve.

Je me rends dans la salle de bains et m'enfonce dans l'eau chaude avec délectation. Quel bonheur ! J'attrape un savon sur le bord de la baignoire et frotte ma peau diaphane. Une mousse marron ne tarde pas à se former. Je suis couverte de poussière du désert de la tête aux pieds. Je comprends pourquoi les gens se réfugient en ville. Ici, au moins, il n'y a pas de vers des sables ni d'immenses étendues de vent et de sable.

Avant que ma peau ne commence à se friper, je sors du bain et m'enroule dans une grande serviette. Dans la chambre, mes vêtements ont disparu. À la place, sur le lit, s'étalent un pantalon épais et collant comme ceux d'Éliphas, une chemise dans les mêmes tons ocre, des chaussures et des sous-vêtements qui viennent de mon sac à dos et qui ont été lavés et séchés. Tout comme Jaume, cette femme de chambre est rudement efficace et d'une incroyable discrétion. En plus, elle a compris que ce n'était pas la peine de m'apporter une robe. Je suis soulagée. Vaishali est peut-être splendide dans sa tenue de princesse mais je me vois mal me balader à longueur de journée avec d'immenses pans de tissu le long des jambes.

Alors que j'achève de nouer mes lacets, une alarme explose dans ma tête. Sans réfléchir, je m'élance hors de ma chambre et dévale trois par trois les marches de l'escalier.

J'entre en coup de vent dans le salon.

Jolo a disparu. Siyah, les griffes enfoncées dans le dossier du canapé, feule contre les dogrons face à elle.

ENNEMIS ! me hurle sa voix intérieure.

– Non ! Non ! Amis ! je rétorque.

C'est la toute première fois que nous sommes en contradiction. J'aime beaucoup les dogrons mais ce que je vois à travers les yeux de la panthère a de quoi me troubler. Ce sont des prédateurs trois fois plus gros qu'elle. Leurs dents, leurs griffes sont celles de chasseurs. L'odeur du sang flotte autour d'eux et leur feu gronde à l'intérieur de leur gorge comme un volcan prêt à cracher.

Ils sont véritablement effrayants.

– Mikilitsi ! s'exclame Safre d'un air mauvais. Pourquoi ce *pusinuilaq* est là ? Pourquoi il a l'odeur de toi ?

– Parce qu'il est moi, je réponds, comme si c'était l'évidence même.

Tout en parlant et en restant face aux dogrons, j'opère une translation lente vers Siyah.

– Attends… C'est comme le corbeau de ton frère ? demande Margoule.

– Mon oori, je confirme. Oui.

Je m'assois sur le canapé et lève le bras pour laisser le passage à la panthère qui descend du dossier et pose ses pattes avant sur mes cuisses d'un air propriétaire.

– Beaucoup trop de *nersut* ici. Heureusement, le *naaq* de moi est plein, râle Safre en se laissant tomber dans un fauteuil et en tâtant son estomac rebondi.

– La chasse était bonne ? Vous n'avez pas rencontré de problèmes ?

Margoule me sourit de toutes ses dents.

– Excellente. La forêt de l'empereur est magnifique. C'est presque trop facile. La prochaine fois, tu viendras chasser avec nous ?

– Pourquoi ?

Margoule pointe du doigt Siyah qui l'observe d'un air faussement détendu.

– Les *pusinuilaq* sont des pisteurs redoutables. Beaucoup d'animaux les craignent. Si l'instinct de celui-là est tien maintenant, j'ai hâte de voir ça.

Moi aussi, ajoute la voix de Siyah.

La proposition du dogron m'intrigue. J'ignore où je me trouverai dans une semaine. J'espère seulement que je serai encore en vie. Je finis par accepter en me disant que je ne cours pas beaucoup de risques.

La pièce se remplit petit à petit. Vaishali arrive la première. La princesse rougit en voyant Siyah assise sur mes genoux. Elle se répand en excuses, expliquant qu'elle ne connaissait pas cette particularité des sorciers. Elle s'en veut tellement qu'elle a les larmes aux yeux. Si seulement elle avait su le risque que je courais, nous ne serions pas descendues en ville. Je la regarde avec étonnement. Un risque ? Quel risque ? Ce qui s'est passé n'était absolument pas prévisible. C'est arrivé et voilà. Je la rassure en lui expliquant qu'elle n'y est pour rien. Tout ça est dans l'ordre des choses. Éliphas et Jolo entrent ensemble. Ils s'assoient dans le canapé en face du mien pour nous inspecter, moi et mon oori, d'un œil curieux. Nous sommes à nouveau au complet. Karasu quitte l'épaule de mon frère pour aller se percher sur les bois d'un crâne de cerf accroché au mur. Le silence s'éternise. Je suis au centre de l'attention générale.

– Quoi ? je finis par demander à Jolo qui ne me quitte pas des yeux.

– Je m'excuse. Je ne pensais pas que ça arriverait si vite. Sinon, j'aurais pris le temps de te mettre en garde.

– Est-ce qu'il y a encore d'autres chocs comme celui-là que je dois prévoir ? Un truc de magie que tu aurais oublié de me préciser ?

Jolo secoue la tête. Ses cheveux-plumes s'agitent autour de lui. Il s'éclaircit la voix avant de reprendre :

– Tes émotions risquent d'être encore un peu instables dans les jours à venir.

– Quelques jours seulement ? ajoute Éliphas en souriant d'un air taquin. D'après mes souvenirs, ma crise d'adolescence a duré bien plus que quelques jours.

Je laisse échapper un gloussement. Il a raison. La rencontre avec Siyah n'est que le début d'une période d'instabilité qui promet de durer des années. Merci du cadeau. Merci l'adolescence.

À deux, nous trouverons un équilibre, fait remarquer avec sagesse Siyah. *Après tout, nous avons à peu près le même âge. Celui où les adultes nous regardent avec pitié et impatience.*

Ton frère a juste oublié ce que ça fait. Je me mords les joues pour ne pas sourire à cette dernière parole-pensée de la panthère. Je ne pense pas que Jolo apprécierait qu'on se moque de lui.

– Nous allons nous diriger vers le nord. En haut du continent, il existe un refuge pour notre communauté, l'île Blanche. C'est là que vivent désormais Avi et les siens. L'endroit est connu pour ses sources d'eau chaude qui font remonter à la surface de la terre une magie vigoureuse. Les mages ne s'y aventurent pas car nos semblables y sont trop nombreux et trop puissants.

J'ai hâte de voir à quoi peut bien ressembler cette enclave saturée de magie où vivent librement des sorciers albinos et leur oori. Mais surtout, mon cœur papillonne de savoir que mon père est là-bas.

Je me tourne vers les autres avec un regard inquiet. Est-ce que notre collaboration s'arrête là ? Je me suis attachée au groupe et je me vois mal le quitter maintenant.

– Éliphas ? Vaishali ?

– Je vous accompagne, répond l'explorateur, les yeux brillants. C'est une occasion inespérée de compiler les légendes qui circulent au sein de la population si discrète des sorciers. Vous êtes mon passeport vers l'Île blanche.

– Moi aussi je viens, ajoute la princesse. J'ai été si longtemps enfermée que je ne me vois pas rester seule dans cette cité. Je n'aspire qu'à voyager, alors je vous suis. Si vous voulez bien de moi.

– Bien sûr ! je crie en lui sautant dans les bras.

Je me tourne ensuite vers les dogrons. Mon cœur rate un battement à la pensée qu'ils pourraient ne pas nous suivre. Safre hoche la tête puis dirige son regard vers son frère.

– Nous ne sommes jamais allés dans le nord… déclare Margoule d'un ton rêveur.

Je lui saute aussi au cou et il me serre contre lui en retour. Siyah, toujours installée sur le canapé, se met à ronronner.

Les préparatifs du départ nous occupent toute la matinée. Nous nous déplacerons à pied à travers les montagnes, droit vers le nord du continent. Jolo annonce une semaine de marche, peut-être moins, en fonction de notre allure. J'ajoute dans mon sac à dos les vivres que Nana a préparés pour chacun. Comment Éliphas peut-il partir en laissant chaque fois derrière lui des gens si adorables ? Il a l'air d'apprécier très peu ses parents qui vivent, m'a-t-il expliqué, dans une demeure bien plus luxueuse tout près du palais de l'empereur. Cette « petite » habitation n'est qu'une dépendance destinée au fils prodigue. Jamais je n'aurais imaginé que l'explorateur puisse être issu de ce qu'on appelle ici les Grandes Familles. En même temps, son éducation a fait de lui ce dandy élégant et distingué, sa curiosité et sa passion pour l'Histoire ont fait le reste.

Après un déjeuner délicieux, nous sommes tous réunis dans le hall, mieux préparés que nous ne l'avons jamais été. Même Vaishali a abandonné sa robe de princesse pour un pantalon et une veste chaude. Comme pour moi, c'est une ancienne tenue d'Éliphas reprise par Marissa qui, en plus d'être femme de chambre, joue aussi les couturières quand le besoin s'en fait sentir.

Un bruit de chevaux retentit à l'extérieur. C'est le signal. Nous sortons tous en même temps et nous précipitons dans la voiture arrêtée devant la demeure. Elle nous emmènera jusqu'à la forêt, à l'endroit exact où les dogrons sont allés chasser hier. Ensuite, il faudra continuer à pied.

Tassés dans la voiture bringuebalante, nous ne disons pas un mot. Karasu s'est posé sur le crâne de mon frère et Siyah est réfugiée entre mes deux jambes. Reprendre la route me fait une impression étrange. Comme si j'étais restée chez Éliphas bien plus que quelques heures. Je m'y sentais à mon aise.

Quand notre véhicule s'arrête, nous nous extrayons un à un.

Je suis soufflée par la beauté du paysage. D'un côté, la forêt, dense et principalement composée de résineux, de l'autre, la cité de Yölin-Anh cernée par le désert rouge. J'arrive même à voir le tracé très rectiligne du canal.

Nous nous lançons rapidement à l'assaut du chemin qui grimpe au milieu des pins.

Siyah jubile. Elle ne cesse de courir tout autour de notre groupe. Elle slalome entre les troncs, débusque des oiseaux cachés dans les fourrés, se roule dans les touffes d'herbe fraîche, grimpe aux arbres avec une formidable agilité et saute lestement à terre.

Encore sous le coup de la fusion de nos deux esprits, je suis complètement submergée par l'intensité des émotions de mon oori. J'ai l'impression d'être saoule. Je ris, je tourne sur moi-même avec un sourire extatique, je suis prise de décharges soudaines d'énergie qui me font glousser et danser. C'est complètement ridicule, mais c'est plus fort que moi.

Si Jolo n'avait pas été là pour surveiller ma folie passagère, je me serais détournée du chemin au moins dix fois.

Au bout de deux heures de marche, la pente devient brusquement plus raide. Le chemin, changé en sentier de chèvres, nous contraint à marcher à la queue leu leu : Éliphas en premier, suivi de près par Vaishali, puis les deux dogrons, moi et enfin Jolo en queue de peloton.

L'excitation de Siyah est un peu retombée, du coup j'arrive à me concentrer sur la marche. C'est agréable. À cette altitude, le soleil frappe moins fort, même si la grimpette nous fait transpirer.

Nous ne croisons personne. De nos jours, seuls les bergers grimpent aussi haut, explique Jolo. Mais, pendant la guerre, c'était un chemin fréquemment emprunté par les sorciers en fuite vers l'Île blanche.

Le soir venu, après un dîner silencieux, nous nous couchons les uns contre les autres, non sans avoir distribué des tours de garde. La forêt a beau paraître vide, il arrive aux voleurs et aux bandits de filer les voyageurs pour mieux dérober leurs possessions une fois la nuit tombée.

Vaishali prend le premier tour et je me vois décerner le dernier.

Malgré ma fatigue, mon sommeil est perturbé par des rêves parasites. Je suis sur la piste d'un lapin. Je remonte son odeur puis me planque au-dessus de son terrier. Je n'ai pas longtemps à attendre. L'animal sort d'un bond. Je lui saute dessus toutes griffes dehors. Il couine et se débat de toutes les forces de ses pattes arrière mais il ne peut rien contre mes crocs. Je serre son cou avec délectation, son sang pulse contre mes dents. Je resserre encore un peu ma mâchoire jusqu'à sentir ses cervicales craquer. L'animal se fige, puis tous ses muscles se détendent en même temps. Je lâche son corps chaud au sol et lui déchire le ventre. Sa viande est délicieuse…

Je me réveille en sursaut. Alors que le goût du lapin s'attarde dans ma bouche, je comprends que ce que je viens de vivre n'était pas un rêve. Ça ne plaît pas à mon estomac, qui se contracte soudain sous l'effet de la nausée. Siyah réagit aussitôt. *Laisse-moi un peu tranquille !* proteste-t-elle avant de restreindre la communication entre elle et moi à un simple fil de pensée. Je ne savais même pas qu'on pouvait faire ça. Mon oori est celle de nous deux qui se familiarise le plus rapidement avec notre nouvelle condition.

Non loin de moi, Margoule monte la garde. Il me demande si tout va bien. Je prétexte un mauvais rêve avant de retourner m'allonger. Couchée sur le dos, les yeux grands ouverts fixés sur les étoiles, je réfléchis. Les choses changent à une telle vitesse autour et à l'intérieur de moi que je ne sais plus trop qui je suis. La panthère a l'air de s'habituer si rapidement que je me demande s'il n'est pas plus facile de glisser de l'animal vers l'humain.

Je suis inquiète. Jusqu'à quel point vais-je perdre mon humanité ?

Tu penses trop, fait remarquer mon oori en rejoignant ma couche. *J'ai failli vomir mon repas à cause de toi.*

Je m'excuse en repensant aux images qui ont défilé dans mon rêve.

La chasse t'a plu, au moins ?

Je caresse sa fourrure épaisse sans savoir quoi répondre. C'était une première pour moi. Je dois avouer que c'était quand même assez excitant.

Tant mieux. Peut-être que, dans ce cas, tu m'épargneras ta nausée la prochaine fois, râle un dernier coup Siyah avant de poser la tête sur ses pattes et de s'endormir.

Je suis secouée au petit matin par Éliphas. Je me lève et vais prendre mon tour de garde tandis qu'il se recouche. Je suis soudain entourée de dizaines d'odeurs étourdissantes : rosée humide, épines sèches, sève, mousse verte, terre et humus.

À quel point les sens de Siyah affectent-ils les miens ? J'ai l'impression d'être une myope qui porte des lunettes pour la première fois. Tout est tellement précis. Il y a de la vie partout où mes yeux se posent. Dans la vallée, une brume s'attarde comme un nuage égaré. À flanc de montagne, des renards se faufilent d'un rocher à l'autre dans un ballet de couleurs fauves. Sur une branche exposée au soleil levant, un reflet tout près attire mon attention. C'est une grosse cétoine dorée, un scarabée à la carapace brillante comme un bijou. En temps normal, je n'aurais même pas fait attention à elle.

Le réveil de mes compagnons met fin à ma contemplation. Nous rangeons notre paquetage en silence puis reprenons notre marche dans la fraîcheur du matin. La forêt de pins se clairsème puis disparaît au profit de petits arbustes épineux aux feuilles collantes de sève. Éliphas est obligé de sortir sa machette pour dégager le passage car certaines plantes ont colonisé l'intégralité du sentier.

– Avant, le chemin était entretenu, explique Jolo en contournant un immense agave. Les passeurs faisaient en sorte que les sorciers puissent progresser de jour comme de nuit. Le but était de fuir le plus vite possible les cités de mages.

Le vol d'un oiseau de proie en altitude me détourne temporairement de mes pensées. Je prends mon courage à deux mains pour demander :

– Jolo ? Comment tu fais pour supporter les repas de Karasu ?

Mon frère laisse échapper un rire comme un croassement.

– La première fois que Karasu s'est attaqué à de la viande avariée, je crois que j'ai vomi. J'étais jeune, onze ou douze ans, et je ne savais pas encore séparer mon esprit du sien. Il faut que tu comprennes que pour l'instant vous êtes en communication presque constante, ton oori et toi. C'est comme un robinet ouvert à fond. Vous allez apprendre au fur et à mesure à réguler ce flux.

– Siyah se débrouille déjà très bien. Elle a chassé cette nuit, et je lui ai un peu gâché le repas.

– Si tu l'empêches de se nourrir, ça ne va pas être évident pour elle. Mais c'est un bon exercice pour vous deux. J'imagine que toi aussi tu auras envie de temps en temps de te retrouver seule avec toi-même, en privé.

Je ne sais pas comment aborder l'autre partie de mon problème. Je garde le silence pendant plusieurs minutes. Nous traversons une rivière en sautant de rocher en rocher. Je surprends dans l'onde quelques reflets écailleux qui me mettent l'eau à la bouche alors que je n'ai jamais aimé le poisson. Quand nous reprenons le sentier à la queue leu leu, je m'arrête pour interroger mon frère.

– Je me sens bizarre. Est-ce que je vais cesser d'être humaine ?

Il sourit et repousse ses cheveux pour mieux me regarder.

– Le fait même que tu te poses la question prouve que ce n'est pas le cas. Tu seras toujours toi. Tu risques juste de devenir un peu plus féline et Siyah un peu plus humaine.

Je reprends la marche, rassurée. La journée se poursuit dans un calme bienfaisant. Le groupe est devenu une machine bien huilée mue par un effort collectif. Le soir, nous nous réunissons autour d'un bon feu non loin du torrent que nous avons croisé à de multiples reprises.

Après le repas, une tasse de thé chaud à la main, Éliphas propose de nous raconter une des légendes dont il a le secret. Il précise qu'il me doit une histoire de toute façon. J'applaudis mais ajoute une condition. Je veux qu'il nous raconte son histoire.

– Comment? s'étonne-t-il avec humilité. Qui cela va-t-il intéresser?

Si les autres restent muets, je vois bien à leurs yeux attentifs qu'ils approuvent cette demande. Un homme capable de survivre seul dans le désert et d'échapper à un nécromancien a forcément une histoire à raconter.

– Je veux savoir qui est Éliphas Phinéas de la Maison Gallore, j'insiste en pointant mon index sur sa poitrine.

Il soupire et triture un moment les braises à l'aide d'un bâton avant de se lancer.

– Comme vous le savez tous, je suis né à Yölin-Anh. J'étais le fils cadet de la Maison Gallore, une des Grandes Familles fondatrices de la cité. Je ne suis jamais allé à l'école car notre demeure disposait de ses propres précepteurs. Mes deux frères aînés, bien plus vieux que moi, étaient déjà occupés par les affaires de la famille. Quant à mes deux sœurs, elles me considéraient comme un morveux sans cervelle. J'ai eu une enfance solitaire, entouré de livres. J'adorais lire les aventures d'explorateurs parcourant les pôles, bravant tous les dangers pour partir à la rencontre de peuplades inconnues. Je m'intéressais aussi à ma propre cité. Mes parents possédaient des ouvrages anciens sur Yölin Anh. La ville était bien plus mystérieuse qu'il n'y paraissait au premier abord. Je mourais d'envie d'aller visiter les quartiers décrits dans ces pages mais j'avais interdiction de sortir de la haute ville.

« Je me contentais donc d'imaginer.

« Cette période rêveuse et paisible cessa pour moi le jour où Mère décida qu'il était temps que je devienne utile à ma famille. Pour apporter un peu de prestige à la Maison Gallore, il était convenu que j'embrasse une carrière militaire au sein de l'armée de l'empereur.

On se chargea aussitôt de mon éducation guerrière : courir, se battre, monter à cheval, manier le sabre, étudier les stratégies de combat, se battre à nouveau. (Il secoue la tête.) Vous voyez, il n'y a rien de passionnant à ma vie, ça n'intéresse personne.

– Continuez ! je l'encourage malgré ses regards fuyants.

J'ignore ce qui me pousse à le faire parler. Peut-être le besoin de comprendre qui est vraiment Éliphas, sous son costume de dandy. C'est comme si une ombre se cachait sous cette carapace, comme si cette nonchalance et ces voyages incessants dissimulaient autre chose.

Il recule pour se réfugier dans l'obscurité. Son visage disparaît et seuls ses yeux continuent de refléter la danse du feu.

– Je le fais parce que notre groupe est unique et que vous avez toute ma confiance. Et je le fais surtout pour vous, ma chère Saga, parce que vous partagez tout avec nous. Mais il faut que vous sachiez que ce que je m'apprête à vous raconter n'est connu de personne. Ma propre famille a eu droit à une autre version des faits. (Il soupire.) Voici maintenant la suite de mon histoire et elle est beaucoup moins amusante que le début. (Il laisse s'installer le silence.) J'avais dix ans lorsqu'on me kidnappa. J'étais dans les écuries en train de panser mon cheval quand un homme en noir m'assomma à moitié, me bâillonna, me ficela comme un rôti avant de me balancer dans une carriole remplie de foin. Je passai le reste du chemin bringuebalé dans une inconscience confuse, corps mort sous l'herbe séchée. Après une demi-heure de route, je fus jeté sans ménagement dans une pièce obscure. C'était une cave humide à peine éclairée par une fenêtre étroite. Je ne comprenais pas ce qui m'arrivait. Mon ravisseur me retira les liens, je me mis aussitôt à crier. Nouveau coup sur la tête. Je m'écroulai. L'homme était une brute au nez cassé et au corps tanné par le soleil. Il remonta l'escalier et ferma la porte sans un mot.

« Dès que j'eus repris mes forces, j'essayai d'ouvrir la porte. En vain. Je concentrai mes efforts sur la fenêtre. Les pieds des passants défilaient dans mon champ de vision. Je hurlai tout mon saoul pour appeler à l'aide. Le résultat ne fut pas celui escompté. Nez-cassé débarqua comme une furie, m'arracha de mon perchoir et me battit comme plâtre jusqu'à ce que je perde connaissance.

« Un seau d'eau renversé sur mon visage me réveilla en sursaut. Deux hommes se tenaient à présent devant moi. L'un d'eux était Nez-cassé, l'autre était un homme aux vêtements tape-à-l'œil dont les doigts couverts de bagues semblaient plus habitués à frapper qu'à caresser. Malgré son apparente politesse, tout en lui exprimait la violence contenue. C'était un ours aux allures d'agneau. Sur une première caisse, il posa du papier, de l'encre et une plume. Sur une seconde, une couverture et un gros morceau de poulet sur du pain. L'homme-ours proposa le marché suivant : j'aurais à manger et de quoi me couvrir si j'acceptais d'écrire la lettre qu'il allait me dicter.

J'acceptai aussitôt. Quelle autre solution avais-je de toute façon ? J'étais trop effrayé pour penser à résister. Le courrier n'était pas adressé à mes parents mais à mes frères. Mon ravisseur exigeait qu'ils se retirent d'un certain marché dont je n'avais pas connaissance. En gros, cela disait : *Faites ce que nous vous demandons et nous libérerons votre petit frère.* L'homme-ours relut le papier signé de ma main puis me tapota le sommet du crâne d'un air satisfait avant de quitter la cave. J'attendis que la porte soit fermée pour me jeter sur le poulet, puis je m'endormis à même le sol, enroulé dans la couverture élimée qui était désormais mon bien le plus précieux. J'en souriais presque.

« Ma détention dura des jours. Nez-cassé apparaissait une fois par jour en haut de l'escalier pour me jeter un quignon de pain et quelques biscuits rassis. Les jours fastes, il y avait même un fruit. Deux semaines passèrent. Mon ventre et mes joues se creusaient. J'explorai ma cellule mais ne trouvai rien de plus qu'un long clou de charpentier que je cachai vite fait dans ma poche.

« L'homme-ours revint. Il me fit rédiger une seconde lettre. Cette fois, il n'avait rien à proposer et paraissait très énervé. Il repartit sitôt la dictée terminée.

« Mon attente reprit.

« Quand le commanditaire revint une troisième fois, une semaine plus tard, je compris que mes frères n'avaient pas cédé au chantage. L'homme-ours exigea une nouvelle lettre, cette fois à l'intention de mes parents. C'était clairement une demande de rançon. Il m'ouvrit la paume droite avec un couteau et m'obligea à poser la main sur le parchemin pour le signer de mon sang.

« Ma mère et mon père m'aimaient, j'étais persuadé qu'ils allaient payer.

« Pourtant, l'homme-ours ne réapparut pas. Les jours filèrent. Nez-cassé finit par espacer ses visites. D'abord un jour sur deux, puis un sur trois. J'étais devenu une charge sans intérêt. Mon état de faiblesse était tel que je perdis la notion du temps. Je passais mes journées à dormir, je ne me mettais debout qu'au prix de grands efforts. Un jour, je m'éveillai avec une conscience aiguë du sort qui m'attendait : jamais je ne sortirais d'ici. Soit mes parents avaient payé et l'homme-ours s'était enfui avec l'argent sans demander son reste, soit ma famille n'avait même pas pris la peine de verser un sou. Dans tous les cas, Nez-cassé m'abandonnait au fond de ce trou.

« J'allais mourir dans cette cave.

« À bout de forces, je m'installai sur le palier pour dormir. Je serrais le clou, mon unique arme, entre mes doigts comme s'il était une ancre qui m'empêchait de dériver.

« Les heures s'écoulèrent. Quand Nez-cassé ouvrit la porte, j'étais prêt. Je tirai le montant en bois de toutes mes forces. Terriblement faible, je m'écroulai aux pieds de l'homme. Il me donna quelques coups de pied en riant. J'entourai ses chevilles de mon bras gauche. Il se pencha en avant pour me déloger, je lui plantai le clou dans le visage avec toute la force dont j'étais capable.

« Mon arme de fortune s'enfonça dans son œil gauche

avec un horrible bruit de succion. L'homme hurla en plaquant sa main sur son orbite ensanglantée. J'en profitai pour détaler dans le couloir. Au bout, j'avisai une porte ouverte et me précipitai.

«Je me retrouvai dans la rue, complètement étourdi par la lumière. Je réprimai un vertige et, entendant les cris de Nez-cassé derrière moi, je m'élançai tout droit sans réfléchir. Je courus, tournai, bifurquai, me glissai entre les promeneurs et les vendeurs à la sauvette. J'étais un animal fou, libéré après plus d'un mois d'enfermement.

«Quand mes jambes refusèrent de me porter plus longtemps, je m'écroulai dans un recoin abrité. J'attendis la tombée de la nuit. Nez-cassé ne réapparut pas. Non loin de moi, un chien fouillait un tas d'ordures. Il le quitta avec un os couvert de morceaux de chair séchée. Je me précipitai au milieu des déchets pour y trouver un croûton. Une passante me prit en pitié et m'offrit un bout de fromage. J'en pleurai de bonheur.

«Une fois mon estomac calé, je réfléchis. J'étais vraisemblablement dans les bas-fonds, à en juger par l'état des rues. J'étais moi-même dans un sale état: cheveux emmêlés, vêtements tachés et déchirés, pieds nus et mains noires de crasse et de sang séché. Je retournai dans ma cachette pour le reste de la nuit, ma première nuit libre depuis des semaines.

«Le lendemain, la faim était revenue, plus forte. Je me faufilai entre les allées du marché. Les odeurs, les étals chargés de victuailles, les viandes en train de cuire, tout me mettait l'eau à la bouche. Je fus chassé de plusieurs échoppes par des vendeurs incommodés par mon aspect. J'étais bien déterminé à me débrouiller par moi-même. Je passai plus d'une heure à observer un marchand de fruits. Je notai que sa vigilance faiblissait quand il rendait la monnaie. J'en profitai pour voler une mangue. Je m'éloignai pour dévorer ma prise sans me douter qu'un observateur avisé m'avait vu faire. J'étais en train de racler le noyau de la mangue avec les dents quand je sentis une lourde main s'abattre sur mon épaule.

« C'était un homme au visage si banal qu'on l'oubliait sitôt perdu de vue. Tons neutres, taille moyenne, la vingtaine, ni beau ni moche. Je m'attendais à être battu pour ce que je venais de faire, mais Kakivat était l'un des meilleurs voleurs de la cité. Il avait vu en moi un défi à sa hauteur. Aucun indice de ma véritable nature ne lui avait échappé. Il savait que j'étais un fils de famille fortunée, il lui suffisait de lire l'histoire racontée par mes vêtements élimés. Mon intelligence, ma dextérité et mes doigts fins laissaient envisager un don pour la prestidigitation, art inséparable du vol. La seule ombre au tableau était la couleur flamboyante de mes cheveux, qui attirait immédiatement l'attention.

« Kakivat m'offrit un gîte pour la nuit, ainsi qu'un bon repas. Son regard amical était comme un réconfort bienvenu après les péripéties que je venais de traverser. Je ne devais rester qu'une nuit, je demeurai deux ans à ses côtés. Je ne pensais plus à ma famille, persuadé qu'elle m'avait oublié. Le maître-voleur possédait déjà quelques apprentis qui travaillaient un peu partout en ville. Ils furent mes frères et m'apprirent les ficelles du métier tandis que Kakivat nous enseignait l'orfèvrerie du vol : forcer les serrures, détourner un sortilège, escalader les murs, se rendre invisible. J'étendis peu à peu mon territoire et remportai de vifs succès. Jamais je ne me fis prendre. Pour passer inaperçu, je me teignais tous les matins les cheveux avec de la suie.

« Tout s'arrêta le jour où je fis les poches de la mauvaise personne. C'était la saison des pluies, une averse soudaine s'était abattue sur la cité, rinçant mes cheveux noirs. Je bousculai un homme dans le quartier des affaires et lui subtilisai sa montre à gousset. Seulement, ma victime était accompagnée d'un garde du corps que je n'avais pas remarqué. Celui-ci m'attrapa par le poignet alors que je m'élançais pour fuir. Ma victime m'observa et nous nous reconnûmes aussitôt. Ces cheveux couleur de flamme si caractéristiques de la famille Gallore, ce regard intransigeant, cette cicatrice sur la pommette, c'était mon grand frère.

« Quand j'avais disparu, mes deux frères avaient persuadé mes parents que ce n'était qu'une fugue et qu'il était inutile de me chercher. Caprice d'enfant gâté, avaient-ils avancé, j'étais trop fainéant pour la formation militaire, aussi m'étais-je caché quelque part non loin, mais la faim me ferait sortir de mon trou de souris. Évidemment, quand la première lettre de chantage était arrivée, ils s'étaient bien gardés de l'évoquer. Ils avaient également tu la deuxième. Quand Père et Mère reçurent la lettre de rançon, ils payèrent sans en parler à mes frères. Le dialogue n'a jamais été le fort de la famille. Je suppose que l'homme-ours s'était enfui avec l'argent sans plus se soucier de me rendre à ma famille. En l'absence de nouvelles, mes parents finirent par me croire mort.

« Mon frère aîné me ramena à la maison familiale. Mère me noya sous ses larmes, Père me congratula d'une tape affectueuse sur l'épaule, mes sœurs me prirent dans leurs bras. On ne me posa aucune question, on partit du principe que tout allait recommencer exactement comme avant. Moi-même je restais muet. Ils ne pouvaient pas comprendre. Pour eux, j'avais été mort, ils avaient été jusqu'à brûler symboliquement une poupée de chiffon à mon effigie afin que mon âme repose en paix. Me voir rentrer à la maison, c'était comme revenir en arrière et effacer les deux ans qui venaient de s'écouler.

« Dès que cela me fut possible, je retournai chez Kakivat. Ce ne fut pas évident car Mère, effrayée à l'idée que son fiston disparaisse encore, m'avait placé sous la garde d'un valet tenace. Il ne s'était écoulé qu'une semaine quand je me présentai à nouveau chez mon maître. Je lui contai toute l'histoire. Comme à son habitude, il écouta sans poser de questions. Une fois que mon récit fut terminé, il me demanda ce que je voulais faire, maintenant que je n'avais plus besoin de voler pour vivre. Je lui répondis que je souhaitais mettre son enseignement à profit pour un projet d'envergure qui me tenait à cœur depuis tout petit : percer les secrets de Yölin-Anh. Ses pupilles se mirent à briller. Il me révéla qu'il connaissait quelques lieux oubliés de tous, recouverts par le sable, et qu'il mourait d'envie d'en trouver d'autres.

« Il m'emmena aux portes de la cité et me fit découvrir les étranges tombeaux cachés dans les remparts. Ils contenaient chacun la dépouille d'un guerrier transformé par la magie. Destinées à rester invisibles depuis le désert, ces vigies étaient censées se relever pour combattre en cas d'assaut. Les squelettes gravés de runes attendaient éternellement qu'un mot de pouvoir, oublié depuis des siècles, vienne les activer.

« La cité comptait des centaines de secrets ainsi dissimulés. Je passai mon adolescence à l'explorer en compagnie de Kakivat et à compiler le fruit de mes recherches. Quand mon terrain de jeu devint trop étroit, je partis en quête des mystères cachés dans le désert. Je n'ai jamais arrêté depuis.

– Oh là là ! je souffle quand la voix d'Éliphas se tait. Et vous disiez n'avoir rien à raconter ? Vous êtes une légende à vous tout seul.

– Vous n'avez jamais voulu vous venger de l'homme-ours ? demande Margoule.

– Je n'en ai pas eu le temps. Quelques semaines après mon évasion, l'homme-ours a été retrouvé empoisonné dans un tripot. Quant à Nez-cassé, je le croise parfois aux abords du marché de la Porte Est. Il est borgne, famélique et il mendie pour survivre. Il vit déjà l'enfer, alors à quoi bon chercher vengeance ?

Le feu n'est plus que braises quand le silence retombe entre nous. L'explorateur reste à regarder l'horizon tandis que nous allons nous coucher. Je m'étends aussi confortablement que possible au milieu des rochers et des cactus. Mais le sommeil me fuit, je suis hantée par l'histoire d'Éliphas.

Je me tourne sur le dos, les yeux perdus dans la multitude d'étoiles. Éliphas aurait dû être général ou colonel au service de l'empereur. Son kidnapping a tout changé. Sa vie aurait pu s'arrêter là, mais il s'est battu pour elle. Il s'est libéré seul et a rencontré la personne qui l'a aidé à prendre son destin en main. Pareil pour moi. Ma fugue a été la décision la plus importante de ma vie. Elle a entraîné un chaos tel que tout a changé autour de moi. Je ne dis pas que je n'aime pas ce que je vis en ce moment. C'est juste que ce n'est pas du tout ce à quoi je m'attendais en quittant le confort de ma maison.

Une chose est sûre, j'apprécie ce groupe. On marche, on mange, on discute. On se sent bien ensemble. En fait, je voudrais que ce voyage ne cesse jamais.

Ça me va, ajoute Siyah en venant s'allonger contre moi, le ventre rempli de poisson.

Ce serait de la fierté mal placée d'affirmer que ma vie d'avant ne me manque pas. Je regrette la sécurité qu'elle m'apportait. Je me rends compte aujourd'hui que vivre sans la peur est un luxe dont je n'ai pas profité à sa juste valeur.

J'aimais bien ma vie de chaton, moi aussi. Je n'avais à m'occuper de rien. Ma mère chassait pour moi, surveillait notre tanière et faisait même ma toilette. Je dormais, je jouais, je mangeais et j'étais heureuse. Et puis, un jour, ma mère nous a bannis parce qu'on n'était plus des chatons. J'ai dû trouver un territoire de chasse et un coin abrité pour dormir. Ça n'a pas été facile. Ensuite, j'ai été capturée, battue et affamée. Après je t'ai rencontrée. Aujourd'hui, est-ce que je voudrais redevenir chaton ? Pas pour toutes les gazelles des steppes.

Facile à dire quand on est un félin avec des griffes et des crocs. C'est plus compliqué pour moi qui ne suis plus une enfant mais pas encore une adulte. Cet entre-deux semble receler bien plus de risques et d'incertitudes que je ne l'imaginais.

Vous, les humains, vous grandissez vraiment trop lentement, bâille Siyah. *Maintenant dors. Ça, c'est bon pour ton corps.*

Siyah se tait. Sa respiration, tout contre moi, ralentit de seconde en seconde avant de se caler à un rythme paisible. Bercée par son souffle lent, je m'endors à mon tour.

Le soleil est à son zénith quand nous parvenons au sommet de la montagne. Côté sud, le désert s'étend à perte de vue tel un océan rouge. Côté nord, la nature reprend ses droits, des collines couvertes de forêts dessinent des vagues vertes. À l'est et à l'ouest, la chaîne de montagnes s'étire comme une colonne vertébrale, empêchant jalousement le vert et le rouge de se mélanger.

C'est la première fois que je fais de l'alpinisme, je suis donc persuadée que le plus dur est derrière nous et que la descente sera facile. Il n'en est rien. Le flanc nord est bien plus escarpé que le sud. Le sentier se transforme en quelques pas en ravine remplie de graviers sur lesquels nos pieds n'arrêtent pas de glisser. Même Siyah redouble d'attention.

Nous longeons un précipice qui promet une chute à pic au marcheur maladroit. Peu rassurée, j'avance en me retenant aux gros rochers qui dépassent de chaque côté du chemin. Échaudés par la difficulté du parcours, nous finissons par former des binômes encordés. Vaishali et Éliphas ouvrent la marche, Jolo et moi la fermons. Les dogrons, beaucoup plus à l'aise, progresseront entre les deux groupes distants de plusieurs dizaines de mètres à cause des pierres qui roulent et dévalent le chemin sous nos pieds.

Chacun garde le silence, focalisé sur ses pas et ses prises.

Le binôme Éliphas-Vaishali négocie un virage délicat puis disparaît derrière un énorme rocher.

Au même moment, un bruit d'ailes me distrait. Sûrement Karasu qui revient de sa ronde. Je lève la tête pour tenter de le repérer.

Un cri de surprise me fait sursauter. Je me retourne juste à temps pour voir un énorme volatile percuter Jolo de plein fouet. Mon frère bascule dans le vide.

Je hurle son nom avec effroi.

Le reste se passe en quelques secondes.

La corde qui nous relie se tend. Je suis entraînée vers le précipice à la suite de mon frère. Je tente de résister, mais c'est un combat inégal. Jolo est bien plus lourd que moi. Je chute sur les genoux, les cailloux roulent sous mes mains. Impossible de trouver une prise solide. Je sens le vide sous mes jambes. Je crie. Je cherche désespérément un ancrage du bout des doigts. Les rochers coupent mes paumes. Mon torse bascule à son tour dans le précipice…

Enfin, un point fixe sous mes mains. Un rocher en forme de vague. Je m'y accroche de toutes mes forces, toujours tirée par le poids de mon frère.

Alors que je suis sur le point de lâcher, la traction cesse soudain. Comme si Jolo ne pesait plus rien.

Un corbeau blanc s'élève dans le ciel bleu.

Mon soulagement est immense malgré la précarité de ma propre situation. J'ai les bras enroulés autour d'une arête rocheuse, le reste du corps dans le vide.

Un battement de cils et la vie bascule.

Enfin, deux grandes mains écailleuses m'attrapent par les poignets. C'est Margoule. Le dogron me soulève sans effort et me pose sur la terre ferme.

– J'ai fait aussi vite que j'ai pu ! s'excuse-t-il comme s'il avait quoi que ce soit à se reprocher. Ça va ?

Je me jette contre Margoule et le serre fort pour le remercier. Le corbeau blanc atterrit à côté de nous et reprend immédiatement forme humaine dans un bruissement de plumes.

– Ma sœur ! s'exclame Jolo. Tu n'as rien ?

– Je… Je ne crois pas.

Mon pantalon est déchiré aux genoux, mes paumes saignent en de multiples endroits, mes ongles sont cassés mais je suis encore vivante. Les autres douleurs ne sont rien à côté du bonheur d'être toujours en vie.

Mon soulagement est de courte durée.

Avec un ricanement désagréable, deux silhouettes ailées se posent à quelques mètres de nous. Ce sont des harpies semblables à celles qui nous ont attaqués dans le labyrinthe : grandes pattes d'autruche, corps de goule à plumes, ailes dans le dos. Sauf que celles-ci ont un regard bien plus intelligent que leurs cousines du désert. Posées sur un gros rocher qui nous surplombe, elles replient leurs longues ailes, grises pour l'une, noires pour l'autre, et nous regardent avec un sourire cruel qui n'augure rien de bon.

– Sossana va être content, articule Ailes-grises avec une voix haut perchée.

– Oui, ma ssœur, lui répond Ailes-noires. Enfin, ils ssont à nous.

Jolo se tourne vers nous avec un haussement de sourcils. Il cherche à faire passer un message, mais lequel ?

– Accroche-toi, me glisse soudain Margoule, qui semble avoir compris.

Il prend une grande inspiration avant de cracher sur les harpies une énorme boule de feu. Les deux monstresses s'envolent avec un cri outré. Sans perdre de temps, le dogron m'attrape comme un paquet de linge et pivote dans le sens de la descente.

Margoule glisse et saute aussi vite que les graviers du chemin le lui permettent. Serrée dans ses bras, je me laisse faire, consciente que nous jouons gros. Je m'accroche en pensée à Siyah qui court aux côtés de Safre de son allure leste. Nous rattrapons l'autre groupe en un temps record. Vaishali et Éliphas se sont débarrassés de leurs cordes et nous attendent sur un promontoire. Tous deux tournent vers nous un regard affolé.

Le surplomb, vaste d'une cinquantaine de mètres carrés, nous permet de garder nos distances avec le couple de harpies. Car elles nous ont suivis de près, le feu ne les a pas découragées. Tandis qu'elles atterrissent à quelques pas de nous, Margoule me dépose au sol et me pousse derrière lui d'une main douce mais ferme. Siyah se serre contre mes jambes, nerveuse.

Jamais vu des oiseaux aussi gros ! s'exclame la jeune panthère. Un grondement sourd sort de notre gorge à toutes les deux. Ces harpies me rappellent de très mauvais souvenirs.

– On n'aime pas le feu des frères dogrons, commence Ailes-grises de sa voix beaucoup trop aiguë.

– Les dogrons ssont de méchants enfants, ajoute Ailes-noires.

– Méchants, méchants dogrons ! répète sa sœur.

– Pourtant Sossana a donné un cadeau pour eux.

– Oh oui, penssons au cadeau !

Chacune porte une pochette ceinte à sa taille. Elles tirent de leur bourse un galet rouge marqué d'une rune noire. Dans une parfaite synchronisation, elles se penchent au sol et y plantent leur caillou avant de reculer d'un battement d'ailes.

Aussitôt, la terre se met à trembler. Deux amas de roches et de glaise s'élèvent de l'endroit où les harpies ont enfoncé leur étrange graine rouge. Je crois distinguer un semblant de tête posé sur un torse, des bras, des jambes… Deux créatures de roc et de terre sont en train de s'assembler devant mes yeux ébahis. Incrusté sur leur front, on retrouve le galet rouge scintillant comme une marque de magie maudite.

– Par les vents du désert, hoquette Éliphas en reculant d'un pas. Est-ce que ce sont…

– Des golems, confirme Vaishali avec le même regard effrayé.

Safre pousse un cri et exhale un grand jet de feu. Les flammes caressent le torse des golems sans causer le moindre dégât. Le monstre ne montre aucune réaction. Il observe notre groupe de ses yeux de pierre puis esquisse un pas en avant.

Les dogrons s'interposent. Leurs boules de feu n'ont aucun effet. Safre se jette sur le premier golem en lui assenant des coups de poing rageurs. Le monstre, peu impressionné, lève un bras rocheux et balaye l'espace devant lui comme on chasserait une mouche. Le pauvre Safre est projeté en arrière dans un grand vol plané. Il s'écrase lourdement au sol et roule sur lui-même avant de se relever souplement comme un catcheur. Un sourire carnassier s'affiche sur son visage.

J'avoue que je suis loin de partager son amusement. Quelles sont ces créatures plus fortes que des dogrons ?

À son tour, Margoule entre dans la danse. Il pousse un grognement féroce et se jette sur le golem de Safre en percutant son torse de son épaule comme un rugbyman. Le monstre, qui fait deux fois sa taille, est obligé de reculer pour se stabiliser. Je comprends ce que Margoule cherche à faire. S'il peut pousser le monstre jusqu'au bord de l'aplomb, alors il tombera dans le vide. Safre a l'air d'avoir saisi l'idée, car il se précipite pour aider son frère. Un pas après l'autre, le golem recule.

Jolo s'élance sur le second golem. Je tente de le suivre,

mais Vaishali me retient. D'un signe de tête, elle me défend d'y aller. J'obtempère, à la fois frustrée et rassurée. Que pourrais-je faire face à un monstre qui renverse les dogrons d'une simple pichenette ?

Mon frère contourne le monstre avec fluidité. Il tente de poser ses mains sur son dos, mais le golem est rapide et il se retourne en abattant son poing sur lui. Je pousse un cri. Heureusement, Jolo pare le coup en roulant sur le côté. Puis il se redresse et prend appui sur la hanche du monstre pour grimper sur son dos avec une souplesse incroyable. Un véritable acrobate. Une fois là-haut, il se laisse tomber à califourchon sur son cou. Le golem essaye de l'en déloger mais ses bras mal articulés sont trop courts. Mon frère plaque ses mains sur la tête du monstre, puis ferme les yeux et se fige.

– Qu'est-ce qu'il fait ? je demande.

– Aucune idée… se contente de répondre Vaishali.

La réponse vient rapidement. Le monstre chevauché par Jolo semble soudain traversé de spasmes. En quelques secondes, des petites pousses commencent à germer sur toute sa surface. Il se couvre de verdure. Mues par la magie de mon frère, les plantes croissent à une vitesse spectaculaire, entravant les mouvements du golem aussi efficacement qu'un filet. Bientôt, l'une de ces tiges au milieu de son torse dépasse les autres en taille. Elle devient un arbuste qui continue de croître. Ses racines s'échappent de la poitrine du monstre qui se disloque, un rocher après l'autre. Quand le golem commence à tanguer, mal assuré sur ses jambes, Jolo se dégage et se laisse tomber au sol. Le monstre s'écroule dans un effondrement de terre, de roches et de verdure. Vaishali me lâche le poignet et se précipite sur les restes du golem pour extraire des décombres le galet rouge. J'imagine qu'elle veut éviter que le monstre ne se reconstitue.

De leur côté, les dogrons ont été rudement efficaces. Après une dernière poussée de Safre, l'autre golem bascule dans le vide. On l'entend s'écraser, puis le silence revient.

Au bout du promontoire, un combat a toujours lieu. Il oppose une harpie à Éliphas, qui la tient à distance avec sa machette. Vaishali s'est jointe à lui. Armée de pierres, elle vise adroitement les ailes noires de la créature.

– Où est l'autre ? je demande en parcourant du regard le promontoire.

Une pression sur ma poitrine me coupe le souffle. Mes pieds quittent soudain le sol.

– Sossana a dit : *Oublie pas la fille !*

La harpie grise a refermé ses bras maigres sur moi et bat vigoureusement des ailes pour s'élever.

Le sol s'éloigne sans que je parvienne à me dégager. J'ai beau me débattre, Ailes-grises est beaucoup plus forte que ne le laisse supposer son apparence décharnée. En dessous de nous, Siyah feule de colère. D'un bond prodigieux, elle s'agrippe à la patte griffue de la harpie. Gagnée par la fureur de mon oori, je tourne la tête et mords la chair à ma portée.

Mes dents se plantent dans le bras d'Ailes-grises. Son sang coule dans ma gorge, mais je n'en ai cure. Je serre encore plus fort et plus profond. La harpie parvient à déloger Siyah qui se réceptionne sans encombre. Nous sommes à présent à trois ou quatre mètres du sol.

Siyah saute une nouvelle fois, mais ses dents n'attrapent que le vide. Son impuissance est comme une claque en pleine figure.

Je suis la seule à pouvoir me sortir de là. Je me débats avec l'énergie du désespoir, puis je me souviens des films d'action où le héros se retrouve dans la même situation. Je lâche ma prise, rentre le menton puis rejette vivement la tête en arrière. Un craquement retentit, je crois bien que c'est le nez d'Ailes-grises. Avec un hurlement de douleur, la harpie desserre les bras. Je chute de plusieurs mètres…

Et percute durement le sol.

Outch !

Je veux me redresser aussitôt, mais mon corps refuse. Un vertige me saisit et un voile noir obscurcit ma vision. La voix de Vaishali, toute proche, m'ordonne de ne pas bouger.

Du bout des doigts, je cherche Siyah. Elle vient frotter sa joue poilue contre ma main tendue. Sa simple présence suffit à m'apaiser. *Bien joué*, me félicite-t-elle en me décochant un clin d'œil mental. Bien joué toi-même, je lui rétorque en souriant intérieurement.

Une langue râpeuse me lèche le visage. *Sang de goule, hmmm, mets de choix !* s'amuse-t-elle. Je comprends soudain ce que Jolo voulait dire par « plus humain ». Siyah vient d'utiliser l'ironie, une forme d'humour dont aucun animal n'est capable.

Je pousse sur mes bras pour m'asseoir. J'ai mal partout, mais je crois bien que je ne souffre d'aucune blessure grave. *Tu as fait une sacrée chute*, commente Siyah en s'étirant pour bâiller de contentement de me savoir hors de danger.

Le groupe converge vers nous. Hormis Safre qui serre son bras droit contre lui, les autres ont l'air d'aller bien. Je suis tellement rassurée de voir tout le monde indemne que les larmes montent sans que je puisse les arrêter. Décidément, je n'ai jamais autant pleuré que depuis que je suis sur Éther. En même temps, je n'avais jamais autant frôlé la mort.

– Elles se sont échappées, grommelle l'explorateur tandis que nous reprenons nos esprits et réunissons nos affaires.

– Elles vont revenir, avertit Jolo. Nous ferions mieux de descendre le plus vite possible dans la forêt. Tant que nous sommes en terrain dégagé, nous risquons une nouvelle attaque.

Nous reprenons la route rapidement. La descente après le promontoire se révèle heureusement plus facile. Nous parvenons aux premiers arbres en quelques minutes. Je traîne en arrière, poussant mes muscles à travailler encore un peu. J'ai des bleus partout, des écorchures à de multiples endroits et le dos en compote. Dans ma tête, les images du combat tournent en boucle, tout comme les questions. Où sont les harpies ? Sont-elles retournées vers leur créateur pour lui faire un rapport ? Si c'est le cas, ce malade de Graziel ne va pas être content de leur échec.

Nous trouvons finalement un bosquet de jeunes bouleaux au sein duquel nous nous réfugions. La nuit ne tombe que dans deux heures, mais il est temps de s'arrêter. De toute façon, je pourrais difficilement aller plus loin.

Les rôles se répartissent naturellement. Vaishali s'occupe de graver sur des bûches des runes qui permettent de faire un feu sans fumée, Margoule ramasse du bois mort, Jolo, sous forme d'oiseau, sécurise le périmètre en compagnie de Karasu, Éliphas dégage l'espace et sort quelques vivres. Incapable de faire quoi que ce soit, je me contente de me laisser tomber au sol. Siyah m'imite dans une parfaite synchronisation. Safre se pose près de moi, plus pâle qu'à l'accoutumée.

– Le *taliq* de moi est cassé, explique-t-il quand je lui demande ce qui ne va pas. Mais c'était une bonne bonne bagarre.

– Il faut faire quelque chose !

– La douleur est petite, relativise-t-il.

– Tu mens. Je vois bien la façon dont tu tiens ton bras. Tu ne peux pas rester ainsi.

– Pourquoi ? Hein ? Tu veux guérir moi, mikilitsi ? se moque-t-il avec un air de défi.

Je secoue la tête avec impuissance. Je ne peux pas guérir le dogron. J'aimerais en être capable mais la vérité, c'est que je suis complètement inutile. Comme je l'ai été pendant le combat. Je suis une lâche, une moins que rien.

Je m'éloigne du dogron et m'installe contre un tronc non loin du feu qui se prépare.

N'importe quoi, me contredit Siyah en faisant semblant de dormir. *Moi non plus, je ne me suis pas battue. Une fourmi n'a aucune chance face à un éléphant, alors elle n'engage pas le combat. En plus, je te rappelle que tu as quand même mordu au sang cette femme-oiseau.*

Parce que ma vie était menacée, je rétorque en pensée. Uniquement parce que j'ai eu peur pour moi et pour mon oori.

Tu t'en es très bien sortie. Mais la prochaine fois, sers-toi aussi de tes griffes.

Mes griffes ? Je regarde mes ongles, dubitative. Mon cœur fait un bond dans ma poitrine quand je me rends compte qu'ils ont sacrément épaissi. Ils forment maintenant un petit triangle au bout pointu.

Tu te crois sans défense mais tu n'es rien de tout ça. Tu es mon oori, confie Siyah. *Dents, griffes et souplesse, c'est ce que sont les félins.*

Je touche mes dents du bout de ma langue. Encore une fois, j'accuse le coup. Mes canines et mes molaires sont bien plus aiguisées qu'avant. C'est pour ça que j'ai réussi à blesser autant la harpie. Je pose une main sur ma bouche en voyant Jolo approcher. Comment va-t-il réagir ?

– Tout va bien ?

– Mmh, je réponds sans retirer ma main.

– Tu as été très courageuse tout à l'heure.

Je hausse les épaules. Encore une fois, je suis frustrée de ne pas avoir fait mieux. Quand je pense à son efficacité face au golem, je suis jalouse. Il a combattu avec bravoure tandis que je suis restée en retrait comme une gamine sans expérience. Je retire ma main pour pouvoir râler.

– Je n'ai rien fait. Je suis restée comme une loseuse à te regarder combattre. Je n'aime pas me sentir inutile.

– Tu as pourtant réussi à te défendre contre cette femme-oiseau.

– C'est grâce à ça.

Je montre mes dents et mes griffes. Il écarquille les yeux.

– Grâce à Siyah, j'ai ce qu'il faut pour me défendre. Mais ce que je voudrais, c'est faire de la magie comme toi.

– Je peux voir ? demande-t-il en prenant mes mains dans les siennes.

Il touche mes griffes d'un air concentré puis écarte mes lèvres doucement pour vérifier ma dentition.

– Quoi ? Ce n'est pas normal ? je m'inquiète soudain.

– Toi et ton oori êtes liés depuis moins d'une semaine. D'habitude, les changements physiques interviennent plus lentement. Mais j'imagine que tout est différent avec toi.

– Comment ça ?

– En général, un jeune sorcier rencontre son oori entre sept et dix ans, à l'âge où l'on vit encore dans un corps d'enfant. La métamorphose liée à la fusion des esprits prend des années, donc on a le temps de s'y habituer. Mais la magie semble agir rapidement sur toi. Comme si elle cherchait à rattraper son retard. Ça promet d'être intéressant.

– Arrête, tu m'angoisses. Déjà, la puberté, ça fait beaucoup, mais s'il faut que je gère en plus une autre métamorphose…

– Pour les changements liés à la croissance, je te laisserai voir ça avec une femme. Je ne suis pas très calé, fait remarquer Jolo avec une grimace.

Justement, Vaishali passe tout près de nous. Je prononce son nom. Du coin de l'œil, je vois le visage de Jolo virer du blanc au rose vif. Alors, comme ça, les sorciers peuvent rougir ? Sa gêne m'amuse. S'il croit vraiment que je m'apprête à parler des « trucs de filles » dont il se moquait il y a peu, il se trompe. J'ai d'autres priorités.

– Qu'y a-t-il ? demande la belle brune en repoussant ses longs cheveux.

– Est-ce que tu connais des runes de soin ?

Elle hoche la tête. En entendant le soupir de soulagement de Jolo, je retiens difficilement un sourire. Je désigne Safre du menton. Vaishali jette un regard vexé au dogron.

– Je lui ai proposé mon aide. Il l'a déclinée. Il ne veut pas qu'un mage trace des runes sur sa blessure.

Vaishali poursuit son chemin, les lèvres pincées. Je ne veux pas le dire à la mage mais je comprends les réticences de Safre.

– Pourquoi tu ne le fais pas ? propose Jolo. Je peux t'aider, si tu es d'accord.

– Nous pouvons soigner les autres ?

Moi qui pensais que c'était exclusivement réservé à notre propre personne.

Décidément, chaque jour repousse l'étendue de mes découvertes.

Jolo m'accompagne lorsque je vais voir le dogron. Je m'assois en tailleur et parle à Safre de ce que nous nous proposons de faire. Il opine du chef avec un sourire fier.

– Tu vois ! C'est quoi j'avais dit, mikilitsi. Tu peux guérir le *taliq* de moi. Tu voulais pas croire.

Je prends son bras entre mes mains. Jolo s'installe sur ma droite et s'approche au plus près de mon oreille. Sa voix chuchote doucement.

– D'abord, ferme les yeux. Ralentis ta respiration et concentre-toi sur tes sensations.

J'obtempère. La peau de Safre est fraîche sous mes doigts. Je sens ses écailles contre mes pouces comme si je tenais un serpent entre mes mains.

– Habitue-toi au contact. Respire. Maintenant, tu vas chercher à étendre ta perception. Ce bras, de quoi est-il constitué ? De chair, de muscles, de tendons et de ligaments raccordés à l'os. La sensation devrait être harmonieuse mais, en cas de lésion, elle ne l'est plus. Il y a comme des dissonances dans la musique du corps. Est-ce que tu comprends ce que je veux dire ?

Mes mains semblent chauffer autour du bras de Safre. Comme si elles absorbaient une source extérieure de chaleur, probablement celle du dogron. Je reste attentive, écoutant avec mes oreilles la voix de Jolo et avec mes mains le son du corps du blessé. Tout est nouveau. La dernière fois, j'écoutais la musique du bois, un chant lent et grave. Ici, il s'agit d'un organisme complètement différent. Je perçois le pouls de Safre, je ressens sa musique entre mes doigts. Mais elle n'est pas aussi harmonieuse qu'elle devrait l'être car quelque chose brise la mélodie.

– Je l'entends, je murmure.

– À présent, nous abordons l'étape la plus délicate. Concentre-toi sur ta propre musique. C'est à la fois un son et une énergie. Elle est vigoureuse et bruyante comme un volcan. Tu dois puiser à l'intérieur de ce cœur bouillonnant et laisser un peu de lave couler dans notre ami dogron. Pense à l'endroit où sévit la dissonance. C'est sur cette rupture que tu dois verser cette incandescence. Concentre-toi.

J'écoute. Mon propre cœur palpite au centre d'une symphonie. Sa chaleur est presque trop importante. En pensée, je tire un fil de ma poitrine et le laisse se dérouler jusqu'à cette zone lésée du bras du dogron. Comme une dégringolade de notes, la lave fuse le long de mes veines et se dirige en plein sur la défaillance. Mes mains brûlent et chantent à la fois. Je n'ai jamais connu ça. Cette synesthésie est une sensation inconnue mais tellement naturelle. Ce n'est pas de la douleur, c'est autre chose. De la magie…

Au bout d'un temps indéterminé, la voix de Jolo suspend ce moment.

– Stop. Arrête-toi. C'est suffisant.

Je n'arrive pas à lâcher le bras de Safre. C'est comme si tout mon corps s'était pétrifié dans l'effort. La musique coule encore entre mes doigts. Puis le contact se coupe brutalement. Jolo a éloigné le bras du dogron de force. Je serre mes mains pour contenir les vibrations enflammées qui les secouent.

– Ouvre les yeux, ordonne mon frère.

J'essaye de maîtriser le vertige qui me traverse. J'ai du mal à focaliser ma vision, comme si je venais brusquement de sortir d'un rêve et que j'étais incapable de me concentrer sur le monde réel.

– Regarde-moi, exige Jolo.

Au prix d'un grand effort, je lève les yeux vers lui. Son visage est flou. Je n'arrive pas à faire le point. Jolo claque des doigts juste devant mon nez. Je sursaute et reviens à la réalité. Mais mon corps est las, si épuisé que je me coucherais bien là où je me trouve.

– Tu t'es très bien débrouillée, me félicite Jolo. Tu dois juste apprendre à t'arrêter à temps. À ton âge, tes ressources en magie s'épuisent rapidement. Par chance, elles se remplissent aussi très vite.

Alors que je tente de me lever, une masse gigantesque se jette sur moi et me soulève. Elle a l'odeur du soufre et une haleine puante.

– *Nakurmik, mikilitsi !* rugit Safre. Tu as guéri moi !

Il me serre une dernière fois dans ses bras avant de me reposer avec précaution au sol.

– Tu as guéri moi ! répète-t-il en pliant et en dépliant son bras. Regarde ! Plus de douleur !

– J'ai vraiment fait ça ? je gémis, les jambes et le cerveau mous. Vraiment ?

– Viens, invite Jolo en me poussant gentiment devant lui. Allons rejoindre les autres pour le repas. Manger te fera du bien.

Je marche telle un automate jusqu'au feu sans fumée

de Vaishali. Tout le monde est là, à manger et à parler. Je me laisse tomber à côté d'Éliphas. L'explorateur me pose une question que je ne comprends même pas. J'ai l'impression d'être vidée de ma substance, froide et silencieuse comme si la musique m'avait quittée. Jolo s'assoit à côté de moi tandis que Safre montre à tous son bras guéri. Les sifflements impressionnés et les compliments fusent. Je tente d'y répondre en souriant, mais les muscles de mon visage arrivent à peine à se contracter.

Un claquement de doigts devant mes yeux me fait sursauter. C'est Jolo qui cherche à attirer mon attention.

– Finalement, je crois qu'il vaudrait mieux que tu laisses tomber le repas. Je te garde une part. Dors, tu mangeras plus tard.

Dormir ? Je ne me fais pas prier. Je m'allonge là où je suis, la tête contre la cuisse de mon frère, et plonge aussitôt dans le sommeil.

Je me réveille doucement.

C'est le matin.

La ramure légère et oscillante des jeunes bouleaux filtre les rayons du soleil. Mon corps est en harmonie avec ce balancement. Il inspire… expire… inspire… comme une machinerie bien huilée. C'est rassurant de se sentir à nouveau maître de son corps. J'examine en pensée les endroits lésés, mon dos, mes côtes. Non, ça va, ça ne fait plus mal. Je ne sais pas comment c'est possible, mais je crois bien que j'ai guéri pendant la nuit. Mon estomac gazouille bruyamment, me rappelant à des besoins plus prosaïques. Je meurs de faim. Mon odorat entre en action. Il y a une odeur vraiment appétissante sur ma droite. Je tourne la tête. Sur une pierre plate, un petit pain, du fromage et quelques fruits secs ont été laissés à mon intention. Je n'ai qu'à tendre le bras. Je m'assois et avale la nourriture goulûment.

Alors que je mâche tranquillement les dernières figues, je prends conscience du calme et du silence du bosquet. Autour des cendres tièdes du feu, il ne reste plus personne. Seul Safre est encore là. Il s'amuse à entasser à la verticale les galets qui ont servi à contenir le feu.

Je me lève pour m'approcher de lui. Il tourne vers moi un visage bienveillant.

– Où sont les autres ?

– Partis.

– Tu m'as laissée dormir ?

– Oui. J'ai dit aux autres : je veille sur mikilitsi.

Une bouffée de honte m'envahit. Alors, comme ça, plutôt que de m'attendre, le groupe est parti sans moi ? *C'est surtout qu'ils n'arrivaient pas à te réveiller,* précise Siyah, dissimulée dans l'ombre flottante des bouleaux. *Ils sont partis il y a une bonne heure. Vu le repos que tu as pris, tu dois être pleine d'énergie. Nous allons les rattraper en un rien de temps.*

Je me redresse et attrape mon sac à dos pour donner le signal du départ. Siyah a raison, je suis regonflée à bloc.

– Jolo attend au refuge. C'est pas loin, résume Safre en s'élançant sur le sentier.

– Un refuge ?

– Quand on sera là-bas, ce sera à la moitié du chemin.

Malgré notre allure énergique, nous marchons seuls toute la matinée sans parvenir à rattraper nos prédécesseurs. Le parfum des cèdres flotte dans l'air. Le sentier a disparu sous une couche d'aiguilles odorantes, mais je sais que nous sommes toujours sur la bonne route car nous croisons régulièrement une marque laissée à notre intention : couronne de branches sèches, flèche formée par des cailloux, branche tordue par la magie de Jolo…

Il ne doit pas être loin de midi lorsque nous parvenons à l'orée de la forêt. Au-delà s'étend une prairie en pente douce couverte d'une herbe grasse où paissent quelques chèvres paresseuses. Le refuge s'élève en plein milieu de cet océan de verdure. C'est un chalet au toit pentu, haut d'un étage. Son flanc ouest est longé par un torrent de montagne qui dévale en chantonnant quelques rochers arrondis et s'apaise au fond de la vallée en contrebas.

Un paysage alpin digne d'une carte postale. Rien ne manque. Je parierais qu'il y a même des petits cœurs taillés dans le bois des balcons et des rideaux en dentelle aux fenêtres.

Nous dévalons la pente et traversons la prairie avec enthousiasme. Nos derniers pas semblent plus légers maintenant que nous sommes arrivés à destination. Nos pieds écrasent çà et là des pousses de menthe sauvage dont le parfum vient doucement chatouiller nos narines. L'air est frais et pur, le ciel d'un bleu limpide. Quelques oiseaux réfugiés dans l'herbe haute s'envolent à notre approche avec un pépiement agacé. Siyah s'amuse à les poursuivre sans véritable conviction. Nous sommes heureuses, elle et moi, de ce moment serein que la nature nous offre soudain.

Nous ralentissons devant le chalet.

Cœurs aux balcons et rideaux en dentelle. C'est presque trop beau pour être vrai.

Safre frappe fort sur la porte massive. Une voix grave nous invite à entrer. Siyah, curieuse de tout, décide de nous suivre. Je trouve étrange de ne pas voir Karasu dans le coin. Bizarre… Le corbeau de Jolo devrait être perché quelque part par là.

À l'intérieur, à l'exception d'une personne courbée sur le feu, la grande pièce du rez-de-chaussée est déserte. Il y a bien une longue table entourée de nombreuses chaises en bois mais toutes sont vides. Ça aussi c'est étrange. Il n'est pourtant pas tard, alors où sont Jolo, Éliphas et les autres ?

L'homme, vêtu d'une lourde cape au chaperon relevé, tisonne les braises courbé devant l'âtre. Safre ferme la porte tandis que je m'enquiers du passage de nos compagnons.

– Oh, pour sûr, déclare l'homme en se tournant vers nous et en ôtant sa capuche. Tous arrivés. Bien sages là-haut. Prisonniers.

Ma respiration se bloque dans mes poumons.

– Scrofa ? s'exclame Safre, soufflé par la surprise.

Je regarde mieux celui qui nous fait face. Je reconnais les petits yeux de l'homme-sanglier et sa bouche déformée par deux défenses. Mais je ne comprends pas. J'ai vu Scrofa mourir, la gorge déchirée par une nuée de goules. Alors qui est cet homme ?

Il lève la tête pour me montrer son cou. Il est couvert de points de suture tout frais. Ils courent jusqu'à ses épaules, sous sa cape.

– Sosana répare moi. Comme neuf. Nouveau cœur, nouveau sang. Comme neuf ! Alors Sosana donne mission à moi. Vole avec les filles-oiseaux, attends la fille sans nom et, après, attends Sosana. Il vient. Tout près. Bientôt il est là.

Safre pousse un cri de rage en se dressant de toute sa hauteur. Puis il s'élance. Avec la rapidité d'un serpent, l'homme-sanglier sort des braises un galet rougeoyant gros comme un œuf et le jette sur le dogron. Safre ignore le projectile, d'une taille ridicule par rapport à sa carrure. Mais, plutôt que de rebondir sur lui, le caillou écarlate traverse le tissu de sa marinière, se fige dans sa poitrine et s'y enfonce.

Le dogron est stoppé dans son élan. Il trébuche en regardant d'un air totalement ahuri le galet déjà enchâssé d'un bon centimètre dans sa chair. Une fumée rougeâtre s'échappe de la plaie.

Mon ami tombe comme une masse sur le dos.

– Safre ! je crie en me précipitant sur lui.

– Cadeau pour Safre, marmonne Scrofa. Sosana donne. Pour toi, dogoron, c'est la mort.

Je m'agenouille et essaye d'attraper le galet en glissant mes doigts dans la plaie ronde qui semble avoir été temporairement cautérisée par le projectile.

C'est brûlant !

Je retire ma main. Impossible de l'attraper. Le caillou est incandescent comme du métal en fusion.

D'un seul coup, la chair se met à saigner et à inonder le trou béant. Le sang est tellement épais qu'il semble noir.

L'horreur m'envahit. Un grand froid naît en moi.

Je ne veux pas perdre Safre.

Je presse mes paumes sur la plaie pour empêcher le fluide vital de s'échapper de la poitrine du dogron. Ça ne marche pas. Le trou est trop large, mes mains trop petites. Le sang se propage, imprégnant sa marinière et s'étendant comme une corolle.

Comme frappée de stupeur, je regarde mon ami souffrir sans savoir quoi faire. Safre, les yeux dans le vague, gargouille des paroles incompréhensibles. Il tousse pour s'éclaircir la gorge. Un peu de sang coule de la commissure de ses lèvres, signe que ses poumons sont atteints.

– Mikilitsi, articule-t-il, le souffle court. Tu sauves moi ? Hein ? Fais comme hier. Ça ira bien.

Je regarde mes mains pleines de sang puis le visage du dogron en train de me sourire alors que la vie s'échappe de lui.

– Ça ira bien, répète Safre avant de perdre connaissance.

Aide-le ! m'encourage Siyah, tout contre moi.

Je lui ordonne en pensée de fuir. Elle m'empêche de réfléchir sereinement. J'ai trop peur qu'elle ne soit blessée à son tour.

Elle refuse. Elle propose d'attaquer l'homme-sanglier. Des images d'elle sautant à la gorge couturée de Scrofa traversent ma tête.

Je les repousse. Non, la porte est restée entrouverte. Il faut qu'elle fuie. Il faut qu'elle survive. Je la supplie.

Elle finit par céder. Du coin de l'œil, je l'aperçois qui se faufile par l'entrebâillement.

Un soulagement profond me saisit. Mon oori ne sera pas la proie de l'homme-sanglier.

Scrofa n'a pas remarqué notre échange muet. Il jubile en voyant la panthère prendre la fuite. Ses yeux porcins boivent le spectacle qui s'offre à lui.

– Perfide petite fille. Tu as bien changée. Une blanche. Oh là là ! Avec l'autre, ça fait deux. Sosana sera content. Il aime découper les blancs. Et Sosana doit remplacer son gardien des rêves.

J'essaye d'ignorer les paroles néfastes de l'homme-sanglier et de repousser les horribles images de l'armure enchantée dont j'ai détruit le contenu il y a quelques jours. Je ne dois pas écouter. Je dois me focaliser uniquement sur Safre et cette pierre rougeoyante noyée dans le sang écarlate du dogron.

La magie peut certainement faire quelque chose. Si seulement j'arrivais à me concentrer assez.

Je baisse la tête et pose mes mains à plat sur la poitrine de Safre. Je connais la chanson de son corps. Je l'ai entendue hier quand j'ai guéri son bras. Ça ne devrait pas être si difficile…

Je tends l'oreille. Oui, j'entends la musique. Elle me parvient sous la forme d'une complainte complètement désaccordée. Un sentiment d'urgence l'accompagne. C'est une cascade effrénée de notes sans véritable tempo.

Vite, vite… appelle-t-elle.

J'atteins ma propre source de magie, grondant à l'intérieur de mon être. Déversant autant de pouvoir que je le peux dans mes mains, je canalise tout vers les côtes du dogron et l'affreuse pierre insérée dans le sternum. J'espère que la magie saura quoi faire.

Le corps de Safre se tend devant cet afflux d'énergie soudain et désordonné. Son cœur est pris de soubresauts. Sa respiration vacille. Est-ce dû à mon intervention ou aux effets de la rune ?

J'écoute la musique et ce que j'entends me terrifie.

Elle a baissé en intensité.

Faisant appel à la moindre étincelle de magie qui reste en moi, je tente de contrôler le corps du dogron. J'ordonne aux muscles de sa poitrine de se contracter pour expulser l'intruse. Je réclame du cœur qu'il batte encore et encore.

Safre est traversé d'un spasme. Son corps répond à ma sollicitation.

Le cœur pulse une fois, deux fois, mais en vain. Tout le sang du dogron continue de s'échapper par la plaie béante de sa poitrine, noir et visqueux, recouvrant mes mains.

Un vertige me saisit.

Je ne peux pas le faire toute seule. Je ne suis pas assez forte.

– S'il te plaît, Safre, je murmure pour l'inciter à résister.

Sa musique me répond avec douceur. C'est une mélodie tellement distante. Comme un oiseau qui s'éloigne. Comme une caresse fantôme.

– Safre ?

Puis la musique s'éteint.

Pas de final. Pas de sursaut de mélodie.

Juste le silence.

Horrible et assourdissant.

Le silence.

Je regarde mes mains rougies par le sang de mon ami.

Je regarde Safre. Son corps immense, immobile.

Et muet.

C'est impossible.

Je détache mes paumes de sa marinière.

J'attends…

Il va forcément revenir, non ?

Parce qu'il est fort. C'est un dogron, il est plus fort que la mort.

De toute façon, il ne peut pas…

Mourir ?

...

Est-ce que…

Est-ce que Safre est mort ?

À genoux devant le corps du dogron, je voudrais pleurer mais je n'arrive plus à penser clairement. La stupeur, l'horreur et l'épuisement me submergent comme une vague immense. Mes muscles lâchent tous en même temps. Je m'affale sur la poitrine du dogron, incapable de soulever ne serait-ce qu'une main.

Je comprends brusquement.

Je suis vide.

Il n'y a plus de magie en moi.

Je suis allée trop loin. C'était ce contre quoi Jolo m'avait mise en garde hier.

Encore une fois, je suis inutile.

J'ai échoué. Je n'ai pas sauvé Safre.

J'ai si froid.

Mon cœur est un éclat de glace polaire.

J'ai tellement froid.

– Ridicule, fait remarquer la voix de Scrofa au-dessus de moi. Toute cette magie. Pour rien.

Je lutte contre le sommeil. Je ne peux pas m'endormir ainsi, la joue dans le sang de mon ami, mon corps allongé sur son cadavre et un ennemi dans mon dos.

Je dois résister…

– Bonne sorcière, mais inexpérimentée. Tu peux pas sauver le dogoron. Bête d'avoir essayé. Dommage, tu perds sans te battre (rire).

Je sens une main qui me tire en arrière. Scrofa m'a attrapée par le col comme on le fait avec un chaton et m'écarte du corps du dogron. Je m'affale contre le plancher, de plus en plus anesthésiée par cette immense faiblesse et cette incommensurable tristesse.

Mes paupières…

Elles sont si lourdes…

Et mon cœur…

Il est si froid…

Si seulement je pouvais…

III
UNE TERRE DE MAGIE

Le sommeil me quitte brutalement. Je suis allongée, les yeux fermés. La pièce qui m'entoure est silencieuse. D'ailleurs, aucun son ne me parvient hormis les craquements des poutres du chalet sous les faibles assauts du vent.

Safre…

La peine me transperce comme une flèche en plein cœur.

Si seulement tout cela n'avait été qu'un rêve. Un horrible cauchemar dont j'allais me réveiller.

Je voudrais pleurer. Je voudrais crier.

Mais rien ne se passe.

J'essaye d'ouvrir les yeux mais il semble que mes paupières ne répondent pas. Je tente de lever un bras.

Rien.

Je suis paralysée.

À moins que je ne sois pas totalement réveillée ?

J'analyse cette question, mais j'ai bien l'impression d'être sortie du sommeil. Je pense librement sans plus aucune trace de délire onirique. C'est comme si quelque chose me bloquait à l'intérieur de mon corps.

Panique.

Je me concentre sur mes sensations. Je suis allongée sur une surface moelleuse, sûrement un matelas. Mes mains, paumes vers le ciel, sont en contact avec des draps. Je dois donc être dans un lit, sans doute celui d'une chambre de l'auberge. Mon corps est complètement détendu. Je respire librement, à part…

Quelque chose ne va pas.

Il y a un poids sur ma poitrine.

Une chose est posée sur moi. J'essaye de me focaliser sur ce contact. C'est rond et plat. Lourd comme une pierre. Oui, voilà, une pierre. Il ne peut s'agir que de ça.

J'écoute mais en m'intéressant cette fois à l'aspect magique de cette intruse qui m'oppresse.

La réponse est quasi immédiate. Pas besoin d'ouvrir les yeux pour comprendre qu'il s'agit d'un galet gravé de runes comme celui qui a créé les golems et comme celui qui a tué Safre (quelle horrible pensée). Cette pierre forme comme un espace de néant sur moi. Sa nature a été pervertie par la magie qu'on y a mise de force. En tout cas, elle semble être posée là pour me paralyser. Tant mieux pour moi car le simple fait d'être coupée de mon corps me permettra peut-être d'accéder plus facilement à la magie.

Que ferait Jolo dans cette situation ?

Il ferait comme il a fait dans la péniche avec les portes couvertes de runes. Il écouterait.

Mais il y a une grande différence entre un morceau de bois et une pierre. Une pierre, ce n'est pas vivant comme l'est un arbre. C'est une existence figée. Une éternité.

De toute façon, ai-je le choix ?

Non. Je dois me libérer coûte que coûte avant l'arrivée des mages. Ce qu'ils sont capables de faire en représailles… Ce que Scrofa a fait à Safre…

Non. Ne pense pas à ça.

Et Jolo ? Où est Jolo ?

Je ne peux pas le perdre.

D'abord Safre, puis lui…

Stop !

On a dit : chaque chose en son temps.

D'abord se libérer, le reste suivra.

Je dois dans un premier temps m'occuper de ce galet. Bon, espérons qu'il soit possible d'écouter la magie d'une pierre. De toute façon, quand on n'y connaît rien, comme moi, en magie, l'avantage, c'est qu'on n'a pas non plus conscience de ses limites.

Alors je cherche.

Je laisse mon moi magique s'ouvrir aux sensations de la pierre. Roc, quartz, lave. Autrefois volcan et explosions. Les notes que je perçois sont graves et démesurément longues. Parfois, une montée d'octave traverse les graves comme un éclair, puis le calme revient. Grands froids et fortes chaleurs. Pourquoi ce souvenir ? Grands froids et fortes chaleurs, c'était un cours de biologie. Je me rappelle que mon prof disait que les pierres n'étaient sensibles qu'à ça : les grands froids et les fortes chaleurs. C'était d'ailleurs de cette façon qu'on brisait les gros rochers avant. Quand ils gênaient pour la construction des routes, par exemple.

À une époque où le marteau piqueur n'existait pas, on se servait de la nature. On perçait un trou dans la pierre, on le remplissait d'eau et on attendait que la prochaine gelée fasse le reste du travail. La pierre, sous l'action de la glace, se fendait sur toute sa longueur.

Pourquoi est-ce que je pense à ça maintenant ? Est-ce qu'il serait possible de fendre ce galet de la même façon ?

Je replonge dans la monotonie musicale du roc. En cherchant attentivement, je finis par trouver une ligne qui pourrait me servir. Elle forme comme une veine unique dans le bloc compact qu'est le galet. Elle le traverse de part en part.

J'insère un peu de ma magie dedans. Mais je ne veux pas que cette magie soit chaude, je veux qu'elle soit froide à pierre fendre. Je refroidis ma propre magie pour parler au galet d'hivers sans fin et de glaces bleutées.

Ma peau se couvre de chair de poule mais je continue. Il faut que la pierre se souvienne de ce que ça fait d'avoir froid.

Je me mets à claquer des dents mais je m'obstine. Je sens la ligne pulser d'un rythme presque imperceptible tellement il est lent. Mais le froid la gagne et sa température baisse.

Quand penser simplement au froid ne suffit plus, je me projette des images frigorifiques.

Glaciers immobiles.

Neiges infinies.

Icebergs monumentaux.

Eau figée par le gel.

Blizzard coupant.

Arctique.

Antarctique.

Mon corps n'est plus qu'un gigantesque bloc de glace.

Soudain, un craquement.

Kaklak !

Décharge de foudre rocheuse.

Le galet a cédé. Il vient de se fendre en deux.

Aussitôt, le sort qui me paralysait se dissout. Je suis libre !

Je tente de bouger mes bras mais mes muscles, tétanisés par le froid, refusent d'obéir. Moi qui voulais me débarrasser d'un rocher, me voilà pétrifiée. Je ne suis plus qu'une statue de glace.

Avec un effort intense de volonté et au prix d'une terrible douleur, je parviens à lever mon bras droit à partir du coude et à ouvrir un œil (l'autre a les cils collés par le gel). Ma main est marbrée de bleu, mes doigts sont crispés comme ceux des morts que j'ai vus dans le désert. Rien d'autre ne bouge en moi. Pire, les battements de mon cœur sont dangereusement lents.

Il faut absolument que j'inverse le processus ou je vais me transformer en cadavre gelé.

Un instant, je songe à laisser tomber. Il me suffirait de lâcher l'affaire et de rejoindre Safre.

Sauf que Jolo serait seul face aux mages.

Je ne peux pas faire ça. Safre aurait refusé que je laisse tomber.

Safre se serait battu.

Je me concentre sur ma magie. Je visualise un paysage gelé qui se met à fondre, goutte à goutte, sous l'effet d'un soleil printanier. Battement après battement, mon cœur accepte de se plier à l'effort. Son rythme accélère puis se stabilise à un tempo normal. Mais plus la chaleur se répand dans mon corps, plus la douleur se réveille. Mes muscles anesthésiés par le froid hurlent. C'est une brûlure terrible.

Quand, enfin, j'arrive à remuer, je suis traversée d'intenses tremblements. Mes dents claquent, mes bras sont secoués par des spasmes irrépressibles, mes genoux se cognent l'un contre l'autre.

Je me tourne sur le côté pour me recroqueviller. Le galet chute de ma poitrine. Sans plus faire attention à la pierre, j'attrape la couette et l'enroule autour de moi pour trouver un peu de chaleur sous son moelleux de plumes. Au bout d'un temps indéterminé, mes tremblements finissent par se calmer. Je me redresse, épuisée par l'effort, et regarde le galet fendu en deux comme si je le découvrais enfin.

Une soudaine chaleur m'envahit.

Cette fois, ça n'a rien à voir avec la magie.

C'est de la fierté.

J'ai réussi !

Je me suis libérée seule, sans l'aide de personne !

Mon sentiment de victoire s'éteint aussi vite qu'il est apparu. J'ai peut-être réussi à me libérer, mais ai-je sauvé Safre ?

Non. Je suis une bonne à rien de sorcière. Une grosse nulle.

Et puis, je suis peut-être libre mais je suis toujours enfermée dans cette chambre. Et vidée de toute énergie.

Je tente d'ouvrir la porte en tournant la poignée le plus silencieusement possible mais une résistance confirme rapidement ce que je redoutais.

Fermée.

Décidément, cet homme-sanglier est très précautionneux.

La chambre est meublée simplement. Des lits jumeaux, une table, deux chaises et une bassine en fer. Mon sac à dos n'est pas là. Il a dû rester en bas, là où je l'ai posé en arrivant.

Je pourrais dégonder la porte comme Jolo m'a montré dans la péniche mais ça ferait beaucoup trop de bruit. J'ai besoin que Scrofa ne se doute de rien.

Il me reste donc la fenêtre. Je tourne la poignée. Ses deux battants s'ouvrent sans problème. En même temps, qui condamnerait une fenêtre qui se trouve à cinq ou six mètres de hauteur ? Je regarde le sol, désabusée. Impossible de sauter, je me briserais le cou.

Moi pas.

Je sursaute.

Siyah ?!

Évidemment. Qui veux-tu que ce soit ?

Je suis tellement contente de l'entendre que j'en pleurerais. Tellement heureuse de la savoir vivante. Tellement…

Plus tard, me coupe-t-elle. *Sors-toi plutôt de là. L'homme-sanglier est toujours en bas. Les harpies sont venues lui parler. Ailes-noires est repartie et l'autre est…*

Je sens soudain le goût du sang dans sa bouche. Morte ?

Je lui ai fait payer. Plus jamais elle ne pourra te faire de mal.

Ma belle sauvage. Je brûle d'envie de la serrer contre moi, de sentir sa fourrure chaude et douce sous mes doigts.

Coucou !

Je sursaute. Siyah vient de sauter par la fenêtre ouverte. Je me jette sur elle, soulagée et ravie. Nous ronronnons toutes les deux de contentement. Ça fait tellement de bien de la retrouver saine et sauve, hors des griffes de l'homme-sanglier ou des mages.

Vivante. Comme Safre ne le sera jamais plus.

Nous le vengerons. Fais-moi confiance.

Elle roule sur le dos pour me laisser lui grattouiller le ventre. Ce n'est encore qu'une jeune panthère mais elle atteint déjà une belle longueur. Ses taches forment comme de gigantesques bandes noires sur fond beige. Des poils blancs apparaissent de-ci, de-là, signe que le changement opère chez elle aussi. Bientôt, elle sera décolorée comme un spectre.

Je ne veux pas être un spectre. Les fantômes ne mangent pas. Moi, j'aime manger, fait-elle remarquer tandis que je caresse son ventre rebondi.

Nous devons sortir de là. Il faut que je sorte de cette chambre. Il ne faut pas que les mages me trouvent.

Alors fuis.

Comment ?

Comme une panthère. En grimpant dans les hauteurs.

Mais je ne peux pas. Le toit est inaccessible, le sol est trop bas. Je suis coincée.

L'humaine est coincée. Pas la panthère.

Tu veux dire… Moi ? En panthère ?

N'est-ce pas ce que fait ton frère ?

Oui, mais je ne sais pas comment il fait. À un moment, il est humain, puis la seconde d'après, il est corbeau.

Donc, c'est possible. Il te suffit d'essayer.

Je pense à ma piteuse utilisation de la magie sur Safre. Je ne maîtrise rien. Je suis incapable de…

Essaye avant de dire que c'est impossible.

Décidément, cette panthère est pleine de sagesse.

Je suis ton oori, c'est normal. Je ne suis pas n'importe quelle panthère.

Mon oori.

Maintenant, allonge-toi contre moi et ferme les yeux.

J'obéis. Le corps de Siyah est collé au mien. Je sens sa présence calme et rassurante.

Regarde avec ta magie. Comprends qui je suis.

Je prends une profonde inspiration et plonge dans le flot de magie qui pulse en moi. Une seconde source palpite, vive, juste à côté. C'est Siyah. Elle brille littéralement d'énergie. Elle est autant magie que moi. Est-ce que les animaux sorciers existent ? Est-ce que c'est ce que sont les ooris ? Des âmes sœurs liées par la magie ?

Évidement. Je ne suis pas juste une compagne ou un faire-valoir. Nous sommes partenaires. Toi et moi. Moi et toi. Il n'y en a pas un qui prévaut sur l'autre. Maintenant, concentre-toi !

Je laisse mes sens dériver vers son corps. Ses doigts courts terminés par des griffes rétractiles, des coussinets durs et souples à la fois, des chevilles élastiques, des jambes musclées faites pour pouvoir bondir haut, une queue longue nécessaire à l'équilibre…

Écoute ma magie, pas mon corps.

Soudain, sa magie s'ouvre à moi. C'est une musique puissante et particulièrement mélodieuse. Elle se mêle à ma propre magie.

Nos deux musiques s'unissent.

Elles entrent en harmonie.

Elles ne sont pas semblables, mais elles créent une mélodie nouvelle.

Puis, petit à petit, ma musique semble se caler sur celle de Siyah. Elle se modifie jusqu'à lui ressembler note pour note.

Mon cœur se met à battre au même rythme que le sien.

Todom… Todom… Todom…

Voilà. Le résultat n'est pas mal.

J'ouvre les yeux, complètement déboussolée. Ma vue a radicalement changé. Tout est plus… précis. Je me redresse et bascule aussitôt sur le côté, surprise de ne pas pouvoir me lever sur deux pattes. Je regarde mes mains qui ne sont plus des mains. Elles sont couvertes d'une épaisse fourrure jaune pâle. J'écarte les doigts, de puissantes griffes jaillissent.

Ça a marché !

Je suis une panthère !

Une grosse langue s'abat sur mon visage. C'est Siyah qui ne peut s'empêcher de me féliciter.

Tu es belle, ma sœur. Presque aussi belle que moi.

Je ronronne de contentement et frotte ma joue contre elle pour lui montrer combien je suis fière des progrès que nous faisons toutes les deux. Je me pose à nouveau sur mes quatre pattes. Après quelques pas maladroits, je prends vite le coup. C'est tellement facile de se déplacer quand on possède une queue. Elle oscille en permanence pour assurer mon équilibre.

Comment ai-je fait jusqu'alors pour vivre sans cet appendice incontournable ?

Ça, je me suis toujours posé la question. Comment font les humains pour ne pas se casser la figure alors qu'ils n'ont que deux pattes et même pas de queue ?

Les odeurs me sautent soudain au visage.

Il y en a partout et de tout genre. C'est incroyable, une telle profusion. Le lit porte les traces olfactives des précédents occupants. Il y a des taches sur le parquet qui chatouillent mon nez alors qu'en tant qu'humaine je n'aurais même pas soupçonné leur présence. Vieille nourriture, graisse, crottin, pipi de chat et même sang. Les boiseries elles-mêmes dégagent une odeur bien spécifique en fonction de leur essence : pin, chêne, olivier, bouleau, eucalyptus. J'approche ma truffe d'à peu près tous les meubles pour tracer une carte qui vient se positionner en complément de ce que mes yeux voient. C'est tellement détaillé que je pourrais fermer les paupières et m'orienter avec mon seul nez.

Maintenant. Déplacement.

Siyah m'invite à la suivre. Nous sautons d'un lit à l'autre avant de gagner la table. Le tout sans faire de bruit car il ne faut pas attirer l'attention de Scrofa. Mon corps de félin s'habitue vite.

Il est temps, annonce Siyah en sautant sur le rebord de la fenêtre. *Je passe devant. Tu me suis.*

Toutes griffes dehors, Siyah s'agrippe aux rondins qui tapissent l'extérieur du chalet pour grimper jusqu'au toit.

Je la suis avec une sorte de jubilation. Ça paraît tellement facile.

Je la retrouve sur les lauzes qui composent la toiture, encore fraîches sous mes pattes malgré le soleil presque à son zénith. L'air extérieur est étourdissant de détails olfactifs. J'en prends plein le nez. Pollens, parfums de fleurs, de pins, d'animaux. Le monde n'est qu'un vaste puzzle d'odeurs. J'ai la tête qui tourne tellement les informations délivrées par mes narines sont nombreuses. J'ai envie de toutes les explorer, de partir la truffe au vent pour comprendre d'où elles viennent.

Reviens ici! exige Siyah en me voyant m'éloigner, le nez en l'air. *C'est fou, tu es pire qu'un chaton. Déconcentrée par la moindre odeur.*

J'essaye de me ressaisir. Mais me tenir immobile comme elle me paraît insurmontable. Mes muscles brûlent de courir dans l'herbe qui s'étend tout autour du chalet, de grimper aux troncs des arbres là-bas, en haut de la colline, de sauter, de ramper, de jouer avec les papillons que j'aperçois d'ici.

Suis-moi. Je sais ce qui va te ramener à la réalité.

Nous nous arrêtons en surplomb d'une fenêtre. Elle donne sur une chambre. Je me penche pour faire le point sur ce qui se trouve de l'autre côté de la vitre. Dans un grand lit, Éliphas et Vaishali sont étendus sur le dos. Ils ont l'air de dormir paisiblement, les bras le long du corps. Mais leur respiration est trop lente, leur visage trop pâle. Ils me font penser à un couple de gisants. Sur le torse de chacun, je repère le même galet que Scrofa avait posé sur le mien. Marqué d'une rune qui paralyse.

Encore cette magie perfide.

Siyah a raison. Il n'en fallait pas plus pour me ramener à des considérations plus immédiates. Mais mon oori n'a pas fini. Elle me mène vers une autre fenêtre, de l'autre côté de la maison. Margoule est allongé dans cette chambre-ci, comme évanoui. Sur sa marinière, la même pierre. Safre n'est pas là. Safre n'est nulle part. Safre ne sera plus jamais en compagnie de son frère.

Quand Margoule va savoir ça…

Siyah et moi passons à la dernière fenêtre. Celle-là doit correspondre à la chambre en face de la mienne.

Jolo est là. Allongé. Inerte. Paralysé.

Mon cœur se serre. Contrairement à moi, il n'a pas réussi à briser la pierre qui le maintient immobile.

Je comprends vite pourquoi.

Sur son front, un galet supplémentaire est posé. Je suis sûre qu'il est là pour l'empêcher d'accéder à sa magie. Non seulement, l'esprit de Jolo est coupé de son corps, mais il l'est également de ses sens de sorcier.

Je serre les dents jusqu'à en grincer. Je me sens tellement inutile. Je voudrais tous les délivrer, maintenant et tout de suite. Mais je me contente de rester allongée sur ce toit, le ventre contre la pierre fraîche, la tête dans le vide, à contempler le corps sans vie de Jolo.

Patience, ma sœur, me rassure Siyah. *Il faut juste attendre le bon moment.*

Je me redresse sur le toit et observe Siyah qui s'est allongée sur le faîte, deux pattes de chaque côté de la pente. Je monte la rejoindre sans trouver la force de me détendre comme elle le fait. Je déteste l'inaction.

Attendre, ce n'est pas ne rien faire. Quand tu te figes devant un terrier pour guetter ta proie, tu agis. Là, c'est pareil.

Je ne peux pas me contenter de m'asseoir et laisser le temps s'écouler sans rien faire. Je n'arrête pas de penser aux autres, encore prisonniers, juste en dessous. À Scrofa, cette infâme créature, morte et pourtant bien vivante. Libre d'aller et venir, capable à lui seul de faire cinq prisonniers et de tuer un dogron. C'est devenu un adversaire redoutable. C'est justement pour ça qu'il faut profiter de ce qu'il est seul.

Il faut l'attaquer maintenant.

Avant que ses maîtres n'arrivent.

Trop tard.

Hein ?! Quoi ?! Pourquoi ?

Respire. Écoute.

Je me plie à l'exercice. Le vent est dans le bon sens. Il souffle depuis la forêt et apporte des odeurs nouvelles qui n'existaient pas il y a dix minutes.

Ainsi qu'un chuintement. On dirait le pas discret d'un gros animal qui écrase le tapis formé par les aiguilles de pin.

Siyah et moi nous tournons vers l'origine du bruit. Deux cavaliers sont en train de sortir du couvert des arbres. Ce sont les mages. Même à cette distance, je reconnais leur silhouette. Ils montent les fameux bouraqs dont parlaient les dogrons. Des animaux incroyables. Bâtis comme des chevaux, ils sont aussi grands mais beaucoup plus souples. Armées de griffes au bout de leurs pattes puissantes, équipées d'un poil épais, dotées d'une encolure plus courte et sans crinière, ces montures sont idéales pour s'aventurer dans la montagne.

Soudain, une ombre apparaît au-dessus des deux mages. Je me plaque sur le toit du chalet. Ailes-noires. Il ne manquait plus qu'elle.

Un cri suraigu retentit. La harpie a vu nos corps

jaunes sur les lauzes grises. Impossible de lui échapper de là-haut.

Elle prend de la vitesse pour se rapprocher. Je couche mes oreilles et sors mes griffes, prête à l'affrontement.

Suis-moi ! ordonne Siyah en quittant le toit.

Je la regarde disparaître avec étonnement. Fuir ? Ça ne lui ressemble pas.

Tu veux te battre ici ? Sur ce toit pentu ? Sur ces pierres qui glissent ? Si on perd l'équilibre ici, on risque une chute dangereuse. C'est un mauvais terrain pour se battre. Fais-moi confiance.

Je m'élance à sa suite. Je dévale la façade en bois du chalet en marche arrière, retenue par mes griffes. Pas évident pour l'apprentie féline que je suis de descendre ainsi, les fesses en avant. Je me réceptionne plutôt lourdement dans l'herbe grasse. Siyah m'a attendue. Elle pose ses yeux verts sur moi pour s'assurer que je vais bien.

Prête ?

Prête à quoi ?

On court !

Siyah s'élance. Cédant à l'instinct animal qui palpite dans mes veines, je l'imite. Nous partons en courant vers la forêt. Un rugissement de frustration m'indique qu'Ailes-noires enrage de nous voir détaler ainsi, ventre à terre. Je l'entends changer brusquement de direction dans un froufrou de plumes et se mettre à nous poursuivre.

Parfait. Ta première chasse.

Pour l'instant, j'ai un peu l'impression que c'est nous les chassées.

Patience, ajoute Siyah avec un clin d'œil mental à mon intention.

Mes muscles trouvent leur vitesse de croisière. Mes quatre pattes se plient et se déplient en écrasant une herbe épaisse et odorante. Je jubile. Jamais, de toute ma vie d'humaine, je n'ai couru aussi vite.

Nous croisons les bouraqs montés par les mages sans leur accorder une once d'attention. De toute façon, ils ne savent pas qui nous sommes. Nous ne représentons pour eux qu'un couple de panthères chassées par la harpie. Aucun d'eux n'est au courant pour mon oori ou ma nature de sorcière. Ils viennent ici poussés par la vengeance, pas par la guerre.

Je pense à Jolo, seul dans sa chambre. Une proie idéale pour les deux mages.

Je pense au gardien des rêves. Détruit.

Jolo…

Ne ralentis pas ! prévient Siyah en me sentant hésiter.

J'accélère à nouveau en me disant que nous n'en avons que pour quelques minutes.

Tout au plus.

Je vais revenir bientôt.

Attends-moi, Jolo !

Courir.

Sauter par-dessus les obstacles.

Slalomer entre les troncs.

Courir encore. Plus vite, plus fort.

Par là !

Siyah m'encourage. Elle me guide à travers la forêt profonde. Sa silhouette souple et musclée est juste devant moi. Elle ouvre cette course enivrante. Elle vole presque au-dessus du sol tellement elle court vite.

En haut, à la limite de la frondaison, les cris de la harpie rythment notre fuite. Elle nous invective de sa voix aiguë. Elle sait que sa sœur est morte sous les dents d'une panthère. Elle a vu son cadavre dévoré. Elle a pleuré sur sa dépouille. Elle réclame vengeance.

Un trou de lumière s'ouvre soudain au-dessus de nos têtes.

Notre course s'arrête dans une cuvette rocheuse. Derrière nous, les arbres. Devant et sur les côtés, un mur de pierre. Au-dessus, le ciel bleu.

Parfait.

Siyah a l'air satisfaite. Mais en moi monte un autre sentiment.

La peur. L'oppression.

Cet endroit ressemble trop à celui du désert.

Les souvenirs affluent. L'horreur de voir le tigre approcher, la terreur qu'a provoquée en moi son attaque, la douleur quand ses griffes m'ont lacérée, mes larmes, la solitude…

Hé ! Je suis là ! Tu n'es pas seule !

Je secoue la tête pour chasser ces images de mon esprit. Siyah a raison. Je ne suis plus seule. Je ne le serai plus jamais.

Et aujourd'hui, c'est toi le tigre. Regarde. Voilà notre proie.

La harpie amortit son vol et se pose à quelques mètres de nous, furieuse.

– Maudits chats ! Diables ! Ma sœur ! Vous l'avez… Ma seule famille !

Elle n'a pas d'arme. Pas de pierre magique. Juste ses griffes et ses ailes. Nous sommes deux face à elle. S'imagine-t-elle pouvoir nous vaincre toutes les deux ? Je regarde son visage presque humain et le désespoir qui se peint dessus. Elle a perdu sa sœur. Siyah l'a tuée.

Sa peine me frappe comme un caillou. Perdre un membre de sa famille. Trouver son corps à moitié dévoré. Ce doit être tellement horrible. Je voudrais lui parler, lui exprimer ma tristesse, mais je ne suis qu'une panthère et la seule chose qui sort de ma gueule est un pitoyable miaulement.

Comme en réponse à ma voix, la harpie pousse un cri de guerre qui atteint presque les ultrasons. Je la regarde s'élever de quelques mètres puis se jeter sur nous, les griffes de ses pattes en avant.

Je ne bouge pas.

Je suis paralysée par de multiples pensées.

La peur. Comme une aiguille chauffée à blanc.

L'empathie. Comme une blessure sourde.

La peine. Comme une lourdeur.

Miaou !

Siyah me bouscule d'un coup d'épaule. Elle évite avec souplesse le coup de griffes d'Ailes-noires et lui décoche en retour un coup de patte sur le ventre.

La harpie hurle.

Ce n'est pas comme ça qu'on se bat ! gronde mon oori. *Tu ne peux pas penser à la place des autres. Chacun son rôle ! Le tien est de survivre et de délivrer tes compagnons. Le mien est de t'aider. C'est le présent qui compte. Le passé ne sert qu'à ruminer. C'est bon pour les vaches. Toi, tu es une panthère. Tu agis ! Maintenant !*

Je la regarde comme si je la découvrais. Elle a raison. Je suis tellement empêtrée dans mes émotions que j'en oublie le présent. Qu'est-ce qui…

Plus de questions ! ordonne à nouveau Siyah. *À la prochaine attaque, tu prends un côté et moi l'autre. Essaye d'attraper son aile. C'est le point faible de tous les oiseaux.*

Je me concentre sur la harpie. Celle-ci s'est éloignée pour prendre son élan. Elle revient à présent en piqué. Elle vole vite, les ailes légèrement repliées en arrière.

Elle vise Siyah.

Je m'écarte. Alors qu'elle passe à une vitesse folle, je tente d'attraper son aile, presque floue. Ma gueule se referme sur de grandes plumes. L'élan de la harpie manque de me décrocher la mâchoire. Je tiens bon. Je serre les dents et, mue par l'instinct, je secoue la tête de droite à gauche.

Ailes-noires pousse un glapissement et donne un grand coup d'aile. Je suis expulsée à plusieurs mètres, le nez dans la poussière. Je me relève en éternuant et en crachant ce qui remplit ma bouche. De grosses rémiges tombent au sol.

Bien joué !

Je lève la tête. Tout près, la harpie reprend son vol. Mais, handicapée par un trou au bout de son aile droite, elle n'arrive pas à prendre assez d'altitude pour s'extraire de la cuvette rocheuse. Elle percute le mur avec maladresse et chute au ralenti.

À nous !

Siyah se précipite vers le fond de la cuvette où Ailes-noires s'apprête à reprendre son envol. Je l'imite. J'aime courir. Nous parvenons en quelques secondes auprès de notre proie. Cette fois, je bondis sur la harpie sans réfléchir et saisis à pleine gueule la partie charnue de son aile.

Sous mes dents, le sang jaillit. Je sens son goût délicieux sur ma langue.

Je serre plus fort. L'os craque sous la pression de ma mâchoire.

Je jubile.

Siyah en profite pour s'attaquer à une patte. Là encore, j'entends clairement le bruit de l'os qui se rompt.

La harpie pousse des cris de douleur. Mais je ne ressens plus rien pour elle. Elle n'a plus de nom. Elle n'est plus qu'une proie, un ennemi à abattre.

Incapable de s'appuyer sur sa patte cassée, elle s'effondre au sol.

Maintenant ! Sa gorge !

Je lâche l'aile. Tandis que Siyah plaque la créature sur le dos, je me contorsionne entre les griffes de ses mains. J'atteins sa jugulaire en quelques secondes. Je serre la mâchoire. Mes dents traversent la peau tendre avec une aisance déconcertante. Aussitôt jaillit un flot de sang chaud et délectable. Il emplit ma gorge, encore pulsé par le cœur de la femme-oiseau. Le goût est incroyable. Cuivré et intense. Je bois avec délice. La proie se débat un peu. Elle me griffe mais je tiens bon. Puis ses gestes se font mous, ses cris s'éteignent bientôt. Alors que ses bras retombent, son cœur cesse de battre et le sang se tarit. Je serre encore un peu la mâchoire. Les vertèbres craquent.

Mais la proie ne réagit plus.

Bravo, ma sœur !

Je lâche la gorge avec fierté. Siyah me récompense d'un gros coup de langue sur la joue.

Le meilleur est à venir. Manger !

Nous déchirons le ventre, atteignons le foie, la part du lion. Nous partageons cette viande tendre et gorgée de sang, puis continuons notre repas, le nez dans les entrailles encore fumantes de la créature. C'est bon. C'est tellement bon ! Un véritable délice.

Nous mangeons.

Nous nous gavons, même.

Puis nous nous léchons l'une l'autre pour laver le sang qui nous recouvre comme une seconde peau. En séchant, il devient collant, même s'il garde un goût toujours aussi exquis.

Je m'endors en ronronnant. Mon corps et celui de Siyah entrelacés. Le soleil est chaud sur nos corps fatigués et repus.

C'est le paradis.

Ma sœur. Réveille-toi.

Je roule sur le dos. Je bâille. Je n'ai pas envie de sortir du sommeil. Il est trop tôt. Ou trop tard. En tout cas, ce n'est pas le bon moment.

Je veux encore dormir.

Allez ! Debout !

Non. Dodo.

Je me frotte contre les plumes toutes douces. Nous avons dormi couchées sur l'aile déployée de la femme-oiseau. Son ventre dévoré est là tout près, avec son odeur appétissante malgré les mouches qui tournent autour. Mais mon estomac est encore trop plein. Je ne peux pas le remplir plus. Trop dommage. Je voudrais un ventre deux fois plus gros pour manger deux fois plus.

Je me roule dans les plumes. Le soleil a baissé. Il atteint presque la cime des arbres. Bientôt les ombres vont envahir ce havre de paix. Nous avons dû dormir deux heures tout au plus.

Ce n'est pas assez.

Viens te coucher, ma sœur. Profitons des derniers rayons.

Non.

Viens t'allonger !

Tu as pensé à Jolo ? À Vaishali ? À Éliphas ? À Margoule ? On devait retourner les sauver.

Des images d'êtres à deux pattes surgissent dans ma mémoire. Je les repousse. Je suis tellement bien ici. Pourquoi s'ennuyer avec des soucis qui ne nous concernent pas ?

Tu avais raison, ma sœur. C'est le ici et maintenant qui compte.

Arrête ça ! Pense aux mages ! À ce qu'ils t'ont fait ! À ce qu'ils vont faire à ton frère si tu ne reviens pas !

Je sursaute. Mon frère !

C'est comme si une couverture gluante se posait sur mon dos. Je me souviens. Jolo est là-bas. Et les mages aussi. Mauvais mélange.

Et Safre…

Je me lève. Mon ventre est lourd. Ma tête aussi.

Tu ne veux pas courir ? me titille Siyah.

Si !

J'aime courir. J'adore ça.

Alors essaye de m'attraper !

Piquée par le jeu, j'oublie le poids de mon estomac et m'élance derrière ma sœur. Rapidement, l'exercice m'aide à éliminer la sensation de trop-plein.

Plus je cours, plus je m'allège.

Encore ! Encore !

Nous arrivons beaucoup trop vite à la clairière. Je stoppe brutalement ma course et rejoins mon oori, assise à l'abri des derniers troncs. Le chalet est toujours là, au milieu de la prairie ondoyant comme une mer verte. Le vent est doux, il souffle dans notre dos à travers les aiguilles de pins avec un bruit caractéristique qui ressemble à un murmure.

Je suis déchirée. J'ai envie de retourner à la cuvette mais je sais très bien que j'ai un rôle à jouer dans ce qui se trame ici.

Je sais que Siyah ressent tout. Elle a accès à l'ensemble de mes pensées. La réciproque n'existe pas car mon oori est bien plus forte que moi pour s'isoler dans sa tête. J'aimerais tant savoir ce qu'elle pense.

Je pense que j'ai beaucoup apprécié cette chasse avec toi.

Je pense que tu fais une bonne panthère et que tu apprends vite.

Je pense que malgré le bonheur de vivre au présent il faut parfois accepter d'envisager le futur.

Je pense que j'aime Jolo, Éliphas et Vaishali autant que tu les aimes.

Je pense à Safre et je suis triste.

Je pense à Margoule. Je veux qu'il vive pour aller chasser avec lui.

Je pense qu'il faut se débarrasser des mages.

Je pense qu'il faut d'abord s'occuper de l'homme-cochon.

Je la regarde avec étonnement. Elle se tient droite, assise sur son arrière-train avec ce port de reine que seuls les félins savent adopter. Elle est tellement intelligente, tellement fine. Quelle chance j'ai eue de la rencontrer !

Tu n'es pas mal non plus dans ton genre, ma sœur. Tu sais écouter le cœur des autres. Tu ne juges pas. Tu es la plus belle humaine qu'il m'ait été donné de voir.

Mon cœur se gonfle de fierté et d'amour. Elle est mon âme sœur. Je n'ai jamais connu ça avant. Si j'étais humaine, je crois que j'en pleurerais.

Allez ! décrète Siyah en me décochant un grand coup de langue sur le menton. *Assez parlé. Il est temps d'agir.*

Je me tourne vers le chalet, où rien n'a bougé. Les deux bouraqs sont en train de paître. Ils sont attachés à une longe reliée à un gros clou enfoncé dans le sol meuble. Leurs déplacements se font donc uniquement en cercle.

Comment va-t-on faire avec Scrofa ? Il est enfermé dans la maison. Impossible de l'atteindre.

Alors on le fait venir, m'explique Siyah.

Quelques minutes plus tard, nous tournons autour de ces étranges animaux herbivores à l'allure de chevaux-chats. Le but est de les harceler. Je me jette sur l'arrière-train du plus proche. J'enfonce mes griffes dans la chair rebondie de sa croupe tandis qu'il hennit sa désapprobation. Il se dégage d'une ruade qui m'envoie dans les airs. Je retombe avec souplesse. J'ai envie de rire tellement c'est amusant. Mais les panthères ne savent pas rire. Alors j'ouvre la bouche, redresse les oreilles et écarquille les yeux, hilare à l'intérieur. Siyah n'est pas en reste, elle mordille les chevilles des grosses bêtes tandis que je m'évertue à sauter sur leur dos. Les bouraqs protestent à grands coups de hennissements désapprobateurs. Ils frappent le sol avec force et tirent sur leur longe pour chercher à s'enfuir.

Enfin, Scrofa bondit hors du chalet en ouvrant tellement fort la porte qu'elle claque contre le mur. Il tient un long bâton et le secoue en l'air pour nous impressionner.

Alors que des félins ordinaires seraient partis en courant, nous nous contentons de nous asseoir à quelques mètres de lui et de le toiser.

Il prend le temps de nous observer en retour. Je vois ses yeux noirs aller de l'une à l'autre. Il n'est pas aussi bête qu'il y paraît. Il devrait assembler les morceaux. Ma disparition, ma nature de sorcière, la panthère qu'il a aperçue tout à l'heure, deux panthères maintenant.

Enfin, son visage porcin s'éclaire.

– Ooh ! Vous êtes… Vous avez… Petite sorcière. Très maligne. Sosana était très fâché de voir que tu t'étais enfuie. Méchante fille. Il a disputé Scrofa. Il a dit *trouve la fille,* mais Scrofa sait pas où chercher. Maintenant, Scrofa voit où tu es. Lui comprend. Tu es un des deux.

Siyah et moi faisons un cercle sur nous-mêmes en guise d'invite.

Viens nous chercher, homme-cochon.

– Vous voulez jouer avec Scrofa ? Vous êtes sûres de ça, *pusinuilaq* ? Scrofa était gardien du labyrinthe. Il sait chasser.

Prouve-le ! miaule ma sœur.

Siyah et moi nous éloignons doucement, attendant la réaction de l'homme. Je le vois nous emboîter le pas avec satisfaction. Sur son visage porcin, un rictus qui doit être un sourire. Nous accélérons vers la forêt. Scrofa ne se laisse pas distancer. Il trottine, une main toujours fermée sur son bâton.

Nous passons à la course. L'homme-sanglier prend de la vitesse lui aussi. Il ne semble pas indisposé. Il garde le rythme avec un sang-froid étonnant. Au moment où nous franchissons l'orée du bois, Scrofa pousse un grognement et accélère. Je me retourne, surprise d'entendre son souffle si proche. Il nous talonne.

Il court vite, le cochon ! proteste Siyah.

Scrofa court à présent à la vitesse d'un sanglier qui charge. Il me rejoint rapidement et me fonce dessus, tête baissée. J'évite de justesse son coup de tête. Ses défenses pointues passent à quelques centimètres de ma cuisse. Mais l'homme est un malin. Toujours à ma hauteur, il tend son bâton en travers de mon chemin.

Mes pattes percutent le bout de bois et je pars en roulé-boulé avant de finir ma course dans un buisson épineux.

Ma sœur !

Je me relève, étourdie et piquée par les feuilles effilées. Scrofa est déjà sur moi, son bâton descend cette fois du ciel, à la verticale. J'ai juste le temps de m'extraire. Je me précipite entre ses jambes et évite de peu le choc. Siyah se jette sur l'homme-sanglier en visant son mollet.

Mais le bâton la trouve avant. Elle reçoit un coup en plein sur l'épaule et pousse un cri de douleur.

Siyah!

Nous nous collons l'une à l'autre. Elle, meurtrie par le bâton, moi, couverte de griffures. La belle équipe.

Notre adversaire nous observe en ricanant lentement.

– Scrofa a toujours été bon chasseur. Oh oui! Mais il est meilleur depuis que Sosana répare lui. Son bâton plus rapide, son œil plus attentif. Jouons encore!

On n'y arrivera pas comme ça, explique Siyah en évitant de s'appuyer sur son épaule douloureuse. L'affrontement direct ne sert à rien.

Nous repartons en courant. Siyah boite mais elle tient bon. Nous nous enfonçons dans les bois. Scrofa nous poursuit, mi-grommelant, mi-riant. Pour échapper à ses coups de bâton, nous slalomons entre les troncs et multiplions les changements de direction.

Après quelques minutes de course, nous parvenons à une partie de la forêt bien plus dense. Les arbres tortueux ploient leurs branches jusqu'au sol, les buissons montent haut en formant des barrières naturelles composées d'épines et de branchages. Grâce à ces obstacles, nous parvenons à distancer Scrofa.

Remise de son coup à l'épaule, Siyah établit rapidement un plan. J'intègre tout avec une intense concentration. La suite des événements en dépend.

Je suis seule. Je boite avec exagération de la patte avant. Je ne peux plus courir, la douleur est trop forte.

Scrofa me repère avec un sourire malsain. Je ne cherche même pas à l'éviter. Il a compris que ma blessure était grave. Je gronde en montrant les dents et en plaquant les oreilles en arrière. Il avance, les poings serrés sur son bâton.

Je recule.

– Ton jumeau abandonne toi, *pusinuilaq*? Pauvre, pauvre petit. Scrofa va ramener toi à Sosana, et après il s'occupera de l'autre. Sosana préfère quand ils sont vivants. Même un peu abîmés.

Cet imbécile n'est même pas capable de faire la différence entre Siyah et moi. Il me prend pour ma sœur. Et il me croit blessée.

Je recule un peu plus en exagérant encore ma claudication.

– Bouge pas. Scrofa va donner un coup de bâton bien propre. Boum! Tu vas rien sentir.

Encore un pas en arrière.

– Laisse-toi faire, petit chat.

Ici, c'est parfait.

Soudain, une ombre s'abat sur Scrofa. C'est Siyah qui s'est laissée tomber depuis une branche haute.

Ma sœur ne perd pas de temps. Elle plante les griffes de ses pattes avant dans le visage de Scrofa et laboure de ses pattes arrière le dos du monstre. Celui-ci hurle, donne des coups de bâton dans le vide derrière lui en essayant d'atteindre la panthère. J'en profite pour attaquer la cuisse de l'homme. J'arrache un gros bout de chair. Scrofa articule des insultes dans une langue inconnue. Sa voix résonne au milieu des troncs.

Les arbres immobiles sont les seuls témoins de la suite.

L'homme est d'une résistance incroyable. Malgré Siyah agrippée dans son dos et moi qui multiplie les morsures, il tient bon. Puis Scrofa a la bonne idée de se plaquer de toutes ses forces contre un tronc. Écrasée par le poids de l'homme-sanglier, Siyah lâche sa prise. Malgré ses multiples blessures, il est encore rapide. Il se retourne en un battement de paupières et assène un grand coup à ma sœur. Siyah vole et retombe un peu plus loin, elle est inconsciente.

Je gronde ma colère. Je suis hors de moi. Scrofa se tient debout sur ses jambes auxquelles il manque clairement des bouts de chair. Son visage est sanguinolent, ses joues pendent en lambeaux tellement Siyah en a fait de la charpie. Ses yeux, miraculeusement épargnés par les griffes de ma sœur, me toisent avec une expression de folie.

– Sosana réparera Scrofa, dit-il entre deux grognements hilares. Même déchiqueté, Scrofa vivra encore et encore. Grâce à son maître, il est immortel !

Il lève son bâton. Je me jette sur lui, pleine de haine et de fureur. Quelque chose en moi s'embrase. Une flamme de magie brute que je ne contrôle absolument pas. Elle percute l'homme-sanglier de plein fouet.

Scrofa se fige, les bras levés. Son bâton s'échappe de sa main ouverte. Ses yeux se troublent et il tombe en arrière. Je me jette sur sa gorge mais une partie de moi a déjà compris ce qui vient de se passer.

J'ai arrêté son cœur.

J'ai soufflé sa vie avec ma magie.

Plutôt que de penser à l'horreur de la chose, je laisse la panthère se déchaîner. Je déchire et je brise tout ce qui peut l'être. Je ne suis plus que crocs et griffes.

Cette fois, c'est sûr, Scrofa ne reviendra pas à la vie.

Ouille, ma tête !

Je suis couchée tout contre le corps de Siyah. La sentir remuer et penser à nouveau me fait l'effet d'une délivrance. Je suis tellement soulagée !

Doucement avec les léchouilles ! Oh ! Dis donc, j'en connais une qui aurait bien besoin d'un bain.

Je me roule sur le dos pour montrer combien je suis contente de voir Siyah remise.

Tu es couverte de sang ! Comment… ? Où est l'homme-cochon ?

Un peu partout.

Comment ça, un peu part… Ma sœur ! Qu'est-ce que tu as fait ?

Il t'avait assommée ! Je ne savais pas si tu étais encore en vie. J'étais furieuse. Hors de moi.

Alors tu en as fait de la viande pour chaton.

Je…

Ce n'est pas grave, ma sœur. C'est juste un peu… dégoûtant.

Dégoûtant ?

Aucun félin ne ferait ça. Nous tuons pour nous nourrir, pas pour massacrer. Ce que tu as fait là est très humain. D'ailleurs, en parlant de ça, il serait peut-être temps que tu retournes dans ton vrai corps.

Non !

Regarde ce que tu as fait. C'est un signe. Tu as tué comme une humaine avec des dents et des griffes. Il est temps.

Je ne veux pas. Je veux rester ici. Avec toi.

Je serai toujours là. Je suis ta sœur, ton oori.

Restons dans la forêt. On est bien, ici. On mange, on dort, on joue. C'est tout ce qui compte.

Non, ce n'est pas tout ce qui compte, et tu le sais très bien.

Je ne veux pas t'écouter.

Tu n'as pas le choix.

Pas maintenant. S'il te plaît. Allons courir. Je ne veux plus voir ce cadavre. Je veux courir.

Ma sœur…

Cette fois, c'est moi qui ouvre la voie. Je cours. Comme si laisser mes pattes parler pouvait mettre à distance toutes les pensées qui me poursuivent. Siyah me suit. Je ressens son inquiétude à mon égard.

Nous gambadons dans la forêt sans but précis. Juste le plaisir de sauter et de dévaler les pentes. Ma sœur se prend rapidement au jeu. Elle oublie à son tour d'être sérieuse. Nous grimpons aux arbres, bondissons de branche en branche. Puis nous regagnons le sol et reprenons notre course folle.

Le temps n'a plus d'importance.

Seul compte le plaisir d'être ensemble ici et maintenant.

Seul compte le jeu.

Un drôle de volatile vient interrompre notre récréation.

Une chouette effraie posée sur un rocher. Une chouette bien trop tentante. Et bien trop sûre d'elle. De jour, elle ne devrait même pas être sortie de son refuge.

Je m'approche en catimini pour l'attraper. Je n'ai pas faim, mais j'ai bien envie de chasser un peu. Chasser, c'est amusant. Le fait que Siyah reste en retrait devrait me mettre la puce à l'oreille. Mais je suis trop concentrée sur mon plaisir immédiat.

Plus que trois mètres.

Deux…

Alors que je m'apprête à sauter sur l'oiseau, il se passe un truc étrange. Le corps de la chouette devient flou et, d'un seul coup, c'est une femme qui se tient assise sur le rocher.

Une femme blanche vêtue de blanc.

Je reste plaquée au sol, figée par la surprise.

Son regard se pose sur moi.

Moi, la panthère aux poils jaune pâle couverts de sang.

Moi et ma sœur jumelle légèrement en retrait.

Qui avait tout compris avant moi.

J'en étais sûre.

Tu aurais pu me prévenir, je râle en reculant prudemment pour la rejoindre.

Tu étais hors d'atteinte. Trop occupée à t'amuser.

Tandis que la femme se lève, trois autres volatiles se posent sur le rocher qu'elle vient de libérer. Un aigle, un cormoran et un corbeau. Tous blancs de plumes. Les deux premiers se métamorphosent sans attendre. À leur place se tiennent une femme au profil aquilin et un homme longiligne.

Le corbeau ne se transforme pas. Serait-ce Karasu ?

Les trois bipèdes se réunissent et observent en silence le couple de panthères que nous formons, Siyah et moi. Ce sont tous des adultes bien plus vieux que Jolo. Je dirais entre trente et quarante ans. Ils portent des vêtements près du corps coupés sur le même modèle. Leurs cheveux sont longs. Ceux des femmes sont tressés tandis que ceux de l'homme pendent librement de chaque côté de son visage, aussi épais que des plumes.

Enfin, l'homme-cormoran prend la parole.

– Alors ? Laquelle ?

– L'ensanglantée.

– Je suis d'accord avec Sedna, ajoute la femme-aigle. Aucun félin digne de ce nom ne pourrait supporter d'être aussi négligé.

Négligé ?

Je te l'ai dit, que tu avais besoin d'un bon nettoyage. Tu n'as pas voulu m'écouter.

Voilà. Je suis vexée. Ces trois sorciers sont là depuis moins de trois minutes et ils ont déjà réussi à me contrarier. Je couche les oreilles en arrière et montre les dents en grondant.

– Bingo ! sourit la femme-aigle. Regardez comme elle le prend mal.

– Dis donc, jeune fille ! s'exclame l'homme-cormoran en haussant le ton. La moindre des politesses serait de te présenter sous ta vraie forme devant tes aînés. Pourquoi ne te transformes-tu pas ?

Je reste couchée sans réagir.

Il a raison. Pourquoi ?

Siyah se serre un peu plus contre moi pour appuyer sa question.

Je soupire.

J'ai essayé tout à l'heure quand tu étais inconsciente. Je voulais te guérir avec ma magie, poser mes mains sur ton corps pour voir comment était ta musique intérieure. Mais je n'ai pas réussi.

Comment ça ?

Je n'y arrive pas. Je ne sais plus à quoi ressemble mon vrai corps. C'est comme si mon moi était flou. Je ne sais plus qui je suis.

Je le savais. Tu n'aurais pas dû rester aussi longtemps dans ton corps de panthère. J'aurais dû m'en douter quand tu as perdu pied après la mort d'Ailes-noires.

– Peut-être qu'elle ne le peut pas, annonce Sedna, la femme-chouette, les bras croisés sur son torse.

– Comment ça ?

L'homme-cormoran n'a pas l'air de comprendre. La femme qui vient de parler s'approche de moi en expliquant sa théorie. Ses traits sont fins, sa peau aussi blanche que celle de Jolo. Son visage rond et ses grands yeux invitent à la confiance.

– Peut-être qu'elle est plus inexpérimentée qu'on ne le pense.

Elle s'accroupit et tend la main vers moi. Je reste immobile mais Siyah se méfie.

Tu es sûre ?

Ce sont des sorciers.

Mais tu ne les connais pas.

Non, mais j'ai besoin d'aide. Je le sens. Je crois qu'il est temps de faire confiance.

Si ça ne te dérange pas, je te laisse avec eux. Je vais là-haut.

Sans attendre ma réponse, elle grimpe à l'arbre au-dessus de nous et se perche sur une branche à deux mètres de hauteur. Hors de portée des sorciers mais bien installée pour ne rien rater.

Ils ont intérêt à bien te traiter, sinon je me jette sur eux et je les déplume.

Je compte sur toi.

La main de Sedna se pose sur ma tête. Elle est douce et légère. Elle ne cherche pas à posséder ni à soumettre, juste à écouter. Je laisse sa magie entrer en contact avec la mienne. Enfin, le peu qu'il me reste sous cette forme. S'il m'en reste.

Je suis complètement perdue.

Je donnerais tout pour retourner à la vie simple que j'ai entrevue avec Siyah. Jouer, manger, dormir. Mais, en même temps, je sais que je ne suis pas une vraie panthère. Je sais qu'il faut que j'arrête de faire semblant. J'erre dans un état transitoire. D'un côté, j'aspire à retrouver un corps dont les contours s'effacent et, d'un autre, je rejette cette enveloppe de sorcière, terrifiée par cette magie qui est en moi mais qui ne se laisse pas contrôler.

Oui, j'ai vraiment besoin d'aide.

La main sur ma tête devient caressante.

– Nous allons t'aider, jeune fille.

Merci.

– Je pourrais le faire seule mais mon intuition me dit que nous allons tous avoir besoin de magie prochainement, donc autant éviter d'épuiser l'un d'entre nous à peine arrivés.

Sa main est bientôt rejointe par cinq autres. Je sens l'énergie qui circule sous leurs paumes comme un baume rafraîchissant.

– Essaye de visualiser ton corps. Concentre-toi sur les images qui te restent. Même si elles sont floues.

L'afflux de magie est étourdissant. Je me focalise sur mon moi à deux pattes. Mes mains, mes doigts, mon visage ingrat d'ado. Mon reflet dans le miroir de la chambre de chez Éliphas me revient soudain. Voilà à quoi je ressemble. Voilà ce que je suis.

L'apport de magie cesse aussi vite qu'il est arrivé. Je me retrouve allongée par terre en position fœtale, mes jambes et mes bras recroquevillés contre moi, le corps secoué de tremblements irrépressibles. Mes vêtements beiges et ma peau pâle sont couverts de sang.

– Alors voilà à quoi tu ressembles, murmure l'homme-cormoran. Allez, jeune sorcière. Debout, maintenant !

– Hénok, tu es toujours trop pressé. Laisse-lui un peu de temps, plaide la voix de Sedna.

Un croassement retentit du côté du rocher.

– Karasu a raison, grommelle Hénok. Du temps, nous n'en avons pas. Jolo est en sale posture.

– Jolo ?! je hoquette d'une voix rauque.

La peur de savoir mon frère mal en point me fait l'effet d'une décharge électrique. Je me redresse en poussant sur un bras. J'ai la tête qui tourne, mais je n'en ai cure. C'est donc bien Karasu qui est là. Et ces sorciers sont du renfort, à n'en pas douter.

Je me mets à genoux et me jette dans les bras de Sedna, la femme-chouette, restée à mes côtés.

– Merci !

– Ça va aller, ma belle, me rassure-t-elle en me serrant contre elle. Dans quelques minutes, tu seras assez remise pour marcher.

– Je savais qu'il y avait une bonne explication pour que Karasu ne soit nulle part. Je suis tellement contente qu'il soit allé vous chercher !

Avec l'aide de Sedna, je parviens à me mettre debout. Voir le monde à cette hauteur me donne mal au cœur. Comme le déséquilibre lié au fait que je n'ai plus de queue. Et que je sois obligée de marcher à deux pattes.

– Vas-tu enfin nous dire qui tu es ? interroge Hénok.

– Je suis la sœur de Jolo.

– La petite Frida ? s'étonne la femme-aigle. Ah bah, ça alors !

– Plus aussi petite que ça, ajoute Sedna en m'obligeant à faire quelques pas.

– Mais qu'est-ce que tu fais là ? s'emballe sa compagne tandis que je m'adosse au tronc d'un arbre pour gérer ma nausée. Comment as-tu fait pour quitter Terre ?

– C'est vraiment une longue histoire, je réponds dans un soupir.

– Histoire que nous n'avons pas le temps d'entendre tout de suite, nous presse Hénok. Il faut y aller.

Il a raison. Je voudrais partir en courant jusqu'au chalet et entrer tous azimuts en dézinguant du mage à tour de bras. En compagnie de ces trois sorciers, j'ai l'impression que tout est possible, tant leur nombre me fait l'effet d'une armée.

Mais mon corps refuse de se laisser amadouer aussi facilement. Il va me faire payer le prix de l'avoir abandonné. Je quitte le tronc et me lance à la suite des sorciers. Je marche à une lenteur accablante. Sedna reste à côté de moi mais il s'avère que je n'ai plus besoin d'elle. Plus j'avance, plus la nausée s'évapore. Et plus mon corps redevient ma propriété.

Alors que nous progressons dans la direction du chalet, je demande :

– Comment avez-vous fait pour me trouver ?

– Nous avons suivi Karasu, raconte Hénok.

– Croâ, confirme le corbeau, perché sur son épaule.

Pour une fois que cet emplumé sert à quelque chose, fait remarquer Siyah qui, décidément, n'aime pas les oiseaux.

Ce n'est pas que je ne les aime pas. C'est juste qu'eux et moi n'avons pas grand-chose en commun.

– Quand nous sommes arrivés au-dessus du chalet, continue la femme-aigle, j'ai senti une forte odeur de sang. Nous avons donc bifurqué vers la forêt.

– Vous avez trouvé Scrofa, je devine, écrasée par une gigantesque chape de culpabilité.

– Nous sommes tombés sur des restes humains, c'est tout ce que je peux dire, explique Hénok sans jugement ni émotion.

– Une piste en partait, ajoute Sedna. Je vous ai repérées à travers le couvert des arbres et je vous ai précédées.

– Et nous voilà, conclut la femme-aigle. Au fait, moi c'est Shima. Voici Sedna et Hénok.

– Je suis tellement contente de vous voir. Tellement !

– Tout va bien se passer, me rassure Sedna en posant ses grands yeux ronds sur moi.

– C'est encore un peu tôt pour le dire, la corrige Hénok avant d'exiger : Je veux un résumé de ce qu'il y a à l'intérieur de ce chalet. Qui sont nos adversaires et qui sont leurs otages.

Le rez-de-chaussée du chalet est vide. La porte est restée grande ouverte sur l'extérieur, comme Scrofa l'a laissée en partant à notre poursuite. Nous entrons dans un profond silence.

Dans un coin de la pièce, les sacs des voyageurs sont entassés. Je me précipite pour piocher dans certains des éléments susceptibles de me servir.

Une immense silhouette recouverte d'un drap gît un peu plus loin à même le sol. Mon cœur se serre à la pensée de celui qui est caché dessous. C'est horrible de se dire que Safre n'est plus rien d'autre qu'un cadavre qu'on a remisé dans un coin. Safre est mort, et c'est tellement injuste.

Une main se pose sur mon épaule.

– Je suis désolée pour ton ami, me console Sedna. Mais concentrons-nous sur les vivants pour le moment. Tu veux bien ?

Grâce aux sens magiques des sorciers, nous savons que mes compagnons se trouvent tous à l'étage, répartis entre les quatre chambres. Siyah est à nouveau montée sur le toit et a confirmé nos doutes en jetant un coup d'œil par les fenêtres. Éliphas est toujours inconscient sur son lit, idem pour Margoule. Mais la situation a évolué pour Jolo et Vaishali. Quand j'ai demandé de plus amples détails sur mon frère, mon oori n'a pas voulu en dire plus. Elle a juste ajouté *Dépêche-toi !*

Nous sommes donc montés par l'escalier. Hénok et Shima se sont dirigés vers la porte derrière laquelle se trouvaient Hélix et Vaishali, tandis que Sedna et moi ouvrions celle donnant sur la pièce où étaient Graziel et Jolo.

Je reste debout sur le seuil, incapable d'articuler une parole.

Je ne m'attendais pas à ça.

Tout ce sang…

Jolo est allongé sur une table, torse nu. Graziel est penché au-dessus de lui, un scalpel à la main. Sur la peau de mon frère, je dénombre des dizaines de plaies suintantes. Les deux galets maudits sont encore posés sur sa poitrine et son front. Ce qui veut dire qu'il est toujours coupé de son corps, qu'il ne sait pas ce que le nécromancien est en train de lui faire. Cette… horreur sans nom.

Le sang qui suinte de la multitude de coupures a coulé sur la table et goutte sur le sol. Il tache les bras de Graziel ainsi que son front et le tablier blanc qu'il a passé par-dessus sa tenue de mage, tel un boucher.

Le sang de mon frère.

Imbibant le parquet, goutte à goutte.

Je peux renifler son odeur.

Je peux sentir la magie qui s'écoule de ses plaies.

Je comprends soudain pourquoi. Ce ne sont pas de simples coups de couteau donnés au hasard. Non. Ce sont des runes.

Cette écriture magique que j'en suis venue à détester.

Même ses joues sont marquées de coups de lame formant un idéogramme qui ressemble à du japonais.

Le beau visage de Jolo.

Défiguré.

Sa peau blanche.

Et ce rouge.

Partout.

La main de Sedna sur mon épaule me ramène à la réalité. La colère prend le pas sur la stupéfaction. Il faut arrêter ça tout de suite.

– Graziel !

Le nécromancien lève la tête avec surprise. Il était tellement absorbé par sa tâche qu'il ne nous a même pas entendues arriver.

Lentement, ses lèvres s'étirent et ses dents apparaissent. Blanches et parfaites.

Il sourit.

Ce fou furieux sourit au-dessus du corps découpé de mon frère. Un frisson se faufile le long de ma colonne vertébrale.

– C'est bien, dit-il d'une voix douce et posée. Vous arrivez juste à temps.

Je reste soufflée par son calme et la pointe de plaisir qui transparaît dans ce visage à la beauté angélique. C'est comme s'il nous avait invitées à dîner et que nous arrivions au moment idéal.

– Je viens juste de tracer la dernière rune. Je suis heureux que vous puissiez assister au résultat final. J'espère que vous ferez preuve d'indulgence car c'est une grande première pour moi aussi.

L'entendre parler ainsi de mon frère, comme si ce n'était qu'un vulgaire sujet d'expérience, me met hors de moi. Je m'élance.

Et m'arrête aussitôt.

Graziel a posé le scalpel sur la gorge de Jolo, tout contre sa carotide.

– Reste à ta place, petite fille. Le spectacle va commencer.

Son regard a changé. Il est maintenant déterminé. Un pas de plus et je perds mon frère.

Graziel garde sa lame appuyée contre la gorge de mon frère. De son autre main, il retire le galet posé sur son front, puis celui posé sur sa poitrine.

J'attends le réveil de mon frère avec une impatience teintée d'inquiétude. Jolo va-t-il réussir à quitter l'étrange coma dans lequel il est plongé ?

La réponse à ma question ne se fait pas attendre. Le corps de Jolo est soudain traversé par une convulsion violente. Tous ses muscles se tendent et son dos s'arque comme si une intense souffrance le traversait. Ce qui est probablement le cas, vu la quantité de coupures qui couvrent sa peau.

Puis son corps retombe, inerte.

Est-ce qu'il est toujours vivant ?

– Sorcier ! Entends la voix de ton maître. Ouvre les yeux ! ordonne le nécromancien.

Aussitôt, les paupières de Jolo se soulèvent. Je tente de me rassurer en me disant que ce n'est qu'une coïncidence. Pourquoi mon frère obéirait-il à ce monstre ?

– Sorcier ! Lève-toi ! exige Graziel.

Jolo s'exécute. Avec des gestes lents, il fait basculer son corps hors de la table et se réceptionne accroupi. Puis, toujours au ralenti, il se redresse pour se mettre debout. Ses yeux blancs sont troubles, les traits de son visage relâchés comme s'il n'était pas maître de son corps.

Ce n'est pas possible, n'est-ce pas ?

Graziel ne peut pas l'avoir transformé en une simple créature décérébrée.

Parce que ce n'est pas un zombie, c'est mon frère.

– Jolo ? j'appelle d'une voix pathétique.

Au même moment, la main de Sedna, toujours derrière moi, se pose vivement sur mon épaule et la serre comme pour m'avertir de quelque chose.

Trop tard.

– Jolo ? répète Graziel avec un sourire ravi et un regard exalté.

Je comprends avec effarement que je viens de livrer une information primordiale.

– Merci, petite. Je me demandais si tu étais assez bête pour me dévoiler son nom. Je pensais te torturer pour l'obtenir, mais ça n'a même pas été nécessaire. Que les enfants de Terre sont naïfs !

Je ne suis qu'une pauvre conne. Il n'y a pas d'autre mot pour me définir. Comment ai-je pu oublier la valeur d'un prénom dans ce monde de magie ? Comment ai-je pu ne pas me souvenir de ça, moi qui ai vendu mon propre prénom pour un peu d'indépendance ?

Comment ?!

J'essaye de retenir mes larmes mais elles montent malgré moi.

Qu'ai-je fait ?

– Jolo ! prononce Graziel avec un sourire machiavélique.

Le corps de mon frère, jusque-là relâché comme celui d'un mort-vivant, se tend. Sans son prénom, le nécromancien ne possédait que son enveloppe. Mais, désormais, avec cette précieuse information, il devient également propriétaire de son esprit.

– Tu sais que c'est grâce à toi, petite, que j'ai eu l'idée de graver des runes sur ce sorcier ? Quand j'ai vu la façon dont tu avais été tatouée, j'ai été enthousiasmé. Même si Hélix est un imbécile, il a parfois des traits de génie. Il n'a jamais été un très bon mage mais il a le goût du commerce, et l'appât du gain le transcende.

Je le fixe d'un air hébété, accablée par le poids de ses paroles.

Graziel fait le tour de la table pour aller poser une main de propriétaire sur l'épaule de Jolo. Nous nous faisons à présent face, comme dans un miroir.

Graziel et mon frère.

Sedna et moi.

Seuls quelques mètres nous séparent.

– Tu ne réponds pas. Tu n'es pas très polie, fait remarquer le nécromancien avec une grimace. Peut-être me feras-tu au moins l'honneur de répondre à cette question : comment connais-tu le nom de ce sorcier alors que tu viens de l'autre côté ?

– C'est mon frère, je gronde entre mes canines de panthère.

Au point où j'en suis, livrer une information cruciale de plus ou de moins...

– Ton frère ! ricane Graziel. C'est succulent ! Attends... Je comprends. Tu fais partie de ces enfants sorciers envoyés sur Terre, c'est ça ? Ce qui explique que tu blanchisses aussi vite. (Il me considère à présent avec un regard intéressé.) Mais oui... Tu as beaucoup changé en quelques jours. Se pourrait-il que les sorciers grandissent moins vite à l'écart de la magie ? C'est passionnant. Oh là là ! J'adore votre race. Elle est... fascinante. Et elle permet de faire des expériences réellement prodigieuses. Tu accepterais d'être mon prochain cobaye ?

Ce type est un grand malade. Alors qu'il vient de passer l'après-midi à déchiqueter mon frère, il me regarde comme un éleveur regarderait une jeune pouliche. Je frissonne en lisant dans son regard de savant fou tout ce qu'il aimerait faire de moi.

– Je suis un être humain. Vous ne pouvez pas disposer de moi ainsi.

– Humain ? Non. Les sorciers ne sont pas humains. Ils ne sont que des anomalies de la nature. Des albinos déviants sans réels droits.

Toujours posée sur mon épaule, je sens la main de Sedna qui se serre. Cette fois, ce n'est pas une mise en garde mais juste un signe de colère.

– Ça ne sert à rien de discuter avec les mages, ma chère enfant, s'élève la voix de la sorcière. Ils croient en la suprématie de leur espèce mais ils ne sont que le passé. Leur utilisation corrompue de la magie les rend stériles.

– Vous… s'énerve Graziel en tendant son scalpel vers ma compagne. Je vous utiliserai pour remplacer mon gardien des rêves. Vos cris de suppliciée berceront mes nuits. Jolo ! Occupe-toi de la grande. Vide-la de son énergie mais ne la tue pas.

Avec un regard inexpressif, mon frère se jette sur Sedna et l'attrape aux poignets. Mon amie a beau se débattre, rien n'y fait, mon frère est le plus fort. Jolo approche son visage tout près de celui de Sedna, puis ouvre la bouche comme s'il allait l'embrasser. Mais à la place, il se met à inspirer lentement.

– Non ! hurle Sedna, les yeux effrayés.

Je ne comprends pas ce que je vois. Enfin… je ne suis pas sûre. On dirait que mon frère absorbe l'énergie de la sorcière. La magie quitte le corps de Sedna à une vitesse étourdissante, tandis qu'elle semble remplir celui de Jolo. En fait, ça ressemble à du vampirisme magique.

Et c'est terriblement effrayant.

Mon cerveau tourne à toute allure. Je tente de séparer les deux sorciers mais les mains de Jolo sont crispées sur les poignets de Sedna avec une force qu'il m'est impossible de briser. J'appelle mon frère, je le frappe, je le tire. Rien n'y fait. Il ne réagit pas à ma présence.

Sedna est dans le même état, elle semble hypnotisée, happée par le regard de Jolo. Quand je vois ses yeux se révulser, je comprends qu'elle va perdre connaissance. Je ne peux pas permettre cela. J'ai trop besoin d'elle.

Il ne me reste qu'une solution. Ce n'est pas la meilleure mais c'est la seule que j'entrevois.

Je plonge la main au fond de ma poche. Du bout des doigts, je tâte la pierre ronde que j'ai récupérée tout à l'heure dans le sac de Vaishali. Celle qui ornait hier le front du golem. Hier… ça paraît si loin. Comment a-t-il pu se passer autant de choses en si peu de temps ?

Je sors le galet de ma poche et le plante dans le plancher avec toute la force dont je suis capable. Contre toute attente, malgré mes bras en chamallow, la pierre marquée d'une rune s'enfonce dans le sol comme si c'était du beurre.

Le résultat ne se fait pas attendre.

Tout autour du point d'impact, le parquet se met à gondoler. Alors que Jolo resserre sa prise sur Sedna, une masse de bois déforme le plancher, comme si une tête cherchait à s'extraire du sol. Le golem, planté dans du bois, puise le matériel nécessaire à sa naissance dans le matériau même de la maison. Les lattes se courbent encore. La tête du monstre est complète, le cou et les épaules se devinent.

Au fur et à mesure que le golem s'élève, le sol se brise. Un trou se forme entre notre trio de sorciers et Graziel. En manque de matière, le golem de bois commence à puiser dans les poutres de soutènement. Privé de support, le reste du plancher se désolidarise et s'écroule vers le rez-de-chaussée.

La pièce tout entière s'effondre.

J'atterris lourdement dans la pièce en dessous. Tout autour de moi, l'étage s'écrase dans une averse d'échardes. Je reçois des planches sur le dos et me roule en boule pour offrir la cible la plus petite possible. Non loin de moi, le golem à demi formé chute à son tour mais rien ne semble pouvoir stopper sa croissance. Sitôt à terre, il s'élève à nouveau. Le bois tout autour le nourrit, il grandit à vue d'œil.

Une grosse poutre verticale se brise un peu plus loin. Dans un grincement grave, le chalet penche vers l'avant.

Sors de là ! Vite ! ordonne Siyah.

Mais je ne peux pas partir sans mon frère. Ni Sedna.

Tu ne pourras sauver personne si tu es morte !

Je m'obstine. Tandis que la maison se tord sous l'action du golem, je soulève une grosse planche à côté de moi.

Jolo !

Il est étendu là, les yeux ouverts. Sedna se tient près de lui, inconsciente, le front en sang.

– Jolo ! je crie, en espérant le faire réagir.

Rien ne se passe. On dirait un robot cassé.

Je l'attrape par les bras et le tire.

La pièce dans laquelle nous nous trouvions était juste au-dessus de l'entrée. Je n'ai que quelques planches à pousser et quelques pas à faire pour franchir le mur de pierres écroulées et sortir du chaos. Je pose le pied sur l'herbe de la clairière avec un soulagement intense et traîne le corps de Jolo derrière moi.

Siyah accourt. Elle attrape mon frère par le col et prend le relais.

Va aider la femme-chouette !

Je retourne à l'intérieur sans attendre. Le golem, désormais équipé de moignons de jambes, s'est déplacé vers le cœur de la maison. Sans ordre direct, la créature a décidé de se consacrer entièrement à sa propre croissance. Le bois craque et proteste au fur et à mesure qu'elle l'absorbe.

Sedna est allongée sous une grosse planche brisée. Elle bouge faiblement. Je l'attrape par les aisselles et la tire. Elle se débat avant de comprendre que ce n'est que moi. Elle me regarde, cligne des yeux, puis se relève à moitié pour me suivre. Nous enjambons le mur brisé, posons le pied dans l'herbe tendre.

Une explosion retentit.

L'intégralité du premier étage s'effondre. À moins que ce ne soit le rez-de-chaussée qui ait cédé. En tout cas, les deux niveaux s'imbriquent l'un dans l'autre avec violence.

Un nuage de poussière et d'échardes envahit l'espace.

Sedna et moi continuons de nous éloigner à quatre pattes.

Nous nous arrêtons à dix mètres. Siyah nous attend, assise à côté de mon frère. Sedna se met debout. Elle a l'air épuisée. Des bouts de bois gros comme des baguettes chinoises sont fichés dans sa chevelure épaisse et elle a une sale coupure au front.

– Ça va ?

Question stupide mais je ne sais pas trop quoi demander d'autre.

– Je dois y retourner ! Hénok et Shima sont encore là-dedans.

– Mais tu tiens à peine sur tes jambes ! Moi, je vais y aller !

– Non ! Toi, tu t'occupes de ton frère. Guéris-le autant que possible ! Tu sais le faire ?

– Je… Un peu.

– Fais ce que tu peux, ce sera suffisant. Je vais chercher les autres avant que le golem ne soit complètement formé.

Alors qu'elle est visiblement exténuée, Sedna repart vers les ruines du chalet et se glisse entre deux grosses poutres qui forment un *x* dans l'amas de bois. Cette femme est une véritable guerrière, une héroïne comme je n'en ai jamais vue.

Je me tourne vers Jolo. Ses yeux ouverts sur le vide m'effrayent au plus haut point.

Tu peux le faire, m'encourage Siyah.

Non. Je ne peux pas. J'ai tué Safre.

Tu n'as tué personne. Tu n'as juste pas réussi à empêcher sa mort.

Je suis incapable de faire de la bonne magie. Je suis inutile.

Tu es mon oori, alors maintenant tu vas agir comme telle ! Un peu de courage ! Ton frère a besoin de toi !

Elle me pousse de la tête pour me faire réagir. Je m'agenouille à côté du corps de Jolo. Mes mains se posent sur son torse. Le contact de sa peau couverte de plaies me fait grimacer. Les images de la poitrine trouée de Safre viennent immédiatement se superposer.

Non !

Je m'apprête à retirer mes mains mais une pression inattendue me fait sursauter. C'est Siyah. Elle a posé ses pattes avant sur mes mains.

J'ai confiance en toi. Nous allons sauver ton frère. Ensemble.

Je hoche la tête. Sauver Jolo, je ne dois penser qu'à ça. Je me concentre sur mes sensations tout en m'efforçant de faire abstraction du chaos du chalet. Inspirer… Expirer… Tendre l'oreille intérieure… La présence de mon oori est comme un pansement sur mon âme torturée.

Alors que je suis sur le point d'atteindre la magie de mon frère, celui-ci pousse un horrible cri de souffrance. Son corps s'arque, se débat comme s'il brûlait de l'intérieur.

Je sursaute et romps le contact.

Il retombe aussitôt dans l'immobilité.

Je regarde Siyah, aussi surprise que moi. Que vient-il de se passer ?

J'essuie mes mains sur mon pantalon, puis les repose sur le torse de mon frère.

Je retrouve ma concentration, me focalise sur l'écoute… Sa magie est là, comme un fleuve en furie, juste à portée de main.

– Aaaahhh !!!

Le cri de Jolo m'arrête à nouveau. Ses plaies en forme de runes se remettent à saigner toutes en même temps. Je pose ma main sur les blessures les plus profondes mais il y en a trop ! Impossible d'arrêter l'hémorragie.

Pourquoi ?

Pourquoi est-ce que je ne peux pas l'aider ?

Est-ce que c'est de ma faute ?

Est-ce que je m'y prends mal ?

– Jolo ? Aide-moi ! Parle-moi ! Je ne sais pas quoi faire !

Son hurlement meurt, son corps arrête de se débattre. Ses plaies continuent à exsuder un sang rouge vif sur sa peau blanche.

Je n'ose plus le toucher avec ma magie. Le problème vient forcément de moi.

Je me sens tellement inutile.

Une grosse nulle de sorcière pathétique.

Le chalet est un tas de ruines où se débat un golem toujours plus grand.

Soudain, un amoncellement de planches s'effondre et Margoule apparaît. Je me relève pour lui faire signe. Il enjambe les murs brisés tout en veillant à ne pas cogner le corps inconscient d'Éliphas, calé sur son épaule droite.

Le dogron s'approche de moi avec un sourire sauvage.

– Heureux de te voir, mikilitsi.

Il pose son fardeau au sol à côté de mon frère. Je pense à son propre frère dont le corps gît quelque part là-dessous.

– Les sorciers, Vaishali, ils sont toujours là-bas.

– Des sorciers ? interroge Margoule. Quels sorciers ?

– Ils sont trois. Ils sont venus nous aider.

– Alors j'y retourne, déclare Margoule sans plus poser de questions. Si tu vois Safre, dis-lui de me rejoindre. Et toi, guéris ton frère.

– Mais je n'y arrive pas, je gémis piteusement. Et Safre…

Margoule n'entend pas ma réponse. Il retourne en courant dans les ruines pour s'attaquer au golem. Une énorme boule de feu frappe soudain le monstre de bois, suivie rapidement par une seconde. Les flammes envahissent avidement le chalet.

Une silhouette se glisse tant bien que mal hors des décombres sur fond de brasier naissant. Je la reconnais. Je m'élance pour l'aider.

– Vaishali !

Malgré son visage couvert de suie, ses vêtements déchirés et son air échevelé, elle semble aller bien. Elle attrape la main que je lui tends mais marche seule. Je suis contente de voir qu'elle est indemne. Qui sait ce qui s'est passé avec Hélix dans cette chambre ?

Nous nous approchons des corps étendus d'Éliphas et de Jolo. Siyah est occupée à lécher les plaies de mon frère dans l'espoir que le saignement s'arrête.

Nous nous laissons tomber dans l'herbe. Vaishali se fige pour observer Jolo avec horreur.

– Qu'est-ce que c'est que ce massacre ?

Je ne sais pas par où commencer.

– C'est Graziel. Il a fait… quelque chose. Je ne sais pas comment le défaire. Je n'y arrive pas… Atteindre la musique de son corps. Ça ne marche pas. Je pensais que j'étais assez forte mais… je suis dans une impasse. Je vois bien qu'il souffre. Regarde tout ce sang… C'est ma faute.

Vaishali pose une main rassurante sur ma joue pour essuyer des larmes que je n'ai même pas senties couler.

– Il y a un principe de base en magie : tout ce qui a été fait par la main d'un mage peut être défait.

Elle se penche au-dessus du corps supplicié de Jolo. Malgré les crépitements de l'incendie et le craquement du bois, Vaishali fait montre d'une concentration et d'un calme inspirants. Elle prend le temps d'observer chaque rune, demandant parfois à Siyah de lécher telle plaie pour être sûre de ce qu'elle lit. Puis elle pointe du doigt l'inscription gravée sur la joue droite de mon frère.

– Tu dois commencer par celle-là. Est-ce que ta magie peut effacer cette rune ?

Je contemple le visage défiguré de Jolo.

– Je vais essayer.

Je pose les doigts sur la joue de mon frère. Puisque sa magie m'est inaccessible, je dois piocher dans la mienne. Je ne suis pas sûre qu'il m'en reste beaucoup mais je donnerais tout pour Jolo.

Je ferme les yeux. La peau de mon frère est chaude sous mes doigts, presque fiévreuse. Je dois guérir cet endroit-là sans interagir avec le reste de son corps, sinon je serai confrontée à la même réaction de souffrance que les deux autres fois.

Amenant ma propre magie dans mes mains, je visualise la chair en train de cicatriser. La peau réagit sous la pulpe de mes doigts. Je la sens frémir puis se refermer lentement.

J'ouvre les yeux. La joue de Jolo ne porte plus de traces de coupure. Juste une cicatrice qui semble vieille de plusieurs mois.

– Parfait, me congratule Vaishali. Maintenant, occupe-toi de l'autre joue. Tu auras ainsi supprimé les runes d'esprit. Ce sont elles qui t'empêchaient d'atteindre la magie de ton frère.

Je me mets tout de suite au travail. Au loin, le feu est de plus en plus violent mais je l'ignore. La priorité est ici.

Quand la deuxième rune est enfin refermée, Vaishali désigne un idéogramme juste au-dessus du nombril de Jolo.

– Voici la rune d'entrave. À toi de jouer.

De nouveau, je plonge dans la concentration.

Cette fois, la musique du corps de mon frère est à ma portée. Je suis tellement soulagée de l'entendre que je me remets à pleurer. Depuis quelques jours, je suis devenue une vraie fontaine. Moi qui me targuais d'être une dure à cuire, je crois qu'en fait je n'éprouvais pas d'émotions fortes. Jamais avant de quitter Terre je n'avais été confrontée à autant de morts et de souffrance.

Aujourd'hui, je n'ai plus du tout honte de pleurer. Pleurer, c'est ressentir.

Tandis que les larmes roulent sur mes joues, j'entre en communion avec la magie de mon frère. Sa source est vive. Un vrai soleil. Je cicatrise en quelques secondes la rune d'entrave.

Immédiatement, je ressens sa présence à mes côtés.

– Jolo.

J'ouvre les yeux en même temps que lui. Il se redresse et me serre contre lui malgré les dizaines de blessures sur son torse et ses bras qui doivent le faire souffrir le martyre.

– Tu as fait le plus dur. Laisse-moi prendre le relais.

Et soudain, c'est comme si la magie filtrait par tous les pores de sa peau. En trois battements de cœur, les runes restantes sont effacées.

Impressionnant. Je suis encore très loin d'avoir son niveau.

– C'est du bon travail.

La voix de Sedna me fait sursauter. La sorcière est juste devant nous, Shima à ses côtés. Margoule se tient près des deux femmes, soutenant Hénok dont le visage est taché de rouge.

– Sulitsi est mort, annonce le dogron. J'ai vu son corps écrasé sous une poutre.

Je tourne la tête vers le chalet. Le golem n'est plus. Tout ce qui est en bois est en train d'être dévoré par d'immenses flammes.

– Et Graziel ? je demande.

– Introuvable, répond Margoule. J'ai tout retourné. Aucune trace de lui.

– Margoule, il faut que je te dise…

– Je sais, me coupe le dogron en aidant Hénok à s'asseoir. Je l'ai vu.

– Je suis désolée, j'ajoute. J'ai essayé de le sauver. Mais il y avait cette pierre…

– Je sais, répète Margoule.

– Margoule…

Le dogron lève la main pour me faire taire.

– Safre voulait mourir en combattant. Il voulait mourir

libre. Tu lui as offert tout ça, mikilitsi. Je ne t'en veux pas. Bien au contraire.

– Mais…

– Mon cœur saigne parce que mon frère est mort. Mais mon esprit est joyeux parce qu'il est mort comme il le souhaitait.

Soudain, un grand bruit retentit. Les murs du chalet encore debout viennent de s'effondrer. Des étincelles s'élèvent dans le ciel.

– Voilà, ajoute Margoule en épitaphe. Le corps de Safre disparaît dans les flammes qui ont tué le Maître et le Créateur. C'est une belle fin. Très belle.

– Cette île là-bas est pleine de fantômes. On n'a pas besoin de ces hommes blancs. Les mages, ils prennent très bien soin de nous.

Nous écoutons la voix avinée déblatérer des idioties sans nom depuis le bar en bois qui occupe une bonne partie de la taverne. Heureusement que son compagnon a l'air plus évolué.

– Les mages ne sont que des charlatans. Leurs potions coûtent un bras alors que les sorciers soignent gratis.

– Tu dis ça parce que tu fais des cajoleries à la p'tite vannière qui vend ses paniers au marché. Bientôt, tu traverseras la passe pour aller la rejoindre et vous aurez des beaux bébés tout blancs.

– Ses nasses sont une merveille. Et c'est vrai qu'elle aussi.

– Aaah ! Qu'est-ce que je disais ! Le crabier amoureux de la vannière. Bon sang de bois ! On pourrait en faire une chanson. Tiens, écoute ça… Chuis pris d'une soudaine inspiration. Il était un crabier, amoureux d'une vannière. Il aimait son osier, ses yeux et ses panières. Ho ho ! Pas mal, hein ?

– Continue à traîner comme ça et c'est ta femme qui va chanter à tes oreilles.

– Pourquoi ? Quelle heure est-il donc ?

– L'heure de rentrer chez toi. Le soleil est en train de se coucher.

L'ivrogne obtempère d'une démarche incertaine en pestant contre sa femme, le soleil et son statut de chanteur incompris. Son compagnon attend qu'il ait disparu pour nous rejoindre à notre table.

Tous vêtus de capes sombres, nous tentons de passer inaperçus au fond de cette taverne au plafond bas. L'air sent le poisson fumé et la bière maltée. Margoule a l'air d'apprécier. Après avoir vidé sa chope, il s'est attaqué à la mienne. On nous en a tous servi une d'office, puisque c'est la seule chose qu'on sert ici. Je me suis risquée à y tremper les lèvres mais son amertume m'a dissuadée d'en avaler ne serait-ce qu'une gorgée. Parfaitement répugnante ! Qu'est-ce que je ne donnerais pas pour un Coca ! La vie terrienne me manque par certains côtés. Surtout pour la *junk food*, le confort et la technologie.

Voilà trois jours que nous avons quitté les ruines fumantes du chalet. Nous avons cheminé en silence, chacun plongé dans ses pensées. Des centaines d'interrogations m'encombraient la tête : la mort de Safre, ma métamorphose, mes… meurtres, puisque c'est ainsi qu'il faut les nommer. Le genre de questions indicibles qu'on ne peut évoquer en groupe.

Au bout de notre route, après des kilomètres de forêts,

nous sommes parvenus à Gomakhli, un humble village de pêcheurs bordé par une mer violette agitée par des rafales violentes.

Au loin, comme une apparition : une île semblant flotter au-dessus de l'horizon, rendue floue par les embruns.

L'enclave des sorciers.

Tandis qu'Hénok et Sedna s'envolaient pour l'Île, Shima est restée avec nous pour nous guider à travers les rues de Gomakhli. Ici, les maisons sont en bois, blanchies à la chaux, sur un socle de pierres. De temps en temps, un panneau peint à la main annonce un commerce : du fil et une aiguille pour un couturier, une chaussure pour un cordonnier, un marteau et une enclume pour un forgeron. Jolo m'a expliqué que les gens d'ici ne savent pas lire.

Puis nous sommes parvenus à cette taverne située sur le port et judicieusement indiquée par une enseigne représentant un poisson attablé, une pinte de bière à la nageoire : *Au poisson qui boit.* Précédés par Shima, nous y avons retrouvé cet homme, cet inconnu amoureux d'une sorcière qui confectionne des paniers.

– Je m'appelle Aman, déclare-t-il en nous serrant la main à tour de rôle.

– C'est quasiment mon beau-frère, ajoute Shima avec un sourire. La vannière dont parlait le vieux Pietro est ma petite sœur.

– Son prénom est Mayïn, ajoute Aman. C'est elle qui vous amènera sur l'Île demain.

– Mais si vous êtes crabier, c'est que vous avez un bateau. Pourquoi ne faites-vous pas la traversée vous-même ? interroge Éliphas.

– Parce que les léviathans qui peuplent la passe ne me laisseraient pas faire.

– Mais Mayïn le peut ? je demande à mon tour.

– C'est une sorcière. Les léviathans laissent passer les sorciers.

Je m'apprête à poser une autre question mais le regard de Shima m'en dissuade. Il y a des choses qui doivent rester secrètes.

– Les léviathans vous laissent pêcher des crabes ? s'enquiert à son tour Margoule.

– Mes nasses sont posées à faible profondeur. Il n'y a que les jeunes serpents qui arrivent à se faufiler jusque-là, et eux ne sont pas dangereux.

– Comme les vers des sables, fait remarquer Margoule en hochant la tête. Intéressant. J'aimerais bien voir un léviathan.

– Oh, pour sûr, vous en verrez pendant votre traversée. La passe en est remplie.

Aman nous héberge pour la nuit. Sa maison est d'une extrême simplicité : une seule grande pièce bâtie sur un rocher et ouverte sur le large. La partie avant, sur pilotis, surplombe la mer. Un bateau à fond plat, idéal pour naviguer à faible profondeur, est amarré juste devant. La partie arrière, coincée entre deux rochers, offre un plafond suffisamment haut pour y accrocher des hamacs fabriqués dans de vieux filets de pêche.

Le pêcheur nous accueille avec générosité malgré ses faibles moyens : algues vinaigrées, riz et gros crabes bouillis. Ces derniers font le bonheur de Siyah. Aman pousse même la gentillesse jusqu'à en décortiquer un rien que pour elle. Elle le remercie d'une grosse léchouille sur le visage. L'homme rit sans avoir l'air effrayé.

– Pourquoi n'êtes-vous pas comme votre ami Pietro ? je finis par demander. Pourquoi n'avez-vous pas peur de nous ?

– Avant de rencontrer Mayïn, j'étais pétri de certitudes, raconte Aman. Je croyais que les sorciers étaient dangereux, que, sur leur île, ils dansaient nus sous les étoiles pour invoquer des démons. (Il rougit en voyant mon regard incrédule.) C'est ridicule, je sais, mais les rumeurs se nourrissent d'élucubrations. Et puis, un jour, une nouvelle vannière s'est installée sur le marché. C'était une blanche et ses nasses étaient d'une finesse exceptionnelle. Je suis revenu chaque semaine, j'ai acheté des tonnes de paniers. Nous avons sympathisé et elle m'a aidé à me débarrasser de tous mes a priori sur les sorciers.

– Vous ne vivez pas ensemble ? veut savoir Éliphas.

– Je... Euh... C'est compliqué, balbutie le crabier en rougissant de plus belle. Je n'ai pas d'argent, pas de bague, alors demander sa main dans ces circonstances...

Et puis, il faudrait que je traverse la passe pour rencontrer ses parents…

– Tu sais, cher Aman, entre nous, Mayïn n'attend que ça, ajoute Shima avec un grand sourire complice. Ce n'est pas ton argent qui l'intéresse.

– Faites la traversée avec nous demain ! propose Vaishali, soudain emballée par l'idée. Prenez notre arrivée comme un signe du destin. Tenez, pour résoudre le problème de la bague.

Elle ôte d'un de ses doigts un anneau d'or orné d'une pierre verte et le tend à Aman qui l'attrape d'un air éberlué.

– Je ne peux pas accepter, c'est bien trop…

– Ce n'est qu'un vieux souvenir. Prenez-le et faites-en bon usage.

– Par tous les léviathans… C'est terriblement généreux. Eh bien… Je… hum… C'est inattendu…

Aman a l'air particulièrement ému par le geste de Vaishali. Il rougit, range la bague dans un étui à sa ceinture, se frotte les yeux comme s'il était sur le point de pleurer, puis toussote avant de détourner maladroitement la conversation.

– Encore un peu de jus de pomme ? Ou peut-être un dessert ? Je crois que j'ai des prunes et des biscuits aux amandes.

Son embarras nous fait rire. C'est fou comme la vie peut être simple des fois. Être un pêcheur de crabes amoureux d'une vannière. Le vieux Pietro avait raison sur un point. Ça ferait une belle chanson. Avec une fin heureuse où ils se marient et ont beaucoup d'enfants.

Mon amusement est soudain gâché par des réminiscences. Safre agonisant, Scrofa déchiqueté, Graziel et son tablier sanglant. Ce sont des images affreuses qui me ramènent brutalement trois jours en arrière. Le fardeau de la culpabilité, oublié un temps, revient à nouveau courber mes épaules. J'ai tué et j'ai laissé mourir.

Muette et sourde aux plaisanteries des autres, je m'éloigne jusqu'à l'extrémité du ponton et m'assois les pieds au-dessus de l'eau. Au bout de quelques minutes, quelqu'un vient s'installer à mon côté.

Jolo.

Je m'attends à ce qu'il parle, qu'il me serve une leçon sur la vie, la magie, le fait d'être sorcier...

Mais il garde le silence. Il m'offre juste sa compagnie, calme et reposante. Alors, ce qui me torture depuis trois jours sort de ma bouche sans que je l'aie prémédité.

– J'ai tué quelqu'un.

Ma voix est basse, et pourtant, à mes oreilles, l'énormité des mots que je viens de prononcer sonne comme une déflagration. Jolo se tait toujours. Il est un rocher et je suis la mer en tourmente.

– J'ai combattu Scrofa sous ma forme de panthère. J'étais dans une colère noire à cause de la mort de Safre, et soudain j'ai senti ma magie s'embraser. Ça n'a duré qu'un instant, mais ça a été suffisant pour éteindre sa vie. Comme ça. Comme on souffle une bougie.

– Qu'as-tu ressenti ? demande-t-il en posant enfin ses yeux blancs sur moi.

– De l'horreur. Du dégoût. De la honte.

À nouveau ce silence.

Je n'ose pas le regarder. Est-ce qu'il me trouve monstrueuse ? Est-ce qu'il me déteste ?

Je garde les yeux rivés sur la barque qui flotte paresseusement tandis que j'exprime ce qui me hante.

– Je ne devrais pas être capable de ça. Je pensais que la magie était bonne, qu'elle était l'essence de la vie. Ce que j'ai fait ne devrait même pas être possible.

– Le feu, dit-il juste.

– Hein ? je réponds en osant enfin lever les yeux vers lui.

– Le feu est à la fois une formidable source de vie et un instrument de mort. Mais il n'est ni bon ni mauvais.

– Tu veux dire que la magie est pareille ? C'est juste un élément ?

Il hoche la tête.

– Il y a l'eau. Il y a l'air. Il y a la magie.

– Mais la magie peut détruire.

– Le feu aussi. Tout dépend de qui l'utilise et à quel escient.

Alors je suis entièrement coupable. J'ai tué. Et je ne peux même pas reporter la faute sur ma mauvaise utilisation de la magie.

– Dans ce cas, je suis bel et bien une meurtrière.

– Tu voudrais que je t'affirme le contraire ? Que je te mente en t'assurant que tu n'y étais pour rien ?

– J'ai ôté la vie à quelqu'un. De deux personnes, même, si on compte la harpie.

– Tu l'as fait pour rester en vie ?

– Oui. C'était eux ou moi.

– Et c'était violent.

Pas de question, juste une affirmation. Comme s'il savait le choc qui a pu être le mien.

– Horriblement sanglant. Je me suis battue avec une férocité que je ne me connaissais pas. Jamais je n'ai ressenti ça.

– Tu veux rentrer sur Terre ?

– Non !

Jolo soupire. J'en oublierais presque qu'il a lui aussi subi une épreuve terrible face à Graziel. Il a été coupé de sa magie, scarifié, transformé en zombie. Ses blessures physiques ont disparu mais Margoule m'a toujours mis en garde contre les runes. Elles marquent irrémédiablement l'esprit de leur porteur.

– Ces runes sur ta peau, tu les as senties ?

Il hoche la tête.

– Au début, je n'étais conscient de rien. Je flottais dans le vide et le silence. Puis le mage m'a ramené dans mon corps. J'étais épouvanté. Il parlait et mon corps obéissait. Enfin il a prononcé mon nom et je suis devenu volontairement son esclave. Quand il m'a demandé d'attaquer Sedna, je le voulais vraiment. Il m'aurait demandé de te tuer que je me serais exécuté sans broncher. J'étais devenu sa créature.

– C'est ma faute. J'ai livré ton nom. Je ne savais pas qu'il était possible d'obtenir un tel pouvoir avec seulement un mot.

– Je crois que la leçon est retenue, maintenant.

– Oh oui ! Ces derniers jours ont été beaucoup trop mouvementés. J'aspire au calme. J'ai besoin de prendre le temps de penser à tout ce qui s'est passé. Et puis je veux aussi ne penser à rien.

– Nous sommes presque au bout de notre voyage. Bientôt tu pourras te poser. Chez toi.

– Chez moi ? Tu parles de l'Île ? Ce n'est pas chez moi. Pour l'instant, c'est juste un endroit inconnu peuplé de gens inconnus.

– J'espère que tu aimeras cette île autant que je l'aime.

– Merci de me mettre la pression !

Il sourit quelques secondes, puis redevient sérieux.

– Tu sais, les morts, tu vis avec eux toute ta vie.

– Tu veux parler des gens que tu as tués ?

Nouveau hochement de tête.

– On les traîne comme des fantômes. La culpabilité ne disparaît jamais. Tu devras vivre avec.

– On dirait que tu sais de quoi tu parles.

– Cette guerre contre les mages nous a tous marqués. Hénok, Shima, Sedna et tous les autres. Nous avons dû faire des choix. Et parfois, il y a eu des morts.

Je garde le silence. Jolo poursuit sur sa lancée.

– Bap a beaucoup souffert de ses combats. Il a vu Ma mourir ainsi que des compagnons vraiment proches. Il a aussi beaucoup tué, et il porte toujours le poids de ces meurtres. Son cœur est comme une plaie qui ne cicatrise plus.

– Bap, je répète.

Je suis abasourdie par le fait que, demain, je vais voir mon vrai père. La description qu'en fait Jolo ne donne pas très envie de le rencontrer. Cet homme ne me connaît pas. Il m'a abandonnée alors que je n'étais qu'un bébé. Comment vais-je gérer tout ça ? Comment lui-même va-t-il m'accueillir ? Comme un fantôme de son passé ou comme une étrangère ?

La nuit est profonde, à présent. La mer violette s'est fondue dans le ciel noir. On ne la devine que parce qu'un croissant de lune s'y reflète. Forte de mes nouveaux dons, je ressens la présence de mes compagnons autour de moi sans avoir vraiment besoin de tourner mon regard vers eux. Jolo irradie d'une magie puissante, tout contre moi. Est-ce que je le perçois mieux parce qu'il est mon frère ?

Mon frère. Jolo est mon frère, et c'est grâce à lui que je suis encore de ce monde. Il m'a sauvée tant de fois. Sa simple présence est immensément rassurante. Je ne suis pas seule. J'ai mon frère avec moi.

– Merci, dis-je simplement et sans explication.

Il ne répond rien. Il m'a comprise. Il pose son bras autour de mes épaules et m'embrasse sur le front.

Nous traversons la passe en début d'après-midi par mer calme. Le bateau de Mayïn est un voilier à large bord chargé des paniers qui n'ont pas été vendus au marché. La sœur de Shima est une sorcière absolument charmante âgée d'une vingtaine d'années. Ses cheveux blancs, entortillés comme des algues folles, surmontent un visage rond et jovial. Elle barre son embarcation d'un geste sûr, observée et questionnée par Margoule qui n'a jamais navigué sur autre chose que des fleuves et des canaux.

Soudain, au milieu de la traversée, l'eau est secouée de remous.

– Les léviathans ! s'exclame Vaishali, un brin affolée.

Nous retenons tous notre respiration.

Des dos brillants apparaissent à la limite des vagues. Longs et munis d'une crête acérée, ils ressemblent à des anguilles aussi massives que des vers des sables. Leur corps n'en finit plus de se dérouler à la surface de l'eau avant de replonger dans les profondeurs.

Mayïn ne semble pas impressionnée. Elle tient le gouvernail avec assurance et traverse le groupe de monstres marins avec une audace incroyable. Parmi les écailles grises et bleues, je suis surprise de découvrir quelques dos blancs. Je jette un regard interrogatif à Jolo qui acquiesce d'un hochement de la tête. Oui, ce sont bien des ooris.

Voilà donc le secret de la passe. Les léviathans protègent l'Île car certains d'entre eux sont liés à des sorciers. C'est aussi simple que ça. Il n'y a pas de malédiction ou de sort jeté, seulement des animaux-gardiens.

Comme ce doit être étrange d'avoir un oori aquatique ! Je m'imagine mal vivre plusieurs heures loin de Siyah. En même temps, c'est sûrement passionnant de se métamorphoser en un animal sous-marin. Nager et respirer sous l'eau, voilà une expérience troublante.

Mouais… Toute cette eau. Et cette odeur de poisson. Très peu pour moi.

Enfin, nous approchons de l'Île. Elle semble grande, même si c'est difficile d'estimer sa taille depuis le bateau, et plutôt riche en végétation. Une haute montagne pointue comme le mont Fuji est visible loin en son centre.

Mayïn fait pénétrer son embarcation dans une crique protégée par une jetée naturelle. Pas de ponton. Le voilier vient s'échouer doucement sur la plage de sable gris. Margoule saute aussitôt à terre et prend l'initiative de tirer le bateau hors des vagues.

Quand la manœuvre est terminée, j'enjambe le bord et me laisse tomber dans le sable.

Enfin me voici sur l'Île blanche.

L'île des sorciers.

Je ne ressens aucune différence. L'air est frais et salé,

le ciel traversé de quelques nuages, tout est normal. Rien n'indique que nous soyons sur une île gorgée de magie. En même temps, à quoi m'attendais-je exactement ? À des étincelles, à des feux d'artifice ou à des couleurs psychédéliques ?

Aucun comité d'accueil n'est présent sur la plage. Il y a bien un homme en train de travailler sur la coque de son bateau un peu plus loin, mais il ne semble pas vraiment faire attention à nous.

– Il n'y a pas de maisons ? je demande à Jolo.

Mon frère sourit et hausse les sourcils comme si c'était à moi de deviner.

– Nous sommes tout près du village. Tu vas vite comprendre.

Il m'attrape par la main et me tire à sa suite. Nous grimpons la dune plantée de joncs de mer et nous arrêtons au sommet. De l'autre côté s'étend une large plaine verdoyante bosselée par de multiples collines. Je mets un moment à comprendre que les protubérances que j'aperçois ne sont pas de simples vagues de terre mais bien des toits de maisons. Quand mon regard s'accommode enfin, je distingue les portes, les fenêtres et même les cheminées.

– Un village de hobbits !

– Qu'est-ce que c'est, *hobbit* ?

– Ce sont des personnages du... je commence avant de m'interrompre. Laisse tomber, ce serait trop long à expliquer. Je te raconterai cette histoire-là un autre jour, elle devrait te plaire. En tout cas, cet endroit est magnifique !

– Voici Zameen, notre village de terre et d'herbe. Il y a une auberge et quelques commerçants.

– Zameen, je répète. C'est presque mieux que Hobbiton.

– L'île compte deux autres hameaux, continue Jolo sans relever ma remarque. Lakrishka, dont le nom évoque les branches et les feuilles, ainsi que Patharethos, qui signifie roche et sable dur.

– Ils ressemblent à celui-là ?

– Non. J'habite à Lakrishka, alors tu verras à quoi le village ressemble. Quant à Patharethos, nous pourrons y aller un jour si tu le désires. C'est à l'autre bout de l'Île, mais ça vaut le coup d'œil car les habitations sont creusées à même la roche et donnent sur l'océan.

– Ça alors !

L'exclamation vient d'Éliphas, qui nous a rejoints. L'explorateur sort aussitôt son carnet pour esquisser la colline du bout de son crayon.

– C'est une merveille, murmure-t-il en griffonnant. Je n'ai jamais vu ça.

– L'intérieur de l'auberge est aussi très chouette, explique Shima en atteignant à son tour le haut de la dune.

– Et ça tombe bien, ajoute Jolo, car vous allez être obligés d'y séjourner le temps que le Conseil vous accorde le droit de rester sur l'île.

– Le Conseil ? demande Vaishali.

– Oui, confirme Shima. Le conseil Blanc, notre assemblée de sages à nous. Chaque visiteur doit avoir un entretien avec lui et exprimer son désir de fouler la terre de cette île. Chacun de vous devra parler avec sincérité car les sorciers du Conseil sont capables de lire dans vos cœurs et de sentir le mensonge et la duplicité.

– Et moi ?

Je suis soudain inquiète de ce Conseil inquisiteur qui pourrait voir en moi une meurtrière, une ancienne esclave de mage, une sorcière ratée. Bref, une menace.

– Toi, tu es ma sœur, me rassure Jolo en posant sa main sur mon épaule. Tu fais partie des nôtres. Tu n'as pas besoin d'être interrogée. Mais tu seras quand même présentée au Conseil, histoire que les membres sachent à quoi tu ressembles.

– Qu'est-ce qu'on va faire pendant que les autres sont à l'auberge ?

– On va aller voir Avi, Isana et Bap.

Nous nous séparons avant même d'entrer dans le village. Shima guide nos compagnons vers l'auberge, tandis que Jolo et moi prenons un chemin qui longe la mer.

Nous croisons sur notre route quelques sorciers, tous vêtus de blanc, parfois accompagnés de leur oori, parfois seuls. Tous nous saluent sans regard suspicieux ou inquisiteur. Nous sommes sur une terre de paix où chacun vit en accord avec la nature et son prochain.

J'ai du mal à croire que je suis réellement arrivée à destination. J'ai fait tellement de chemin pour atteindre cette enclave. Est-ce bien la réalité ? Est-ce qu'il n'y a pas ici d'horribles lieux cachés, des secrets effrayants, des monstruosités à venir ? J'ai beau fonder beaucoup d'espoir sur ce nouvel endroit, je ne m'y projette pas.

Tout à la joie de me faire découvrir l'Île, Jolo ne perçoit pas mon trouble. Il me désigne les ruches, les sources, l'endroit idéal pour faire une sieste à l'abri des regards ou l'étang parfait pour une chasse aux têtards. Il a vécu son adolescence ici, c'était une période heureuse après le chaos de la guerre. Il reprenait goût aux choses simples, il oubliait le sang, les morts et les cris.

– Je suis contente d'être là avec toi, je lui confie soudain.

Il hoche la tête avec gaieté, puis il me prend par la main et se met à courir. Je le suis en riant. Même avec mes jambes d'humaine, j'aime courir. Nous dévalons la pente, heureux comme des gamins. C'est vraiment bon. C'est exactement ce dont j'avais besoin pour laisser mes pensées sombres derrière moi.

Nous reprenons notre sérieux à l'orée d'un bois profond. Le chemin a peu à peu bifurqué vers l'intérieur de l'Île. Les fourrés et les bosquets ont disparu au profit de hauts arbres.

– Tu les vois ? demande Jolo.

Au début, non, je ne vois rien. Je ne sais d'ailleurs pas quoi regarder. Puis, comme si mes yeux comprenaient enfin le paysage, le décor s'éclaire. Les arbres… Ils ont des fenêtres.

Nous approchons. Je reste muette, fascinée par la beauté de ces maisons qui sont encastrées non pas dans un arbre, mais dans un cercle de plusieurs dont les troncs et les branches entremêlés constituent les murs de l'habitation.

– C'est un peu biscornu mais c'est le lieu le plus agréable que je connaisse pour vivre.

Je repère bientôt plusieurs maisons qui forment comme des bouquets de bois vivants. Jolo me guide vers l'une d'elles. Il toque à la porte, un pan de bois irrégulier qu'on dirait construit spécialement aux dimensions de cette habitation. Sans attendre de réponse, il pousse le battant en annonçant :

– C'est moi !

– Enfin ! répond une voix féminine. Karasu t'a devancé de plusieurs heures.

J'entre à la suite de Jolo, qui s'écarte et m'oblige à passer devant lui d'une gentille poussée dans le dos. Face à nous, une grande femme blanche me considère d'un œil curieux.

– Bua Isana, je te présente ma sœur, Frida, qui préfère qu'on l'appelle Camille.

– Bonjour, Camille.

Silhouette longiligne, Isana possède de drôles de cheveux courts si épais qu'ils paraissent rigides. En fait, on dirait des épines de porc-épic. Son visage aux pommettes saillantes est marqué aux tempes par ce qui ressemble à des écailles. Je donnerais cher pour savoir à quoi ressemble son oori.

Je serre la main qu'elle me tend. Sous mes doigts,

sa peau ressemble à celle des dogrons, douce et légèrement squameuse. Ses yeux ne me quittent pas.

– Tu ressembles beaucoup à ton frère, fait-elle remarquer avec un sourire. Je suis enchantée de te retrouver, ma chère nièce. Bienvenue chez toi.

Je reste sans voix, impressionnée par cette femme qui dit être ma tante. Elle m'a connue bébé. Elle m'a tenue dans ses bras. Elle m'a nourrie, changée, bercée.

Et je ne me souviens de rien.

– Viens t'asseoir, m'invite-t-elle en me montrant la table. Ton voyage a été long. Tu as certainement envie d'un petit quelque chose à boire.

Je m'installe sur la chaise et observe plus à loisir l'intérieur de cette incroyable maison. Les troncs forment un large cercle qui monte haut. Mon regard est arrêté par un plafond à trois mètres. Ainsi, il y a plusieurs étages dans ces maisons-arbres ? Dans les murs, les espaces entre les troncs sont comblés par des pièces en verre épais taillées sur mesure. L'ameublement est simple : tables, chaises, tabourets, étagères chargées de livres et de jolis cailloux. Le tout sent bon la sève.

Isana revient avec une bouteille et trois verres.

– Cela ressemble à de l'eau mais ce n'en est pas, explique-t-elle.

J'apprécie son effort pour me mettre à l'aise. Je me saisis du verre qu'elle m'a servi et goûte du bout des lèvres l'étrange liquide légèrement trouble et d'un tendre vert pâle. C'est frais, un peu sucré et légèrement parfumé, comme si on y avait dilué du concombre ou de la pomme granny. Bref, c'est très bon. Ma première gorgée confirme ce que mes papilles avaient perçu. Mais elle confirme aussi ce qu'Isana soupçonnait. Je suis assoiffée. Je vide le reste de la boisson d'un trait.

– Je peux en avoir encore, s'il vous plaît ?

Isana rit avant de me resservir.

– Alors ? Tu as trouvé ce que c'était ? interroge Jolo en sirotant son propre verre.

Je fais non de la tête.

– C'est de la sève, révèle Jolo. Les arbres puisent l'eau du sol, et nous en récupérons une partie pour la boire.

Je considère le contenu de mon verre avec une sorte de respect.

– Mais, les arbres, ça ne leur manque pas ?

– Nous n'en buvons qu'une infime partie, explique à son tour Isana. Aucun risque de les priver. Les bouteilles se remplissent au goutte à goutte tout au long de la journée.

– Et ça ne leur fait pas mal qu'on habite à l'intérieur d'eux ?

– Des sorciers ont fait pousser ces chênes jour après jour en courbant leur tronc et leurs branches de façon à former ces murs. Tout a été fait dans le respect des végétaux.

– Tu veux voir le reste de la maison ? propose Jolo en se levant.

Je l'imite en laissant échapper un oui timide. Je me

demande bien à quoi ressemble une chambre dans une maison-arbre.

Jolo me précède. Nous abordons un escalier dissimulé derrière un joli rideau composé d'herbe tressée. Je regarde avec attention là où je pose mes pieds car les marches ne sont pas plates. Ce sont des branches vivantes lustrées par le passage des ans et des habitants. L'escalier monte en colimaçon jusqu'au premier étage, où je devine un grand lit caché derrière une multitude de rideaux colorés (vraisemblablement composés eux aussi d'herbe tressée).

– Ici, c'est la chambre d'Isana et d'Avi, explique Jolo.

Nous traversons et recommençons à grimper. Cette fois, c'est une échelle qui nous mène au deuxième étage. La chambre est plus étroite. Derrière un rideau, un matelas trouve refuge à un mètre de hauteur dans une alcôve composée de branches tressées.

– Voici ton lit, si ça te va.

– C'est très mignon.

Il y a un je-ne-sais-quoi d'accueillant dans cette pièce. En tout cas, elle me plaît tout de suite.

Je perçois soudain comme un subtil balancement sous mes pieds.

– Hé ! je m'exclame, surprise. Ça bouge !

Jolo sourit malicieusement.

– Attends d'être au dernier étage. On se croirait sur le pont d'un bateau.

Nous grimpons à l'échelle. La pièce au-dessus possède pour seul toit la frondaison épaisse des chênes dont les multiples branches continuent de s'élever vers le ciel. Ici, on sent le vent souffler car les murs ne sont pas fermés par des fenêtres. Karasu est perché là, la tête enfoncée dans son plumage, endormi.

Il n'y a pas de lit dans cette dernière chambre mais un simple hamac tendu entre deux grosses branches. Je comprends rapidement pourquoi en percevant le tangage sous mes pieds.

– Tu sens ? Les arbres dansent dans le vent.

– C'est ta chambre ?

– Oui. J'aime bien cet endroit. Le frisson des feuilles, les odeurs du sous-bois, ça me plaît.

– C'est un chouette endroit.

Moi aussi, j'aime bien !

Siyah apparaît en se faufilant entre deux branches. Karasu proteste en poussant un croassement contrarié.

– Est-ce que Siyah apprécie sa nouvelle maison ? demande Jolo.

Siyah laisse échapper un miaulement approbateur. Je caresse le sommet de sa tête. Elle me répond par un coup de tête affectueux dans la cuisse.

– Et toi ? continue Jolo avec un peu plus d'appréhension dans la voix.

– Ça ne se voit pas mais j'aime beaucoup. Je suis désolée d'être aussi froide, seulement j'ai l'impression d'être dans un rêve. Ce n'est pas ta faute. Tout va si vite. Je crois que je vais avoir besoin de temps pour réaliser.

Un meuglement nous fait sursauter, Siyah et moi.

Je lève les yeux vers Jolo, dont le visage est désormais traversé par un grand sourire.

– Bhai Avi est rentré !

Nous dévalons les échelles puis l'escalier pour accueillir cet oncle dont je ne connais rien. La porte s'ouvre au moment où nous atteignons le rez-de-chaussée. Un homme très grand se penche pour entrer par l'ouverture, trop basse pour lui. C'est un sorcier massif aux épaules musclées. L'œil rond, le nez épaté et les cheveux en bataille. J'ai un temps de recul quand je découvre ce qui orne la tête d'Avi. Des cornes. De belles cornes incurvées aussi blanches que sa peau. Jolo se jette dans ses bras comme s'il avait soudain huit ans. L'homme lui rend son accolade avec affection. Ce que mon frère a l'air fragile entre ses gros bras !

Puis le regard d'Avi se pose sur moi.

Et s'éclaire.

– Comme tu es belle, ma nièce ! s'exclame-t-il avec candeur.

Je crois bien que c'est la première fois qu'on me dit que je suis belle. Du coup, je pique un fard, incapable de savoir comment réagir.

– Merci, je marmonne.

– Tu es déjà si grande ! Le temps a passé à une vitesse folle !

Là encore, je reste statique et muette. Moi, grande ? Il doit y avoir erreur sur la personne. Avi s'approche de moi. Il est immense. Je me sens soudain misérable.

Mon oncle se penche et me prend dans ses bras. Mes pieds quittent le sol quand il se redresse. J'ai peur qu'il ne m'étouffe, mais non. Il contrôle parfaitement sa force. Il se contente de me porter comme on le fait avec un enfant en bas âge. D'abord réticente devant ce câlin forcé, je sens petit à petit mon corps se détendre. En réalité, c'est même agréable d'être ainsi serrée. Cet homme respire la gentillesse par tous les pores de sa peau. Je sens son bonheur de me retrouver.

– Bonjour, Bhai Avi, je finis par dire à l'oreille de ce grand costaud.

– Bonjour, ma belle, répond l'homme-taureau avec un nouveau sourire. Bienvenue chez toi.

Il me repose avec douceur, me considère quelques instants de ses yeux brillants, puis se tourne vers Isana pour déposer un tendre baiser sur sa bouche. Je regarde Jolo avec un sourire gêné.

– Tu vois, on ne peut qu'aimer Bhai Avi.

Je dois bien reconnaître que c'est vrai. Cet homme attire irrémédiablement la sympathie.

Quelques minutes plus tard, je suis embrigadée dans la préparation du repas. Jolo et moi nous retrouvons à table en train d'éplucher des carottes tandis qu'Isana prépare un gratin de légumes qu'Avi découpe avec dextérité. Une scène de vie de famille tellement parfaite qu'elle me trouble profondément. Jamais je n'ai vécu ça, même avec mes autres parents sur Terre. Je suis encore une fois frappée par cette sensation d'irréalité. Et si tout cela n'était qu'un rêve ? Et si je me réveillais brusquement, enfermée dans une armure enchantée, piégée dans un corps pourrissant ?

J'ai l'impression de ne pas être à ma place. Je suis effrayée par cette normalité. J'ai l'impression que la violence et le sang vont me rattraper à un moment ou à un autre.

Je regarde le couteau que je tiens entre mes mains sans savoir si c'est une arme ou un simple instrument de cuisine.

Cet homme avec des cornes. Cette femme avec des écailles. Sont-ils réellement ce qu'ils disent être ?

La paranoïa me coupe le souffle. Ma vision se trouble. J'étouffe !

Alors que je manque d'air, l'angoisse cesse brusquement. Deux mains se sont posées sur mes épaules, immenses et rassurantes, les mains d'Avi. Des vibrations de sérénité s'échappent d'elles. De la magie.

– Du calme… murmure mon oncle de sa voix de basse. Je comprends tes peurs. Tu en as bavé pour arriver jusque-là. Tu es comme un soldat qui rentre de la guerre et qui reprend trop rapidement une vie normale. Nous sommes nous aussi passés par là. Nous avons vécu le bruit et la fureur. Je t'en prie, ma chère nièce, fais-nous confiance.

Apaisée autant par ses paroles que par sa magie qui s'écoule à l'intérieur de moi, je hoche la tête. Je suis dans une vraie maison avec de vraies gens. Il n'y a rien à craindre.

Il fait encore jour quand nous mangeons. Le gratin est parfait. Il est accompagné d'un fromage frais recouvert d'herbes aromatiques. Un régal.

Jolo retrace rapidement notre voyage à Avi et à Isana sans rien omettre des épisodes les plus douloureux. Mon oncle grommelle plusieurs fois: « Il faudra que tu me racontes ça en détail », sans chercher à l'interrompre. On sent que ce n'est que la bande-annonce d'un récit qui sera beaucoup plus long. Isana se contente de hocher la tête, mais son regard est attentif. De temps en temps, elle tourne les yeux vers moi comme pour recevoir confirmation des dires de Jolo, et c'est alors à mon tour d'acquiescer discrètement.

Je me sens mieux. Ces trois-là sont ma famille.

C'est ma maison.

Je suis chez moi.

Quelle curieuse sensation !

Tout autour de nous, le bois craque et grince. Ce bruit résonne en moi comme un vieux souvenir enfoui. C'est comme si la maison était un organisme vivant, participant pleinement à la vie de cette famille. Sans doute est-ce d'ailleurs le cas. Une maison vivante. Une maison qui croît et fait des fruits. Une maison qui donne à boire.

Alors que Jolo arrive au terme de notre histoire, je ferme les yeux pour étendre mes nouvelles perceptions à la magie ambiante. Je n'ai pas à chercher longtemps. Une vague de bienveillance vient caresser mes sens.

Incroyable.

Ce sont les arbres de la maison. Ils sont conscients de notre présence.

Est-ce que c'est possible ? Est-ce qu'ils savent vraiment qui je suis ?

J'ouvre les yeux.

Jolo s'est tu. Tous me regardent. Le sourire d'Avi lui remonte presque jusqu'aux oreilles.

– Je crois que Ghar est contente de te voir, ma belle nièce.

– Ghar ?

– C'est le nom de la maison.

– Toi aussi tu l'as sentie, Jolo ?

– Oui, confirme mon frère. Ghar a réagi à ton contact et elle t'a reconnu. Tu sais, les arbres ont une excellente mémoire. Ils se souviennent de toi.

– Mais je n'étais qu'un bébé !

– Quelle importance, intervient Isana. Tu es un membre de la famille à part entière. Aujourd'hui, pour Ghar, ce sont des retrouvailles.

Je ne sais plus quoi dire. Les vagues de bienveillance continuent à me parvenir aux limites de mes sens magiques. C'est comme si Ghar, la maison-arbre, renchérissait aux propos d'Isana.

Aussitôt le repas terminé, Jolo se lève. Nous avons une dernière visite à faire.

Une pointe d'appréhension me traverse. Je sais de qui il est question. Et mes oncle et tante aussi.

Isana confie un pain emballé dans un torchon bleu à Jolo.

– Dis-lui aussi qu'un repas chaud l'attend. Ça fait deux nuits qu'il n'est pas rentré.

Jolo hoche la tête. Nous quittons Ghar.

Dehors, un gigantesque taureau blanc aussi massif qu'un bison mange paisiblement le contenu d'une auge. Il ne peut s'agir que de l'oori d'Avi. Le mastodonte cornu nous considère d'un air calme. Il secoue la tête, pousse un meuglement grave avant de replonger son mufle dans son repas. Présentations terminées.

Non, mais tu as vu la taille de ce monstre! s'exclame Siyah en descendant des hauteurs de l'arbre-maison. *Il n'a même pas peur de moi. Il s'est contenté de me renifler sans frémir.*

La panthère nous suit à quelques mètres tandis que Karasu prend son envol dans un froissement de plumes.

Alors que nous nous enfonçons dans la forêt, je demande:

– Il habite avec Avi et Isana?

Je n'ose pas dire Bap, le mot me paraît encore étrange à prononcer.

– Il rentre manger avec nous et nous accompagne aussi aux bains. Mais, après, il retourne dormir dans la forêt avec son oori. Et puis, parfois, il ne voit pas le temps qui passe, comme aujourd'hui. Alors l'un d'entre nous va le chercher.

– Il est… fou ?

Je n'ai pas envie de retrouver un père en souffrance. Ça me fait peur d'imaginer qu'il a perdu la tête.

– Je ne dirais pas ça. Je pense qu'il préfère juste vivre à sa façon. Il supporte la présence des autres un temps mais il ne peut pas vivre au milieu de nous. Je crois que c'est trop dur pour lui. Les interactions le fatiguent. Parler l'épuise. Il aime la solitude.

Je me tais. La forêt s'épaissit autour de nous. Le village de maisons-arbres a disparu depuis longtemps. Les cris des oiseaux aussi se sont tus. De temps en temps, le chant d'un coucou perce le feuillage puis s'éteint. D'autres bruits se font entendre, mais je me rends compte que la citadine que je suis ne sait pas les analyser.

Soudain, au moment où je m'apprête à demander dans combien de temps nous arrivons, une ombre se jette sur nous.

Une ombre géante, poilue et pleine de griffes.

– Bhaalou ! s'exclame Jolo lorsque l'énorme ours l'écrase sur le sol comme un vulgaire moucheron.

J'ignore comment réagir. Je regarde Siyah qui s'est précipitée vers nous, aussi étonnée que moi.

Je ne l'ai pas senti arriver ! Il était contre le vent ! s'affole sa voix dans ma tête.

Puis mon oori et moi entendons les éclats de voix de Jolo.

Mon frère est mort de rire.

L'ours est en train de lui lécher le visage. Puis, serrant le corps de Jolo entre ses énormes pattes griffues, l'immense animal roule sur lui-même pour se mettre sur le dos. La perspective s'inverse. Mon frère se retrouve assis sur le ventre rebondi et poilu de cet ours aux dimensions de Totoro albinos. Jolo a l'air de trouver ça complètement normal, alors que j'essaye de mon côté de calmer les battements de mon cœur.

– C'est quoi ça ? ! je finis par demander quand je retrouve un minimum de souffle.

– C'est Bhaalou ! répond mon frère, comme si le nom de ce monstre était évident. Viens lui dire bonjour !

– Tu as vu la taille de ses griffes ? ! Non merci !

Jolo se laisse glisser au bas du ventre de l'ours et me rejoint en trois pas, le bras tendu. Il attrape ma main et m'emmène vers Totoro. Je résiste.

– Camille. Il est de notre famille. C'est l'oori de Bap.

Je le regarde, un brin choquée. Il ne pouvait pas me prévenir avant ? Cet animal a failli me faire avoir une crise cardiaque !

Jolo m'entraîne à nouveau vers l'ours et je me laisse faire. Je me retrouve aux pieds de l'ours qui en a profité pour s'asseoir. Même ainsi ramassé sur lui-même, il doit bien mesurer deux mètres. Il m'observe avec calme mais je vois bien à sa truffe qui se dilate qu'il analyse mon odeur.

– Quand tu étais petite, on te posait sur le ventre de Bhaalou pour que tu te calmes.

Poser un bébé sur le ventre d'un ours ? Est-ce que c'est une blague ?

Mais Jolo a l'air on ne peut plus sérieux. Il garde ma main dans la sienne et la pose, un peu de force, sur le ventre de l'animal.

– Tu vois, Bhaalou. Je t'avais dit que je la ramènerais.

L'ours acquiesce d'un mouvement de tête. Puis, sans prévenir, il me décerne un gros coup de langue en plein sur la joue. C'est à la fois mouillé, chaud et un brin déconcertant d'être ainsi léchée. Je laisse échapper un rire, mi-dégoûtée, mi-amusée. Sous mes doigts, sa fourrure est tiède et plutôt douce. Une forte odeur s'en dégage : musc, terre et sève.

– Donc, on se connaît déjà, c'est ça ? je demande à l'oori d'une voix un peu intimidée.

L'ours se contente de cligner des yeux et de poser sa grosse patte sur ma main, ridiculement petite en comparaison.

– Allez, Bhaalou, guide-nous jusqu'à lui, l'invite mon frère.

L'ours bascule sur ses quatre pattes et s'élance. Jolo, Siyah et moi le suivons. La forêt est en train de plonger dans la nuit. Heureusement que mes nouveaux sens de félin me permettent de voir clairement dans la pénombre.

Nous apercevons un arbre dont la forme inhabituelle me fait soudain ralentir.

Qu'est-ce que… ?

Plutôt que de me laisser distancer, je continue à suivre Jolo. Et plus j'avance, plus les troncs des arbres me semblent bizarres. Certains sont courbés comme si un vent violent les avait forcés à vriller. D'autres ont des branches qui évoquent des bras ou même des mains. Quelques-uns rappellent des formes animales, comme des girafes ou des quadrupèdes cornus. En fait, on dirait que la forêt est peuplée de créatures générées par les arbres eux-mêmes. C'est troublant et passionnant. Ça me donne envie de courir de l'un à l'autre pour découvrir les secrets de ce musée à ciel ouvert.

Bhaalou s'arrête enfin. Il vient poser son dos contre le tronc d'un arbre dont l'aspect évoque une danseuse au dos arqué et aux bras levés vers le ciel. Un homme se tient devant l'arbre-danseuse. Massif comme un ours.

Le voilà enfin.

Malgré notre arrivée, l'homme-ours ne se retourne pas. Il garde les mains posées sur l'écorce de l'arbre-danseuse. Je devine la magie qui circule de l'un à l'autre. Je la vois agir avec lenteur sur le bois et faire pousser des petites branches au sommet de la tête de la danseuse. Elles se couvrent à vue d'œil de feuilles tendres qui lui font comme des cheveux. La sculpture est d'une telle finesse que les larmes me viennent. C'est plus fort que moi. Voir ce grand homme créer quelque chose d'aussi beau et délicat me bouleverse. Enfin, sa création achevée, le sculpteur baisse les mains et se tourne vers nous.

Je retiens mon souffle.

Il ne se passe rien. Celui qui est mon père reste là, les bras ballants, à me regarder. Il ne parle pas, ne fait même pas semblant d'essayer. Je l'observe en retour. Il est vêtu d'un simple pantalon qui a dû être blanc à une époque reculée. Son torse est couvert de poils blancs aussi épais que ceux de son oori. Idem pour son visage qui affiche une pilosité remarquable : barbe, moustaches et cheveux fournis. En fait, je ne distingue que ses yeux.

Ils sont d'une tristesse infinie.

Je sens quelque chose craquer à l'intérieur de moi.

Alors que l'homme ne fait rien et n'esquisse aucun geste, je prends l'initiative. Je m'avance et le serre dans mes bras. Ma tête n'arrive qu'à la hauteur de son torse mais j'étreins son grand corps aussi chaleureusement que possible. Je ferme les yeux et appuie ma joue contre la toison poilue de sa poitrine.

Enfin, avec une lenteur extrême et des gestes délicats, ses bras remontent vers moi et se posent sur mon dos pour m'enserrer doucement. Notre étreinte ne dure que quelques secondes tout au plus. Puis, ses bras se détachent de moi, il s'écarte et se détourne pour retourner à sa sculpture comme si je n'existais plus.

Du regard, je questionne Jolo. Que dois-je faire, maintenant ?

Mon frère hoche la tête, puis il tend la main pour m'inviter à le rejoindre.

Je m'éloigne de celui qui est mon père. Je ne sais plus quoi penser.

Jolo pose le pain d'Isana aux pieds de Bhaalou. Nous nous en retournons.

– Ça va? me demande Jolo au bout de dix bonnes minutes de marche silencieuse.

Je hausse les épaules et laisse échapper un soupir bruyant.

– C'est bien, ce que tu as fait, ajoute-t-il. D'aller vers lui ainsi.

Je l'attrape par le bras. Il s'arrête. Je me jette contre lui et il répond à mon enlacement avec force. Enfin, les digues cèdent. Je pleure dans le giron de mon frère. De gros sanglots soulèvent ma poitrine.

– Ça va aller, murmure Jolo à mon oreille. Il faut lui laisser le temps.

Mes larmes finissent par se calmer. Nous regagnons Ghar dans un silence plus détendu. Là-bas, Avi et Isana nous ont attendus pour aller aux bains.

Nous marchons tous les quatre jusqu'à un espace parsemé de gros rochers et couvert d'une multitude de bambous à l'orée de la forêt. L'endroit est plutôt fréquenté, malgré l'heure tardive. Des flambeaux apportent des touches de lumière accueillante dans la nuit. Nous nous divisons en deux groupes devant une palissade qui sépare le côté femme du côté homme. Je me laisse emporter par ma tante, armée de deux seaux en bois et de deux serviettes. Elle me montre où accrocher mes affaires, où piocher une bonne poignée de savon pour me laver, comment utiliser le seau pour me rincer. C'est la première fois que je me retrouve nue devant une autre femme. D'abord nerveuse et timide, je finis par m'apaiser car il n'y a ici aucun jugement ou regard désobligeant.

Puis Isana me guide jusqu'à la source proprement dite. C'est une étendue d'eau légèrement fumante dans laquelle trempent déjà une dizaine de femmes aussi nues et blanches de peau que nous. Je m'enfonce dans cette onde où discutent à voix basse des sorcières de toute nature. L'eau est chaude. Mon corps se détend rapidement à son contact. Puis je ressens autre chose. Des guilis. Des centaines de chatouillis délicats partout sur ma peau.

– Cette eau contient de la magie, m'explique Isana dans un murmure lorsque je viens m'asseoir à côté d'elle. Elle descend de la montagne qui marque le centre de l'Île. Tu l'as forcément vue en arrivant. C'est un volcan endormi. On l'appelle Ayuka, et c'est grâce à lui que nous pouvons profiter de cette eau chaude toute l'année.

– Endormi ? je m'inquiète en pensant au Vésuve, à la montagne Pelée et à tous ces volcans qu'on croit assagis et qui finissent par tuer des milliers d'habitants.

– Certains sorciers présents sur cette île ont des affinités avec Ayuka. Ils sont capables de sentir ses soubresauts et d'y remédier. Ils le calment avec leur propre magie. C'est comme un dialogue entre les hommes et le feu de la terre.

– Ils communiquent avec la lave ?

– Plutôt avec la roche. Ils l'apaisent.

– Tu parles d'affinités. Il y aurait des catégories de sorciers ?

– En vieillissant, tu découvriras que tu es plus douée pour certaines choses que pour d'autres. Ton oncle et ton père, par exemple, ont toujours eu une écoute particulière des plantes. Ils arrivent à leur insuffler assez de vie pour qu'elles poussent à vue d'œil. Tous les sorciers ne sont pas capables d'un tel prodige.

– Jolo aussi est très fort pour faire pousser les arbres. Je l'ai vu à l'œuvre.

– C'est vrai qu'il est doué. Et je sais que tu as vu les statues de ton père.

– Oui.

– C'est une évasion pour lui. Cette forme d'art permet d'évacuer les idées noires qui l'assaillent. Il a beaucoup souffert de la guerre. Il a même failli s'y perdre. Je sais que sa réaction n'a pas été celle que tu attendais mais crois bien que, même si ça ne se voit pas, dans son cœur, c'est un tourbillon de bonheur. Il n'arrive pas à exprimer ses sentiments. C'est comme si un mur était construit à l'intérieur de lui. On ne peut pas détruire un mur en une seule fois. Seule l'action du temps peut le fragiliser.

– Je comprends.

Et c'est la vérité. Je comprends ce qu'Isana explique. Ses mots sont clairs, prononcés avec calme. Cette femme me plaît. Elle est patiente, pédagogue et aimante.

Je prends mon temps pour observer les autres femmes assemblées là. Certaines baigneuses portent des marques animales qui permettent de deviner facilement la nature de leur oori : canines aiguisées, griffes effilées ou cornes. Pour d'autres, c'est plus compliqué. Isana, par exemple, reste mystérieuse. Sa peau couverte d'écailles pourrait l'apparenter à un lézard ou à un serpent. Je cherche en vain autour de nous la présence d'un tel animal.

La plupart des femmes se connaissent. Je repère même deux couples mère/fille qui discutent ensemble en riant discrètement. Je sens naître une pointe de jalousie à leur égard. Comme ça doit être agréable de partager ces moments privilégiés avec sa mère et les autres femmes de la communauté. Vraiment chouette.

– Est-ce que j'ai des cousins ? je demande soudain à Isana. Je veux dire… Avi et toi, vous avez des enfants ?

Isana hoche la tête.

– Nous avions deux enfants, deux garçons, Pyaar et Shaïki.

– Vous aviez ?

– Shaïki est mort pendant la guerre. Lors d'un guet-apens tendu par les mages. C'était un beau garçon qui ressemblait beaucoup à son père.

– Je suis désolée.

– Tu n'y es pour rien. Même si tu en doutes, t'envoyer sur Terre a été une bonne chose. Nous voulions tant vous protéger. Nous avions peur de voir disparaître toute notre communauté. Cette île a été notre bénédiction.

– Combien comme moi ont été envoyés ?

– Une trentaine d'enfants. Entre zéro et trois ans. Tout au long de la guerre.

– Et ton autre fils. Pyaar ?

– Tout le monde l'appelle Py, et il va très bien. Il vit à Patharethos.

– Le village de pierre ?

Elle hoche la tête.

– Il y a d'autres enclaves de sorciers comme celle-ci ? Ailleurs sur Éther ?

– Oui. Nombreux sont ceux qui voyagent de l'une à l'autre pour porter des messages et garder le contact. Tant que nous nous tenons éloignés des villes, tout va bien. Grâce à ces précautions, le calme est revenu depuis une dizaine d'années.

– Mais vous avez été obligés de vous regrouper en communauté pour pouvoir vivre en paix. C'est un peu triste.

– L'union fait la force. Et les mages ne connaissent que le langage de la force. Malheureusement.

Nous retournons avec Jolo à l'auberge du village d'herbe pour le déjeuner. J'ai dormi tard. Est-ce dû à ma première nuit depuis des jours dans un vrai lit, au bain relaxant ou bien au bercement de la maison-arbre ? Sûrement les trois. Toujours est-il que je me suis levée bien après l'apparition du soleil, Siyah allongée tout contre moi, Jolo m'attendant dans la salle commune. Un joli pantalon assorti à une tunique en coton avait été laissé à mon intention. Blancs, naturellement.

Passé une porte en ogive, nous entrons dans ma première maison d'herbe. À l'intérieur, l'auberge est vaste et accueillante. Le plafond, entièrement consolidé par des arcs-boutants en pierre, forme une douce voûte arrondie de terre séchée. Le sol est dallé de larges galets vert foncé. Au-dessus de nos têtes, de multiples trous de lumière laissent entrer les rayons du soleil.

Retrouver Éliphas, Vaishali et Margoule me procure un plaisir immense. C'est comme si je les avais quittés depuis plusieurs jours. Ils semblent tous heureux de leur nuit sur l'île. Nous nous asseyons autour de la table pour dévorer un repas composé de légumes, de céréales et de quelques fromages frais. Un repas végétarien qui correspond bien au mode de vie des sorciers, respectueux de la nature et des animaux.

Éliphas prend la parole pour raconter leur rencontre avec le Conseil blanc.

– Ils attendaient de nous la vérité et c'est ce que nous leur avons livré.

– Mais le fait que Vaishali soit mage ?

– Ils ont été passionnés par mon histoire et la façon dont tu m'es venue en aide, répond l'intéressée. Je leur ai expliqué que j'avais besoin de me poser un peu après tant d'années enfermée derrière un miroir. Ils m'ont offert de rester ici à condition que j'enseigne les runes aux sorciers qui en feraient la demande. J'ai accepté.

Éliphas et Vaishali se tiennent côte à côte sur un banc, et je sens soudain dans leur attitude quelque chose qui me met la puce à l'oreille. Les regards qu'ils échangent, les frôlements de leurs mains. Il y a, comme qui dirait, rapprochement.

Je rougis à cette pensée et lance une perche pour voir si j'ai deviné juste.

– Et vous, Éliphas ? Le Conseil vous a-t-il autorisé à rester ?

– Je leur ai expliqué mon projet et ils ont paru très intéressés.

– Quel projet ?

– Je veux écrire un livre sur les sorciers et leur relation à la magie. Un livre que je ferai reproduire en des milliers d'exemplaires et qui permettrait enfin de distinguer la réalité des mensonges qui courent sur leur communauté. Ce serait une belle façon de discréditer les mages et leurs discours racistes. Donc, oui, je vais rester un peu ici.

Nouveau regard furtif entre la mage et l'explorateur. Je ne me suis pas trompée.

– Et toi, Margoule ? je me tourne vers le dogron en le voyant se tortiller comme s'il avait hâte de prendre la parole.

– Les membres du Conseil blanc m'ont demandé ce que j'avais envie de faire. Je leur ai répondu la vérité. À savoir que je n'avais jamais été libre avant aujourd'hui et que je ne savais pas ce que ça faisait de décider de son propre sort. Ils ont eu l'air de comprendre. Ils m'ont dit que je pouvais rester jusqu'à ce que la réponse me trouve.

– Tu veux dire jusqu'à ce que tu trouves la réponse ?

– Non, non. Jusqu'à ce que la réponse me trouve. C'est bien ce qu'ils ont dit. Ils ont expliqué que la réponse viendrait à moi et que c'était inutile de chercher.

– Ah ?

– Ça, c'était hier mais, ce matin, je crois bien qu'un début de réponse m'est parvenu, ajoute-t-il avec un large sourire. Je me suis un peu baladé dans le village et j'ai fait la rencontre d'un forgeron. L'homme a engagé la conversation et il a appris avec une sorte de ravissement ma nature d'ogre-dragon. Il veut m'embaucher. Comme forge vivante. Il dit que, quand les dragons existaient encore, on formait des alliages incroyables sous le feu de leur souffle. Il aimerait essayer avec moi. Je vais travailler. Et je serai payé pour ça ! Tu te rends compte !

Son bonheur fait plaisir à voir. Je pense à Safre. Le dogron aurait été ravi de savoir son frère aussi heureux. J'aurais aimé qu'il soit à nos côtés pour profiter de la liberté de cette île.

C'est ensuite à mon tour de faire le récit de ce qui m'est arrivé hier soir. Je n'omets aucun détail. Ni ma rencontre avec Avi et Isana, ni la visite à mon père, ni même les bains. Éliphas me demande des précisions sur la maison-arbre. Margoule paraît intéressé par les sculptures de mon père. Quant à Vaishali, elle me dit qu'elle a profité d'un bain de mer hier mais qu'elle aimerait beaucoup découvrir ces sources d'eau douce. Bref, nous échangeons nos impressions et nos sentiments avec la confiance, la bienveillance et l'honnêteté qui font depuis le début l'identité de notre groupe.

Le repas terminé, Jolo s'approche de moi.

– Je vais me présenter devant le conseil. Ensuite, ce sera ton tour. Tu as quelques heures devant toi car j'ai beaucoup à raconter. La tradition veut que tu te retires pour réfléchir à ce que tu vas leur dire. Mais tu n'es pas obligée de t'y plier. Tu peux rester ici avec les autres. Fais comme tu le sens.

Je jette un coup d'œil à nos compagnons. Margoule se lève déjà pour aller voir son nouvel ami forgeron, Éliphas et Vaishali semblent avoir besoin d'intimité, il ne me reste plus que Siyah.

Ne compte pas sur moi pour t'aider à passer le temps,

annonce mon oori en sentant mon attention se tourner vers elle. Je vais chasser. J'ai vu des chèvres sauvages à l'orée de la forêt et je meurs d'envie de savoir quel goût elles ont.

Je hoche la tête à l'intention de mon oori, puis réponds à mon frère.

– Je vais aller sur la plage pour réfléchir un peu.

Je me retrouve seule. Vraiment seule. Au moins aurai-je, sans le vouloir, respecté la tradition. Je me dirige vers la plage à pas lents. Une fois au bord de l'eau, je longe la rive. Il n'y a pas vraiment de chemin, alors, quand j'arrive au bout de la plage, je saute de rocher en rocher pour continuer à avancer. La promenade est plutôt agréable. Les criques remplies de petits bassins s'enchaînent. On y trouve des crabes, des bernard-l'hermite ainsi que de gros oursins bleus. Au bout d'une demi-heure de marche, je pose le pied sur une jolie plage isolée et cachée des regards par une falaise haute comme un immeuble de cinq étages. L'endroit idéal pour profiter de la solitude.

Je m'assois, les mains enfoncées dans le sable gris foncé. Le nuage qui traînait devant le soleil se décide enfin à disparaître. Au même moment, tout autour de moi, le sol se met à scintiller. Je saisis une poignée de sable pour mieux comprendre ce prodige. En fait, ce sont les minuscules éclats de schiste qui font comme une multitude de paillettes. Aucun mystère. Aucune magie. Juste l'éclat de la nature à l'état brut.

Je soupire.

Une sorcière férue de sciences. Je suis vraiment un cas.

Cette plage est un écrin de calme et de beauté. L'endroit parfait pour faire la sieste. Il faut que Siyah voie ça.

Je ferme les yeux pour atteindre les pensées de mon oori mais son attention est entièrement tournée vers la chasse. Elle me repousse vivement. Elle n'a pas de temps pour moi.

Très bien. Je profiterai donc seule de cette splendide plage.

Sans Siyah.

Ni Jolo.

Ni Margoule.

Rien que moi et moi seule.

La dernière fois que j'ai été aussi seule, c'est au moment de ma fugue. Une éternité. Tellement de choses se sont passées depuis. J'ai parcouru des centaines de kilomètres en moins d'un mois. En fait, on pourrait plutôt compter ça en années-lumière, puisque j'ai même changé de planète. Incroyable. Et complètement impossible.

Tout est tellement compliqué !

J'aimerais tout comprendre, mais la vérité, c'est que je ne comprends rien.

Je me trouve sur une terre inconnue, au bord d'un océan sans nom, assise sur la plage d'une île volcanique dont je ne sais rien.

Voilà la vérité.

Je suis perdue.

Pire encore. Je me rends compte que je ne sais pas ce que je veux.

Dans ma vie d'avant, mes parents décidaient pour moi. Tout. Je n'avais pas d'avis à donner. La seule décision que j'aie jamais prise, ma fugue, a eu des conséquences vertigineuses. Elle a été nécessaire, oui, mais complètement chaotique. Elle a juste consisté en une fuite en avant. Comme si j'avais décidé de sauter en para…

Outch !

Une force puissante me plaque brutalement dans le sable, coupant court à mon introspection.

Je cherche à me redresser mais un poids invisible se pose aussitôt sur ma poitrine, immobilisant mes bras et mon torse.

Je me débats mais rien n'y fait.

Je suis prisonnière.

Je remue encore. La force résiste.

Là où il n'y avait que le ciel et la mer apparaît soudain un homme. Il vient de rabattre le capuchon qui masquait son visage. Le reste de son corps m'est révélé en même temps, drapé dans une cape sombre couverte de runes.

Impossible.

C'est un cauchemar. Un putain de cauchemar complètement impossible.

Hélix.

C'est Hélix.

Le mage est assis sur ma poitrine, les deux mains posées sur mes poignets.

Sa tête n'est qu'à quelques centimètres de la mienne.

Je ne peux pas échapper au spectacle immonde qu'il offre.

Une horreur sans nom.

Sa peau est noire et purulente sur une bonne moitié de son visage. On dirait le Double-Face de *Batman* ou Jekyll et Hyde qui auraient fusionné. Ses cheveux ont disparu. À la place, un épiderme fripé et couvert de cloques suintantes. À gauche, sa paupière racornie lui fait un œil immense et exorbité.

C'est une vision de folie.

Une odeur fétide se dégage de sa personne. Peau brûlée, lymphe, suie et fièvre.

Cet homme est mourant.

– Te voilà enfin, petite vipère. Je suis tellement content d'avoir mis la main sur toi.

Sa voix est grave et éraillée, son timbre cassé comme celui d'un vieux fumeur.

Je n'arrive toujours pas à croire ce que je vois.

– Vous ! Vous êtes vivant ?

Mon souffle est court. Mes poumons sont compressés par le poids d'Hélix assis sur ma poitrine. Mais je pense que la surprise et le dégoût y sont aussi pour beaucoup.

– Tu te croyais débarrassée de moi, hein ?! Mais je suis tenace ! Tu croyais que j'étais mort dans le chalet, sorcière ! Je m'en suis sorti !

– Mais comment ?! Ce n'est pas possible. Margoule vous a vu mort.

Je revois le chalet s'effondrer, ravagé par le golem puis par les flammes. Personne n'aurait pu survivre à un tel holocauste.

– Margoule ! se moque Hélix avant d'être interrompu par une quinte de toux puis de cracher à nouveau le nom de l'ogre-dragon. Ce dogron simplet n'a vu qu'une projection de ses fantasmes. Quand le sol s'est écroulé, j'ai gravé une rune de duplication dans une poutre. Elle permet de créer un double. Ça a été suffisant pour vous faire croire à ma mort. Pitoyable ! Vous êtes tellement naïfs ! Margoule le premier.

Il sourit en serrant tellement fort les dents qu'elles grincent. Ce bruit hérisse mes oreilles sensibles. Toute sa personne me dégoûte au plus haut point. Et dire qu'il est assis sur moi. Je me débats à nouveau mais il serre plus fort mes poignets. La sensation de ses paumes squameuses sur ma peau est immonde.

– Mais je ne suis pas mort, rugit-il en secouant la tête. Non ! Regarde-moi ! Je ne suis pas mort ! J'ai survécu ! Et je viens chercher ma vengeance !

Je le regarde, je le renifle. Et ce que je sens, ce que je vois, c'est un homme en train de mourir. Je n'ai jamais vu quelqu'un d'aussi brûlé de toute ma vie. Comment se fait-il qu'il ne se torde pas de douleur ?

Hélix répond à ma question sans le savoir.

– Je lis dans tes yeux. Tu crois que je suis fou. Mais je ne le suis pas. J'ai échappé à la folie. J'ai failli perdre la tête à cause de la douleur. Vois-tu, je ne suis pas sorti des flammes indemne. Heureusement, Graziel était là.

Un grand froid m'envahit. Graziel ? Le nécromancien est toujours vivant ?

– Oui. Graziel est là aussi. Il m'a sauvé. Il a tracé des runes partout sur mon corps pour me couper de la souffrance.

Tout en prononçant ces mots, Hélix retire la cape. Son torse et ses bras sont dans le même état que son visage brûlé. Un cadavre ambulant transformé en momie purulente.

Le mage, qui a lâché mes poignets, tend ses bras pour

mieux me montrer les plaies qui défigurent un peu plus son épiderme. Son visage est extatique.

– Graziel a tracé des runes partout sur ma peau. La douleur s'est aussitôt envolée. C'était comme un grand calme après une tempête. Graziel m'a sauvé. Sans lui, je serais devenu fou à cause de la souffrance. Sans lui, j'aurais été incapable de me venger.

J'attrape une poignée de sable et la jette vivement dans les yeux d'Hélix.

Il crie. Il se débat en se griffant le visage. Je me tortille dans le dessein de lui échapper.

Une claque sonore stoppe mes velléités de fuite.

Je suis sonnée.

– Stupide ! hurle le mage, toujours assis sur moi.

Il abat son autre main avec la même force. Ma tête pivote brusquement de l'autre côté sous la force du coup.

– Je t'ai dit que je n'avais plus mal. Je ne ressens rien ! Alors ton geste est futile. Du sable ! Tu n'es qu'une imbécile !

Je passe ma langue sur mes lèvres. Ma bouche est pleine de sang. J'ai dû me mordre sans m'en rendre compte.

Je suis toujours effrayée mais je sens maintenant la colère monter.

Comment ose-t-il ?

De quel droit s'autorise-t-il à poser les pieds sur mon île ? Je ne veux pas qu'il souille cet endroit, le seul lieu que je peux considérer comme ma maison.

Hélix a dû voir ma révolte car il extrait une dague de derrière son dos. La pointe de l'arme se pose sur ma gorge.

– Tout doux. J'ai encore besoin de toi.

– Comment oses-tu venir ici ? je gronde en montrant les dents. Quand les miens vont s'apercevoir de ta présence…

– Tu vois cette cape ? Elle coûte une fortune. C'est un pur produit de ce que les mages font de mieux. Les runes brodées dessus garantissent l'invisibilité. Personne ne m'a vu venir. Personne ne me verra partir.

Je gronde. La lame s'enfonce un peu plus dans ma gorge.

– Ne t'avise pas de… *kof kof*… remuer. *Kof kof*…

Une quinte de toux le secoue à nouveau. Je sens son corps se contracter à chaque soubresaut. Puis, soudain, il se penche sur le côté pour cracher une boule noire et gluante dans le sable.

Écœurant.

Cet événement semble à peine le contrarier. Le mage prend appui sur ses pieds pour libérer ma cage thoracique. La lame est à quelques centimètres de ma gorge.

– Debout.

Je me redresse. Lui aussi. Nous faisons à présent presque la même taille. Étonnant comme j'ai pu grandir en si peu de temps.

– Par là ! ordonne Hélix en enfonçant la pointe de la dague dans le creux de mes reins.

Je meurs d'envie de me jeter sur lui et de lui arracher la gorge mais il me dégoûte trop. En plus, il a l'air bien décidé à ne pas se laisser faire.

J'avance donc dans la direction indiquée.

– Si tu savais comme j'aimerais enfoncer cette dague maintenant dans ta jolie chair blanche. Juste pour voir ton sang pâle couler. Mais Graziel m'en voudrait. Il n'apprécie pas qu'on abîme ses proies. Il a de grands projets pour toi. Une fois que tu seras entre ses mains, je retournerai à ma vie d'avant. Ma péniche me manque. J'étais... *kof kof*... tellement... *kof kof*... bien.

Un nouvel accès de toux le submerge. Plus fort que le précédent. Il finit par avoir un haut-le-cœur et par vomir un gros morceau de quelque chose. Je regarde malgré moi. On dirait un steak pourri couvert de sang noir.

Mes cheveux se hérissent sur ma tête quand me vient l'idée de ce que ça pourrait être. J'ai déjà vu ça dans des films d'horreur. Et si ces choses-là arrivaient vraiment? Rien que d'y penser, la nausée me frappe. Serait-il possible que ce soient des morceaux de lui que le mage crache ainsi? Par exemple, ses poumons?

Alors, ça voudrait dire qu'Hélix serait...

Mort?

Et il ne le saurait pas?

Un frisson descend le long de ma colonne vertébrale.

Un zombie.

Je suis menacée par une espèce de vivant tellement

brûlé qu'il en est mort. Mais en fait non, parce qu'un nécromancien s'est débrouillé pour qu'il continue à vivre.

Et il crache ses poumons. Pour de vrai.

Je nage en plein Z movie. Mais, après tout, si on y réfléchit bien, Graziel serait tout à fait capable de ça. C'est un nécromancien. La non-mort, c'est son métier.

– Vous n'êtes pas en forme… je fais remarquer à Dead-Hélix.

– Occupe-toi de tes affaires.

– Je peux vous soigner, je hasarde. Je suis une sorcière, je sais utiliser la magie pour guérir.

– Je vais bien. Graziel m'a apporté les soins nécessaires.

– Mais vos brûlures…

– Je t'ai dit que j'allais bien. Je n'ai mal nulle part. Mon corps est fort. (Je ralentis pour le contredire mais il ne m'en laisse pas le temps.) Toi, continue à avancer ! Je n'écouterai rien venant de toi. Tu as gâché tout ce que j'avais. Depuis le jour où tu es arrivée dans ma vie. J'ai perdu ma péniche. J'ai perdu mes dogrons. J'ai perdu mon travail. À cause de toi !

– Je ne…

– Tais-toi !

Une pique dans le bas du dos me dissuade de poursuivre. Je tenterais bien d'utiliser ma magie mais je suis totalement incapable de me concentrer. Je n'arrive pas à focaliser mon attention. Trop d'horreur. Trop de dégoût.

Je dois donc me contenter d'avancer et d'écouter le monologue halluciné d'Hélix. Il a beau dire le contraire, le mage a laissé le peu de bon sens qu'il lui restait dans les cendres du chalet.

– Le feu… Les flammes sur moi… Elles montaient le long de mon bras comme un serpent. Elles me mordaient. Leur venin s'infiltrait à l'intérieur de mon corps. La brûlure partout. Jusque dans mes os. La brûlure ! Mais non. La douleur n'est plus là. Non, non. Elle a disparu. Je n'ai plus mal. Je ne sens plus rien. Mon corps… Mon corps est fort à nouveau. Oui ! Fort ! Je vais profiter de cette nouvelle chance qui m'est offerte. Je pourrais… Je pourrais monter un nouveau commerce en ville. Oui ! Proposer mes services en tant que spécialiste des runes. Ça, c'est une bonne idée. J'achèterais de nouveaux esclaves. Grands et forts pour dissuader mes ennemis. Car j'en aurais, c'est sûr. Ce genre de succès provoque toujours la jalousie…

Parasitée par le bla-bla d'Hélix et sa folie qui forme comme une nuée de serpents fantomatiques autour de lui, je marche le long des vagues. Nous débouchons enfin sur un espace plus dégagé, une crique qui s'enfonce profondément dans la terre pour rejoindre un marais planté de hauts bambous et de roseaux. Là où la vase et le sable se mêlent, une petite embarcation est échouée. Une silhouette longiligne est assise sur un rondin à côté du bateau. Une silhouette que j'ai appris à haïr.

Graziel.

Je suis hors de moi.

La rage pulse dans mes oreilles. J'en oublie Hélix et la lame appuyée dans mon dos. Je m'élance vers le nécromancien, bien décidée à lui faire sa fête.

Il se met debout et me regarde courir vers lui sans afficher d'appréhension. Son sourire est insupportable.

Je cours dans les vagues. Je gronde ma colère.

Alors que je ne suis qu'à deux mètres de lui, il prononce un mot.

– Arrête !

Je me surprends à marquer un temps d'arrêt. Mais la rage pulse une dernière fois dans mon corps. Mon bras se lève et s'abaisse. J'assène un grand coup de griffes sur le visage parfait du mage blond.

Graziel porte un doigt aux trois coupures qui viennent d'apparaître sur sa joue. Il a l'air sincèrement surpris.

Mais ça ne dure pas. Son sourire revient. Charmeur et insupportable.

– Sauvage ! J'aime ça ! me félicite-t-il. Quelle énergie ! Je me suis trop focalisé sur ton frère la dernière fois. Je m'en excuse. J'aurais dû voir que tu étais terriblement intéressante.

Je me sens étrangement flattée par ses louanges. C'est ridicule. Cet homme est un bourreau et un découpeur de cadavres.

– Tu es une vraie beauté. Féline et violente, susurre Graziel.

Encore une fois, je me surprends à apprécier ses mots. Moi ? Belle et violente ? Je rougis. La honte de ressentir du plaisir à entendre ces mots vient me secouer. C'est Graziel ! Je ne dois pas me laisser amadouer !

Je le regarde, surprise de l'effet que ses paroles ont sur moi. Le mage est à l'opposé de son compagnon décrépit. Entre-temps, Hélix est arrivé et il s'est positionné juste derrière moi, comme pour s'assurer que je ne fuirais pas. Sa peau noire et suintante, son odeur moribonde me dégoûtent. Mais Graziel est tout son contraire. Beau, grand, les cheveux lissés en arrière. Le tablier sanglant de la dernière fois est oublié. Il porte à présent une tunique bleu foncé sobre et élégante. Seulement, je ne suis pas dupe. Sous ses airs de gravure de mode, c'est un boucher et un psychopathe.

– Je suis très heureux de te revoir. Tu m'avais manqué.

Ah, ah ! Très drôle, je pense, sans réellement parvenir à mettre en doute ses mots. Il poursuit de sa voix charmeuse et posée.

– Je sens qu'entre toi et moi il y a un lien spécial. Je sais que tu le sens aussi. N'est-ce pas ? Nous sommes faits pour être ensemble, toi et moi. Je ne veux plus te quitter.

Quoi ? Je… Mais qu'est-ce qu'il…

Je cligne des yeux, frappée par ses propos qui ne sont pas du tout ceux escomptés. Où sont les imprécations et les menaces ? Où est le discours de vengeance ?

Je suis perdue. Ses paroles me troublent profondément, comme si elles touchaient juste. Est-ce qu'il m'a manqué ? Non ! Est-ce que j'envisage de rester avec lui ? Non ! Enfin… je ne sais pas. C'est tellement soudain.

– Je veux que tu viennes avec moi. Je te ferai ériger un palais. Je t'habillerai des plus belles soieries. Tu seras ma princesse.

Une bouffée de chaleur monte de mon ventre à mon visage. Moi ? Sa princesse ? Je n'ai jamais été la princesse de personne. Est-ce qu'il est vraiment sérieux ? Je me sens soudain très bête. Pourquoi est-ce que je ne l'envoie pas balader, lui et ses promesses ridicules ? Pourquoi est-ce que je n'arrive pas à lui cracher à la figure ? Qu'est-ce qui m'arrive ?

– Prends ma main.

Il tend le bras. Je pose mes doigts sur sa paume. Il referme son poing en souriant, l'approche de son visage et embrasse le dos de ma main. Je me laisse faire.

Un souffle d'air vient dérouler l'écharpe en soie qu'il porte autour du cou. Celle-ci s'envole sans qu'il cherche à la rattraper. Sur sa gorge, à l'encre noire, une large rune est tracée. Un coin de mon cerveau comprend ce qui est en train de se passer.

C'est la rune. C'est à cause d'elle que les paroles de Graziel me paraissent aussi convaincantes.

Mais, même en sachant ça, je n'arrive pas à me dépêtrer des horribles désirs qu'il a semés dans mon esprit.

– Pense à nous deux. Toi et moi. Tu es devenue une belle jeune femme. C'est normal que les hommes te regardent autrement.

Un trouble profond m'envahit. Un combat intérieur. Cet homme, il a l'air d'avoir vingt ans mais je sais qu'il triche avec son âge comme le faisait Hélix. Et pourtant, ses paroles sont si flatteuses. Jamais encore on ne m'avait parlé comme ça.

– Nous allons faire de grandes choses, toi et moi. Ma féline sauvage et sanglante. Je te prédis un bel avenir à mes côtés. J'ai tant de projets pour toi.

Il m'attire à lui et me serre dans ses bras. Je ne comprends pas comment j'ai pu le trouver repoussant. Il est bien plus grand que moi. Je lève la tête vers son visage. Je me surprends à regarder ses lèvres. Je voudrais qu'il m'embrasse.

Mais non ! Non ! Je ne le veux pas !

– Tu es à moi.

Je suis à lui.

– Monte sur ce bateau et partons tous les deux, ma bien-aimée.

Je lâche sa main pour m'exécuter.

Une ombre immense arrête brusquement mon élan.

Où est passé le soleil ?

Je lève la tête.

L'ombre est un immense léviathan blanc, dressé au-dessus de nous.

Son corps s'abat sur la plage à deux mètres de moi. Le sol tremble.

L'animal ouvre une gueule démesurément grande. Sa bouche est tapissée de dents effilées comme des arêtes. D'une contorsion il se dresse au-dessus de Graziel et referme sa mâchoire sur lui. Le mage disparaît.

Le léviathan lève la tête vers le ciel et ouvre la bouche pour mieux avaler sa proie. Je vois une boule se former dans sa gorge et glisser doucement vers l'intérieur de son corps sinueux.

Son repas terminé, tel un gigantesque python, le prédateur serpente en deux reptations jusqu'à l'eau. Il rejoint l'onde d'un mouvement gracieux et disparaît un peu plus loin dans les profondeurs.

Je lève les yeux et croise le regard d'Hélix.

Il est terrorisé.

Il se précipite vers le bateau, m'éjecte d'une bourrade puis pousse l'embarcation dans les vagues avant de sauter à l'intérieur. Je le vois installer frénétiquement les rames et pagayer maladroitement. Le bateau s'éloigne doucement. Hélix se met à rire puis à tousser.

La barque continue à glisser. Elle gagne la partie plus sombre de l'anse. De gros dos apparaissent autour du bateau au fur et à mesure que la profondeur augmente. Ils sont bleus, gris, vert foncé. Seul un des dos diffère des autres par sa couleur blanche.

Le rire d'Hélix a repris mais il est maintenant hystérique. Les léviathans se font plus nombreux. L'embarcation est malmenée. Elle tressaute dans l'eau surpeuplée. Le nez de l'albinos vient brusquement coucher le bateau sur le côté. Déséquilibré, le mage est propulsé par-dessus bord. Il tombe dans l'eau. Mais n'y reste pas longtemps. Un premier léviathan l'attrape par le bras et s'élève, comme s'il voulait montrer aux autres sa prise. Hélix hurle, le bras coincé entre les dents du monstre marin. Les congénères du léviathan, titillés par la provocation, se jettent à leur tour sur le corps d'Hélix. Les hurlements du mage redoublent. Je détourne la tête en voyant les monstres marins tirer une jambe d'un côté, un bras de l'autre. Je devine très bien ce qui va suivre et je ne veux surtout pas y assister.

Malheureusement, je n'échappe pas aux bruits de mastication et aux cris du mage.

Quand le silence retombe, je me risque à regarder à nouveau.

Il ne reste plus rien d'Hélix.

Les léviathans sont en train de quitter l'anse. Ne

demeure que la barque qui flotte encore, ballottée par les remous causés par la nage des monstres marins.

Seul le léviathan blanc se retourne pour me regarder. Sa crête drue, ses écailles miroitantes au soleil. Je vois dans son regard et je comprends.

Isana.

C'est son oori.

Et il vient de me sauver la vie.

Je suis encore assise sur la plage quand Siyah arrive en courant, suivie de près par Jolo.

Comme me l'a demandé mon frère, j'ai réfléchi à ce que j'allais dire au conseil.

Maintenant, je sais.

ÉPILOGUE

Six mois se sont écoulés depuis que j'ai quitté cette maison une nuit embrumée d'automne.

Rien n'a changé.

Toujours les mêmes mauvaises herbes sur le trottoir, toujours la même grille rouillée.

Mais moi j'ai changée. Je ne suis plus la même.

Le jour où Hélix et Graziel sont morts, j'ai pris une décision à laquelle je me suis tenue jusqu'à cet instant précis. Ce n'est pas maintenant que je vais flancher.

Je suis ici pour commencer ma quête. Je pars à la recherche des enfants sorciers qui, comme moi, ont été envoyés sur Terre. Il est temps qu'ils rentrent à la maison, eux aussi.

Derrière moi, je sens la présence rassurante de Jolo. Il a insisté pour m'accompagner. Aujourd'hui, il est plus qu'un frère. C'est un partenaire d'entraînement, un ami sur qui je peux compter, un confident.

Karasu et Siyah sont là aussi, cachés dans le platane juste à côté. Ils sont comme chien et chat, ces deux-là.

Toujours à se chamailler jusqu'à ce qu'on les retrouve endormis, le corbeau perché sur le dos de la panthère.

Je pense soudain à Vaishali et à Éliphas, restés sur l'Île. L'explorateur et la mage se lancent aussi à leur façon dans une aventure inédite. Un heureux événement les attend dans quatre mois. Mon instinct ne m'avait pas trompée. Il y avait réellement quelque chose entre eux. Un amour qui a grandi et qui s'incarne maintenant dans cette vie qui croît dans le ventre de la belle mage.

Je porte une courte épée forgée par Margoule et gravée de runes, cachée sous mon manteau noir. Le dogron est devenu un forgeron émérite et ses lames commencent à avoir une sacrée réputation. Il a même pris un apprenti. Un jeune sorcier déjà très doué avec la roche en fusion.

Je repousse une mèche de mes cheveux qui m'arrivent à présent aux épaules. Je les ai teints en noir corbeau, histoire de moins attirer l'attention. Jolo a fait de même. Nous savons que la couleur ne tiendra pas longtemps, la magie qui circule dans nos veines viendra effacer cette coquetterie mais c'est plus facile pour se déplacer librement dans les rues et ne pas attirer l'attention de nos principaux ennemis. Les mages de Terre.

Il faudra que nous soyons prudents dans notre quête. Mais ces derniers mois m'ont permis de me forger une solide expérience de sorcière. J'ai travaillé sans relâche pour être là aujourd'hui. Je me sens prête.

Je monte les deux marches qui mènent à la porte d'entrée de mon ancienne maison. Première étape : reprendre contact avec mes parents adoptifs et remettre en route leur réseau.

Je lève la main pour frapper.

Ici commence ma quête des enfants sorciers.

Ici s'achève l'histoire de la fille sans nom.

ET POUR FINIR...

Pour rendre cette histoire plus crédible, j'ai ressenti le besoin d'attribuer à chaque famille de personnages un langage qui lui est propre.

Dans le monde d'Éther, les dogrons parlent la langue des esclaves, un dialecte rude qui devait être le plus éloigné possible de nos langues européennes. Je me suis inspirée de l'inuktitut (un des quatre ensembles dialectaux utilisés par le peuple inuit) pour trouver les sonorités dont j'avais besoin.

Pour la langue des runes employée par les mages, j'ai imaginé une sonorité librement inspirée du japonais. Là encore, j'insiste sur le terme d'« inspiration ». J'ai joué avec les mots de base pour créer une autre langue.

Pour la langue des sorciers, certains reconnaîtront peut-être des mots d'hindi.

Le début de cette histoire existe grâce à un rêve. Je rêve beaucoup. Et de façon très détaillée. C'est sans doute dû à ma nature de narcoleptique. Toujours est-il que les premiers paragraphes, la marche nocturne, la péniche, Hélix, le bureau et le contrat sont directement issus de ce songe.

C'est le cas aussi du cercle de verdure dans lequel notre héroïne trouve refuge après que le tigre l'a blessée. Ce lieu est un endroit dans lequel je me suis retrouvée à de très nombreuses reprises au cours de mes rêves. J'ouvrais une porte et je rejoignais ce cercle de verdure. Je poussais un buisson et j'entrais dans ce berceau verdoyant. Cette récurrence a duré plusieurs mois. Elle a cessé le jour où je m'en suis servie pour ce roman.

Merci à Véronique H. pour sa bienveillance, merci à Véronique G. pour ses relectures attentionnées, merci à Antoine Doré d'avoir imaginé une aussi belle couverture, merci à Isabelle Raffner pour le travail de fourmi-correctrice, et merci à toi, lecteur, de m'avoir lue jusqu'à la dernière phrase. J'espère que vous avez aimé cette histoire et ces personnages.

La magie est en chacun de vous. Ne la laissez pas s'éteindre.

Cet ouvrage a été achevé d'imprimer
sur Roto-Page
par l'Imprimerie Floch à Mayenne
en février 2019

N° d'impression : 93884
Imprimé en France